CW01613166

Le Livre de Poche

Jeunesse

Carte d
limites du Monde Connu
Terres d' Arémique
Norj
Dunbraven
Océan Maltique
Grande Latitude
Port de Carduze
Galnicie
Andemark
Citadelle
Tildésie
Mer d'Yprée
limites du Monde Connu

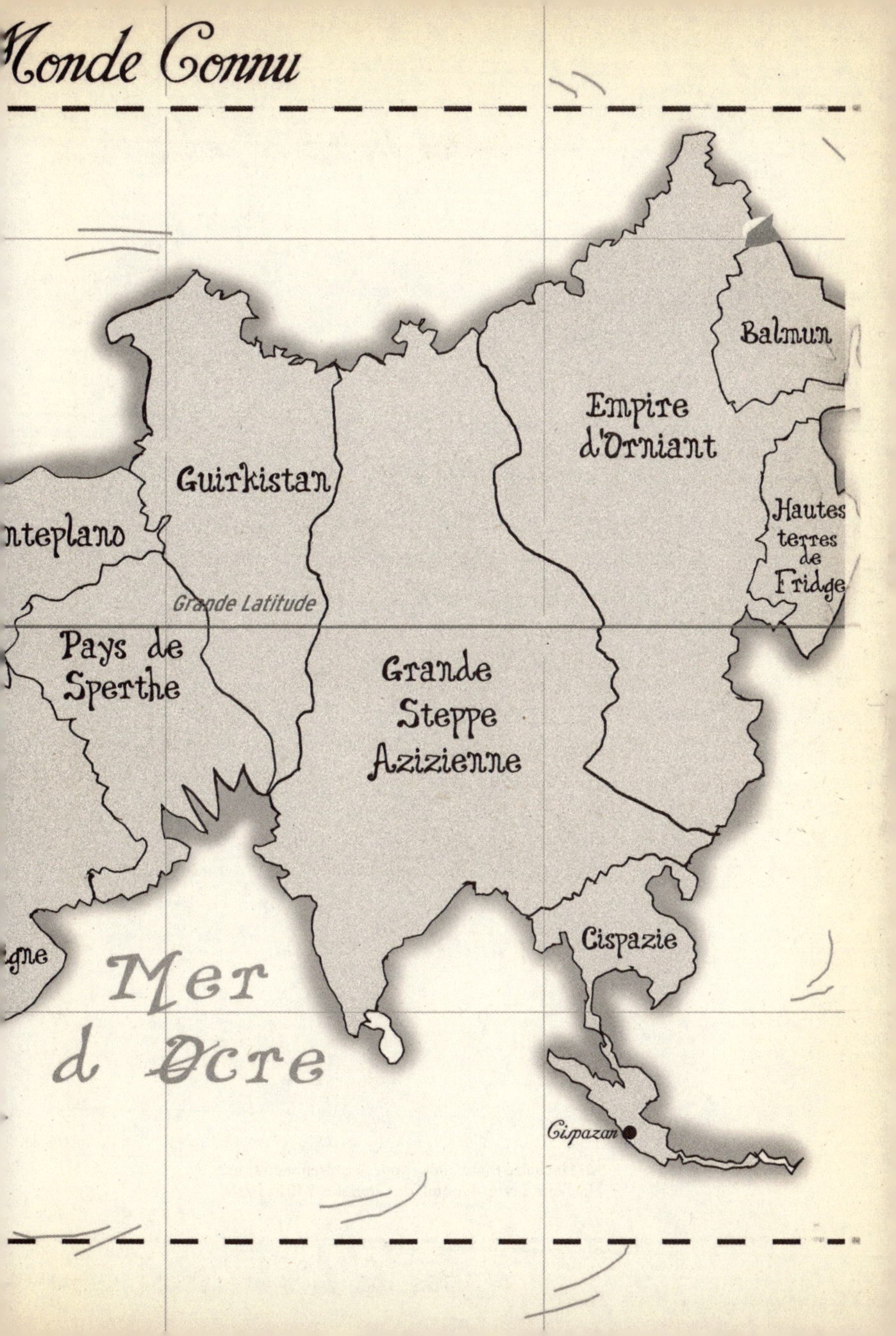
Monde Connu
Balmun
Empire d'Orniant
Guirkistan
nteplano
Hautes terres de Fridge
Grande Latitude
Pays de Sperthe
Grande Steppe Azizienne
Cispazie
gne
Mer d Ocre
Cispazan

Hachette Livre, 43, quai de Grenelle, 75015 Paris.

ANNE-LAURE BONDOUX

LA PRINCETTA ET LE CAPITAINE

HACHETTE
Jeunesse

Qui est l'auteur ?

Anne-Laure Bondoux est née en 1971 et vit en région parisienne. Vers l'âge de 10 ans, elle a commencé à écrire des histoires et cette passion ne l'a plus quittée.
Après des études de lettres modernes, elle est entrée à Bayard Presse en 1996. Là, elle a découvert la littérature de jeunesse et publié ses premiers romans. Elle a publié au Éditions Bayard : *Le destin de Linus Hoppe, La seconde vie de Linus Hoppe, La tribu, Les larmes de l'assassin, Pépites,* et à L'école des loisirs : *La vie comme elle vient.* Ses livres ont reçu de nombreux prix et sont traduits dans plusieurs langues.

Je remercie le Centre national du livre pour la bourse d'écriture qu'il m'a accordée. Sans cette aide précieuse, je n'aurais pas pu consacrer autant de temps à la rédaction de ce roman.

« Qui serait assez insensé pour mourir sans avoir fait au moins le tour de sa prison ? »

Marguerite Yourcenar
L'Œuvre au noir

À mon père, Son Alteza
le Coronador de Galnicie.

Il y a quelques mois, vous m'avez convoquée dans la Salle du Conseil. Vous m'avez demandé de prendre place autour de la table, parmi vos ministres. Vu les circonstances, j'ai cru que vous vouliez me faire l'honneur de participer aux débats sur les grandes questions concernant la marche du pays. J'ai pensé que vous vouliez m'initier à l'exercice du pouvoir. « Mon père se rend compte que j'ai grandi, me suis-je dit. Maintenant que j'ai quinze ans, il me suppose capable de donner mon avis au même titre que tous ces hommes sérieux. » J'étais anxieuse, mais flattée. Enfin, j'avais droit à votre considération !

Je me trompais.

À ma grande surprise, ma mère, la Coronada, est entrée. Elle vous a apporté un dossier volumineux qui contenait des carnets et des feuillets. J'ai blêmi en comprenant de quoi il s'agissait.

Sur votre ordre, ma mère avait fouillé ma chambre. Elle avait réuni dans ce dossier tout ce que j'ai écrit depuis des années : mon journal personnel, mes secrets, mes rêves, mes poèmes, mes histoires.

Mon âme se trouvait là. Posée sur la table. Devant vous. Devant tous les membres du Conseil.

Je tremblais. La Coronada a croisé les bras. Elle me toisait de son regard sévère. M'a-t-elle jamais regardée autrement ?

Vous avez ouvert le dossier. Vos lèvres ont souri d'une manière étrange. Vous vous êtes levé et, sans un regard pour moi, vous avez commencé à lire mes carnets à voix haute.

Au début, vos ministres sont restés silencieux. Attentifs. Ils ne comprenaient pas le but de la manœuvre, mais moi, j'ai tout de suite compris.

À plusieurs reprises, en lisant, vous avez laissé échapper un rire moqueur. Vous faisiez exprès de buter sur certains mots, vous insistiez sur les maladresses. Si bien que, peu à peu, les ministres se sont mis à rire aussi.

J'étais là, à votre merci, seule et terrassée. Et vous, hilare, vous vous êtes mis à gesticuler, à grimacer pour accentuer le ridicule de mes phrases. J'ai serré les dents si fort pour ne pas hurler que j'ai eu mal aux mâchoires pendant plusieurs jours.

Brusquement, vous avez refermé le dossier et votre visage est redevenu austère. « Trêve de plaisanterie ! » avez-vous lâché. Puis, en vous adressant à l'assemblée :

« Messieurs, vous vous demandez peut-être à qui nous devons ces chefs-d'œuvre impérissables ? L'auteur est parmi nous. Je vous laisse donc féliciter... notre Princetta. »

Les ministres, éberlués, ont tourné vers moi leurs yeux rouges de larmes. Certains ont toussé, d'autres avaient encore du mal à ne pas éclater de rire. L'un d'eux, le conseiller agricole, je crois, avait même bavé sur son col en dentelle.

Vous m'avez ordonné de me lever et vous m'avez dit : « Il est temps de cesser ces enfantillages, Princetta. Vous êtes la seule héritière du trône de Galnicie. D'ici peu, vous serez sa représentante officielle. Le pays n'a pas besoin de ces sornettes. »

Vous m'avez tendu le dossier et vous m'avez ordonné de le jeter au feu.

J'ai fait quelques pas vers la cheminée. En avançant, je fixais le drapeau galnicien suspendu au mur, ses bandes vertes et jaunes traversées par les deux flèches, et je maudissais tout ce qu'il représentait.

Je me suis agenouillée. Les flammes m'ont léché les mains quand j'ai lâché mes carnets. J'ai ressenti leur brûlure jusqu'au fond de mon ventre. Je me suis relevée et vous avez eu l'air satisfait.

C'est à ce moment-là que j'ai pris la décision devant laquelle je reculais depuis des semaines.

Je suis sortie de la Salle du Conseil sous les regards dédaigneux de vos ministres et de ma mère, mais cela ne me faisait déjà plus rien.

Voilà, « cher père », comment tout cela s'est joué.

Vous êtes un bon Coronador, tous les Galniciens le pensent. Ils ont raison. Vous gouvernez avec honnêteté et justice. Quiétude et Harmonie guident vos actes. Mais en tant que père, vous êtes tout le contraire.

Faites ce que vous voulez de cette lettre : brûlez-la avec le reste si ça vous amuse. J'espère seulement que les remords vous empêcheront de dormir.

Je prends ma liberté. Ce mot est si beau. Vous aurez tout le temps d'y réfléchir, maintenant.

Malva.

Première partie

Partir

1

La tête de hérisson

Côté nord, les murs de la Citadelle plongeaient tout droit sur un à-pic vertigineux. Posée au sommet de son rocher, elle faisait penser à un rapace à l'affût, déployant ses tours et ses ailes au-dessus de la vallée, projetant son ombre grandiose sur les eaux calmes du fleuve Gdavir. Autrefois, des envahisseurs venus de Dunbraven ou du royaume de Norj s'étaient fracassés contre ces murailles : guerriers et bêtes avaient fini leurs vies ici, et le fleuve Gdavir, durant des mois, avait charrié des casques, des armures, des cadavres d'hommes et d'animaux.

Côté sud, en revanche, l'aspect de la Citadelle était tout différent. Ses façades, percées d'innombrables fenêtres, s'ouvraient largement pour envelopper une succession de terrasses en pentes douces. Les amandiers, les oliviers et les citronniers y poussaient dans un alignement savant, les pieds noyés dans l'herbe grasse. Des bassins, habillés de mosaïques bleues et vertes, avaient été aménagés pour rafraîchir la promenade et attirer les oiseaux. Depuis peu, le Coronador s'étant pris de passion pour les plantes exotiques, une de ces terrasses avait été transformée en rizière, une autre en palmeraie. Çà et là, d'immenses haies de bambous se balançaient dans la brise légère de l'été qui commençait.

C'était ici, dans la Citadelle, que battait le cœur de la Galnicie. Depuis des années, loin du fracas des combats, le Coronador gouvernait selon les préceptes de Quiétude et d'Harmonie, les deux principales déesses vénérées par son peuple. La Galnicie était prospère, les Galniciens coulaient des jours heureux, et pourtant... Ce soir-là, personne ne se doutait que le pays vivait ses dernières heures d'insouciance et de paix.

Malva avait enfin réussi à échapper à la surveillance de sa mère.

En temps normal, ce n'était déjà pas simple, mais ce jour-là, elle avait cru ne jamais y arriver : outre les heures gaspillées avec le tailleur et le répétiteur de danse, Malva s'était vu infliger une interminable séance de dévotions devant l'Altar des Divinités. La Coronada l'avait forcée à s'allonger sur les dalles froides et à réciter plus de cinquante fois les incantations. La jeune fille avait l'habitude des contraintes imposées par le protocole qui régissait sa vie de Princetta, mais cc jour-là, elle dissimulait mal son impatience. Elle serrait les poings en se répétant que, bientôt, tout cela ne serait plus qu'un mauvais souvenir.

Enfin, comme le soir arrivait, la Coronada avait été appelée vers d'autres obligations. Trop occupée à donner des ordres, elle ne vit pas Malva s'éclipser de la salle des Délicatesses où une armée de domestiques achevaient les préparatifs pour les festivités du lendemain.

Discrète comme une ombre, la Princetta se dépêcha en direction de l'aile sud. Elle passa devant les cuisines, puis remonta jusqu'à la salle de danse. Là, une douzaine de servantes muettes, à genoux sur leurs jupes, astiquaient les parquets. Dans les couloirs, les escaliers, les galeries, elle croisa des nuées de valets manœuvrant des poulies pour abaisser les lustres, remplaçant les bougies, ou dépoussiérant les tapis. Aucun d'eux ne lui prêta attention.

Au-dehors, les jardiniers achevaient de tailler les haies et suspendaient des lampions dans les branches des oliviers. En passant près d'une fenêtre ouverte, Malva entendit les jets d'eau du grand bassin qui se mettaient en route, et plus loin, sous le kiosque, les musiciens qui répétaient des sérénades. Leurs notes s'envolaient dans la tiédeur du soir, se mêlant à l'odeur des jasmins.

Malva sentait la Citadelle et, au-delà des murailles, la Galnicie tout entière, vibrer d'une fièvre joyeuse. Elle était la première concernée par la fête qui s'annonçait, et pourtant elle ne ressentait aucune gaieté. À dire vrai, elle avait bien autre chose en tête.

Lorsqu'elle entra enfin dans l'alcôve de l'aile sud, elle poussa un soupir de soulagement. Une grande fille maigre se tenait au milieu de la pièce, les mains serrées sur son tablier. C'était Filomène, sa chambrière, qui l'attendait, comme prévu.

Sans un mot, Malva verrouilla la porte et vint s'asseoir devant le long miroir à encadrement de nacre. Là, elle ôta les épingles qui retenaient ses cheveux, puis s'empara d'une paire de ciseaux et la tendit à Filomène.

— Vite, dit-elle dans un souffle. Le temps presse. La nuit va bientôt tomber et l'Archonte nous attend.

Filomène demeura debout derrière elle, immobile. Son visage osseux semblait plus pâle encore qu'à l'ordinaire.

— Je... je ne comprends pas, bredouilla-t-elle.

Malva lui fourra les ciseaux dans les mains avec impatience.

— Mais si, tu comprends très bien ! Dépêche-toi !

Filomène était au service de la Princetta depuis de nombreuses années. Elle l'avait connue bébé, alors qu'elle-même n'était qu'une toute jeune fille. Depuis toujours, Malva lui faisait confiance comme à une sœur. Depuis toujours, Filomène était dévouée à sa maîtresse. Mais il y avait certaines choses que ses croyances lui interdisaient, comme de bafouer les principes de l'Harmonie, par exemple.

— Non, je ne peux pas, gémit-elle enfin. Demande-moi tout ce que tu voudras, mais pas ça...

Le miroir renvoyait le reflet de leurs deux visages.

Celui de la chambrière semblait maladif en comparaison de celui de Malva qui, à quinze ans passés, gardait encore les rondeurs et la douceur de l'enfance.

— Par pitié, Filomène, fais ce que je te demande. L'Archonte nous a bien dit...

— Ce n'était pas prévu ! l'interrompit la chambrière en jetant la paire de ciseaux sur la tablette de la coiffeuse comme s'il s'était agi d'un objet maléfique.

Elle croisa les bras sur sa maigre poitrine. À son air buté, Malva comprit sans peine qu'elle n'arriverait pas à la décider.

— Tu es ridicule, soupira la Princetta, agacée. Pendant des semaines tu acceptes de prendre des risques insensés sans rechigner, et là... pour une simple histoire de cheveux...

Filomène secoua la tête énergiquement. Il ne s'agissait pas d'une *simple* histoire de cheveux... Ces derniers temps, c'est vrai, elle avait consenti à tout. Malva lui avait demandé de mentir et elle avait menti. Elle lui avait ordonné de corrompre, de voler, et elle l'avait fait. Filomène était prête à mourir pour Malva, mais ce coup de ciseaux était au-dessus de ses forces.

— Je t'ai peignée tant de fois depuis que tu es née, rappela-t-elle. J'ai usé tant de pommades et d'onguents pour démêler, lisser, assouplir... Tu as toujours été si fière de ta chevelure !

— C'est ma mère qui en a toujours été fière, rectifia la Princetta.

— Et ensuite ? s'emporta Filomène. Ce n'est pas indispensable de les couper ! Tu pourrais...

Elle prit les cheveux de Malva à pleines mains et les remonta en chignon sur sa nuque. Malva s'observa dans le miroir. Dans la lueur orangée des bougies, on aurait dit qu'un rouleau de soie lui couronnait la tête. Elle se souvint que l'année précédente, pour ses quatorze ans, un peintre avait exécuté son portrait. Afin de rendre au mieux la couleur de ses cheveux, il avait fait venir une encre noire particulière que fabriquent des mages dans le lointain empire d'Orniant. « De l'extrait de nuit », disait-il, émerveillé, en appliquant son pinceau sur la toile. Ce portrait, devenu célèbre dans toute la Galnicie, avait acquis la dimension d'un symbole : les cheveux de la Princetta étaient un résumé de la fière beauté galnicienne.

— Sous la capuche de ton déguisement, reprit Filomène d'un ton qu'elle voulait convaincant, personne ne remarquera...

Malva fit un mouvement brusque pour se dégager. Elle saisit la paire de ciseaux, empoigna une mèche et, sans hésiter, tailla dedans.

La mèche resta dans sa main, puis se déploya en corolle comme une fleur que l'on vient de cueillir. Filomène étouffa un sanglot. À ses yeux, Malva venait de commettre un sacrilège, mais cette dernière s'en moquait bien. Les unes après les autres, les poignées de cheveux tombèrent à ses pieds. Elle coupa et coupa encore, sans précaution, tandis qu'une jubilation macabre allumait ses prunelles d'ambre. Des touffes entières de cheveux noirs se prenaient dans les plis de son col, puis glissaient entre ses omoplates, lui irritant le dos jusqu'aux reins.

Lorsque, enfin, Malva reposa les ciseaux, le miroir lui renvoya le reflet d'une pauvre fille à tête de hérisson. Elle avait un air si étrange, si ridicule, qu'elle se mit à rire.

— Voici la Galnicie privée de sa jolie poupée ! s'exclama-t-elle.

À cet instant, elle eut envie de courir à l'autre bout de la Citadelle pour s'exhiber aux yeux de tous, et surtout devant sa mère. Elle imaginait déjà les hurlements effarés de la Coronada : « Malva ! Par la Sainte Harmonie, qu'est-ce que tu as fait ? » Mais bien sûr, elle ne pouvait pas se permettre ce genre de provocation. Cela aurait tout gâché.

— Maintenant, dit-elle à Filomène, va chercher le déguisement.

Malgré son émotion, la chambrière obéit. Malva la vit ouvrir la porte dérobée au fond de l'alcôve et disparaître dans le passage secret. Elle se sentait confiante. Ces dernières semaines, elles avaient répété ces mouvements tant de fois ! Et puis, l'Archonte était là ; grâce à lui, tout se passerait bien.

Sitôt seule, Malva sortit des replis de sa robe la lettre qu'elle avait écrite à son père. Le papier était froissé. Elle l'étala devant elle sur la coiffeuse. *À mon père, Son Alteza le Coronador de Galnicie...* Elle relut le début et eut un haut-le-cœur. Comment faire pour que cette lettre d'adieu ne tombe pas immédiatement entre les mains de son destinataire ? Malva ne voyait personne à qui la confier. L'Archonte aurait peut-être une idée ? En attendant, elle la glissa derrière le miroir.

Ses yeux s'arrêtèrent de nouveau sur son reflet. Pour la première fois, Malva remarquait la curieuse forme de ses oreilles. D'habitude, elles disparaissaient sous sa chevelure. Maintenant, elles jaillissaient de chaque côté de son visage, comme deux fanions grotesques plantés sur son crâne.

— Même si j'échoue, qui voudrait épouser un hérisson à grandes oreilles ? pouffa-t-elle. Personne !

En imagination, elle vit défiler la foule des invités du lendemain : toute la *nobleza* galnicienne entrant dans le Sanctuaire, les *Don* avec leur cou de taureau engoncé dans des cols raides et les *Donia* avec leurs chapeaux de tulle, leurs courbettes, leurs sourires onctueux... Elle se représentait sa mère et son père, l'encadrant comme des chiens de garde, debout face aux divinités. « Le Coronador et la Coronada marient leur fille unique ! Ah, quelle joie ! Longue vie à cette union ! »

Malva étouffa un cri. Elle serra ses poings et appuya fort sur sa poitrine.

— Respire, respire..., s'ordonna-t-elle à voix haute. Tout cela n'arrivera pas. Tu ne porteras pas la robe du Rituel, ni la couronne de coquillages, ni les offrandes sacrées. Tu n'épouseras personne.

Tout avait commencé plusieurs mois auparavant, pendant le Rite de Quiétude. Par inadvertance, l'Archonte avait prononcé une phrase qui avait fait éclater la vérité. Cette phrase, Malva l'entendait encore bourdonner dans ses oreilles :

— Il va falloir vous préparer à la nuit de noces, Princetta.

Malva avait tressailli.

— Comment ? s'était étonné l'Archonte. Votre mère ne vous a pas mise au courant ?

Non. La Coronada n'avait pas jugé utile de l'avertir que son mariage était programmé ! Quant au Coronador, il ne prenait jamais le temps de parler à sa fille. Pour lui, elle n'était rien d'autre qu'une monnaie d'échange, un objet qu'on troque contre des arrangements politiques.

Sous le choc, Malva était entrée dans une grande colère. Et en plein milieu du Rite de Quiétude ! Quel blasphème ! Heureusement, l'Archonte était un homme habile, respecté de tous, et entièrement dévoué à la Princetta depuis que le Coronador l'avait chargé de faire son éducation. Il avait donné quelques explications aux fidèles réunis dans le Sanctuaire, et cela avait suffi à étouffer le scandale. Seulement, la colère de Malva, elle, ne s'était pas éteinte.

Les jours suivants, l'Archonte lui avait rendu de fréquentes visites dans sa chambre. Il souhaitait la ramener à la raison.

— Toutes les Princetta de la dynastie se sont mariées jeunes, disait-il. Votre mère elle-même n'avait que treize ans ! Elle n'en est pas morte, que je sache ! Non, décidément, je ne comprends pas votre révolte.

— Mais vous savez bien, pleurait Malva, vous savez

bien ce que signifie ce mariage pour moi ! Je vais devoir renoncer aux seuls plaisirs qui m'ont été accordés jusqu'ici. Je n'aurai plus le droit d'étudier, ni de lire, ni de m'exprimer comme je le veux, ni de sortir sans escorte !

L'Archonte poussait des soupirs ennuyés.

— Je sais, Princetta. Mais vous n'avez pas le choix.

Malva étouffait de rage. Comment l'Archonte pouvait-il se résigner si vite ?

— Vous m'avez tant appris ! lui disait-elle. Grâce à vous, j'ai découvert le bonheur de lire, d'écrire, d'inventer, de réfléchir ! Vous m'avez même donné l'envie de voyager et le goût de la liberté !

L'Archonte souriait d'un air désolé.

— Je ne suis qu'un modeste précepteur. Ce n'est pas moi qui vous ai appris tout cela, ce sont les auteurs des livres que vous avez lus. Et les livres ne sont pas la vie, Princetta. Il faut abandonner vos rêves d'enfant. Vous devez accomplir votre devoir.

Malva se sentait trahie, abandonnée.

— Faites confiance à votre mère, lui répétait l'Archonte avec douceur. Elle a sûrement choisi un excellent époux pour vous. Le Prince d'Andemark n'a que trente-trois ans. On le dit excellent danseur.

Malva se contrefichait du Prince d'Andemark et de ses pas de danse. Chaque fois qu'elle fermait les yeux, elle se voyait enfermée dans une chambre pour la nuit de noces, et une terreur épouvantable lui nouait l'estomac.

Une fois, lorsqu'elle était petite, elle avait assisté à

la Parade des Cadeaux : des missionnaires venus de tous les coins du Monde Connu avaient défilé dans la cour de la Citadelle. L'un d'eux tenait en laisse un immense reptile. « Un allicaïtor femelle que j'ai débusqué en Terres d'Arémique », annonça-t-il. Il découvrit ensuite une cage, dans laquelle était recroquevillé un lièvre terrorisé. Le missionnaire avait confié le lièvre au Coronador en disant : « Jetez-le en l'air, et voyez ! » Le Coronador avait jeté la pauvre bête. En un claquement de dents, le monstrueux reptile avait englouti sa proie.

Vivante.

Sous les applaudissements de la *nobleza*.

Malva se sentait exactement dans la même situation que ce lièvre : on voulait la jeter en pâture à un inconnu qui ne ferait d'elle qu'une bouchée.

À la longue, l'Archonte avait fini par comprendre qu'elle était prête à tout pour éviter cela. Un soir, il lui avait avoué sa compassion :

— Vous êtes si jeune, si belle... et si douée. Vous avez toujours eu un tempérament si indépendant ! Je comprends que vous n'ayez pas envie de passer votre vie à jouer les potiches au bras d'un homme trop âgé pour vous.

Malva avait levé vers lui ses yeux, brouillés de larmes.

— Parlez à ma mère ! Parlez à mon père ! avait-elle imploré. Demandez-leur d'annuler ce mariage !

L'Archonte avait secoué la tête. Ses pouvoirs étaient grands, certes, mais pas suffisants. La Galnicie avait besoin de cette alliance avec l'Andemark, et le Coronador ne changerait pas d'avis.

— Votre père m'a confié votre éducation, mais pour le reste... je suis impuissant.

— Alors quoi ? s'était écriée Malva, désespérée.

— Je ne sais pas, avait répondu l'Archonte. Mais sachez que vous pouvez compter sur mon aide, quoi que vous décidiez.

Pendant quelque temps, Malva avait tourné le problème dans tous les sens. Finalement, une solution lui était apparue : la fuite. C'était en effet le seul moyen d'échapper à ce mariage, mais Malva n'arrivait pas à se décider. La peur la tétanisait et elle remettait sans cesse sa décision au lendemain.

Jusqu'au jour où le Coronador l'avait convoquée dans la Salle du Conseil et obligée à brûler ses carnets. Cette ultime humiliation avait soudain balayé sa peur et ses scrupules. À peine sortie de la Salle du Conseil, elle était allée trouver Filomène pour lui annoncer ce qu'elle voulait faire.

— Dans ce cas, avait aussitôt murmuré Filomène, je m'enfuirai avec toi.

Et c'est ainsi qu'ensemble, et grâce aux relations de l'Archonte, elles avaient méticuleusement élaboré leur évasion.

Malva fit basculer le miroir car son image finissait par l'indisposer. La lettre glissa alors derrière la coiffeuse, mais elle ne s'en rendit pas compte. Elle se leva, et s'avança jusqu'à la fenêtre pour écarter les pans du rideau.

La lune n'était pas encore levée. Il subsistait, à l'horizon, derrière les vergers, une fine bande de clarté crépusculaire. Vers l'est, les collines ondulaient, s'effaçant par endroits pour laisser passer les méandres du fleuve Gdavir. « Je ne reviendrai peut-être plus jamais, pensa-t-elle. Plus jamais je ne goûterai les fruits de ce verger, plus jamais je ne connaîtrai les étés de Galnicie... » Elle sentit sa gorge se nouer, mais s'empressa d'avaler sa salive ; il était bien trop tôt pour éprouver de la nostalgie. Elle referma donc le rideau.

À cet instant, Filomène surgit par la porte dérobée. Sans un mot, elle posa le baluchon qui renfermait le déguisement : un pantalon de coton, une jupe de toile grossière, un corsage beige à manches simples, un bonnet sans broderie. Par-dessus, Malva revêtit une pèlerine de laine que Filomène avait fauchée à une paysanne, à la foire aux bestiaux. L'habit, usé, râpé, lui permettrait de passer inaperçue. La capuche était ample ; elle descendit sur ses yeux lorsqu'elle baissa la tête.

— De quoi ai-je l'air ? demanda Malva.

— D'une fille de rien, déclara Filomène après l'avoir considérée gravement.

La Princetta sourit. Dorénavant, Malva, seule héritière du trône de Galnicie, serait une fille de rien.

Filomène rassembla les vêtements princiers, roula les mèches de cheveux à l'intérieur et emballa le tout dans le baluchon qu'elle cala sous son bras. Ce baluchon contenait toute leur richesse : quelques vêtements de rechange, un pain, des olives, une bonne quantité de pièces d'or que l'Archonte leur avait données, et de nouveaux carnets dans lesquels Malva voulait consigner ses aventures.

— Allons-y, lança-t-elle en se dirigeant vers l'entrée du passage secret.

Filomène la suivit et referma la porte derrière elle. Quand l'obscurité les enveloppa, Malva réalisa brusquement qu'il ne s'agissait plus d'une simple répétition.

2

Une convocation

Les premières maisons de la Ville Basse venaient appuyer leur dos contre le mur d'enceinte qui protégeait les jardins de la Citadelle. Il s'agissait de bâtisses hautes et étroites, blanchies à la chaux, et serrées les unes contre les autres. Dans la journée, du linge séchait sur leurs toits plats, à même la pierre. Chaque soir, quand les derniers rayons du soleil passaient l'horizon, les femmes quittaient leurs cuisines et montaient récupérer les draps et les vêtements imprégnés de chaleur. On voyait alors toute une armée d'ombres s'agiter au sommet des maisons.

Depuis qu'il habitait dans la Ville Basse, Orféus ne se lassait pas d'observer le manège des lingères. Accoudé à la fenêtre de sa chambre, il écoutait leurs rires, leurs chansons, et leurs pépiements. Parfois, des disputes éclataient entre elles. Les injures fusaient d'un toit à l'autre, résonnant dans les ruelles vides. Parfois, les femmes restaient un moment, immobiles et muettes, à contempler, depuis leurs promontoires, les bassins et les bambous du Coronador.

Ce soir-là, justement, Orféus constata qu'elles n'avaient d'yeux que pour la Citadelle. Pas de dispute, pas de chanson ; Orféus n'entendit que leurs exclamations émerveillées :

— Des lampions ! dit l'une. Comme c'est beau !

— Ils ont mis les jets d'eau, remarqua une autre.

— Écoutez ! lança une troisième. On dirait qu'il y a déjà de la musique !

— Vous croyez que le bal a commencé ? s'inquiéta la plus jeune.

— Ne sois pas sotte ! rétorqua la plus âgée. C'est seulement une répétition. Le mariage, c'est demain !

— J'aimerais tellement être invitée ! soupira la première.

— Nous assisterons de loin à la fête, la consola sa voisine.

— J'espère que nous apercevrons la Princetta ! soupira encore la plus jeune. Elle est si belle, si harmonieuse...

De sa fenêtre, Orféus ne pouvait pas voir les jardins, mais les commérages des lingères le renseignèrent suffisamment sur les préparatifs du mariage. Et puis, contrairement à elles, il serait de la fête. Demain soir, il pourrait à loisir contempler les bassins, les lampions, et la Princetta.

À moins qu'il ne décide de bouder l'invitation...

Après tout, il n'était qu'un remplaçant ! C'est son père, le Capitaine Annibal Mac Bott, qui avait été officiellement convié, pas lui. Mais quand le Coronador avait appris qu'Annibal était trop souffrant pour se déplacer, il avait songé à inviter Orféus.

— « En tant que représentant de la fière lignée de marins que sont les Mac Bott ! » dit Orféus à voix haute, en se rappelant les mots employés par le Coronador.

Il haussa les épaules avec dépit.

— Pour représenter des marins, encore faut-il l'être soi-même !

À ce moment, il entendit des rires. Absorbé dans ses pensées, il avait oublié la présence des lingères. Elles l'avaient entendu marmonner, et maintenant elles le dévisageaient du haut de leurs toits.

— C'est notre timide ! s'écria l'une, goguenarde.

— Comme il a l'air triste, ce soir ! remarqua une autre.

— Hé ! s'esclaffa la troisième. Il est peut-être devenu fou : il parle tout seul !

Elles gloussèrent en voyant Orféus rougir de confusion. Avant qu'il n'ait le temps de disparaître, la plus jeune lui envoya un baiser effronté en disant :

— La prochaine fois, monte nous voir, au lieu de nous espionner de loin !

Le cœur battant et le front moite, Orféus referma sa fenêtre avec précipitation. Ainsi, elles avaient remarqué sa présence, soir après soir, sans jamais rien laisser paraître ! Elles l'avaient même surnommé « notre timide » !

Il se sentit affreusement ridicule.

De toute façon, chaque fois qu'une femme lui adressait la parole, il perdait ses moyens. Cela provenait sans doute du manque d'habitude, car Orféus n'avait jamais vécu parmi les femmes. Sa mère était morte peu après sa naissance, et par la suite, la seule présence féminine que son père avait tolérée chez lui était celle de Berthilde, une vieille domestique, sèche et revêche, qui passait son temps à rouspéter et à astiquer les meubles.

Depuis toujours, Orféus admirait et craignait les regards des filles. Leur beauté le mettait dans un embarras terrible. Pourtant, rien n'aurait été plus facile que de faire taire cette volée de commères : il aurait suffi de garder son sang-froid, de prendre un air bravache et de leur expliquer qu'il se rendrait à la Citadelle, le lendemain, en tant qu'invité de marque... Elles auraient su, alors, à qui elles avaient à faire ! Au lieu de quoi, il leur offrait encore matière à rire ! Et ce baiser ! Quel affront !

Blessé, Orféus quitta sa chambre en hâte et descendit dans la salle, au rez-de-chaussée de sa maison. La pièce était sombre, son unique ouverture donnait de l'autre côté de la rue ; de là, il était certain qu'aucune des lingères ne le verrait.

Lorsqu'il s'approcha de son fauteuil, il constata qu'une fois encore Al ne lui avait pas obéi. Le gros chien s'y était roulé en boule, manifestement sourd à toutes menaces.

— Fiche le camp ! grogna Orféus. Tu es sur mon fauteuil.

Le saint-bernard ouvrit vaguement un œil.

— Tapis ! cria Orféus. Tu dois rester sur ton TAPIS !

L'animal se contenta d'ouvrir son deuxième œil. Pour finir, Orféus dut le tirer par les pattes pour pouvoir enfin récupérer sa place.

En réalité, le saint-bernard appartenait à son père. Il l'avait accompagné dans toutes ses expéditions maritimes. Mais quand le Capitaine était tombé malade, il en avait fait cadeau à Orféus. « Alizé est trop vieux, avait expliqué Annibal Mac Bott. Quand je le regarde traîner sa carcasse d'une pièce à l'autre, j'ai l'impression qu'il m'imite. Il me déprime. »

Orféus ne pouvait rien refuser à son père ; il avait donc accepté cet animal déprimant sous son toit. En revanche, il ne s'habituait pas à ce nom ridicule : Alizé. Comment un vieux saint-bernard à demi paralytique pouvait-il porter le nom d'un vent ? En secret, Orféus l'avait donc rebaptisé Al. De toute façon, ce chien n'en faisait qu'à sa tête.

Au fond, Orféus était très partagé : il appréciait la compagnie d'Al, et en même temps il nourrissait un profond ressentiment à son égard. Le vieux saint-bernard avait voyagé, lui ! Il avait parcouru toutes les mers du Monde Connu ! Il avait vu, de ses yeux de chien, tout ce qu'Orféus rêvait de découvrir : les contrées sauvages et les rivages lointains de l'Orniant, les tempêtes et les ouragans qui sévissent au large des

Terres d'Arémique, la trompeuse douceur de la mer d'Yprée...

— Tu ne connais pas ta chance, vilain cabot..., murmura-t-il. Finalement, c'est toi que le Coronador aurait dû inviter au mariage de la Princetta. Tu représentes bien mieux les Mac Bott que moi !

Il se recroquevilla un peu plus dans son fauteuil, remâchant ses sombres obsessions. Comme toujours dans ces cas-là, il revivait les événements anciens, et notamment ce fameux jour où ses rêves s'étaient écroulés.

Cela s'était passé, treize années plus tôt, quand Orféus avait onze ans. Chaque minute de cette journée, chaque parole s'étaient profondément inscrites dans sa mémoire.

À cette époque, Orféus était un enfant joyeux, curieux de tout, et pas timide pour un sou. Chaque jour, il se rendait sur le port, pour admirer les bateaux. Là, parmi les marins et dans l'odeur singulière du tabac brun et des cordages mouillés, il se sentait dans son élément. Il courait, infatigable, d'un quai à l'autre, enregistrant les noms des navires, leur tonnage, leur provenance et le nom de leurs destinations.

Ce jour-là, il avait fait la connaissance d'un capitaine de goélette qui cherchait à engager un mousse. Du haut de ses onze ans, Orféus avait planté ses yeux clairs dans ceux de l'homme. « Engagez-moi ! » avait-il dit. L'autre l'avait regardé avec un demi-sourire. Orféus n'était pas très costaud, mais il avait étudié tant d'ouvrages techniques, lu tant de récits, qu'il avait fini par convaincre le capitaine. « Va voir ton père et parle-lui, avait suggéré ce dernier. Nous appareillons dans quatre jours ! »

Le cœur palpitant d'excitation, Orféus avait couru à travers les ruelles de la Ville Basse, traversé le pont qui enjambe le fleuve, puis filé comme une flèche vers la colline de la Ville Haute, juste en face de celle où était perchée la Citadelle. C'était là, au pied du campanile, que se trouvait la demeure des Mac Bott.

Il avait ouvert la porte, et s'était précipité dans le bureau de son père, sans même prendre la peine de frapper. C'est à ce moment précis que tout avait basculé...

Soudain, Al se mit à grogner, troublant les réflexions d'Orféus.

— Tais-toi ! ordonna-t-il.

Mais le saint-bernard, babines retroussées, dressait ses oreilles et continuait de grogner. Orféus s'apprêtait à lui envoyer un petit coup de pied, quand il entendit frapper à sa porte. Al lâcha un aboiement rauque.

— Qui est-ce ? demanda Orféus en s'avançant dans l'entrée.

— J'ai un message pour Orféus Mac Bott ! répondit une voix fluette de l'autre côté.

Il ouvrit sa porte et découvrit un jeune garçon campé devant chez lui, pieds nus dans la poussière de la ruelle.

— Vous êtes Orféus ? s'enquit-il.

— Quel est le message ?

— Pour le savoir, c'est cent galniks.

Orféus poussa un soupir et fouilla ses poches à la

recherche de quelques pièces, qu'il tendit ensuite au petit messager. Le visage sale de ce dernier s'illumina de plaisir.

— C'est votre père qui vous demande, dit-il alors sur un ton important. Il vous attend ce soir, dans la Ville Haute. C'est très urgent.

Orféus fronça les sourcils.

— C'est une vieille qui m'a chargé de venir vous voir, précisa le garçon. Celle qui s'habille toujours en noir et qui ne sourit jamais.

— Berthilde ?

— C'est ça ! Elle m'a dit qu'elle ne pouvait pas quitter le Capitaine une seule seconde, parce qu'il est très malade.

— Merci, dit Orféus d'une voix sombre. Tu peux filer, maintenant.

— Oui, je dois rentrer chez moi..., dit le garçon en prenant un air ennuyé. Il est bien tard. Mes parents vont sûrement me gronder de traîner dehors à la nuit tombée.

Orféus leva les yeux au ciel et replongea sa main dans sa poche. Il y trouva deux autres pièces de vingt galniks qu'il jeta à terre.

— Pour ta peine ! lança-t-il en refermant sa porte.

Il entendit le gamin rire, puis s'enfuir en courant dans la ruelle. Dans le fond de la pièce, Al continuait de grogner sourdement, mais il ne lui prêta pas attention. Cette convocation urgente lui semblait de bien mauvais augure.

3

Deux barriques de Rioro

Malva et Filomène avançaient dans le passage secret, en comptant à voix basse. Il fallait cent vingt-huit pas pour atteindre les cuisines. Là, il faudrait bifurquer dans le couloir de gauche, puis compter cent quatre-vingt-cinq pas pour dépasser la lingerie, et deux cent trente pour atteindre, enfin, le bout du tunnel.

Lors des dernières répétitions, les jambes de Malva l'avaient portée sans faiblir, mais à présent, elle avait un mal fou à avancer sans chanceler. Elle transpirait sous sa capuche de laine.

À mesure qu'elle approchait des cuisines, les bruits de voix et de vaisselle se firent plus nets. Malva imaginait sans peine l'agitation et la bonne humeur qui devaient régner autour des tables où l'argenterie attendait d'être astiquée. Elle avait si souvent cherché la compagnie des servantes lorsqu'elle était petite !

Leurs gros rires et leurs manières rudes la distrayaient bien plus que les hypocrisies doucereuses des gens de son rang. Au grand dam de la Coronada d'ailleurs, qui, en guise de punition, la laissait enfermée pendant des heures devant l'Altar des Divinités.

— Plus vite ! la bouscula Filomène en la sentant hésiter.

Malva s'engagea dans la bifurcation et continua d'avancer dans les ténèbres jusqu'à sentir le courant d'air qui filtrait sous la dernière porte. Celle qui donnait vers l'extérieur, dans les écuries.

Là, Filomène passa devant elle et entrebâilla le panneau. L'odeur des chevaux monta instantanément à leurs narines. « Le parfum de la liberté », pensa Malva.

Entre les planches du toit de l'écurie, un rayon de lune tombait, faisant luire les anneaux métalliques des attelages. Au fond d'un box, une des bêtes raclait le sol avec son sabot. On entendait ses naseaux frémir.

Filomène entraîna sa maîtresse au-dehors, mais la força brusquement à s'accroupir derrière un tas de paille.

— Tout va bien, chuchota-t-elle. La charrette est là, prête à partir. Et l'Archonte monte la garde, comme prévu.

Elle saisit les mains de Malva sans cesser de la regarder.

— Mais es-tu certaine de ne pas faire une bêtise ? Tu peux encore décider de tout arrêter.

La Princetta fit tomber sa capuche en arrière, découvrant sa tête de hérisson.

— Je refuse définitivement ce mariage, affirma-t-elle.

— Tu renonces aussi au trône, précisa Filomène.

— Je renonce au trône.

— Tu ne vivras plus jamais dans la Quiétude et l'Harmonie, continua-t-elle d'une voix sévère.

— Je sais.

À chaque mot prononcé, Filomène serrait plus fort les mains de sa maîtresse. Ces paroles, elles les avaient déjà répétées tant et tant de fois dans le secret de l'alcôve... Elles sonnaient comme une ultime prière, comme un serment qu'on récite.

— Tu ne reverras peut-être plus ta mère, murmura encore la chambrière.

— La Coronada n'a jamais été une mère pour moi.

— Tu ne reverras peut-être plus ton père...

— Le Coronador n'a jamais été que le Coronador.

— Tu vivras comme une étrangère, partout où tu iras.

— Je préfère une vie de danger à une vie de poupée, répondit fermement Malva. Je ne suis pas un objet qu'on expose dans une vitrine.

— Alors... nous n'aurons pas de regrets.

Filomène rabattit la capuche sur le beau visage de la Princetta. Elle jeta un regard par-dessus le tas de paille, puis elle lui fit signe de la suivre.

L'Archonte se retourna en les entendant venir. Sous la lune montante, son crâne rasé ressemblait à un casque argenté. Malva s'approcha de lui et, comme à l'ordinaire, baissa la tête en signe de respect.

— Pas le temps pour les cérémonies, chuchota l'Archonte. Tout est en ordre, mais il ne faut plus traîner.

Il saisit la Princetta par le bras et l'entraîna à l'arrière de la charrette. Deux hommes attendaient, assis sur le siège de coche, la bride à la main, qu'on leur ordonne de partir. L'Archonte avait loué leurs services en ville, dans une de ces tavernes poisseuses où traînent les mercenaires. Ils avaient suivi à la lettre ses instructions : embauchés par un vigneron afin de livrer les barriques de Rioro prévues pour le banquet du mariage, ils repartaient avec leur charrette le soir même... À bord, une douzaine de barriques vides qu'ils devaient rapporter au chai.

— Montez vite ! pressa l'Archonte. Je vous accompagne jusqu'au poste de garde.

Malva eut un sursaut.

— Comment ? Vous n'irez pas plus loin ? Nous avions pourtant prévu...

L'Archonte passa une main sur son crâne rasé et plongea ses yeux gris dans ceux de sa jeune protégée.

— Réfléchissez, mon enfant. Je ne peux pas m'absenter de la Citadelle. Surtout pas ce soir. Cela éveillerait les soupçons. Mais soyez sans crainte. Les deux cochers sont fiables et je me suis assuré que le bateau vous attend dans le port de Carduze. À son bord, vous trouverez l'un de mes plus fidèles amis, Vincenzo.

Filomène tendait une oreille inquiète.

— Ce Vincenzo..., demanda-t-elle, vous êtes certain qu'il saura nous mener en Lombardaigne ?

— Absolument certain, sourit l'Archonte. Et pour lui prouver que vous venez bien de ma part, je vous remets ceci.

Il détacha la cordelette qui retenait sa médaille d'Archonte autour de son cou et la passa à Malva.

— Mon nom est inscrit au revers, dit-il. Avec ce gage, Vincenzo vous emmènerait au bout du Monde Connu.

Malva avait les mains posées sur la charrette, mais elle ne parvenait pas à se décider. Elle regrettait tellement que l'Archonte ne les accompagne pas jusqu'à Carduze ! Sa présence rassurante allait lui manquer terriblement.

— Quand nous serons en sécurité en Lombardaigne, dit-elle, je vous renverrai votre médaille. Ainsi, vous saurez que nous avons réussi. Il ne nous restera plus qu'à attendre de vos nouvelles.

L'Archonte posa sa main sur l'épaule de la Princetta.

— Comptez sur moi. Je prononcerai des vœux pour vous pendant le Rite de Quiétude. Et maintenant, dépêchez-vous ! La route est longue jusqu'à Carduze !

À moitié rassurées, Filomène et Malva montèrent dans la charrette, et la chambrière souleva le couvercle d'une des barriques.

— À toi l'honneur, Princetta, déclara-t-elle en se pinçant le nez.

Malva remonta sa jupe et enjamba le rebord. La barrique était juste assez large et profonde pour contenir une fille de quinze ans un peu ronde. L'odeur du vin Rioro qui imprégnait les parois lui fit tourner la tête, mais elle ne s'en plaignit pas. Pour vivre sa nouvelle vie de fugitive, elle devait s'habituer aux odeurs fortes.

Filomène se pencha pour lui confier le précieux baluchon, puis referma le couvercle. L'espace d'un instant, Malva eut l'impression d'être prisonnière d'un cercueil. Il faisait tellement noir... elle avait tellement peur...

Elle entendit Filomène ouvrir une seconde barrique pour s'y cacher à son tour. Il y eut un bruit sourd quand elle remit le couvercle en place. Sur un mot de l'Archonte, la charrette s'ébranla et se mit à rouler sur le sentier caillouteux qui menait vers la sortie de la Citadelle.

Dans la salle des Délicatesses, les préparatifs allaient durer une bonne partie de la nuit. Avec un peu de chance, la Coronada ne remarquerait pas l'absence de sa fille avant le lever du soleil, heure à laquelle il était prévu qu'elle entame sa toilette de future épousée. Les habilleuses, les coiffeuses, et les enquiquineuses de toutes sortes seraient bien déçues quand elles s'apercevraient que la mariée s'était envolée ! Le temps qu'on fouille chaque recoin de la Citadelle, midi sonnerait ! Plus de mariage ! Plus de festin ! Plus rien ! Quant au marié, ce prince d'Andemark que Malva détestait d'avance, il n'aurait plus qu'à chercher une autre Princetta à mettre dans son lit !

Brusquement, Malva songea à la lettre d'adieu qu'elle avait écrite. Par la Sainte Quiétude, elle l'avait oubliée derrière le miroir de la coiffeuse ! Elle voulut sortir de la barrique pour supplier l'Archonte de la récupérer, mais à cet instant la charrette ralentit. Le cocher faisait une halte au poste de garde. Il était trop tard pour se montrer ! Malva entendit l'Archonte parler et plaisanter avec les sentinelles et, quelques instants après, le cocher fit avancer les chevaux.

La charrette prit la direction du nord, à travers les plaines bordant le fleuve Gdavir. « Eh bien, pensa Malva, tant pis pour la lettre. Là où elle est, personne ne la trouvera avant longtemps. » Brinquebalée dans sa barrique puante, elle étouffait. Au bout d'un temps qu'elle jugea suffisant, elle souleva le couvercle pour pouvoir respirer l'air frais du dehors.

Au-dessus d'elle, les étoiles s'allumaient une à une sur le fond noir du ciel, et au loin, la Citadelle rapetissait. On ne distinguait plus que ses contours et les lueurs tremblantes des lampions suspendus dans les oliviers. Malva se mit à rire doucement. Elle songeait à la tête que feraient le Coronador et la Coronada, le lendemain. Leur dépit serait à la mesure des dépenses engagées dans la cérémonie : immense !

— Qu'est-ce que tu as ? chuchota Filomène depuis le fond de la barrique voisine.

— Rien, rien..., pouffa la Princetta. Viens voir comme c'est beau !

Filomène fit basculer à son tour le couvercle du tonneau. Sa tête longue et pâle émergea à la surface, mais un cahot du chemin la déstabilisa et son front vint heurter le rebord. Malva se mit à rire de plus belle.

— Je ne vois pas ce qui t'amuse tant, grommela Filomène en se frottant la tête.

— Si tu te voyais, ma pauvre... tu rirais aussi !

Filomène dévisagea Malva. Dans la pénombre, la barrique lui faisait un drôle de corps rond, sans bras ni jambes. Avec ses cheveux hirsutes, la Princetta était méconnaissable et, somme toute, la scène était assez cocasse. Le visage de la chambrière se fendit d'un sourire.

— Tu as raison, dit-elle. Nous voilà propres, toutes les deux ! Je suis sûre que nous allons empester le vin pendant des jours !

Elles éclatèrent de rire, tandis que les deux cochers, muets et impassibles, menaient la charrette vers les montagnes. Le paysage défilait, baigné de lune : des bouquets d'ifs, quelques cabanons de pierre isolés, de vastes étendues d'herbes folles. Il n'y avait pas âme qui vive et la route s'ouvrait largement devant les chevaux, comme pour les inviter à prendre le galop.

Plus tard, Malva et Filomène partagèrent un morceau de pain et une poignée d'olives noires.

— Je me demande si j'en ai déjà mangé d'aussi bonnes, murmura la Princetta.

— C'est qu'elles sont pimentées à la sauce de la liberté, répondit Filomène.

C'était vrai. Malgré les dangers qui la menaçaient, Malva ne s'était jamais sentie si légère. Elle ferma les yeux. Pour la première fois de sa vie, elle ne dormirait pas dans son lit. Pour la première fois de sa vie, elle désobéissait au Coronador, ainsi qu'aux préceptes de Quiétude et d'Harmonie. Avant de sombrer dans un sommeil inconfortable, elle serra la médaille de l'Archonte dans sa main, pleine de reconnaissance envers cet homme qui l'avait si bien comprise.

4

Le goût amer du secret

Orféus franchit le pont sans un regard pour les reflets d'argent dont la lune parait les eaux du Gdavir, et s'engagea dans une rue pavée qui montait droit vers la Ville Haute. Des odeurs d'amande et de tamaris flottaient dans l'atmosphère nocturne. Il leva les yeux en direction du campanile, érigé au sommet de la colline. Au pied de cette tour se trouvait la demeure familiale des Mac Bott. Orféus y était né, vingt-quatre ans plus tôt.

Toute son enfance avait été rythmée par les offices, les mariages et les enterrements, bercée par le son des cloches. Depuis qu'il habitait dans la Ville Basse, c'était cela qui lui manquait le plus : le carillon et l'angélus. Lorsqu'il était enfant, même les notes funèbres du glas lui plaisaient. Il se disait alors : « Tiens, quelqu'un est mort ! » Curieux, il sortait de chez lui en espérant voir passer le cercueil. Pour un enfant qui n'avait pas connu sa mère, voir un enterrement était particulièrement intéressant.

Mais aujourd'hui, il n'avait pas envie d'entendre le glas. Depuis que son père était tombé malade, il redoutait la mort. L'idée de se retrouver sans personne au monde l'anéantissait.

D'un pas rapide, il grimpa les rues escarpées jusqu'au campanile et, lorsqu'il frappa à la lourde porte de la maison, il eut l'impression d'entendre les coups du destin résonner à ses oreilles.

— Par la Sainte Harmonie ! Vous voilà enfin ! s'exclama la vieille Berthilde en lui ouvrant. Entrez vite. Le Capitaine vous attend !

Orféus suivit la silhouette maigre de la domestique.

— Comment va-t-il ?

Berthilde soupira et secoua la tête.

— Le médecin est encore venu ce matin. Il n'a pas laissé d'ordonnance.

Inquiet, Orféus traversa le bureau d'étude. C'était une longue pièce encombrée de meubles, de tapis, de livres et d'instruments de navigation. Aux murs, des masques de bois ouvraient leurs bouches difformes sur le vide ; il frissonna, comme autrefois, en croisant leurs yeux de coquillages. Les souvenirs de voyages d'Annibal l'avaient toujours un peu effrayé.

La pièce suivante sentait le renfermé, les fumigations et la maladie. Allongé sur un sofa, près de la cheminée, Annibal Mac Bott attendait.

— Bonjour, dit doucement Orféus en s'approchant.

La tête du vieil homme émergea de sous les couvertures. Il avait le teint gris, la peau fragile comme du papier. Ses yeux fiévreux se posèrent sur le visage de son fils.

— Je vais mourir, dit-il sans préambule. C'est bien que tu sois venu.

Une quinte de toux secoua le corps du Capitaine.

— Viens, viens plus près, haleta-t-il. Nous n'avons plus beaucoup de temps.

Orféus avait envie de protester, de lui dire que, peut-être, le médecin se trompait et que ses forces allaient revenir. Mais, de toute sa vie, il n'avait jamais contredit son père. Alors il se tut, comme d'habitude, et se contenta de s'asseoir près du sofa.

— Je dois te parler, commença Annibal. De quelque chose d'important. Mais les mots franchissent difficilement le cap de mes lèvres. J'ai dans la bouche un goût amer qui ne s'en va plus...

Sa main décharnée voulut saisir un flacon posé sur une tablette, mais elle tremblait trop. Orféus déboucha le flacon, puis, soutenant la tête de son père, l'aida à avaler une gorgée d'un liquide brun qui sentait la paille brûlée et le miel.

— Il faut que je trouve la force..., murmura Annibal. J'ai tellement attendu. Je n'aurais sans doute pas dû attendre si longtemps.

Orféus écoutait, sans comprendre. Il songea que la maladie faisait peut-être divaguer l'esprit de son père.

— Te souviens-tu de notre discussion ? lui demanda soudain celui-ci.

— Quelle discussion ?

— La seule véritable que nous ayons eue, tous les deux, d'homme à homme.

Orféus fronça les sourcils, comprenant que son père faisait allusion à ce qu'ils s'étaient dit, ce fameux soir, treize ans plus tôt.

— Tu veux parler de *cette* discussion ? demanda-t-il prudemment.

— Oui, oui. Tu avais onze ans. Tu es entré dans... dans mon bureau...

— ... sans frapper, je m'en souviens, murmura Orféus, troublé.

Il sentait encore peser sur lui la colère froide de son père lorsqu'il l'avait vu surgir à l'improviste, au milieu de ses livres, de ses instruments, de ses masques.

— J'étais tellement impatient, se rappela Orféus. Ce Capitaine, qui voulait bien de moi à bord de son navire... c'était une chance incroyable ! J'avais couru depuis le port, jusqu'à la maison, et sans réfléchir je suis entré dans ton bureau.

À l'évocation de ces souvenirs, le jeune homme ressentit un pincement au cœur. Pourquoi fallait-il toujours que ses obsessions le rattrapent ? Déjà, tout à l'heure, prostré dans son fauteuil, il avait revu défiler la scène.

— C'est à ce moment-là que tu m'as révélé la vérité..., soupira-t-il en dévisageant son père avec tristesse. Mais n'en parlons plus. C'est du passé, nous ne pouvons plus rien y faire. Veux-tu des nouvelles de ton chien ? Il se traîne un peu, mais il garde l'œil vif, tu sais... Ou plutôt, veux-tu que je te fasse la lecture pour te changer les idées ?

— Non, non ! s'énerva Annibal. Laisse Alizé où il est, et je ne veux pas de lecture ! Ce qui s'est passé ce jour-là est plus important. Que t'ai-je dit ?

Orféus essuya ses paumes moites sur son pantalon.

— Tu m'as parlé de ma naissance, murmura-t-il. Je savais déjà que ma venue au monde avait été difficile... et que ma mère n'y avait pas survécu. Mais j'ignorais que, moi aussi, j'avais frôlé la mort.

Il soupira et posa sa main sur celle de son père. Ces vieilles histoires lui causaient des tourments. Pourquoi les évoquer de nouveau ?

— Je t'ai expliqué que tu avais eu une commotion, reprit cependant son père. Et que ce choc avait manqué de te tuer.

— C'est bien ce que tu m'as dit, souffla Orféus. Tu m'as raconté que les médecins me croyaient perdu. Heureusement, tu m'as soigné, tu m'as veillé jour et nuit...

— Jusqu'à ce que tu sois hors de danger, c'est bien cela ? Et ensuite ? insista Annibal. Que t'ai-je encore dit ?

— Tu m'as expliqué que, malgré toute l'attention et tous les soins, j'avais gardé des séquelles. La commotion avait endommagé une partie de mon cerveau.

Le vieil Annibal fut secoué par un long frisson.

— Le cerveau, oui, c'est cela, murmura-t-il. Je voulais que tu comprennes à quel point ton mal était grave.

Les yeux embués de larmes, le vieil homme se redressa et cala sa nuque contre les coussins du sofa. Il passa sa langue sur ses lèvres comme quelqu'un qui n'arriverait pas à étancher sa soif.

— Tu n'as pas cherché à en savoir davantage, dit-il après un temps. Tu ne m'as demandé aucune preuve, aucun détail.

Orféus haussa les épaules.

— Qu'aurais-je pu demander ? La seule chose qui comptait pour moi, c'était la conséquence de ma maladie. Quand tu m'as expliqué que je ne pouvais pas naviguer...

Sa voix se brisa. À l'époque, son père était un homme grand et fort, un colosse au visage tanné par le soleil et les embruns. Face à lui, Orféus se sentait faible et soumis ; jamais il n'aurait osé mettre sa parole en doute.

— Tu m'as annoncé que si je prenais la mer, je risquais de mourir. Le roulis et le tangage rouvriraient ma blessure à la tête et provoqueraient des dégâts irréparables. Voilà ce que tu m'as appris, ce soir-là.

Orféus vit les mains de son père se refermer sur les couvertures. Il vit sa mâchoire trembler, ses joues se creuser.

— Je me souviens des mots que j'ai prononcés, murmura le Capitaine : « Pour toi, la mer, c'est la mort. Si tu montes à bord d'un navire, tu ne survivras pas plus de deux jours. »

Orféus ferma les yeux. Ces mots, cela faisait treize ans qu'il les entendait résonner à ses oreilles. Treize ans qu'il en souffrait.

Annibal tendit le bras vers le flacon contenant le liquide brun et Orféus lui en fit boire une nouvelle gorgée. En touchant les épaules de son père, il sentit sa peau brûlante de fièvre.

— Regarde-moi, articula le vieil homme une fois qu'il fut allongé. Regarde-moi bien, Orféus.

Il prit une respiration profonde...

— Ce n'était pas la vérité, lâcha-t-il. Je t'ai menti. Tu n'as pas eu de commotion, tu n'as jamais été malade. J'ai tout inventé.

Sur le moment, Orféus songea que son pauvre père délirait, qu'il perdait la tête. Il jeta un regard au flacon. La substance qu'il contenait donnait sans doute des hallucinations.

— Tu ne me crois pas, constata Annibal.

Orféus soupira et fit un sourire piteux à son père.

— Il ne me croit pas ! s'exclama encore le vieil homme au bord du désespoir. Et pourtant, cette fois, c'est la vérité !

L'agitation le reprit. Il se mit à dodeliner de la tête, à trembler, à faire des gestes incontrôlés. Orféus se sentait comme anesthésié. Il ne savait plus que dire, ni que faire.

— Écoute ! s'écria soudain Annibal. Va chercher mon journal de bord dans mon bureau ! Le gros registre en cuir noir ! Va !

Orféus se leva et, dans un état second, entra dans

le bureau. Le journal de bord était rangé sur les rayonnages de la bibliothèque, toujours à la même place depuis des années. Orféus s'en empara et le rapporta à son père, qui, les yeux clos, tentait de reprendre son souffle.

— Les preuves de mon mensonge sont inscrites dans ce journal, murmura Annibal. Tu pourras vérifier...

Il rouvrit péniblement les yeux.

— Je vais tout te dire, même si tu dois me haïr. Je te dois une explication, avant de m'en aller.

Orféus posa le journal sur ses genoux et attendit.

— J'ai toujours su que tu voudrais naviguer, commença son père. Tu as ça dans le sang, comme tous les Mac Bott. Et, par-dessus tout, je savais que tu ferais un bon marin, un bon capitaine. Depuis tout petit, je t'observe, Orféus... Tu apprends vite, tu as du courage, de l'énergie. Et surtout, tu as envie. Envie de partir, de découvrir.

Orféus écoutait ces mots, troublé jusqu'au fond de son âme. Jamais son père ne lui avait parlé de cette façon, si sincèrement. Jamais il ne lui avait fait autant de compliments.

— J'ai bien préparé mon mensonge, continua Annibal. Pour pouvoir te le jeter à la figure le jour venu. J'ai inventé cette histoire de commotion. Elle ne tenait pas debout, mais je savais que tu me croirais. Tu n'avais que moi au monde et tu m'as toujours fait confiance...

Il s'étrangla, toussa.

— ... j'ai abusé de cette confiance. C'est pourquoi je dois essayer de réparer ma faute avant qu'il ne soit trop tard.

À cet instant, Orféus entendit un bruit et se retourna. Berthilde se tenait au seuil de la pièce, un plateau à la main. Elle semblait bouleversée. Ses mains tremblaient tant que les verres posés sur le plateau s'entrechoquaient.

— Berthilde..., suffoqua le vieil Annibal. Elle, elle sait ! Elle sait que j'ai menti !

Orféus scruta le visage de la domestique. Depuis plus de trente ans, elle travaillait ici, au service de la famille Mac Bott. Elle appartenait à cette maison au même titre que les meubles. Ses yeux avaient sans doute vu tout ce qu'il y avait à voir, et ses oreilles entendu tout ce qu'il y avait à entendre. Même les silences.

— Dis-lui, Berthilde ! l'exhorta Annibal.

— Votre père a raison, avoua-t-elle avant de baisser la tête. Je savais.

Alors, le vieux Capitaine reprit :

— J'avais des secrets, mon fils. Ils sont inscrits dans mon journal... Durant quarante années, j'ai parcouru les mers du Monde Connu sous le drapeau de la Galnicie. J'étais un serviteur du Coronador. Officiellement, mon devoir était de contrôler les navires étrangers, de surveiller nos colonies, de faire régner l'ordre et de convoyer des marchandises. Mais je ne me contentais pas de si peu... À l'insu de tous, j'ai volé, j'ai pillé. J'ai même tué des hommes.

Sa voix se fit sourde et grave. Il leva les yeux vers son fils, qui le dévisageait avec effroi.

— J'étais un pirate, Orféus. Un véritable pirate. Que l'amertume des remords m'emporte !

À ces mots, Berthilde éclata en sanglots. Un verre tomba du plateau et se brisa sur le sol.

— Un pirate..., répéta Orféus en sursautant.

— J'ai agi contre les intérêts du pays, confirma Annibal. Je me suis enrichi, j'ai trompé la confiance du Coronador. Et il m'est arrivé d'éliminer des gêneurs, de mes propres mains. Tu liras tout cela dans mon journal.

Il fit une pause parce qu'il était exténué. Orféus sentait peser le registre en cuir, comme s'il avait eu un bloc de granit sur ses genoux. Ces révélations semblaient si folles !

— Si tu avais embarqué sur un bateau, reprit Annibal d'une voix presque calme, tu aurais sans doute découvert mon secret. Des marins auraient parlé. Ou pire ! Je m'imaginais, un jour, une rencontre entre toi et moi, en pleine mer... Qu'aurais-je fait ? Aurais-je donné l'ordre de tirer sur le navire où se trouvait mon propre fils ? Je ne voulais pas être confronté à cette situation. Il fallait que je trouve le moyen de t'empêcher de devenir un marin.

Il ajouta :

— Voilà la vérité, Orféus. Tu vas me haïr, mais au moins tu es libéré du mensonge dans lequel je t'avais enfermé. Maintenant, si tu le désires, tu peux prendre la mer... car je sais... oui, je sais que tu sauras naviguer.

La tête grise d'Annibal retomba lourdement sur le côté. Sa poitrine se soulevait avec difficulté.

Orféus se tourna vers Berthilde qui, debout au fond de la pièce, ne cessait de pleurer. Dans la cheminée, le feu mourait lentement. Il se leva, le journal de bord sous le bras. Comme il s'éloignait du sofa, les cloches du campanile sonnèrent les douze coups de minuit. Il était tellement abasourdi qu'il se sentait vide de tout sentiment.

— Veillez sur mon père, recommanda-t-il simplement à la domestique en passant près d'elle. Et prévenez-moi quand il sera mort.

C'était tout ce qu'il pouvait faire : quitter la maison de son enfance. Partir avec le secret. Laisser son père s'éteindre, sans aucun commentaire.

Dehors, l'air avait fraîchi. Les rues vides paraissaient figées dans le silence. Orféus rentra chez lui sans rien voir. Il marchait à la façon d'un automate. Plus rien n'avait de sens. Il ne savait même plus qui il était.

La tête grise d'Amina [illegible] sur le côté. Sa poitrine se soulevait avec difficulté.

Orfeu se tourna vers Berthilde qui, debout au fond de la pièce, ne cessait de pleurer. [illegible] le [illegible] lentement. Il se leva, [illegible] de bord sous le bras. [illegible] sentiment.

[illegible]

[illegible] qu'il pouvait faire [illegible] la maison de son enfance. [illegible]

[illegible] Les yeux [illegible] doucement le couvercle [illegible] le ciel et la mer. Là, devant elle, s'étalait le [illegible]

[illegible] ce qu'elle devait [illegible] dans la chambre [illegible]

— Restez cachée [illegible]

[illegible]

[illegible] les lèvres [illegible]

5

L'*Estafador*

Malva sortit de sa torpeur en entendant les cris des goélands. Les yeux bouffis de sommeil, elle repoussa doucement le couvercle de sa barrique. L'aurore enflammait le ciel et la mer. Là, devant elle, s'étalait le petit port de Carduze. Quand elle aperçut les bateaux amarrés dans la rade, les battements de son cœur s'accélérèrent, mais elle n'eut pas le temps de se demander ce qu'elle devait faire. Un des deux cochers venait de sauter dans la charrette. Il fronça ses gros sourcils.

— Restez cachée, ordonna-t-il. Nous allons vous faire embarquer.

D'un geste brutal, il referma le couvercle et le cercla solidement.

Peu après, Malva entendit des voix, puis elle sentit qu'on la déplaçait. Quand la barrique bascula, elle dut se mordre les lèvres pour étouffer un cri de panique.

D'autres voix lancèrent d'autres ordres. Maintenant qu'elle était bien réveillée, la Princetta ressentait des courbatures, des crampes dans ses jambes et des fourmillements au bout des pieds. Mais que penseraient les marins s'ils voyaient une jeune fille surgir d'un tonneau ? Il fallait attendre. Ne rien dire, ne pas bouger. Faire la morte.

La barrique s'ébranla brusquement, retomba sur le flanc et se mit à rouler. À l'intérieur, Malva tourneboula dans tous les sens, jusqu'à en perdre le souffle. À un moment, des craquements lui firent craindre que les cerceaux n'éclatent, mais la barrique finit par s'immobiliser, intacte.

— Qu'y a-t-il de si lourd, là-dedans ? souffla une voix d'homme.

— Un porc entier, à mon avis ! répondit une seconde voix.

— Bien, allons chercher l'autre !

Malva entendit des pas s'éloigner. Du porc ! Malgré la fatigue et les douleurs qui lui traversaient maintenant le dos, Malva parvint à sourire. Une Princetta déguisée en barrique de porc, voilà qui n'était pas commun !

Elle attendit, à moitié assommée, dans le noir et la chaleur. Enfin, les hommes revinrent en poussant devant eux un autre tonneau, sans doute celui qui contenait Filomène.

— Au moins, on manquera pas de viande, fit remarquer l'un en reprenant son souffle.

— Le porc, ça s'accommode bien avec le Rioro ! dit l'autre en salivant.

Puis le silence retomba. Malva percevait seulement, par intermittence, des voix et des bruits de pas au-dessus de sa tête. En tendant l'oreille, elle devina les clapotis de l'eau et des grincements métalliques, comme si on actionnait des poulies rouillées. Elle se trouvait sûrement à bord du navire de Vincenzo...

Maintenant, quoi qu'il arrive, il était trop tard pour faire demi-tour. Les deux cochers étaient repartis et là-bas, dans la Citadelle, la rumeur de sa disparition devait souffler dans les corridors à la vitesse d'un courant d'air. Malva sentit sa gorge se nouer. Ce n'étaient pas les remords qui l'étreignaient, ça non ! mais plutôt la crainte d'un avenir plein d'incertitudes. Filomène avait de la famille en Lombardaigne, des cousins éloignés, chez qui elles espéraient trouver l'hospitalité. Ces cousins se montreraient-ils compréhensifs ? Accepteraient-ils de leur venir en aide ? Et ensuite ? Combien de temps durerait leur exil ?

Tout à coup, elle entendit qu'on chuchotait près d'elle. Elle se raidit, souffle court, dans l'étroitesse de sa cachette. Puis quelqu'un frappa sur la barrique.

— Vous êtes là ? demanda une voix d'homme. Je suis Vincenzo, commandant de ce navire. Vous allez bien ?

— Oui..., répondit timidement Malva.

Un pied de biche souleva le couvercle. Quand la Princetta leva les yeux, elle découvrit un visage sombre qui se penchait vers elle.

— Votre supplice prend fin, déclara l'homme avec douceur. Vous pouvez sortir.

Non sans difficulté Malva parvint à s'extraire de la barrique. Chaque muscle de son corps, en se dépliant, lui arrachait une grimace de douleur, et lorsqu'elle fut enfin debout, elle fut prise de vertiges. Vincenzo dut la soutenir par les épaules. Ses yeux tombèrent aussitôt sur la médaille de l'Archonte, que Malva portait autour du cou.

— Je vois que votre protecteur n'a négligé aucun détail, sourit-il. Soyez sans crainte. Dans six ou sept jours, nous accosterons en Lombardaigne. Mes hommes sauront tenir leur langue. De toute façon, ils ignorent qui vous êtes. Pour eux, vous serez une simple passagère.

— Et ma chambrière ? s'inquiéta Malva.

Vincenzo souleva le couvercle de la seconde barrique.

— C'est bien elle ? interrogea-t-il.

La Princetta se pencha et découvrit Filomène, inanimée au fond de son tonneau.

— Elle a perdu connaissance ! s'écria Malva affolée. Sortez-la ! Il faut qu'elle respire !

Vincenzo posa un doigt avisé sur ses lèvres et secoua la tête :

— Écoutez, murmura-t-il.

Malva fronça les sourcils. En effet, la respiration de Filomène semblait paisible et régulière. Un ronronnement sortait de sa bouche à intervalles réguliers... Elle dormait profondément.

— Laissons-la pour le moment, voulez-vous ? proposa Vincenzo. Accompagnez-moi sur le pont. Vous avez besoin de reprendre des couleurs.

Malva récupéra son baluchon et suivit le capitaine par l'échelle de l'écoutille centrale.

Dehors, le soleil inondait tout. Malva cligna des yeux, éblouie, puis, peu à peu, elle devina des formes au loin. Au-delà des bastingages, les côtes s'éloignaient déjà. Elle se retourna. Les voiles étaient hissées ; elles se gonflaient sous la brise, comme les joues d'un géant qui jouerait de la trompe.

— Bienvenue à bord de l'*Estafador* ! clama Vincenzo.

Au grand jour, la figure du capitaine restait aussi sombre qu'à fond de cale. Sa peau semblait noircie au charbon, mais ses yeux parfaitement verts, pareils à ceux des chats, donnaient un éclat de malice à son visage ténébreux. Il inspirait le respect et la confiance, au même titre que l'Archonte, et Malva se sentit tout de suite en sécurité près de lui.

Elle s'avança jusqu'à la lisse de dunette et se pencha par-dessus bord. L'écume moussait le long de la coque. Elle respira profondément, nez au vent, avec une joie infinie. Et dire qu'elle se trouvait là, sur cette mer, filant vers l'inconnu, plutôt que dans le Sanctuaire, au milieu d'une foule d'invités en tenue de gala ! C'était extraordinaire ! Elle n'en revenait pas d'avoir osé s'enfuir, d'avoir osé agir pour son propre compte, sans se soucier de la bienséance, ni des préceptes de Quiétude et d'Harmonie !

Elle ouvrit son baluchon et en sortit la robe qu'elle portait encore la veille, dans laquelle Filomène avait roulé les mèches de ses cheveux. Cette robe, plus jamais elle ne voudrait l'endosser. Plus jamais ! Soudain, d'un geste de défi, elle la jeta dans la mer.

— Bon vent ! cria-t-elle en riant.

La robe vola un instant au-dessus des flots, parmi les mèches de cheveux qui s'éparpillaient dans le sillage du bateau, puis elle se posa sur les vagues, comme un oiseau élégant. Malva regarda le morceau de tissu s'éloigner. Elle sourit. C'était fini, maintenant. Tout ce qui faisait d'elle une Princetta soumise allait être englouti par les flots. Il ne lui restait plus qu'à vivre sa vie ! Une ivresse extraordinaire lui fit tourner la tête et elle perdit l'équilibre.

Vincenzo se précipita et la prit doucement par le bras :

— Allons, Princetta, ne soyez pas si impatiente. Vous quitterez l'*Estafador* bien assez tôt !

6

Busarques et espinglons

La Ville Basse était en pleine effervescence. Dans chaque ruelle, dans chaque échoppe et dans chaque maison, on ne parlait que d'une chose : de la disparition de la Princetta. Tôt ce matin, la rumeur avait dévalé les terrasses, franchi les murs d'enceinte de la Citadelle, pour se répandre comme une coulée de lave dans toute la ville. Et maintenant, rien ne pouvait plus contenir la clameur qui s'élevait de partout.

— Quel malheur ! se lamentaient les jeunes filles.

— Retrouvons notre Princetta ! criaient les hommes.

— C'est un complot ! accusaient les plus méfiants.

— Ou une farce ? s'interrogeaient les plus dubitatifs.

Tandis que les domestiques fouillaient la Citadelle, le Coronador avait lancé ses gardes à la recherche de sa fille. Des troupes en armes patrouillaient dans les rues, sur les ponts, et jusque dans le port.

Seul Orféus restait sourd au raffut général. Car rien, pas même un tremblement de terre, n'aurait pu le détourner de son cataclysme personnel.

Depuis la veille, il était prostré dans son fauteuil, incapable de bouger, le journal de bord d'Annibal Mac Bott posé sur ses genoux. Il ne l'avait pas encore ouvert. Il n'en avait pas la force.

Les révélations stupéfiantes de son père le plongeaient dans un tourbillon d'émotions contradictoires. Il se sentait à la fois humilié, en colère, mais aussi soulagé et dérouté. Tous ces sentiments l'assaillaient en désordre, au point qu'il se demandait s'il n'allait pas devenir fou. Comment réagir autrement lorsqu'on réalise que sa vie s'est bâtie sur un énorme mensonge ?

Couché devant la cheminée, Al ne bougeait pas non plus. Autour de lui, des restes de pain jonchaient son tapis. Durant la nuit, comme il voyait que son maître ne s'occupait pas de lui, il avait déniché de quoi manger dans la cuisine. Repu, un filet de bave aux babines, il dormait maintenant du sommeil du juste.

Des coups retentirent soudain à la porte.

Orféus redressa la tête, hébété. Il ne savait plus très bien où il était, ni quelle heure il pouvait être. Cependant, comme les coups redoublaient et que des voix impérieuses lui ordonnaient d'ouvrir sa porte, il se leva. Le registre en cuir tomba lourdement à terre.

Il découvrit que des soldats se tenaient devant chez

lui, brandissant des busarques et des espinglons à canons évasés.

— Laissez-nous entrer ! dit leur chef. Par ordre du Coronador !

Sans attendre la réponse, les soldats pénétrèrent dans le logis en martelant le sol avec leurs galoches à talons métalliques. Sous le regard incrédule d'Orféus, ils soulevèrent les battants des coffres, retournèrent les coussins des fauteuils, ouvrirent toutes les portes, et fouillèrent les placards. Ils voulurent même vérifier que rien n'était caché sous le tapis. Dérangé dans sa sieste, le vieux saint-bernard montra les crocs mais, son arrière-train l'empêchant de se précipiter sur ses agresseurs, il se contenta de changer de place. Enfin, les hommes passèrent leurs busarques dans le conduit de cheminée et, comme il n'en tombait que de la suie, ils montèrent à l'étage.

Là, leur chef plissa les yeux d'un air malin.

— Le lit est intact, dit-il.

Il se retourna vers Orféus, qui les suivait à travers les pièces, sans rien comprendre.

— Où étiez-vous, cette nuit ? On dirait que vous n'avez pas dormi ici.

Orféus murmura d'une voix enrouée :

— J'ai dû m'assoupir dans mon fauteuil. Que cherchez-vous au juste ?

Les soldats échangèrent des regards suspicieux. Toute la ville était au courant ; ce jeune homme se moquait-il d'eux, par hasard ?

— Fouillez encore ! ordonna leur chef en pointant le canon de son espinglon vers Orféus. Je l'ai à l'œil !

Les autres s'emparèrent du matelas, soulevèrent le sommier, vidèrent l'armoire et les tiroirs. Ce déballage brutal agit sur Orféus comme une douche froide et il recouvra ses esprits.

— Je n'ai rien à cacher ! s'indigna-t-il alors. Ce que vous faites va à l'encontre des préceptes de Quiétude et d'Harmonie !

— Les préceptes de Quiétude et d'Harmonie sont suspendus jusqu'à nouvel ordre ! rétorqua le chef des soldats. Jusqu'à ce que la Princetta soit retrouvée !

Orféus eut un mouvement de surprise, mais il renonça à demander des explications. Durant toutes ces années de paix, les espinglons et les busarques ne servaient plus que de décorations aux murs des salles des gardes. Mais cette fois, ça sentait la poudre pour de bon.

Au bout d'un moment, comme ils ne trouvaient rien, les soldats quittèrent les lieux, sans omettre toutefois de menacer Orféus des pires représailles s'il leur avait caché quoi que ce fût.

— Si vous êtes si attaché aux préceptes divins, ajouta le chef, la prochaine fois, dormez donc dans votre lit ! Une nuit dans un fauteuil n'apporte aucune quiétude.

Puis il sortit en ricanant, abandonnant Orféus à son désarroi. Sa maison ne ressemblait plus à rien... ou plutôt si : elle était désormais à l'image de son esprit, confuse et sens dessus dessous.

Maintenant qu'il était bien réveillé, Orféus entendait les cris et les lamentations qui couraient dans les ruelles. C'était donc vrai : la Princetta avait disparu ! Comment une chose pareille s'était-elle donc produite ? Lorsqu'il remonta dans sa chambre avec l'intention de ranger un peu, il constata que les lingères s'étaient rassemblées sur les toits des maisons d'en face. Elles n'étaient pas à leur tâche, comme d'ordinaire. Elles se hissaient sur la pointe des pieds, en essayant de voir ce qui se passait dans la Citadelle.

Discrètement, Orféus ouvrit sa fenêtre.

— Ils vident les bassins ! s'exclama une des femmes.

— Par la Sainte Harmonie, gémit une autre, pourvu que la Princetta ne s'y soit pas noyée !

— Regardez ! C'est l'Archonte en personne ! s'écria la plus âgée en pointant son doigt vers la façade ouest. Il interroge les domestiques !

— Ils vont passer un sale quart d'heure, commenta une troisième. L'Archonte doit être au comble de l'inquiétude !

— Et là-bas ! remarqua la plus jeune. Des bogheis arrivent, tirés par des chevaux !

— C'est la délégation du Prince d'Andemark ! confirma une grande maigre. Quelle catastrophe ! Et dire que la cérémonie va être annulée !

— Si la Princetta n'est pas retrouvée, nous serons couverts de honte, soupira la plus âgée. Par ma foi, nous entrons dans une période bien funeste.

Orféus en avait assez entendu ; il referma sa fenêtre.

« Une période bien funeste. » Cette dernière phrase lui faisait un effet étrange. C'était comme si, par les hasards de l'infortune, son destin et celui de son pays venaient de basculer ensemble, en une seule nuit.

Il en était là de ses réflexions, quand de nouveau on frappa à sa porte. Il sentit son dos se couvrir de sueur. Les soldats revenaient-ils pour l'arrêter ? Le croyaient-ils suspect ? Dans son esprit surchauffé, tout allait tellement vite, qu'il se demanda même si la vérité sur son père ne venait pas d'arriver aux oreilles du Coronador.

Il dévala l'escalier et alla chercher le tisonnier près de la cheminée. Si les soldats voulaient l'emmener, ils trouveraient d'abord à qui parler ! Orféus s'approcha de la porte, et l'ouvrit brusquement en brandissant son arme improvisée.

Mais il n'y avait aucun soldat sur le seuil. C'était seulement la vieille Berthilde qui attendait là, pétrifiée, un foulard noir noué dans ses cheveux gris.

— Par la Sainte Quiétude ! s'écria-t-elle. Que faites-vous ?

Orféus posa précipitamment son tisonnier et bredouilla quelques excuses. La servante le dévisageait avec une expression douloureuse et il comprit aussitôt l'objet de sa visite.

— Il est mort, c'est ça ?

Berthilde hocha la tête.

— Cette nuit même, dit-elle dans un souffle. Quelques heures seulement après votre départ.

Orféus resta un moment les bras ballants, debout dans les courants d'air. Il frissonna et éternua deux fois. Depuis la veille, et malgré la douceur de l'été, il ne parvenait pas à se réchauffer.

— Qu'allons-nous devenir ? se lamenta Berthilde en étouffant ses sanglots.

Orféus la dévisagea gravement ; il la connaissait depuis toujours, et pourtant il avait l'impression de la voir pour la première fois. Il comprit à ce moment qu'il n'avait plus personne sur qui compter. Il n'avait jamais eu d'amis, son père était mort et, entre lui et Berthilde, il y avait désormais ce gouffre qu'avait creusé le mensonge.

— J'ai pu m'entretenir avec le saint-diafé, l'informa encore la vieille servante. Avec les événements qui ont lieu à la Citadelle, plus rien n'est sûr... Le Coronador a fait interdire toutes les cérémonies. Mais je me suis arrangée pour que l'enterrement ait lieu quand même. Ce ne sera pas avant plusieurs jours, le temps que les choses se calment.

Orféus hocha la tête.

Avec la suspension des préceptes de Quiétude et d'Harmonie, c'était toute l'organisation du pays qui se trouvait bouleversée.

— Mais pour le reste ? insista Berthilde. Que va devenir la maison ? Et les meubles, les livres, les souvenirs ? Bien sûr, votre père vous lègue tout.

— Je ne veux rien, répondit calmement Orféus.

— Mais... sa fortune ? Elle est considérable. Qui va s'en occuper ?

— Faites au mieux, dit Orféus. Gardez tout, si vous voulez.

La pauvre Berthilde eut du mal à retenir ses larmes, mais elle ne lui fit aucun reproche.

— Au cimetière, vous viendrez ? demanda-t-elle seulement.

— Prévenez-moi et j'y serai, dit Orféus. Maintenant, laissez-moi.

Il éternua encore, puis referma sa porte, laissant la vieille femme, brisée de chagrin, s'en retourner vers la Ville Haute.

7

L'histoire du vieux Bulo

Même après plusieurs jours, Filomène ne s'était pas habituée au roulis. En proie à un tenace mal de mer, elle restait obstinément enfermée dans sa cabine. Malva, en revanche, se sentait parfaitement à son aise sur l'*Estafador*. Elle avait troqué ses robes contre un pantalon de matelot et une vareuse en grosse toile. Ainsi accoutrée, et avec ses cheveux courts, elle ressemblait presque à un garçon, si bien que les hommes d'équipage s'amusaient à l'appeler « moussaillon ». Ravie, elle passait son temps à courir du gaillard d'avant à la dunette arrière, observant la manœuvre des voiles et demandant qu'on lui apprenne tout de la navigation.

Ces dernières années, l'enseignement que lui avait prodigué l'Archonte concernait essentiellement les mathématiques, la botanique, les légendes, la géographie terrestre et l'histoire des dynasties galniciennes. Jamais il ne lui avait appris la science du gréement des bateaux. Aussi inscrivait-elle avec délices ces noms nouveaux et poétiques dans ses carnets : *estropes, pantoires, manilles, drisses* et *écoutes*... Parfois les marins la laissaient grimper dans les haubans, d'autres fois Vincenzo lui montrait comment faire le point à l'aide du sextant. Malva était aux anges. En fin de journée, lorsqu'elle descendait rejoindre Filomène, toute pâlotte, allongée en travers de sa couchette, elle ne tarissait pas d'éloges sur le voyage.

— C'est tellement enivrant de naviguer ! Je suis certaine qu'un jour j'écrirai une histoire de marins ! Si tu sortais de ton terrier, je pourrais t'apprendre le nom des voiles, ce serait amusant !

Filomène se rencognait dans ses oreillers, une main sur la bouche pour refouler ses nausées. Mais un soir, enfin, comme elle se sentait moins malade, elle se laissa convaincre par la Princetta.

— Allez, viens ! lui dit cette dernière. Montons rejoindre l'équipage ! Le cambusier a fait frire des sardines et tu as besoin de manger quelque chose ! Regarde comme tu es maigre. Que diront tes cousins de Lombardaigne en te voyant ? Ils croiront que les Galniciens ne savent pas se nourrir !

Chancelante, Filomène se laissa guider par les escaliers de l'écoutille. Elles émergèrent sur le pont au moment où le soleil se couchait. À perte de vue, la mer d'Yprée moutonnait, et la crête des vagues s'ornait d'une écume rosée.

— D'après Vincenzo, nous accosterons en Lombardaigne demain soir, murmura Malva. Tu as tout juste le temps de profiter du spectacle.

Filomène sourit à la Princetta. Jamais elle ne l'avait vue si gaie, si vivante et enjouée. Au milieu du pont, les marins s'étaient rassemblés pour boire et manger. Une odeur de grillé flottait dans l'air. Sans doute les sardines de la mer d'Yprée ne valaient-elles pas les harengs galniciens mais, tout de même, Filomène se sentit brusquement en appétit.

— Allons avec eux, l'encouragea Malva. Tu vas voir ! Quand ils ont bien bu, ils chantent et ils racontent des histoires stupéfiantes !

La chambrière vint s'asseoir à côté de la Princetta. L'équipage de l'*Estafador* comptait une vingtaine d'hommes. Leurs visages burinés, marqués de cicatrices anciennes, leur langage grossier et leurs rires gras ne semblaient pas déranger Malva le moins du monde. De leur côté, les marins s'amusaient beaucoup de la voir manger ses sardines en se brûlant les doigts, et l'ambiance était si bon enfant que Filomène finit par se détendre. Elle se laissa même servir un godet de Rioro, puis un second et un troisième. Le rouge lui monta aux joues.

— À la Lombardaigne ! Et vive Filomène ! scandèrent les marins en levant leurs bouteilles.

— À la Lombardaigne, répondit la chambrière.

Enfin, quand il ne resta plus que les arêtes des sardines, un des marins s'empara de sa mandoline et commença à pincer les cordes.

— Il s'appelle Silvio, souffla Malva à l'oreille de Filomène. Il chante si bien le lamento qu'on se croirait déjà en Lombardaigne...

Dans le ciel mauve, les premières étoiles apparaissaient. La voix de Silvio fit bientôt taire les discussions et les autres marins reprirent les chansons en chœur. Vincenzo vint alors discrètement se joindre au groupe. Filomène lui trouva une drôle de figure. Elle se pencha vers Malva pour lui faire part de son sentiment, mais la Princetta la rassura :

— Vincenzo travaille tard tous les soirs. Il m'a montré comment il fait le point en se repérant aux étoiles. Il se sent responsable de nous, c'est pour ça qu'il a l'air tendu.

Elle ajouta :

— N'oublie pas : j'ai la médaille de l'Archonte autour du cou ! Cela nous protège de tous les malheurs !

Filomène soupira et s'abandonna peu à peu au chant des marins, tandis que Malva tapait joyeusement dans ses mains. Plus tard, quand Silvio rangea sa mandoline, elle se leva d'un bond.

— Filomène n'a pas entendu les histoires que vous m'avez racontées, dit-elle. Si nous devons nous quitter demain, dites-en une pour elle !

Bulo, le plus vieux des marins, se leva. Les autres soirs, il était resté muet, se contentant d'opiner du bonnet en écoutant ses camarades.

— C'est à mon tour de faire partager à ces demoiselles ma longue expérience de la mer ! déclara-t-il.

Alors, debout sous les étoiles, une bouteille de Rioro à la main, il se mit à décrire un de ses voyages.

— C'était il y a longtemps, commença-t-il d'une voix chevrotante. J'étais jeune, à cette époque ! Et je n'avais pas peur d'affronter l'inconnu. J'avais embarqué à bord de la *Fabula*, une goélette affrétée par un armateur de Polvaquie.

Déjà, Malva était conquise. Elle appuya son menton dans ses mains et ne bougea plus.

— Nous sommes partis vers l'est, destination les Hautes Terres de Fridge, poursuivit le vieux Bulo. Mais, alors que nous approchions des côtes, une tempête effroyable s'est abattue sur la *Fabula*. Une pluie drue, si violente que les gouttes trouaient le pont ! Des éclairs ! Par tous les dieux, des éclairs si puissants que certains de mes camarades en sont restés aveuglés ! Et la houle...

Il reprit son souffle et une rasade de Rioro.

— Ah, mes amis ! Jamais je n'ai connu une mer si furieuse, murmura-t-il, les yeux exorbités, comme s'il revoyait la scène et que la peur le saisissait de nouveau.

Nonchalamment appuyée sur l'épaule de Filomène, Malva eut un frisson. Ces évocations de tempête lui rappelaient les récits dont l'Archonte l'avait abreuvée et lui procuraient un vif plaisir.

— La goélette a coulé ? demanda-t-elle.

Le vieux Bulo se tourna vers elle. Ses cheveux épars se dressaient sur son crâne fripé.

— Non, non ! dit-il sur un ton mystérieux. Si nous

avions coulé, je ne serais pas là pour vous conter cette histoire !

— Je pensais que vous étiez le dernier survivant du naufrage, murmura Malva. C'est tellement exaltant !

Bulo secoua sa tête hirsute.

— Si vous connaissiez les récifs qui bordent les Hautes Terres de Fridge, vous sauriez qu'on ne peut pas y survivre.

— En effet ! intervint Vincenzo en sortant de la réserve qu'il avait affichée jusque-là. Ces récifs sont au moins aussi redoutables que ceux qui jalonnent la frontière entre la Lombardaigne et le pays de Sperthe.

D'autres marins approuvèrent gravement.

— Dommage qu'on ne puisse pas voir ces écueils de près ! s'exclama Malva. J'aimerais tant connaître le goût de la peur !

Filomène lui envoya une bourrade et la fit taire d'un regard. Pour son esprit simple de fille du peuple, parler de naufrage à bord d'un navire revenait à tenter les démons. Vincenzo approcha son visage du petit brasero où l'on avait fait cuire les sardines. Il alluma un cigare sur les braises et des lueurs inquiétantes jouèrent un moment sur sa face noire.

— Je ne vous souhaite pas de faire connaissance avec ces récifs, susurra-t-il en plantant ses yeux de chat dans ceux de Malva. Vous seriez déchiquetée.

— Ça suffit ! s'écria Filomène. Vous nous effrayez avec vos histoires !

— Pas du tout ! s'insurgea Malva. Moi, je veux entendre la suite !

Le vieux Bulo avala une nouvelle gorgée de vin. Dans les ténèbres épaisses qui avaient envahi le pont, sa voix se fraya lentement un passage :

— La tempête ne nous envoya pas par le fond, mais elle nous détourna de notre route. Des jours durant, le vent se déchaîna dans les voiles qui n'étaient plus que des lambeaux. Bien des hommes moururent. Nous dérivions vers l'est, toujours vers l'est, sans pouvoir rien faire. La faim et la peur creusaient nos joues et serraient nos cœurs. Enfin, un beau matin, le vent tomba et l'étrave de la *Fabula* s'enfonça dans une langue de sable. Nous nous étions échoués.

— Où étiez-vous ? demanda Malva, les yeux luisants.

— Justement, jeune demoiselle ! Nous ne le savions pas ! Car nous venions d'aborder dans un pays dont aucune carte ne mentionnait l'existence !

Il y eut soudain un brouhaha parmi les marins. Silvio s'esclaffa :

— Et voilà, c'est toujours pareil avec cette canaille de Bulo ! Il faut qu'il remette ça avec son foutu pays imaginaire !

Les autres se mirent à rire, mais Bulo ne semblait pas disposé à s'arrêter là.

— Écoutez, enchaîna-t-il, ce pays existe, puisque j'y suis allé ! Et je jure sur la tête de mes ancêtres que si je pouvais retrouver le chemin qui y mène, c'est là-bas que je voudrais finir mes jours ! Car...

— Arrête ! l'interrompit encore Silvio. C'est des salades, tout ça ! Tu as perdu la boule, Bulo !

Malva regardait tour à tour le vieil ivrogne et les autres marins hilares, cherchant à savoir qui disait la vérité. Quant à Filomène, elle se trémoussait d'impatience.

— Il est bien tard, dit-elle soudain. Je propose que nous allions nous reposer. Demain, en Lombardaigne...

— Oh non ! la supplia Malva. Laisse Bulo finir !

Vincenzo écrasa son cigare. Des étincelles s'envolèrent dans la nuit noire.

— Oui, finissons-en ! déclara-t-il. Après, nous irons tous dormir car la journée s'annonce bien longue, en effet !

Ainsi encouragé, le vieil homme acheva son histoire et Malva l'écouta, éblouie.

— Ce pays, nous l'avons appelé Elgolie, jeune demoiselle. Et, comme je vous l'ai dit, c'est là-bas que je voudrais finir ma vie. Le climat y est chaud et sec, mais la terre reste fertile tout au long de l'année car des centaines de rivières arrosent ses plaines. Des oiseaux rouges peuplent son ciel. Les arbres croulent sous le poids de leurs fruits et les habitants ignorent la misère. Il y a, dans le secret d'une forêt, un lac dont les eaux bouillonnent. Le lac Barath-Thor. Celui qui s'y baigne rajeunit de dix ans ! Et puis, au sommet de la montagne Ur-Tha, se dresse un arbre millénaire. Lorsqu'on s'assoit sur la plus haute branche, par une sorte de magie, on peut voir l'autre bout du Monde Connu. Ainsi, vous pouvez toujours savoir comment vont les gens que vous avez laissés, en Galnicie ou ailleurs. Pour finir, il existe une baie merveilleuse. La baie de Dao-Boa. Un vent sucré y souffle doucement, et il vous suffit de respirer cet air pour vous sentir infiniment heureux.

Le vieux Bulo soupira, nostalgique. Il s'envoya une dernière rasade de Rioro au fond du gosier et jeta la bouteille par-dessus bord.

— Je ne suis pas fou, murmura-t-il. L'Elgolie existe, quelque part, tout à fait à l'est, aux limites du Monde Connu.

— Ce qu'on ne comprend pas, lança Silvio d'un ton moqueur, c'est pourquoi tu n'y es pas resté, dans ton Elgolie, puisque tu t'y sentais si heureux !

Bulo se cacha brusquement le visage dans les mains, saisi par une tristesse profonde.

— L'Elgolie se mérite ! sanglota-t-il. Et moi, je ne m'en suis pas montré digne ! Pour mon malheur, j'en ai été chassé ! C'est ma faute, ma seule faute ! Je voudrais tant la réparer !

Il tomba à genoux sur le pont. Filomène sursauta. Cet homme semblait à la fois si sincère et... si ivre ! Quelle impression cette scène allait-elle laisser dans l'esprit de la jeune Malva ? Elle la tira par la main pour l'inciter à redescendre dans leur cabine, mais la Princetta lui échappa et s'agenouilla près de l'ivrogne.

— Que s'est-il passé ? demanda-t-elle très doucement.

— J'ai été avide ! pleurnicha Bulo. J'ai voulu m'emparer du Vuth-Nathor et j'ai tout gâché !

Il agrippa la Princetta par les poignets.

— Si un jour vous allez là-bas, méfiez-vous ! Ne vous laissez pas tenter par l'éclat du Vuth-Nathor.

— De quoi s'agit-il ? souffla Malva, fascinée.

— Vuth-Nathor, Vuth-Nathor, bégaya le marin à bout de forces.

Et tout à coup, il s'écroula sur le pont. Malva poussa un cri.

— Je crois que la plaisanterie est terminée, constata Vincenzo.

Il claqua dans ses doigts et tous les marins se levèrent. Filomène en profita pour tirer Malva par la manche :

— Laisse-le cuver son vin. Tu vois bien qu'il est fin soûl et qu'il ne sait plus ce qu'il dit.

Malva secoua encore le vieux Bulo.

— Qu'est-ce que le Vuth-Nathor ? insista-t-elle.

Mais l'homme resta inanimé, allongé de tout son long, comme si le seul fait d'avoir prononcé ce nom étrange l'avait anéanti.

Désappointée, Malva accepta de suivre Filomène. Alors qu'elles descendaient les premières marches de l'écoutille, Vincenzo les rattrapa. Il se pencha vers elles, avec son visage de ténèbres.

— Dormez bien, leur dit-il. Demain, c'est le grand jour.

Il effleura du bout des doigts la médaille de l'Archonte dont Malva ne se séparait jamais.

— Demain, Princetta, vous mesurerez à quel point votre protecteur a bien fait les choses.

— Nous accosterons bien en Lombardaigne, n'est-ce pas ? voulut se rassurer Filomène.

— J'ai refait mes calculs dix fois ce soir, répondit le capitaine. Tout est parfait. Nous filons droit vers les côtes.

Cette nuit-là, Malva dormit très profondément. Elle rêva de l'Elgolie, du lac Barath-Thor, de l'arbre millénaire qui pousse sur la montagne Ur-Tha et de la baie de Dao-Boa. Mais le lendemain matin, elle fut tirée de ses rêves par un bruit épouvantable. Elle se dressa en sursaut sur sa couchette.

À côté d'elle, Filomène ronflait. Inquiète, Malva la bouscula, mais malgré les bourrades de plus en plus fortes, Filomène resta désespérément endormie. Un second craquement se fit entendre. Malva se boucha les oreilles : elle avait l'impression que le navire criait de douleur.

Elle sortit en trombe de sa cabine et monta sur le pont. Là, elle se figea : l'*Estafador* fonçait droit sur une ligne de rochers qui pointaient hors de l'eau leurs têtes blanches de squelettes, hérissant la mer de toutes parts. Et les craquements qu'elle entendait, c'était la courbe d'étrave qui, déjà, raclait les hauts fonds !

Malva voulut crier, mais elle n'en eut pas la force. Elle resta debout sur le pont, fascinée par le spectacle des vagues qui se fracassaient sur les récifs. L'avant du navire n'était plus qu'à une encablure de la catastrophe et pourtant rien n'indiquait qu'il s'apprêtât à virer !

La Princetta leva la tête. Un ciel sans nuage flottait sur l'horizon. La grand-voile, la voile de misaine, la trinquette et le foc étaient hissés, mais personne ne semblait s'en soucier. Le pont était désert et les hommes d'équipage avaient disparu.

— Vincenzo ? parvint-elle à articuler.

Elle s'avança vers la dunette. Et c'est à ce moment qu'elle réalisa que les deux chaloupes, qui d'ordinaire reposaient sur de solides bers en chêne au centre du navire, avaient également disparu.

— Vincenzo ! cria-t-elle plus fort.

Seuls lui répondirent le vent dans les cordages et, plus loin, le ressac monstrueux des vagues sur les rochers déchiquetés. Malva eut l'impression qu'un gouffre s'ouvrait sous ses pieds. Elle poussa un hurlement terrifié.

— Filomène ! Filomène ! cria-t-elle en se jetant vers les cabines avec la folie du désespoir. Ils nous ont abandonnées ! Nous allons nous écraser sur les récifs ! Filomène !

Malva se rua dans la cabine. Elle empoigna sa chambrière et la secoua de toutes ses forces.

— Réveille-toi ! s'époumonait-elle. Nous coulons !

Filomène ouvrit un œil morne. Sa pupille semblait incroyablement dilatée.

— Ils t'ont droguée ! comprit soudain Malva. Les traîtres ! Ils ont versé du poison dans ton vin !

Elle tira sur les bras de sa chambrière et réussit à la faire tomber de sa couchette. Sous le choc, Filomène sembla reprendre ses esprits.

— Que fais-tu debout à cette heure-ci ? demanda-t-elle d'une voix pâteuse.

Malva lui saisit le visage à pleines mains.

— Nous devons sauter du bateau, Filomène, tu m'entends ! Sinon, nous n'avons aucune chance !

— Sauter... du bateau ? répéta la jeune femme. Mais enfin... je ne veux pas... je ne sais pas nager !

Malva lui envoya une paire de claques.

— Réveille-toi ! Nous allons mourir !

Cette fois, la buée qui masquait les yeux de Filomène se dissipa brutalement. Un spasme lui souleva la poitrine. Elle rampa en arrière, se retourna et vomit sur le sol de la cabine. Quand ce fut fini, elle se mit debout en chancelant.

— Vite ! Vite ! la pressait Malva. Suis-moi !

À moitié sonnée, Filomène s'élança derrière sa maîtresse. À présent, l'*Estafador* grinçait et craquait, prêt à se disloquer. Quand elles surgirent au-dehors, les récifs n'étaient plus qu'à quelques coudées.

— Aide-moi ! ordonna Malva. Avec ça, nous flotterons !

Elle venait de soulever la claire-voie qui faisait comme un couvercle au-dessus de l'écoutille centrale. Filomène lui prêta main-forte, et à elles deux elles réussirent à arracher le morceau de bois. Aussitôt, elles recommencèrent l'opération avec une pièce identique.

— Maintenant, il faut sauter ! dit Malva en se précipitant vers la dunette arrière.

De là, elles surplombaient les vagues d'au moins dix mètres. L'eau bouillonnait contre la coque. Pâle comme une morte, Filomène tenait sa claire-voie serrée contre sa poitrine.

— Je ne peux pas, murmura-t-elle.

— Tu peux ! rétorqua Malva.

À cet instant, la proue de l'*Estafador* heurta de plein fouet le premier récif. Dans un claquement sec, le bois se brisa et tout le bâtiment fut ébranlé.

— Maintenant ! cria Malva.

Et, accrochant de sa main libre la robe de Filomène, elle s'élança dans le vide.

Elles tombèrent lourdement dans l'eau tumultueuse. Le froid les enveloppa et elles burent la tasse à plusieurs reprises. Puis, cramponnées à leurs morceaux de bois, elles battirent des pieds pour s'éloigner du bateau et des récifs.

Leurs vêtements se collaient contre leur peau, visqueux comme des algues, et ils rendaient leurs mouvements difficiles. Mais la peur leur donnait de la vigueur. À force de s'encourager, elles parvinrent à quitter la zone la plus dangereuse, celle où les courants les auraient irrémédiablement envoyées contre les rochers.

Quand Malva se jugea assez loin, elle se retourna. L'*Estafador* prenait l'eau de toute part. Une large estafilade ouvrait sa coque, depuis la lisse jusqu'aux écubiers. Les voiles s'étaient affaissées et le mât de beaupré pendait, inerte, au bout des étais.

— Que s'est-il passé ? demanda Filomène, effarée.

Au contact de l'eau froide, elle avait totalement recouvré ses esprits.

— Vincenzo a voulu nous tuer, répondit Malva. Lui et ses hommes ont quitté le navire pendant notre sommeil. À l'heure qu'il est, ils doivent déjà être loin.

Les vagues malmenaient les deux naufragées. Régulièrement, leurs doigts glissaient sur leurs bouées improvisées et l'eau salée pénétrait dans leur bouche, leur nez, et leur irritait les yeux.

— Nous allons mourir, frémit Malva au bout d'un moment. Je ne vois pas la côte. Personne ne viendra nous sauver.

Filomène, le souffle court, battit des pieds et vint se coller contre la Princetta.

— Tu m'as obligée à sauter, lui dit-elle. Maintenant, je vais t'obliger à survivre.

Pendant deux longues heures, elles s'encouragèrent mutuellement à avancer. D'après Filomène, le mieux était de se diriger dans le sens qu'indiquait la crête des vagues.

— Et s'il y a des courants contraires ? disait Malva, découragée.

— Ne pense pas, répondait Filomène, nage.

Le soleil montait dans le ciel, cuisant leurs visages couverts de sel. La soif déchirait leurs gorges. L'épuisement les guettait. Elles chantèrent à tour de rôle pour se maintenir éveillées. Puis elles se turent, vaincues par la soif et la fatigue.

Soudain, alors qu'elle sombrait dans le sommeil, Malva sentit quelque chose glisser contre ses jambes. Elle sursauta.

— Filomène ? Tu as senti ?

— Quoi ? sursauta à son tour la chambrière.

Elle était affalée sur la claire-voie et elle avait manqué de s'endormir, elle aussi.

— J'ai senti quelque ch...

Malva n'eut pas le temps d'achever sa phrase. Elle poussa un cri strident et sa figure se contracta de douleur.

— Malva ! appela Filomène en se rapprochant à grands coups de pieds dans l'eau.

— Ma jambe ! hurla la Princetta.

Filomène lâcha son morceau de bois et vint s'agripper à celui de Malva. Elle essaya de la hisser dessus, tandis que la jeune fille gémissait de douleur.

— Quelque chose m'a mordu ! pleurait-elle. Ma jambe... ma jambe...

Filomène soufflait comme un bœuf. Elle faillit glisser et perdre pied, mais elle se rattrapa et, enfin, coucha Malva en travers du morceau de bois. Du sang rougissait l'eau, au niveau de son mollet droit. Filomène eut un haut-le-cœur.

— Qu'est-ce que j'ai ? paniquait Malva. Je ne sens plus ma jambe !

— Ta jambe est là ! répondit Filomène. Tu saignes, ce n'est rien. Ne bouge plus. C'est sans doute un rocher qui affleurait... juste un rocher.

Et tout en prononçant ces paroles rassurantes, elle fixait, terrifiée, la blessure qui entaillait la jambe de la Princetta : une blessure profonde, en forme de gueule, avec la marque de deux rangées de dents.

Filomène posa sa main sur le front de Malva, caressante.

— Ce n'est rien, murmura-t-elle. Juste un rocher que tu as heurté. On va te soigner, petite Princetta. Tu vas voir, je vais bien m'occuper de toi...

La gorge nouée, Filomène trouva la force de chanter les berceuses qu'elle répétait en boucle, autrefois, pour endormir Malva quand elle avait peur du noir et des cauchemars. Elle chanta comme ça pendant un temps infini, s'attendant à tout instant à voir surgir de l'eau la bête monstrueuse qui avait mordu sa maîtresse. Elle chanta en songeant qu'elles allaient mourir ainsi, ensemble, perdues au milieu de la mer.

Malva s'était évanouie.

Filomène n'arrivait plus à ouvrir les yeux, tant le soleil frappait durement la surface des eaux. C'est pourquoi elle ne vit pas, au loin, la silhouette d'une barque qui se dirigeait vers elles. Au moment où elle renonçait à la vie, deux mains l'agrippèrent pour la tirer hors de l'eau.

8

Enterrement d'un traître

En quelques jours, le temps avait tourné. Le soleil avait d'abord fait place à un ciel maussade, uniformément gris, puis le vent s'était mis de la partie. Mais au lieu de chasser les nuages, il les avait jetés les uns contre les autres, les avait entassés au-dessus du pays comme dans le fond d'une boîte, et il avait commencé à pleuvoir. En Galnicie, à cette époque de l'année, le phénomène n'était pas courant. Bientôt, des voix superstitieuses s'élevèrent pour dire que ce ciel détraqué annonçait de nouvelles catastrophes. Des diseuses de bonne aventure et des tireuses de cartes arrivèrent des pays voisins, d'Armounie ou Tildésie, installèrent leurs roulottes au beau milieu des places et des boulevards, et commencèrent à faire tourner les têtes : cinquante galniks pour une prédiction à six mois, cent pour tout savoir des années à venir et deux cents si l'on voulait modifier l'heure fatidique de sa mort. Des files interminables de Galniciens inquiets battirent des pieds devant les roulottes et plus personne ne prêta attention aux gens raisonnables qui tentaient de dénoncer les charlatans.

Dans la Ville Basse, certaines femmes se couvrirent la tête avec des tissus enduits de cire d'abeille, en guise de protection contre les malheurs. Sur le port, les marins gravèrent dans la pierre des quais des signes mystérieux pour repousser les esprits malfaisants. Dans les échoppes, des amulettes de toutes sortes fleurirent sur les étagères, et les clients se battirent pour les acheter. On vit des marchands de *cornalinos* monter des étals où s'amoncelaient ces pierres rouges qui, selon eux, avaient le pouvoir de conjurer le mauvais sort.

De nuit comme de jour, des troupes de soldats traversaient la ville en frappant le pavé avec leurs semelles métalliques. Le Coronador était persuadé que la Princetta avait été enlevée car il ne voyait pas d'autre explication à sa disparition soudaine. Bien entendu, l'Archonte ne fit rien pour le détromper et le laissa envoyer ses hommes fouiller les provinces jusqu'aux frontières.

On commençait à murmurer des noms de brigands et à lancer des accusations douteuses à propos de complots fomentés par tel ou tel pays étranger. Des ambassadeurs furent envoyés vers le Dunbraven, le royaume de Norj et jusqu'en Polvaquie. La Coronada passait ses journées devant l'Altar des Divinités, à faire des dévotions. Le Coronador était hors de lui. Il n'avait plus confiance qu'en une seule personne pour retrouver la Princetta : l'Archonte.

C'est dans ce contexte tendu que des soldats revinrent à la Citadelle avec la robe que Malva portait le soir de sa disparition. Ils l'avaient retrouvée près du port de Carduze, échouée sur une plage parmi les algues. Des mèches de cheveux noirs étaient restées dans le col de dentelle.

Le Coronador et la Coronada restèrent stupéfaits devant cette relique. Ils l'examinèrent, la touchèrent du bout des doigts. Pendant un moment, ils refusèrent d'admettre la réalité, et pourtant... cette robe n'était-elle pas la preuve que la Princetta s'était noyée ?

— Noyée ? murmura la Coronada d'une voix blanche.

— Noyée ? reprit le Coronador sur le même ton.

Discrètement, l'Archonte fit signe aux soldats d'ôter leurs casques et de baisser le canon de leurs espinglons. Puis, à pas de velours, il s'approcha du couple royal.

— Nous pleurerons longtemps notre Princetta bien-aimée, murmura-t-il. La Galnicie vient de perdre une personne de grande valeur.

Les règles du protocole qui avaient si lourdement pesé sur les relations entre Malva et ses parents volèrent alors en éclats. Pour la première fois de leur vie, le Coronador et la Coronada se laissèrent submerger par leurs sentiments : ils s'effondrèrent de chagrin.

Au comble de l'embarras, les soldats s'éclipsèrent.

À peine furent-ils dehors que la rumeur courut dans toute la ville : la Princetta, seule héritière du trône de Galnicie, était perdue à jamais dans les flots de l'océan Maltique.

Plusieurs jours durant, un silence de plomb enveloppa la Citadelle. Le Coronador s'était enfermé dans sa chambre et la Coronada ne quittait plus celle de Malva. Ni l'un ni l'autre ne voulut plus voir personne en dehors de l'Archonte qui, à l'instar d'un membre de la famille, fut le seul autorisé à leur rendre visite. On le voyait arpenter les couloirs et les galeries silencieuses, transportant des coupelles fumantes de décoctions contre les migraines, le front soucieux et l'œil aux aguets.

En désespoir de cause et déroutés par la situation, les domestiques, les soldats, les saints-diafés et les ministres finirent par s'adresser directement à lui pour les affaires courantes. Au début, l'Archonte promit de transmettre les demandes et les questions au Coronador. Mais comme ce dernier n'était plus capable de rien, l'Archonte fut bien obligé de prendre des initiatives en son nom. C'est ainsi qu'il promulgua ses premiers édits :

Édit n° 1 – La Galnicie entrait dans une période de deuil illimité. Les frontières étaient fermées.

Édit n° 2 – Les préceptes de Quiétude et d'Harmonie étaient définitivement abolis. Plus aucun mariage et plus aucun enterrement ne serait célébré, puisque Malva n'avait pu se marier et que, faute de corps, on ne pouvait pas non plus l'enterrer.

Édit n° 3 – Les seules cérémonies autorisées étaient celles qui servaient à entretenir le souvenir de la Princetta.

Dans la salle des Délicatesses, au cœur de la Citadelle, l'Archonte fit installer le portrait de Malva, réalisé le jour de ses quatorze ans, ainsi que sa robe retrouvée dans la mer. Chaque Galnicien fut invité à venir y déposer des offrandes sacrées.

Tout cela s'était passé très vite. En moins de deux semaines, le pays, que l'on pensait si solide et si serein, avait vacillé sur ses bases. Comme si, en prenant la fuite, Malva avait emporté avec elle le pilier sur lequel reposait toute la Galnicie.

Pendant que les premiers édits étaient placardés sur les murs de la ville, dans la demeure des Mac Bott, le corps du vieux Capitaine Annibal se décomposait lentement, exhalant une odeur insupportable. Prenant son courage à deux mains, Berthilde ouvrit le coffre où son ancien maître entreposait sa fortune.

Elle savait que nulle loi ne résiste à l'attrait de l'or.

Elle s'empara donc d'une bourse de velours vert et sortit trouver le saint-diafé.

La nuit approchait quand Orféus entendit qu'on frappait à sa porte. Il n'avait parlé à personne depuis le matin où Berthilde lui avait appris la mort de son père. Comme il détestait l'humidité et que la pluie le rendait d'humeur morose, il ne s'était pas aventuré au-dehors. Il n'était même pas monté espionner les lingères à la fenêtre de sa chambre, devinant trop bien que les événements du monde extérieur ne lui remonteraient pas le moral. Il avait passé son temps à ruminer ses rancœurs, mais aussi à se demander ce qu'il allait pouvoir faire de sa vie maintenant qu'il se savait en bonne santé.

Méfiant, il s'approcha de sa porte. Après un moment d'hésitation, il l'ouvrit, et se retrouva nez à nez avec le jeune garçon qui lui avait déjà porté un message. Le pauvre gamin tremblait de froid dans ses guenilles humides, mais la même malice allumait ses prunelles.

— Vous êtes toujours Orféus ? s'enquit-il.

Orféus éternua, rentra sa tête dans ses épaules et demanda :

— Le message coûte toujours cent galniks ?

— Ah non, rétorqua l'enfant. Aujourd'hui, c'est deux cents galniks. Tous les marchands augmentent leurs prix. Moi aussi.

Orféus poussa un soupir et fouilla ses poches pour payer le petit messager.

— C'est la vieille de l'autre fois, expliqua alors ce dernier. Elle m'envoie vous dire que c'est pour ce soir, à onze heures.

Orféus fronça les sourcils.

— C'est plutôt énigmatique. N'a-t-elle rien ajouté ?

— Non, dit le gamin. À mon avis, il ne fait pas bon traîner dans les cimetières en ce moment... Vous ne savez pas que c'est interdit ?

Orféus comprit sans peine ce qu'il voulait signifier. Il ajouta cent autres galniks.

— J'espère qu'avec ça, je peux m'assurer de ton silence.

Les joues du gamin reprirent quelques couleurs lorsqu'il referma sa pogne crasseuse sur le magot.

— Je serai une vraie tombe ! lança-t-il avec aplomb.

Sur ces mots, il prit ses jambes à son cou et disparut à l'angle de la ruelle voisine.

Orféus éternua encore et se dépêcha de retourner dans le salon. Devant lui, fixée au mur, s'étalait la carte du Monde Connu, dessinée par l'Institut géographique de Galnicie. Il s'était acheté cette précieuse reproduction cinq ans auparavant, lorsqu'il avait décidé de vivre seul. Très souvent, il s'arrêtait devant pour contempler les terres et les mers dont les noms le faisaient rêver : *Terres d'Arémique, empire d'Orniant, mer d'Ocre, mer d'Yprée, Guirkistan, océan Maltique*... Le Monde Connu s'offrait à Orféus, d'est en ouest, le long de la Grande Latitude. Au centre, la Galnicie lui avait toujours semblé ridiculement petite. Et aujourd'hui, cette impression l'étouffait plus que d'ordinaire.

— Je ne peux plus vivre ici, déclara-t-il à voix haute.

Le vieux saint-bernard grogna.

— Tu as quelque chose à dire, Al ? demanda Orféus sur un ton mauvais.

Le chien leva une oreille, puis la laissa retomber.

— Partir, bien sûr ! soupira Orféus. Pour toi, ça n'a rien de surprenant ; mais pour moi ?

C'était le seul espoir qui lui restait. Mais comment quitter la Galnicie aujourd'hui ? La flotte était réquisitionnée jusqu'à nouvel ordre, et les frontières fermées. Le deuil imposé aux Galniciens par l'édit de l'Archonte empêchait tout mouvement.

L'heure tournait. La nuit envahissait les ruelles et de fines gouttes de pluie frappaient les carreaux, mais Orféus était bien obligé de sortir.

Il monta dans sa chambre et se campa devant le miroir. Une barbe de deux jours couvrait ses joues, la pâleur de sa peau accentuait l'éclat de ses yeux bleus. Chaque fois qu'il rencontrait son reflet, Orféus s'étonnait d'être devenu un homme. Au fond de lui, il se sentait toujours un enfant. Il avait le sentiment de n'avoir rien vécu autrement qu'en rêve.

Il s'habilla de noir, enfila des gants, se coiffa d'un chapeau, puis redescendit dans le salon. Avant de partir, il glissa sous sa cape de pluie le journal de bord du Capitaine. Il n'avait pas pu se décider à le lire. À quoi bon ? La honte salissait désormais le nom des Mac Bott, et Orféus n'avait pas besoin de détails supplémentaires.

Il allait refermer sa porte, quand Al émit un nouveau grognement. Le vieux chien s'était dressé sur ses pattes et, langue pendante, il s'avançait dans l'entrée.

— Qu'est-ce que tu veux ? demanda Orféus, interdit.

Le saint-bernard leva des yeux humides vers son

maître. Ce regard ne laissait aucun doute : il voulait l'accompagner.

Orféus poussa un soupir excédé. Ce chien restait allongé par terre pendant des jours, sans bouger, et voilà qu'il voulait se promener en pleine nuit, par ce temps détestable, dans un cimetière !

Finalement, Orféus haussa les épaules et le laissa sortir. Cela faisait longtemps qu'il avait renoncé à comprendre ce qui se tramait dans la caboche de l'animal.

Sous le ciel sans lune, la ville grelottait. Pas une chandelle allumée derrière les fenêtres, pas un bec de gaz brûlant aux portes cochères, tout n'était que ténèbres et tristesse. La tête dans les épaules, Orféus traversait les rues en évitant les flaques boueuses et les ornières creusées par les roues des charrettes. En quelques jours à peine, la Galnicie était devenue liquide et visqueuse. Le pays prenait l'eau, et de son côté, mouillé et malheureux, Orféus prenait la Galnicie en grippe.

Aux abords du cimetière, il aperçut de faibles lueurs. Il pria son chien d'avancer un peu plus vite, mais Al s'attardait toujours, reniflant le sol ou reprenant son souffle, assis benoîtement sur son derrière ankylosé.

Berthilde attendait devant les grilles, en compagnie de quatre hommes, qui, en échange d'une bourse d'or, avaient accepté de faire les fossoyeurs, et du saint-diafé, qui serrait contre sa poitrine un vieux livre de prières écorné. Tous saluèrent Orféus d'un simple mouvement de tête silencieux. Ce genre d'expédition rendait tout le monde nerveux.

Berthilde, tenant deux lampes à gaz à bout de bras, ouvrit la marche au cortège, tandis que les quatre hommes soulevaient le cercueil du Capitaine. Le saint-diafé s'approcha d'Orféus et, d'un bras compatissant, lui entoura les épaules.

— Votre père nous manquera, murmura-t-il. C'était un homme bon, loyal et un des plus fidèles sujets du Coronador. En d'autres temps, il aurait mérité des obsèques en grande pompe, mais...

Orféus se força à sourire. En d'autres temps, c'est certain, l'enterrement du Capitaine Annibal Mac Bott aurait eu lieu en plein jour, aux yeux de tous, et nul doute qu'une foule de curieux se serait pressée dans le Sanctuaire pour assister à la cérémonie. Mais, sachant ce qu'il savait désormais, Orféus pensa que son père n'avait que ce qu'il méritait : un enterrement clandestin. N'était-ce pas ainsi que finissaient les traîtres ?

Ils pénétrèrent dans le cimetière, suivis de loin par le chien Al, qui haletait comme un vieil asthmatique. Le gardien les attendait au fond, caché derrière le tronc d'un amandier. Il avait creusé au pied de cet arbre un trou aux dimensions du mort. La stèle de la tombe voisine portait le nom de *Merixel Mac Bott*, la mère d'Orféus. Elle était fissurée par endroits et couverte de mousse. Cela faisait bien longtemps qu'Orféus ne venait plus se recueillir dessus. Pour lui,

Merixel était une étrangère, une image lointaine. Il n'avait jamais su ce que le mot *mère* voulait dire.

— Vite, vite, implora le gardien lorsque Berthilde fut assez près. La patrouille peut passer d'un moment à l'autre.

La domestique lui tendit une bourse d'or pour le faire taire, puis elle déposa ses lampes à gaz au bord du trou. Les quatre porteurs y firent descendre le cercueil, sous les yeux immobiles d'Orféus. Lorsque la boîte toucha le fond avec un bruit mat, le saint-diafé s'avança, saisit une lampe, et ouvrit son livre de prières.

— « Divinités de l'Au-delà, commença-t-il, nous vous confions ce soir l'âme de notre bien-aimé Annibal... »

Le vent du nord s'était levé. La voix du saint-diafé peinait à se faire entendre. Orféus, tête baissée, ne parvenait pas à se concentrer sur ses paroles. Trop de pensées contradictoires, trop de sentiments inavouables traversaient son esprit et son cœur. De temps en temps, il jetait un coup d'œil à son chien. Al furetait près des tombes alentour, comme s'il cherchait le meilleur défunt sur lequel faire ses besoins.

— « ... ouvrez vos bras à ce Capitaine qui, sa vie durant, mena avec courage son navire, affrontant tempêtes et orages, tout en veillant à l'éducation de son fils », continuait le saint-diafé.

Orféus remarqua que Berthilde pleurait et que le gardien du cimetière avait empoigné sa pelle, impatient de reboucher le trou. Enfin, le saint-diafé acheva sa lecture. Il se tourna vers Orféus.

— Voulez-vous ajouter quelque chose ?

Orféus fit un pas en avant et baissa les yeux vers le couvercle du cercueil. Il sortit des plis de sa cape le registre en cuir noir et le tendit au-dessus du vide.

Le journal de bord tomba lourdement sur le cercueil.

— Est-ce tout ? lui demanda le saint-diafé.

Orféus hocha la tête. Aussitôt, les quatre hommes et le gardien du cimetière s'employèrent à combler le trou. Le saint-diafé alla chuchoter quelques mots à l'oreille de Berthilde. Orféus devina qu'elle lui offrait, à lui aussi, une bourse d'or. Décidément, tout se payait cher, ces temps-ci.

Quand la terre fut bien tassée sur la tombe, Orféus remonta son col, et s'apprêta à partir, mais Berthilde le retint par le bras.

— Je viendrai dès demain déposer des offrandes, dit-elle. Je m'occuperai de tout... Mais vous ? Qu'allez-vous faire ?

— Partir, répondit Orféus. À la première occasion.

— Je comprends, murmura la vieille domestique. Viendrez-vous me dire au revoir ?

Orféus secoua la tête.

— Alors..., dit Berthilde, je vous dis adieu ce soir.

Elle voulut déposer un baiser sur la joue d'Orféus, mais il échappa à son étreinte. Sans se retourner, le vieux saint-bernard sur ses talons, il quitta le cimetière.

9

La potion aux poils de chèvre

Couchée sur une paillasse, Malva n'avait toujours pas repris connaissance. Sous les poussées de fièvre, son front se couvrait d'une sueur aigre qui dégoulinait dans son cou et trempait le col de sa vareuse. Tantôt elle restait amorphe, les yeux fermés, tantôt elle s'agitait sous l'effet des hallucinations qui lui brouillaient l'esprit.

— Elgolie... Elgolie..., répétait-elle sans cesse. Vuth-Nathor... Dao-Boa...

Filomène lui tenait la main, épongeait son front, la faisait boire le plus souvent possible et lavait la mauvaise blessure de sa jambe. Malheureusement, ses soins restaient vains. La Princetta semblait être tombée dans un autre monde et Filomène désespérait de pouvoir la ramener à la réalité.

Chaque matin, le pêcheur et ses deux fils quittaient

la maison et s'en allaient au large pour relever les filets et les nasses. C'est ainsi qu'ils avaient sauvé Filomène et Malva de la noyade. Ils ne parlaient pas le galnicien, ni le lombardais, mais une langue étrange, pleine de voyelles pointues et de consonnes coupantes. À force de gestes, Filomène avait fini par deviner qu'elle se trouvait en pays de Sperthe, c'est-à-dire beaucoup plus à l'est que prévu. Si Malva guérissait un jour, il leur faudrait rebrousser chemin pour rejoindre la Lombardaigne, mais cette expédition paraissait pour le moment bien incertaine.

La cabane des pêcheurs était isolée, perchée sur une falaise toute blanche qui surplombait la mer. Un chemin sinueux descendait vers une crique de galets, un autre remontait vers des collines d'herbe rase où broutaient des chèvres maigrelettes. C'était tout.

Quand elle n'était pas auprès de sa maîtresse, Filomène aidait pour la cuisine, le linge et s'occupait des chèvres. Le baluchon qui contenait les pièces d'or de l'Archonte, les vêtements de rechange et les carnets de Malva avait coulé avec l'*Estafador*. Désormais, il fallait vivre dans le dénuement, mais la misère n'effrayait pas la chambrière. Elle travaillait dur, sans faiblir, pour ne pas peser trop lourd sur les épaules de ses hôtes.

Tous les soirs, la femme du pêcheur sacrifiait quelques poissons pour confectionner des cataplasmes. Filomène avait cru comprendre sa logique : puisque la blessure de Malva avait été provoquée par une bête aquatique, il fallait la soigner grâce à une autre bête aquatique. Anchois, daurades, rascasses et morues finissaient donc, réduits en bouillie, sur la jambe de Malva.

— *Akanaïké* ! lançait la femme du pêcheur en appliquant le pansement.

Filomène répétait ce mot étrange comme une formule magique, *akanaïké*, espérant que la chair de poisson finisse par faire de l'effet.

Mais au bout de deux semaines, comme la Princetta délirait toujours et qu'elle s'affaiblissait de façon effrayante, le plus jeune fils de la famille prit son bâton de marche, une brouette vide, et quitta la maison.

— *Thera*, expliqua la femme du pêcheur à Filomène.

Elle fit des gestes vagues en indiquant la direction qu'avait prise son fils.

— Il est parti à Thera ? demanda Filomène. Est-ce le nom d'une ville ? Et la brouette ? À quoi sert-elle ? Va-t-il chercher d'autres médicaments ?

— *Thera, Thera !* répéta la femme d'un air encourageant.

Le fils de la famille revint le lendemain. Il poussait la brouette devant lui sur les chemins escarpés, et redescendait prudemment vers la maison. Dans la brouette, Filomène aperçut d'abord une forme noire qui ressemblait à un tas de tissus. Mais à mesure que le jeune homme se rapprochait, elle se rendit compte qu'elle s'était trompée : il ne s'agissait pas de tissu.

Dans la brouette, il y avait quelqu'un.

— *Thera,* commenta la femme du pêcheur en posant une main bienveillante sur le bras de Filomène.

Ainsi, Thera n'était pas un lieu... mais une très vieille femme, si vieille et si fatiguée qu'elle ne pouvait plus marcher. Son visage fripé et jaune comme un citron était enfoui sous une masse de foulards sombres.

Le fils des pêcheurs la mena dans la maison, jusqu'à la paillasse où Malva était étendue. Avec l'aide de son père, il porta la vieille pour la déposer devant la malade, après quoi il déchargea de la brouette toute une quincaillerie : fioles, bonbonnes, pinces, louches, burettes et cornues s'entassèrent bientôt sur le sol en terre.

Filomène s'approcha timidement, intriguée par la présence de cette vieille.

Pendant de longues minutes, Thera ne bougea pas et garda les yeux fermés. Elle avait posé sa main jaune et tavelée sur le front de Malva. Seule sa respiration sifflante troublait le silence qui s'était abattu sur la cabane et Filomène se demanda si la vieille ne s'était pas tout bonnement endormie.

Mais, brusquement, elle ouvrit les yeux.

— *Pneuma,* dit-elle d'une voix éraillée.

Elle se mit à farfouiller dans sa quincaillerie et s'empara d'un creuset de terre cuite dans lequel elle fit couler le contenu d'une des fioles. Filomène plissa les yeux. Le liquide avait un aspect visqueux, semblable à de l'huile. Dedans, la vieille versa des gouttes de couleur noire, un sachet d'herbes, quelques graines rouges, et des particules blanches que Filomène supposa être des poils de chèvre.

Cependant, la femme du pêcheur avait allumé un feu sous une marmite pour faire bouillir de l'eau. La vieille Thera lui tendit le creuset contenant la préparation, et la femme mélangea le tout au-dessus du feu.

Une odeur répugnante emplit aussitôt la pièce. Filomène toussa et grimaça, sans toutefois lâcher un seul instant la vieille du regard. Et quand celle-ci approcha la mixture bouillie de la bouche de Malva, Filomène eut un léger sursaut de dégoût.

— *Pneuma, âtman, psuché, néphêch,* récita Thera tandis que le liquide coulait dans la bouche de la Princetta.

Ensuite, elle rangea son attirail, que le fils de la famille replaça consciencieusement dans la brouette. Malva n'avait pas bougé depuis que la vieille était entrée dans la maison. Elle respirait calmement, les bras le long du corps.

Thera passa sa main gauche sous ses foulards. Elle en sortit une petite figurine de bois sculpté qui représentait un poisson et la déposa par terre. De sa main droite, elle s'empara d'un nouveau sachet d'herbes. Elle en saupoudra la figurine, avant de faire signe à la femme du pêcheur d'y appliquer une braise. En se consumant, les herbes dégagèrent une fumée dense et odorante.

— *Kéryke asclépios hébé,* murmura encore la vieille tout en dispersant la fumée de ses mains tordues.

Puis elle referma ses yeux et attendit qu'on la remette dans la brouette. Alors, sans un mot de plus, le fils de la famille remporta la mystérieuse invitée hors de la maison. Ils disparurent par les chemins escarpés, laissant Filomène, abasourdie et perplexe.

Quelques heures plus tard, Malva ouvrit les yeux. Son front était sec, ses joues moins pâles.

— J'ai soif, dit-elle.

En trois jours, la blessure de la Princetta cicatrisa. Elle avait recouvré ses esprits, et l'appétit qu'elle manifestait faisait plaisir à voir. Filomène ne cessait de pleurer et de rendre grâce à la vieille guérisseuse sperthienne. La Princetta était sauvée, c'était un miracle.

— Je me rappelle tout, disait Malva. Notre dernière soirée à bord de l'*Estafador*, les sardines grillées, les chansons, l'histoire de Bulo... Et puis, les récifs, la disparition de Vincenzo, notre lutte pour ne pas mourir noyées.

Elle fixait le plafond de longs moments, perdue dans ses réflexions, les sourcils froncés. Puis ses doigts remontaient jusqu'à son cou et s'arrêtaient sur la médaille de l'Archonte. Alors, Filomène se dépêchait de lui parler d'autre chose, craignant que des pensées trop noires n'altèrent la santé de la jeune fille.

— Quand tu pourras marcher, je t'emmènerai en Lombardaigne, répétait-elle. Tu verras, ce n'est pas si loin. Les pêcheurs m'ont fait comprendre qu'ils pouvaient nous trouver un mulet. Tu monteras sur son dos et je t'emmènerai.

Malva souriait, mais elle continuait de fixer le plafond comme si son avenir était dessiné dessus, et Filomène commençait à craindre que sa maîtresse n'ait quelque lubie en tête. Elle était si jeune ! Si impressionnable ! Elle avait lu tant de récits fantasques en compagnie de l'Archonte ! Pourvu que toutes ces catastrophes ne lui aient pas dérangé l'esprit !

Un matin, Malva put enfin se lever. Accrochée au bras de Filomène, elle s'avança lentement à travers la pièce. Elle boitait de la jambe droite, mais elle parvint tout de même jusqu'à la porte. Le soleil inondait les collines, frappait les falaises de calcaire et rendait la surface de la mer presque aveuglante. À l'écart de la maison, la femme du pêcheur étendait le linge sur un rocher plat. Quand elle aperçut Malva debout, elle se contenta de sourire et de lui envoyer un petit signe amical.

— Ainsi, nous voilà en pays de Sperthe, murmura Malva avec une nuance d'étonnement dans la voix.

Toutes les leçons de géographie terrestre de l'Archonte lui revenaient en mémoire. Elle voyait clairement la succession des contrées du Monde Connu, suspendues sur la Grande Latitude, comme des draps sur une corde à linge : la Galnicie, la Lombardaigne, la cédille que faisait le Monteplano en dessous de la Polvaquie, puis le pays de Sperthe. Et là-bas, plus à l'est, les montagnes du Guirkistan qui venaient buter sur l'immensité de la Grande Steppe Azizienne.

— La Lombardaigne est par là, dit Filomène en pointant un doigt vers l'ouest. À quatre ou cinq jours de marche.

Malva ne tourna même pas la tête dans la direction qu'elle indiquait.

— Nous n'irons pas en Lombardaigne, lâcha-t-elle brutalement.

Filomène tressaillit.

— J'ai beaucoup réfléchi, continua Malva d'une voix ferme. Pourquoi Vincenzo nous aurait-il abandonnées à bord de l'*Estafador* ? Il n'avait rien à y gagner... À moins que quelqu'un ne l'ait payé pour le faire.

Elle passa sa main sur la médaille qui pendait à son cou.

— Une seule personne a pu ordonner à Vincenzo de nous tuer. J'ai du mal à l'admettre, mais l'Archonte nous a trahies.

Filomène s'appuya contre le montant de la porte, les jambes soudain molles comme des chiffes. Ces pensées lui avaient traversé l'esprit plus d'une fois, bien sûr, mais elle n'avait pas voulu approfondir la question. Tout ce qui comptait à ses yeux, c'était que Malva soit en vie. Le reste lui semblait si compliqué, si effrayant, qu'elle avait tout fait pour repousser le moment d'en parler.

— Pendant dix ans, j'ai fait confiance à l'Archonte, je me suis confiée à lui comme à un père, murmura Malva. J'ai cru qu'il me comprenait. J'ai même cru qu'il m'aimait...

Elle réprima un sanglot, avant de laisser échapper un rire plein d'amertume. Elle devait à l'Archonte tant de moments de bonheur ! Elle l'avait cru sincère, mais il ne l'était pas. Ses mâchoires se crispèrent, et soudain sa colère éclata :

— Je le hais maintenant ! Et je hais tous ces gens avides de pouvoir ! L'Archonte a utilisé ma révolte pour servir ses propres intérêts ! Je me demande même s'il ne m'a pas lu tous ces livres dans le seul but de me dégoûter de la vie qui m'attendait en Galnicie... C'est lui qui m'a encouragée à écrire, à inventer des histoires, à croire à toutes ces choses fabuleuses dont parlent les légendes. Que cherchait-il ? Il savait bien que ces fantaisies ne seraient jamais admises par le Coronador ! Il savait bien que mes parents voudraient me marier et pourtant jamais il ne m'a mise en garde !

Une foule de souvenirs assaillait sa mémoire. Elle revivait douloureusement les scènes de son enfance, quand l'Archonte la prenait sur ses genoux pour lui raconter les exploits des aventuriers. Il avait réussi à peupler son imaginaire de tant de légendes que tout le reste était devenu terne et sans intérêt aux yeux de la jeune fille. Combien de fois lui avait-il vanté les mérites de ces héros anciens qui, sans se soucier de ce qu'ils laissaient derrière eux, partaient pour accomplir leurs destins exceptionnels ?

Malva saisit le bras de Filomène :

— Suis-je folle ? lui demanda-t-elle. Crois-tu que l'Archonte ait pu se proposer pour être mon précepteur uniquement dans le but de m'éloigner du trône ? Crois-tu qu'il m'aurait patiemment manipulée pendant dix ans avant de récolter enfin les fruits de son travail ?

Filomène jeta un regard éperdu à sa maîtresse. Elle n'arrivait pas à suivre son raisonnement tellement il était vertigineux. Les narines de Malva frémissaient, sa bouche se tordait de rage.

— Après tout, peu importe que j'aie raison ou pas. Je ne veux plus être un instrument entre les mains de ces gens. Je ne veux plus être la poupée qu'on marie, ni l'héritière qu'on veut éliminer. Je veux vivre ma vie, c'est tout.

Filomène la regardait, désemparée. Son visage amaigri semblait si dur, tout à coup. Et ses paroles si définitives !

— Mais... pourquoi ne pas aller en Lombardaigne ? Mes cousins nous cacheront, bredouilla-t-elle quand même. Ils sont très...

— L'Archonte est bien plus puissant que tu n'as l'air de le croire, l'interrompit Malva. Si nous nous rendons en Lombardaigne, je suis sûre qu'il apprendra, un jour ou l'autre, que nous sommes encore vivantes. Rien ne lui sera plus facile que d'envoyer des mercenaires comme Vincenzo pour nous tuer.

Filomène frissonna. Tout ce qu'elle redoutait était en train d'arriver ! Mais comment faire pour lutter contre la détermination d'une Princetta humiliée et trompée ?

— Par la Sainte Quiétude, se lamenta-t-elle, pourquoi tout cela ? Qu'allons-nous devenir ?

Malva lui prit la main.

— Je ne veux plus être mêlée au destin de mon pays, Filomène. Si l'Archonte veut renverser le Coronador et s'emparer du pouvoir, je n'y peux plus rien.

Tout le monde me croit morte : je suis libre d'aller où bon me semble !

— Libre ? répéta faiblement Filomène. Mais pour aller où ?

Elle regretta aussitôt d'avoir posé la question, parce qu'elle connaissait d'avance la réponse. Et cette réponse lui causait une peur bleue.

— Es-tu toujours comme ma sœur ? lui demanda Malva.

Combien de fois s'étaient-elles fait des serments depuis qu'elles se connaissaient, toutes les deux ? Des centaines de fois, sûrement ! Elles s'étaient jurées de rester ensemble, toujours et toujours. De partager leurs joies et leurs peines, leurs secrets et leurs espoirs. Filomène aimait Malva par-dessus tout. Comment rompre ce lien aujourd'hui, alors qu'elles se trouvaient ensemble dans la détresse ? C'était impossible.

— Je suis comme ta sœur, répondit alors Filomène. J'irai où tu voudras, avec toi.

Le visage de Malva s'éclaira d'un sourire. Elle lança son regard vers le haut des falaises, loin, loin, comme si elle cherchait à voir par-delà l'horizon.

— J'ai survécu à un naufrage et à l'attaque de la bête aquatique, dit-elle. Plus rien ne me fait peur désormais.

Elle lâcha la main de Filomène, se retourna et clopina jusqu'à la paillasse. Elle s'y allongea en soupirant d'aise et massa sa jambe avant d'ajouter :

— Alors, c'est décidé. Dès que possible, nous partirons pour l'Elgolie.

10

Des édits, encore des édits

Pour la quatrième fois de la semaine, Orféus prit le chemin du port. Il avait enfermé Al dans le salon et, alors qu'il tournait à l'angle de la troisième ruelle, il entendait encore l'écho de ses aboiements réprobateurs. Décidément, cet imbécile de chien lui mettait les nerfs en pelote. Quoi que fasse Orféus, il n'était jamais content : dehors, il grognait et reniflait les robes des passantes ; dedans, il aboyait. D'ici peu, il provoquerait les plaintes du voisinage qui, ces derniers temps, devenait de moins en moins conciliant. La veille déjà, une femme avait épinglé sur la porte d'Orféus un exemplaire du trente-huitième édit de l'Archonte interdisant toute forme de tapage.

— Le trente-huitième édit ! soupira Orféus en secouant la tête d'un air désolé.

Depuis que le deuil frappait le pays, les édits de

l'Archonte se multipliaient, sans que l'on sache très bien s'il agissait ou non sur ordre du Coronador car ce dernier ne s'était plus montré en public depuis le fameux jour où la robe de la Princetta avait été rapportée. Aux interdictions de célébrer les mariages et les enterrements, s'ajoutaient désormais celles de donner des spectacles, de vendre des journaux et des fleurs, d'enseigner les sciences et les arts, de se promener après la tombée de la nuit, de nager, de s'embrasser et de chanter en public, ou même de faire la sieste sous les arbres !

Pour veiller au respect de ces édits, des troupes de soldats en armes patrouillaient dans la Ville Basse ; on entendait tinter sur les pavés les talons de leurs galoches, à toutes les heures du jour et de la nuit. Les écoles fermaient, les marchands ambulants quittaient la ville, les musiciens jouaient en sourdine sous les ponts, les mères craignaient de laisser jouer leurs enfants dans les ruelles, les femmes ne se maquillaient plus, et les hommes avaient déserté les terrasses des échoppes. On n'osait même plus faire ce qui était encore permis, de peur que cela ne le soit plus le lendemain.

— Quelle désolation ! soupira encore Orféus en s'engageant sur le boulevard qui longeait le fleuve.

Plus loin, après une enfilade de places venteuses et quasiment désertes, le fleuve s'élargissait et se ramifiait avant de se jeter dans l'océan Maltique. Le port se trouvait là, un peu en retrait de la ville, figé sous la couche nuageuse qui semblait désormais s'être installée sur la Galnicie.

En arrivant sur les quais, Orféus respira profondément. Cela au moins ne changeait pas : l'air de la mer sentait toujours le sel et l'aventure ! Il éternua, sourit tout de même et se dirigea d'un pas décidé vers l'Institut maritime. C'était là qu'il se rendait, depuis des semaines, pour consulter les ouvrages de navigation et compléter ses connaissances. Il passait des heures le nez dans les livres, puis allait s'asseoir un moment dans le hall de réception en espérant y rencontrer les capitaines des vaisseaux qui avaient jeté l'ancre dans le port. À force de traîner là, Orféus finirait bien par entendre parler d'un départ ! Alors, il lui suffirait de bondir sur l'occasion et – bon vent ! – il quitterait la Galnicie et son atmosphère pesante !

Mais lorsqu'il eut gravi les quelques marches menant à l'entrée de l'Institut, il trouva portes closes. Il tendit l'oreille. À l'intérieur, pourtant, il entendait clairement des voix et des bruits. Que signifiait cette fermeture intempestive ?

Orféus recula et leva les yeux vers le fronton. D'ordinaire, le drapeau galnicien, vert et jaune, flottait en haut de l'édifice, mais ce jour-là, il avait été baissé.

— Étrange..., murmura Orféus en se rapprochant des portes.

Il attendit dans les courants d'air, prenant garde à remonter le col de son habit pour ne pas prendre froid, mais à force la gorge se mit à lui piquer. Il éternua encore trois ou quatre fois. Lorsqu'il releva la tête, il constata qu'il n'était plus le seul à attendre l'ouverture des portes. Deux autres hommes faisaient le pied de grue en bas des marches. L'un d'eux sembla familier à Orféus. C'était un petit maigre, nerveux et maussade, qui ne passait pas inaperçu à cause d'une tignasse d'un roux éclatant qui lui cernait la figure. Orféus l'avait déjà remarqué dans la salle de lecture de l'Institut et dans le hall. Il n'avait pas tellement l'air d'un marin, mais pour traîner si souvent par ici, il s'intéressait sûrement aux choses de la mer.

Orféus en était à faire des conjectures à propos du rouquin, quand les portes de l'Institut s'ouvrirent en grand. Une patrouille de soldats en jaillit brutalement. Derrière eux, des voix et des cris de protestation s'élevaient. Entre les deux rangées de soldats, Orféus vit alors apparaître un homme au crâne rasé et aux yeux gris. Il marchait vite, les épaules raides, la nuque calée dans le haut col de sa jaquette de cérémonie. Vivement impressionné, Orféus s'écarta pour les laisser passer, lui et la troupe des soldats qui l'encadraient, puis il les suivit du regard tandis qu'ils s'éloignaient par les quais.

— L'Archonte, murmura Orféus. L'Archonte en personne !

La surprise passée, il se retourna vers les portes de l'Institut maritime, bien décidé à enfin entrer. Mais elles s'étaient de nouveau fermées.

— C'est trop fort ! s'exclama alors le petit rouquin en escaladant le perron. Pour qui se prennent-ils, là-dedans ? Ils nous ferment au nez ! À croire que nous ne sentons pas assez bon pour eux !

Orféus frappa du poing sur les lourds panneaux de bois. Une fois, deux fois, trois fois, de plus en plus fort sous les encouragements du petit homme.

— L'Institut est fermé ! lui répondit enfin une voix de l'autre côté.

— Quand va-t-il ouvrir ? cria Orféus.

— Vous ne comprenez pas ! hurla la voix. C'est fermé ! Définitivement fermé, par décision de l'Archonte !

Orféus en eut le souffle coupé. Comment pouvait-on fermer pareille institution ? Cela n'avait pas de sens !

— Tenez ! dit encore la voix. Voici l'édit !

Orféus baissa les yeux et vit apparaître un morceau de papier qu'on glissait sous la porte. Il s'en saisit. Selon les termes de ce trente-neuvième édit, tous les lieux publics étaient désormais interdits d'accès, les livres mis sous scellés, les cartes et instruments de navigation confisqués...

— Bande de lâches ! s'écria le rouquin en donnant quelques coups de pied dans la porte.

Puis il haussa les épaules et quitta les lieux en maugréant deux ou trois choses bien senties à l'intention des savants, des moustachus et d'une bande d'incapables qu'il avait l'air de connaître.

Orféus resta pétrifié, les doigts crispés sur le morceau de papier. Le vent faisait frémir les pans de son habit et s'engouffrait dessous. Il eut un frisson de fièvre. Il lui semblait qu'avec cet édit ses derniers espoirs de quitter la Galnicie venaient de s'envoler.

11

Embuscades sur la steppe

Vers l'est. Toujours vers l'est.

Depuis vingt-huit jours, Malva et Filomène marchaient en direction du soleil levant. Elles avaient parcouru des plaines arides, passé des villages et des champs, franchi des torrents tumultueux, traversé les sombres forêts à la frontière du Monteplano, et elles abordaient maintenant les montagnes du Guirkistan. Tour à tour, elles se reposaient sur le dos du mulet que les pêcheurs du pays de Sperthe leur avaient donné, mais chaque pas leur arrachait des grimaces de douleur. Quand leurs pieds ne saignaient pas, c'était leur dos qui les tiraillait, ou leurs yeux qui pleuraient sous les assauts continuels du vent et du soleil, ou leur estomac qui criait famine. Cela faisait longtemps que leurs maigres provisions étaient épuisées. Tant qu'elles s'étaient trouvées dans des contrées habitées, elles avaient réussi à obtenir un peu de pain, une soupe, et il leur était même arrivé de voler des choux dans les potagers... mais elles abordaient maintenant des lieux désolés, sans âme qui vive.

Avant la tombée de la nuit, elles se débrouillaient pour trouver un abri. Au mieux c'était une bergerie abandonnée, mais le plus souvent c'était un repli de roche, un arbre aux branches basses ou même un simple fossé au bord d'un chemin. Elles s'endormaient là, assommées de fatigue. Les baies sauvages, les châtaignes, les champignons et les souris qu'elles attrapaient parfois pour faire office de dîner ne suffisaient jamais à apaiser leur faim. Durant la nuit, elles rêvaient des festins d'autrefois et de l'époque fastueuse où elles vivaient encore dans la Citadelle.

Chaque matin, la même douleur réveillait Malva : une sensation de crampe brutale dans la jambe droite, qui irradiait jusque dans ses reins. Les premiers temps, elle avait poussé des hurlements épouvantables, si bien que Filomène, réveillée en sursaut, frôlait l'attaque de poitrine.

Puis elle s'était habituée à ce mal qui l'assaillait. Elle avait trouvé les gestes qui la soulageaient : étirer sa jambe en tenant fermement son pied, puis relâcher et se lever au plus vite pour faire quelques pas, d'abord en boitillant, puis normalement. Pour finir, il fallait qu'elle boive quelques gorgées d'une médecine infecte que la femme du pêcheur lui avait préparée et qu'elle conservait dans une outre en peau de chèvre. Enfin, la crampe s'estompait et c'était un tel soulagement qu'elle se sentait brusquement en pleine forme.

— Debout, fainéante ! lançait-elle à sa chambrière. Le soleil se lève et l'Elgolie nous attend !

Filomène grommelait. Certes, elle avait juré d'accompagner sa maîtresse jusqu'au bout, mais, par toutes les divinités du Monde Connu, que ce serment lui coûtait ! Certains matins, si elle avait eu le choix, elle serait restée là, couchée par terre, à attendre d'être dévorée par une bête sauvage ou grillée par le soleil. Elle aurait préféré mourir plutôt que de se remettre en route vers ce fichu pays dont Malva ne cessait de lui rebattre les oreilles.

— Nous y arriverons, l'encourageait Malva, le regard braqué vers l'est.

— Ah çà ! rouspétait Filomène, nous finirons bien par arriver quelque part ! Elgolie ou pas, il faut bien que le Monde ait une fin !

— Tu te rends compte ! disait joyeusement la Princetta. Nous serons les premières Galniciennes à fouler la terre d'Elgolie ! Personne, en dehors de Bulo, n'a jamais voyagé aussi loin !

Malva rêvait déjà aux pages qu'elle écrirait pour relater toutes ces aventures. Elle avait perdu ses carnets de notes dans le naufrage, mais sa mémoire lui suffirait.

— Aide-moi à trouver un bon titre, demandait-elle. Que penses-tu de *Voyage vers l'inconnu* ou de *Deux Aventurières en Elgolie* ?

Filomène lui envoyait des regards obliques. Elle ne

comprenait que très vaguement les enthousiasmes de sa maîtresse. Tant de dangers pouvaient se présenter ! Tant de pièges pouvaient s'ouvrir sous leurs pieds ! En vingt-huit jours de marche, certes, elles n'avaient pas croisé grand monde : quelques paysans méfiants, quelques vagabonds qui leur avaient proposé de se joindre à eux, quelques marchands qui avaient voulu leur vendre des bijoux... Chaque fois, elles s'étaient dépêchées de fuir leur compagnie. Mais là-bas, dans ces montagnes hostiles, qui sait quel genre d'hommes ou de monstres elles risquaient de rencontrer ?

— Quelle Galnicienne tu fais ! se moquait Malva en voyant l'air apeuré de Filomène. Pourquoi imagines-tu des ennemis partout ? Moi, j'ai plutôt envie de croire que le Monde Connu est rempli d'êtres aussi charmants et dévoués que les pêcheurs sperthiens !

Et puis elle ajoutait, malicieusement :

— D'ailleurs, nous sommes tellement pauvres que nous ne risquons plus rien !

Elle caressait du bout des doigts la médaille de l'Archonte qu'elle conservait toujours autour du cou, « pour se rappeler sa félonie », disait-elle.

— Voilà tout ce qu'on pourrait me voler. Mais que vaut la médaille d'un traître ?

Elle n'avait pas tort. Et pourtant.

Quand elles atteignirent, une semaine plus tard, le premier col enneigé des hauts massifs du Guirkistan, elles remarquèrent au loin des volutes de fumée qui n'avaient rien de naturel.

— Il y a peut-être un village ? suggéra Malva.

Elle grelottait de froid, recroquevillée sur le mulet, dont les sabots s'enfonçaient dans la neige molle. Ses lèvres avaient pris une teinte violacée. À côté d'elle, Filomène peinait et soufflait, à bout de forces. Elles devaient rester sur leurs gardes ; mais que faire ? Il fallait qu'elles passent ce col avant la nuit pour retrouver les températures plus clémentes de la vallée. Quant à revenir en arrière, c'était hors de question.

Comme elles se rapprochaient peu à peu de la fumée noire, elles comprirent qu'il n'y avait aucun village. Quelque chose brûlait sur le sol, mais ce n'était ni un feu de camp, ni un feu de joie. Des formes noires gisaient tout autour du foyer : charrettes brisées, tonneaux, et caisses éventrées. Silencieuses et transies, Filomène et Malva s'avancèrent encore. Une odeur âcre planait dans l'air glacé. Quand elles furent tout près du feu, elles se figèrent. Ce qui brûlait, là, sous leurs yeux, c'était...

— Un cheval ? hésita Malva.

— Non..., gémit Filomène en sentant une nausée lui tordre les tripes. Des chevaux. Un tas de chevaux...

Et c'est à ce moment-là qu'ils surgirent de tous côtés, comme des ombres venues du Monde des Morts. Ils étaient une vingtaine, montés sur des créatures immenses mi-taureaux mi-chamois et qui soufflaient de la brume par leurs naseaux. En les voyant, Malva et Filomène pâlirent et s'accrochèrent l'une à l'autre.

Malgré le froid, les cavaliers portaient de simples

tuniques, largement ouvertes sur leurs torses velus. Leurs visages étaient masqués par des cagoules de tissu noir qui leur donnaient une allure de fantômes. Mais ce qui porta la terreur de Malva à son comble, ce fut la vision des colliers qui pendaient à leur cou : des lacets de cuir avec des rangées de dents humaines enfilées dessus.

Filomène tomba brusquement à genoux dans la neige. Elle cria, elle pleura, elle supplia ces guerriers fantomatiques de ne pas les tuer. Ils ne bronchèrent pas, mais leur cercle se resserra sensiblement autour des deux voyageuses.

Malva descendit alors du mulet. Ses jambes, ses bras, les muscles de son visage étaient engourdis par le froid. Elle se laissa tomber près de Filomène et se mit à pleurer avec elle. « C'est fini, songea-t-elle avec une tristesse incommensurable. Nous allons mourir ici, sans avoir connu l'Elgolie. »

Elle sentit sur sa nuque un souffle chaud et humide. Elle releva la tête. Une de ces bêtes monstrueuses la reniflait ! Elle collait ses naseaux visqueux sur sa peau ! Sans réfléchir, Malva envoya une grande tape sur son museau aplati.

— Va-t'en ! cria-t-elle.

La bête poussa un grognement sourd et se redressa vivement, manquant de désarçonner son cavalier. Et tout à coup, la panique s'empara de la troupe tout entière. Les guerriers masqués lancèrent des cris et des armes métalliques jaillirent au bout de leurs bras : des haches en forme de lune, dont les lames étincelaient.

Malva crut d'abord que son geste avait provoqué la colère des guerriers, mais elle aperçut soudain une armée d'hommes à cheval qui fondait droit sur eux. Ils faisaient diversion ! C'était leur chance ! Elle tira brusquement Filomène par la manche.

— Viens !

Elles coururent, trébuchèrent, puis rampèrent dans la neige pour se mettre à l'abri derrière une charrette retournée.

De là, elles assistèrent à l'affrontement entre les guerriers cagoulés et l'armée des hommes à cheval. Ces derniers étaient bien plus nombreux. Ils se battaient vaillamment, à coups de sabre et de fouet, et semblaient obéir aux ordres d'un chef : un homme jeune et vigoureux, coiffé d'une toque de fourrure, qui se tenait debout sur l'échine de sa monture. Les bras au-dessus de la tête, il dirigeait ses troupes avec une élégance déconcertante.

— Ça alors..., murmura Filomène. Je n'ai jamais vu quelqu'un d'aussi... agile.

En regardant ce cavalier exceptionnel, elle finissait presque par oublier sa peur. C'était comme si la beauté pure s'invitait sur le champ de bataille : les sabres sonnaient, les haches lunaires scintillaient, les sabots des bêtes martelaient la neige, les fouets claquaient, et tout cela faisait un ballet extraordinaire. Malva, elle, ne semblait pas sensible au spectacle. Elle ne pouvait détacher son regard des colliers de dents qui se balançaient au cou des guerriers encagoulés et cette vision la glaçait jusqu'aux os.

Pourtant, très vite, ces guerriers-là perdirent l'avantage. Certains furent blessés, d'autres désarmés, et ils prirent la fuite vers l'ouest, en poussant des cris hargneux et en donnant des coups de talon dans la panse de leurs taureaux-chamois.

Quand ils furent assez loin et que le silence retomba sur les montagnes, le chef des hommes à cheval sauta à terre et s'agenouilla près du feu.

Il jeta des poignées de neige sur les squelettes noircis en prononçant des paroles incompréhensibles. Sa voix montait du fond de sa gorge, comme un gargouillis, et il se balançait d'avant en arrière face au tableau désolant des bêtes calcinées. Autour de lui, les autres cavaliers restaient immobiles, le regard fixe, tandis que les volutes de fumée noire se désagrégeaient dans le ciel.

Enfin, l'homme se redressa. D'un pas souple, il marcha vers la charrette. Quand il découvrit les deux voyageuses, recroquevillées et grelottantes, il s'inclina devant elles. Il jeta son fouet dans la neige, en signe de paix.

Sans le savoir, Malva et Filomène venaient d'être sauvées par les hommes du peuple baïghour. Et celui qui leur souriait maintenant n'était autre qu'Ouzmir, leur Khansha suprême.

Pour Malva et Filomène, une vie nouvelle commença alors. Ouzmir les avait placées sous sa protection et elles n'avaient plus qu'à suivre le mouvement : vers l'est, toujours vers l'est.

Les Baïghours étaient des nomades et des chasseurs. Depuis les temps immémoriaux, ils se déplaçaient en longues caravanes sur la Steppe Azizienne, au rythme des saisons et des migrations d'oryacks, se nourrissant de leur viande et utilisant le reste pour faire du troc auprès des marchands. La peau, les os, les longs poils de l'animal, tout était transformé par les mains habiles des femmes. Elles fabriquaient des harpons, des tapis, des cordes, de l'huile et des amulettes porte-bonheur dont raffolaient les gens des villes lointaines. En échange de tout cela, les Baïghours obtenaient des chevaux. C'était là leur seule véritable richesse.

Sans chevaux, impossible de traquer les oryacks. Sans chevaux, impossible de tirer les charrettes dans lesquelles prenaient place les enfants et les vieillards. Sans chevaux, les Baïghours perdaient tout espoir de survie sur ces steppes glaciales et immenses.

Peu à peu, Malva et Filomène comprirent tout cela. Elles comprirent pourquoi Ouzmir avait semblé si triste devant le brasier où se consumaient les chevaux, le jour de leur rencontre. Et elles comprirent également que les Baïghours n'avaient pas d'autres ennemis que ces guerriers à cagoules noires qui les avaient attaquées : les Amoyèdes.

Ce nom, rien que ce nom, donnait des frissons à Malva. Et plus la caravane progressait vers l'est, plus elle remerciait les divinités du Monde Connu d'avoir placé Ouzmir sur sa route : sans lui, les Amoyèdes n'auraient pas hésité à la tuer pour lui arracher ses dents et compléter les trophées qui pendaient à leurs cous.

Les jours et les semaines passèrent.

La peur de Malva s'apaisait à mesure que la caravane progressait sur la steppe. Ouzmir lui avait donné, ainsi qu'à Filomène, une veste et des bottes en peau d'oryack afin qu'elles puissent supporter les températures extrêmes. Pour se protéger et cacher ses cheveux qui avaient repoussé, la Princetta enroulait sur sa tête un turban de laine. Tout le jour, elle chevauchait dans le vent et le silence, portée par l'espoir grandissant d'atteindre bientôt l'Elgolie. Filomène ne rouspétait plus. Elle semblait conquise par la gentillesse et l'hospitalité des Baïghours.

Le soir, fourbue, Malva se joignait au cercle des femmes pour aider à la préparation des repas et au tressage des cordes en poils d'oryack. Les femmes baïghours lui apprenaient à mâcher le paghul, graine étrange qui semblait avoir de multiples vertus, comme celle de fortifier les dents et de faciliter la digestion de l'oryack, mais qui n'avait aucun goût.

— Et pour les crampes ? demandait Malva à ses compagnes. Cette graine soigne-t-elle aussi les crampes ?

Bien entendu, personne ne comprenait sa question, et chacune se contentait de sourire et de hocher la tête. Alors, Malva reprenait quelques graines de paghul en se disant que cela ne pouvait guère lui faire de mal.

Tout en travaillant, certaines femmes fumaient le

chibouk, une sorte de pipe à long tuyau ; mais à cela Malva n'avait pas droit. Les femmes lui firent comprendre qu'elle était trop jeune et que, selon leur tradition, elle devait attendre d'être mariée pour posséder un chibouk. Malva souriait et tentait de leur expliquer comment, dans son propre pays, on avait voulu la marier de force malgré son jeune âge. Les femmes ouvraient des yeux étonnés : pour elles, les Galniciens devaient sembler de vrais barbares !

Filomène ne prenait pas part à ces séances de travail. Elle refusait de mâcher le paghul et trouvait toujours un prétexte pour s'absenter. Malva la suivait du coin de l'œil et la surprenait toujours à traîner du côté des hommes, en compagnie d'Ouzmir.

— Il m'apprend sa langue, expliquait Filomène quand elle revenait auprès de Malva.

— Bien sûr, bien sûr...

— C'est la vérité ! s'offusquait la chambrière. J'apprends vite et Ouzmir est très content de moi, si tu veux le savoir !

— Je n'en doute pas un instant, répondait Malva avec un sourire malicieux. On n'apprend jamais mieux qu'à un cœur amoureux !

Filomène haussait les épaules, mais Malva savait bien qu'elle voyait juste. Sa chambrière était tombée sous le charme du Khansha suprême dès l'instant où elle l'avait vu, debout sur son cheval, mener ses hommes au combat contre les Amoyèdes.

— J'ai appris une chose très intéressante, dit un

soir Filomène pour faire diversion. Ça concerne l'Elgolie.

Malva interrompit son travail de tressage.

— Ouzmir t'a parlé de l'Elgolie ?

— C'est moi qui lui en ai parlé. Je lui ai dit que c'était le but de notre voyage. D'après lui, ce pays existe peut-être, très loin derrière l'horizon. Certains voyageurs ont évoqué son existence, mais aucun Baïghour n'a jamais été aussi loin.

— J'en étais sûre ! s'enflamma la Princetta. Combien de jours de marche faut-il pour y arriver ?

— Qui sait ? soupira Filomène. Pour l'instant, nous voyageons dans la bonne direction, et en bonne compagnie. Ne sois pas impatiente.

Malva hocha la tête, devinant combien cela serait difficile pour Filomène, le moment venu, de quitter son beau cavalier.

— Ouzmir m'a aussi parlé des Amoyèdes, continua Filomène d'une voix plus sourde. Si j'ai bien compris, ces brutes accomplissent des missions pour ceux qui les payent. Ils volent, ils pillent. Ils enlèvent souvent des femmes et des enfants pour les vendre à un certain empereur dont j'ai oublié le nom... Ils tuent les chevaux des Baïghours pour les affaiblir, mais Ouzmir ne se laisse pas faire.

— Ouzmir est un grand chef, admit Malva.

— Il est le Khansha suprême, compléta Filomène avec admiration. Et il a même promis de m'apprendre à tenir debout sur un cheval !

Malva se mit à rire.

— En attendant de te rompre les os, aide-moi plutôt à tresser ces cordes !

Un matin, alors que Filomène dormait encore et que Malva tournait en rond sous la tente pour apaiser la crampe de sa jambe, Ouzmir entra. Malva le regarda, interdite. Jusque-là, le Kansha s'était montré d'une grande discrétion et jamais il ne se serait permis de forcer leur intimité, à moins d'avoir une raison urgente. Et justement, son visage trahissait une profonde inquiétude.

— Que se passe-t-il ? lui demanda Malva, sans cesser de marcher pour éviter que la crampe ne revienne.

D'un hochement de tête, il désigna Filomène, enfouie sous ses couvertures. Il avait besoin d'une interprète.

Malva secoua donc sa compagne, qui s'éveilla en sursaut et rougit en voyant Ouzmir debout devant elle. Ils échangèrent quelques mots brefs, dans cette langue gutturale à laquelle Malva ne comprenait rien, et après cela Filomène était toute pâle. Quand Ouzmir fut sorti, elle bondit hors de ses couvertures.

— Vite ! s'exclama-t-elle. Rassemble tes affaires ! Nous levons le camp ! Dans la nuit, des chevaux ont été volés.

Malva sentit les battements de son cœur s'accélérer. En toute hâte, elle ajusta son turban sur ses cheveux.

— Les voleurs ont laissé des empreintes, poursuivit Filomène, le souffle court.

Malva se mordit la lèvre.

— Des empreintes comment ? demanda-t-elle d'une voix blanche.

— Des sabots d'enlils, les taureaux-chamois. La caravane part immédiatement. Nous rebroussons chemin vers l'ouest.

— L'ouest ?

Sous l'effet conjugué de la peur et de la contrariété, Malva avait presque crié. Filomène se tourna vers elle, les poings sur les hanches.

— C'est une question de vie ou de mort, Malva. Si les Amoyèdes nous ont retrouvés, cette fois ils ne se laisseront pas battre aussi facilement.

Puis, pour adoucir ces propos, elle prit Malva dans ses bras.

— Nous devons faire confiance à Ouzmir. S'il nous a sauvées une fois, il nous sauvera encore ! Dès que le danger sera écarté, nous retrouverons le chemin de l'Elgolie, je te le promets.

Sonnée, Malva rassembla ses affaires, enfila sa veste et ses bottes en peau d'oryack, puis sortit avec Filomène dans le petit matin. L'air glacial les paralysa aussitôt.

À perte de vue, la steppe s'étendait devant elles, plate et figée, tandis qu'un soleil timide tentait de passer l'horizon, à l'est. Malva jeta dans cette direction un regard amer. Les promesses de l'Elgolie s'éloignaient et, avec elles, un peu de l'espoir qui lui permettait de surmonter chaque jour les épreuves de la vie nomade : le froid qui brûle, la monotonie des hauts plateaux, la fatigue qui terrasse. Elle poussa un soupir. La Grande

Steppe Azizienne dressait entre ce pays et elle sa barrière infinie et hostile. Aurait-elle la force d'affronter encore tout cela si elle devait tourner le dos à son rêve ?

Tandis que Filomène sanglait les couvertures sous le ventre de son cheval, Ouzmir vint offrir à Malva une tasse de thé gris et une grande quantité de galettes de paghul. Il retourna ensuite vers la tente pour la démonter avec l'aide de deux autres hommes.

— Encore ces affreuses galettes ! se lamenta Filomène lorsque Malva lui tendit sa part. Non merci.

Malva enfonça les galettes dans la poche de sa vareuse qu'elle portait toujours sous sa veste en peau. D'habitude, elle se moquait de Filomène et de ses goûts de luxe. « C'est moi la Princetta ! raillait-elle. C'est moi qui devrais me plaindre ! » Mais ce matin-là, elle ne fit aucun commentaire. Il pesait sur le campement une atmosphère lourde d'angoisse, qui ne prêtait pas à sourire.

Les femmes et les enfants s'étaient rassemblés autour des charrettes après y avoir entassé les couvertures, les piquets de tente, les marmites en cuivre cabossées, les ustensiles de cuisine et les chibouks. Malva vit tout de suite que les chevaux volés manquaient cruellement. Certains vieillards s'apprêtaient à faire le voyage à pied alors qu'ils tenaient à peine sur leurs jambes. Elle alla trouver Ouzmir et lui fit comprendre qu'elle pouvait marcher. Mais Ouzmir secoua la tête et désigna la jambe droite de Malva, qui tressaillit. Comment savait-il, pour sa blessure ?

— Je lui ai tout raconté, lui avoua Filomène en la voyant si déconcertée.

— Comment *tout* ?

— Eh bien... notre naufrage, la bête sans nom qui t'a mordue, la guérisseuse de Sperthe...

Malva se renfrogna.

— Quoi d'autre encore ? Tu lui as aussi raconté notre fuite de Galnicie et mon mariage manqué ? Nous avions juré de garder le secret sur tout cela !

Filomène rougit légèrement, mais la Princetta n'eut pas le temps de s'énerver davantage. Les tentes étaient toutes démontées, les chevaux piaffaient et l'urgence du départ était palpable.

Malva se résigna à monter sur le cheval, et la caravane s'ébranla aussitôt. En tête, les hommes. Au milieu, les enfants et les vieillards. Puis, fermant le cortège, les femmes.

En même temps que le soleil, un vent désagréable s'était levé, qui balayait l'herbe rase et brûlait les lèvres. Malva rentra la tête dans les épaules et courba l'échine sous les rafales glacées. À ses côtés, Filomène marchait, tenant la bride du cheval qu'elles se partageraient. Il y avait dans l'air une odeur de peur et de catastrophe qui rendait les cavaliers muets.

Au bout d'une heure de silence, Malva commença à se sentir oppressée. Elle éprouvait le besoin de parler pour chasser ses inquiétudes.

— Quelle sera la première chose que tu feras lorsque nous serons là-bas ? demanda-t-elle soudain à Filomène.

La chambrière leva la tête et fronça les sourcils :

— Tu m'as déjà posé cette question cent fois, Malva !

— Dis-le-moi encore.

Filomène poussa un soupir résigné. « Là-bas » désignait bien sûr l'Elgolie.

— Je chercherai le lac dont le marin a parlé, dit-elle, accommodante. Celui qui bouillonne et dont les eaux sont si chaudes.

— Le lac Barath-Thor, précisa Malva en retrouvant un peu de gaieté.

— Oui, c'est cela. Je m'y plongerai et je resterai dedans pendant des heures, sans rien faire, pour soulager mes pieds gelés et mon dos fourbu. Et si, en plus, je rajeunis de dix ans comme l'a annoncé le marin, eh bien... pourquoi pas ?

— Moi, je ne m'y baignerai pas ! rigola Malva. Je risquerais de redevenir une toute petite enfant !

Filomène hocha la tête.

— Alors ? insista Malva. Demande-moi aussi ce que je ferai !

Filomène pinça les lèvres. Ces questions l'agaçaient, mais elle finissait toujours par se plier aux désirs de sa maîtresse.

— Eh bien, que feras-tu ?

— Je grimperai en haut de cet arbre millénaire qui pousse au sommet du mont Ur-Tha, répondit Malva avec exaltation. Avec un peu de chance, je pourrai apercevoir la Galnicie.

— Si c'est le cas, tu risques d'avoir envie de rentrer ! la taquina Filomène.

— Certainement pas ! Quand je serai en haut de cet arbre, je ferai un pied de nez à la Galnicie, à l'Archonte, à la Coronada et au Coronador. Ensuite, je descendrai bien vite pour aller construire une maison au bord de la mer, dans cette baie où souffle un vent sucré. La baie de Dao-Boa. C'est là que je vivrai, pour toujours. Et c'est là que j'écrirai l'histoire de nos aventures !

La Princetta avait dessiné en imagination toute la géographie de l'Elgolie, en s'appuyant sur les descriptions et les noms que le vieux Bulo avait donnés. Dans cette fameuse baie de Dao-Bao, elle se voyait couper du bois, clouer des planches, monter la charpente de sa future demeure.

— Ce sera bien modeste, vois-tu, Filomène. Il n'y aura pas de tours, ni de salle des Délicatesses, ni de bassins, comme à la Citadelle. Mais ce sera ma maison. Celle que j'aurai bâtie de mes mains.

Filomène ne l'écoutait plus vraiment. Ses rêves, elle les connaissait par cœur et, au fond, elle ne croyait pas à l'existence de l'Elgolie. Les filles du peuple galnicien ont les pieds sur terre et ne croient que ce qu'elles voient. Malva était exactement à l'inverse d'elle : elle avait justement besoin de croire à l'existence de ce qu'elle ne voyait pas.

La caravane progressait lentement, s'étirant comme un long nuage à mesure que le temps passait. Malva leva les yeux vers le ciel et constata que le soleil serait bientôt à mi-course. Elle tira alors sur la bride de son cheval pour qu'il s'arrête.

— À ton tour de monter, dit-elle à Filomène en sautant à terre.

La chambrière ne se fit pas prier et Malva se mit à marcher en claudiquant un peu. Elle avait les pieds gourds, le bout des doigts gelé. Devant elle, dans les carrioles, les enfants s'étaient endormis sur les genoux de leurs mères. Plus loin encore, elle devinait les larges silhouettes des hommes, aux côtés d'Ouzmir. Tout semblait pareil aux autres jours et aucune menace ne se profilait à l'horizon.

— Ouzmir s'est peut-être trompé, suggéra Malva comme elles franchissaient une petite hauteur sur laquelle moutonnaient des buissons hérissés d'épines. Ces voleurs n'étaient peut-être pas des Amoyèdes...

À peine avait-elle prononcé ces paroles que des cris s'élevèrent, provenant du groupe de tête. Les hommes avaient momentanément disparu dans une cassure du terrain, en contrebas. Malva et Filomène ne pouvaient pas les voir, mais le vent leur apportait une rumeur mauvaise.

Les charrettes s'arrêtèrent et les chevaux tournèrent leurs oreilles inquiètes vers l'avant. Des femmes se dressèrent sur leurs étriers, aux aguets. Malva crut reconnaître, dans les mugissements des bourrasques, des bruits de cavalcade et d'armes qui s'entrechoquent.

Brusquement, une des femmes donna un coup dans les flancs de son cheval et partit en éclaireur, bride abattue. Filomène et Malva échangèrent un regard, mais aucun mot ne passa leurs lèvres. Elles avaient la bouche sèche, tout à coup. Peu après, la femme revint au galop en poussant des hurlements :

— *Amoyèdes ! Amoyè...*

Son cri mourut aussitôt dans sa gorge et elle s'effondra sur la crinière de son cheval : une hache en forme de lune venait de se planter entre ses omoplates.

Malva sentit son sang se glacer dans ses veines. En un instant, la panique s'empara de la caravane. Des chevaux se cabrèrent, des femmes s'enfuirent au galop, des carrioles se renversèrent avec fracas.

— Prends le cheval ! ordonna Filomène.

Elle dégringola à terre et poussa Malva pour qu'elle monte à sa place. La Princetta était pétrifiée. Ses jambes ne lui obéissaient plus.

— Vite ! s'époumonait Filomène. Monte et sauve-toi !

— Et toi ? dit Malva, éberluée.

Filomène la fixa, les yeux agrandis par la peur :

— Ne pense pas à moi. Monte, je te dis !

Sans savoir comment, Malva se trouva soudain assise sur le cheval. Là-bas, à l'avant de la colonne, des cavaliers apparurent, brandissant leurs armes d'argent. Ils portaient sur leurs visages les cagoules noires des guerriers amoyèdes.

Autour, c'était la débandade. Les enfants pleuraient et couraient dans tous les sens, des femmes échevelées s'enfuyaient en s'écorchant les jambes sur les buissons d'épines. Filomène tira sur la bride du cheval, puis frappa sa croupe.

— Je te retrouverai ! cria-t-elle à Malva. Je dois aller aider Ouzmir !

Malva tourna la tête juste à temps pour la voir courir et sauter par-dessus les carrioles renversées. Elle allait droit vers les Amoyèdes ! Malva voulut la rappeler, la supplier, mais son esprit terrorisé flottait dans une sorte de brouillard. Le cheval galopait, s'éloignant du champ de bataille. Derrière Malva, d'autres chevaux martelaient le sol de leurs sabots, piétinant des tentes en lambeaux, des ustensiles abandonnés, des caisses de nourriture éventrées.

Brusquement, le cheval fit un écart. La jambe de Malva alla cogner contre le flanc d'un autre cheval et elle sentit une atroce brûlure sur sa peau. Aussitôt après, du sang dégoulina de son ancienne blessure. Sous le choc, elle venait de se rouvrir !

Cela lui fit l'effet d'une décharge électrique. Le brouillard dans lequel elle était plongée se déchira d'un seul coup, et elle recouvra ses esprits.

— Filomène ! hurla-t-elle, en réalisant brutalement qu'elles étaient séparées pour la première fois depuis le début du voyage.

Elle saisit les rênes et tira de toutes ses forces. Le cheval manqua de se cabrer, Malva perdit son turban, mais elle parvint à rétablir son équilibre. Quand elle se retourna enfin, ce qu'elle vit la cloua sur place. La caravane n'était plus qu'un tas informe : des hommes, des chevaux et des charrettes enchevêtrés, qui ne constituaient plus qu'un fatras duquel émergeaient de temps à autre le fer des sabres et les lames étincelantes des haches. Des cris montaient vers le ciel. Le sol n'était que boue et sang.

— Allez ! cria Malva à son cheval.

De toutes ses forces, elle le poussa vers l'avant. La douleur qui traversait sa jambe lui coupait la respiration, mais il fallait qu'elle retrouve Filomène. Sans elle, Malva était perdue ! Sans elle, plus rien ne lui semblait possible !

Comme elle se rapprochait, des flèches sifflèrent à ses oreilles. Elle s'aplatit de son mieux sur l'encolure de sa monture.

— Filomène ! hurla-t-elle encore.

Soudain, le cheval trébucha sur les débris d'une carriole. Malva le sentit s'affaisser. Dans un hennissement, il la projeta à terre, mais son pied resta coincé dans l'étrier, et elle fut traînée dans la poussière pendant quelques instants, jusqu'à ce que sa monture roule à son tour au milieu du chaos. Malva poussa un cri de douleur et de détresse.

La dernière chose qu'elle vit fut le museau visqueux d'un enlil qui se penchait sur elle. Et une rangée de dents humaines qui pendaient au bout d'un lacet de cuir.

12

La décision de Filomène

Le fracas des armes s'était tu. Les cris avaient fait place aux gémissements et aux pleurs. Sur la petite hauteur parsemée de buissons d'épines, la terre semblait avoir été labourée. Mais ce que l'on y avait semé n'était ni du blé, ni de l'orge. Dans les sillons profonds gisaient des morts et des blessés, des armes brisées, des vestes de peau déchirées.

Les Amoyèdes s'en étaient allés, abandonnant à leur sort ceux des Baïghours qui respiraient encore. Il n'y avait plus un seul cheval debout. Et là-bas, dans la cassure du terrain, un homme tenait sa face dans ses mains, à genoux devant un nouveau brasier : c'était Ouzmir, le Khansha suprême, qui pleurait et chantait sur le désastre.

Filomène revint à elle en entendant ces sons étranges. Elle était tombée dans la pente, avait roulé dans les épines et s'était cogné la tête contre une pierre, avant de s'évanouir.

— Ouzmir..., murmura-t-elle en essayant de se relever. Par la Sainte Quiétude... il est en vie !

Au prix d'un effort énorme, elle parvint à se remettre debout. Et c'est là, en voyant les morts autour d'elle, qu'elle comprit l'ampleur de la catastrophe. Sa tête se mit à tourner follement et son sang reflua d'un coup vers son cœur.

— Malva..., dit-elle. Où est Malva ?

Elle escalada la pente, sans prêter attention aux épines qui s'enfonçaient dans ses paumes et ses genoux quand elle tombait. Une fois en haut, elle découvrit les charrettes retournées, les caisses, les chibouks piétinés, les tentes déchiquetées et elle eut un pressentiment épouvantable.

— Malva ! cria-t-elle.

Sa voix fut comme étouffée par les rafales du vent des steppes. Au milieu du chaos, une femme baïghour et sa petite fille erraient, en pleurant, désorientées, le visage noir de boue. Filomène s'approcha d'elles. Avec les mots de la langue baïghour, elle lui demanda si elles avait vu Malva.

La femme secoua la tête, hagarde. Mais la petite fille qui s'accrochait à sa jupe pointa son doigt dans la direction qu'avaient prise les Amoyèdes. Elle dit à Filomène qu'elle avait vu l'un des guerriers emporter la Princetta sur son enlil.

— Tu en es sûre ? souffla Filomène, au bord de l'évanouisscment.

La petite hocha la tête et fouilla dans sa poche. Elle en sortit la médaille de l'Archonte, qu'elle venait de récupérer parmi les débris. Sa mère jeta un regard désespéré à Filomène. Sur la steppe, tout le monde savait que les Amoyèdes vendaient les jeunes filles à l'empereur de Cispazie.

— Cispazie..., répéta Filomène. Malva... vendue...

Elle s'empara du bijou et éclata en sanglots.

— Par toutes les divinités du Monde Connu ! hurla-t-elle. Que l'Archonte meure sur-le-champ s'il arrive malheur à ma Princetta !

Elle s'écroula dans la boue. Toutes les épreuves qu'elles avaient traversées ensemble défilèrent dans sa mémoire. Dans sa paume, la médaille de l'Archonte semblait brûlante comme une braise. « En souvenir de sa félonie », avait dit Malva. Filomène leva les yeux vers le ciel immense de la steppe. Qui, dans ce monde, pourrait l'aider à sauver Malva ? Pour l'arracher aux mains des Amoyèdes ou de cet empereur, il fallait dresser une armée ! Les Baïghours étaient décimés... Vers qui Filomène pouvait-elle se tourner ?

Elle frappa la terre du poing. Ah, si le Coronador et la Coronada avaient éprouvé un peu de compassion pour leur fille ! S'ils ne s'étaient pas montrés si cruels, si rigides ! S'ils avaient écouté leur enfant, rien de tout cela ne serait arrivé !

Filomène sanglota un long moment. Elle songea que là-bas, en Galnicie, tout le monde les croyait mortes. Elle imagina le deuil dans lequel se trouvait sans doute le pays. Le peuple galnicien, lui, avait toujours aimé Malva. Les gens devaient se lamenter sur leur Princetta perdue. Alors, face à ce désastre, peut-être le Coronador commençait-il à comprendre qu'il avait mal agi ? Peut-être avait-il des remords ? Peut-être serait-il finalement heureux et soulagé de savoir que Malva était vivante ? Et s'il savait que l'Archonte avait influencé l'esprit de sa jeune élève pour l'amener à cette fuite insensée ?

Peut-être, oui... Et de toute façon, quelle autre solution avait Filomène ?

— Par la Sainte Harmonie, murmura-t-elle. Pardonne-moi, Malva... Pardonne ta presque sœur...

Avant de perdre de nouveau connaissance, elle sut exactement ce qui lui restait à faire.

13

Le mystérieux messager

Orféus fut réveillé par un rayon de soleil qui lui chatouillait le nez et par des éclats de voix qui venaient du dehors. Surpris, il ouvrit les yeux. Par la fenêtre de sa chambre, il aperçut un petit coin de ciel bleu et il sourit d'aise : cela faisait des mois qu'il n'avait pas vu le soleil !

Il courut ouvrir sa fenêtre et, là, il constata une chose extraordinaire : les lingères étaient revenues ! Sur les toits des maisons d'en face, profitant du temps clément, elles se dépêchaient d'étendre les draps et les nappes. Leurs voix se répondaient, comme autrefois, et montaient dans l'air parfumé du matin.

— C'est sans doute faux ! disait l'une. Une rumeur, rien de plus !

— Pas du tout ! s'offusqua la plus âgée. Je tiens l'information de ma sœur. Elle est cuisinière à la Citadelle et, si tu la traites encore une fois de menteuse, je te dénonce à la patrouille !

La première femme leva son poing d'un air menaçant.

— Et pourquoi me dénoncerais-tu, espèce de folle ?

— Pour avoir enfreint le soixante-quatrième édit, par exemple ! rétorqua l'autre en minaudant. Je t'ai entendue, l'autre jour : tu chantonnais dans ta cuisine !

Sous le regard amusé d'Orféus, les autres femmes se mêlèrent bientôt à la dispute. Certaines osaient prétendre, à mi-voix, que les édits de l'Archonte n'étaient pas justes et que l'on avait bien le droit de chanter dans sa cuisine, tandis que, d'autres, effrayées, proclamaient que la loi était la loi.

Finalement, elles cessèrent de se chamailler quand la plus jeune s'écria :

— Regardez ! Notre timide est à sa fenêtre !

Orféus eut un coup au cœur. Il s'était encore fait repérer ! Mais cette fois, il se força à rester là. Pas question d'être humilié une fois de plus par ces lingères ! Et puis... l'air était si doux ce matin. Il se sentait revivre un peu, comme un ours qui sort de l'hibernation.

— Bonjour ! leur lança-t-il.

— Eh bien ! Il a une voix ! se moqua la première.

— Et des yeux très très... bleus, ajouta la plus jeune.

Orféus rougit imperceptiblement, mais décida de garder son sang-froid.

— De quelle rumeur parliez-vous ? s'enquit-il.

La lingère la plus âgée vint s'appuyer contre le rebord de son toit.

— Ce n'est pas joli, monsieur le timide, d'espionner les conversations ! le taquina-t-elle. Mais si vous voulez le savoir, il paraît qu'un cavalier est arrivé hier soir à la Citadelle. Ma sœur l'a vu. C'est un homme très étrange. Il a des yeux fendus et une peau sombre. Il ne parle pas notre langue, mais il portait une lettre pour le Coronador. Voilà ce que j'expliquais à mes voisines !

La plus jeune déposa son bac à linge et vint à son tour s'appuyer au rebord du toit.

— D'après elle, il s'agit d'une lettre écrite par Filomène, la chambrière de la Princetta. Vous savez, celle qui a disparu en même temps qu'elle !

— Je vois, dit Orféus, de plus en plus intéressé. Cette chambrière ne serait donc pas morte ?

— Eh non ! répondit la lingère âgée. Et si elle n'est pas morte, et si elle écrit au Coronador, j'en déduis qu'il va se passer des choses !

— D'où venait le cavalier ? demanda encore Orféus.

— D'un pays très lointain, expliqua la femme en prenant un ton confidentiel. Par-delà les montagnes du Guirkistan. Ma sœur m'a dit qu'il avait parcouru cette distance à cheval en moins de dix journées !

— Impossible ! intervint une autre lingère. Aucun

cheval, aucun cavalier ne peut réaliser un exploit pareil !

— Bien sûr ! rétorqua la plus âgée. Et tu vas encore dire que ma sœur est une menteuse ?

La dispute reprit alors de plus belle, mais Orféus en avait assez entendu. Il fit un petit geste amical à la jeune lingère et referma sa fenêtre avant de se précipiter dans le salon.

Là, il trouva encore Al roulé en boule dans son fauteuil, mais il ne se mit pas en colère.

— Sacré Alizé, dit-il. Tu n'es pas un saint-bernard, mais une vraie mule, ma parole !

Le chien dressa ses oreilles et ouvrit ses gros yeux humides.

— Eh oui ! sourit Orféus, tu peux être surpris ! Non, je ne te gronde pas ! Et tu peux même rester dans mon fauteuil ! Moi, il faut que je sorte !

Il s'habilla en toute hâte. Si les lingères disaient juste, le Coronador allait sûrement prendre des décisions concernant cette chambrière ! Il voudrait peut-être monter une expédition ? Il aurait alors besoin d'hommes courageux !

— Dans ce cas, je serai de ceux-là ! déclara Orféus en se regardant dans le miroir.

Un frisson d'excitation lui électrisa la nuque. Il fallait absolument qu'il sache qui était ce mystérieux cavalier et ce que contenait la lettre qu'il portait. Il devait le savoir avant tout le monde pour pouvoir proposer en priorité ses services au Coronador. Orféus frappa du pied : si sa chance se présentait enfin, il ne devait pas la laisser échapper !

Il quitta sa maison et décida de monter vers la Ville Haute. Le soleil jouait à travers les nuages et une petite brise venait balayer les ordures entassées aux portes des maisons. De ruelle en ruelle, Orféus croisa plus de passants qu'à l'ordinaire. Des femmes sortaient comme des fleurs au printemps. Pourtant, on aurait dû sentir les prémices de l'automne, mais non : ce soleil nouveau faisait prendre novembre pour avril.

Plus loin, Orféus avisa une troupe de gamins en guenilles qui pourchassaient les chats errants à coups de pierres. Ils riaient, couraient et sautaient, sans se soucier de l'édit numéro trente et un. Orféus s'approcha d'eux : il avait cru reconnaître le garçon malin qui par deux fois était venu frapper chez lui.

— Hé ! l'appela-t-il. Tu te souviens de moi ?

Le gamin cessa ses jeux et vint se camper sous le nez d'Orféus.

— Vous êtes Mac Bott, n'est-ce pas ? Je me souviens bien de vous ! et surtout de tous les galniks que vous m'avez fait gagner ! Grâce à vous, je me suis fait tirer les cartes et dire la bonne aventure.

— Voilà de l'argent bien dépensé ! se moqua Orféus. J'espère au moins qu'on t'a prédit monts et merveilles !

— Parfaitement ! répondit le gamin. Vous ne pouvez même pas imaginer l'avenir qui m'attend ! Et je me suis aussi payé des sabots de soldat. Regardez !

Il exhiba fièrement des galoches à talon métallique, un peu trop grandes pour lui.

— Avec ça, je suis le chef de ma bande ! déclara-t-il en bombant le torse. Tous les autres ne sont que des va-nu-pieds !

— Tes parents doivent être fiers de toi ! s'exclama Orféus.

— Mes parents ? Quels parents ?

— La première fois que tu es venu chez moi, tu m'as dit qu'ils allaient s'inquiéter de te savoir dehors dans la nuit, rappela Orféus en fronçant les sourcils.

Le gamin haussa les épaules.

— J'ai dit ça ? J'ai dû me tromper. Je suis orphelin !

Orféus se mit à rire en comprenant la roublardise du garçon.

— Comment t'appelles-tu ? demanda-t-il.

— Avant, j'étais Diégo... Mais depuis que je possède mes galoches, tout le monde m'appelle Galotcho !

— Eh bien, Galotcho, est-ce que ça te dirait de gagner encore quelques galniks ?

Le garnement plissa les yeux d'un air matois.

— Combien ?

— Au moins... trois cents, lâcha Orféus à voix basse.

Les yeux du gamin scintillèrent.

— Que faut-il faire ?

Orféus désigna la Citadelle, plantée au sommet de sa falaise.

— Je voudrais que tu t'introduises là-bas, dit-il.

Galotcho haussa les sourcils et fronça le nez.

— Je sais, ce n'est pas facile, mais tu m'as l'air très très malin... Et je voudrais qu'ensuite tu laisses traîner tes oreilles. Il paraît qu'un étranger est arrivé dans la nuit avec un message important. Si tu me dis quel est ce message, je te donnerai... allez, quatre cents galniks !

Galotcho jeta un regard effronté vers les murs d'enceinte de la Citadelle. D'un hochement de tête, il fit comprendre à Orféus qu'il acceptait son offre.

— Rendez-vous à la tombée du jour sous le pont qui enjambe le Gdavir ! lui cria Orféus en le voyant déguerpir.

— J'y serai ! répondit Galotcho.

Orféus passa la journée dehors. Dès qu'il surprenait deux Galniciens en conversation, il tendait l'oreille. C'est ainsi qu'il se rendit compte que la rumeur se répandait. Le matin, on évoquait la venue d'un étranger sur un cheval, mais à mesure que la journée avançait, les informations s'enrichissaient d'une foule de détails.

— Il paraît que c'est un empereur, disaient les uns. Il vient d'un pays sans nom, où l'on élève des chevaux volants ! Il est arrivé jusqu'ici par les airs, c'est sûr !

— Il paraît, renchérissaient d'autres, qu'il apporte de l'or au Coronador car il veut épouser une Galnicienne !

— Quelle Galnicienne ?

— On ne le sait pas !

Vers la fin du jour, la ville était en proie aux rumeurs les plus folles. Les gens restaient dehors, se réunissaient sous les platanes, bavardaient fort, riaient parfois, et tout cela au mépris des multiples édits de l'Archonte. On disait que les patrouilles étaient suspendues et qu'aucun soldat n'avait quitté la Citadelle. On disait même que l'Archonte avait disparu.

Quand Orféus retrouva Galotcho sous le pont, le gamin était rouge, essoufflé et très sale.

— Alors ? demanda Orféus. Es-tu entré dans la Citadelle ?

— Par les jardins, oui ! et j'ai même failli me noyer en tombant dans un bassin. C'était plein de vase et de crapauds, là-dedans, pouah !

— Tu mérites bien ta paye, sourit Orféus. Mais avant, dis-moi ce que tu as appris.

Galotcho jeta quelques regards alentour pour s'assurer que personne ne l'écoutait, puis il se lança dans son récit.

— J'ai vu l'étranger, dit-il. Il s'appelle Ougmir ou quelque chose comme ça. Il est très fort et il porte des habits vraiment bizarres. Un chapeau en poils de bêtes. Et il est venu à la Citadelle sur la demande de Filomène, la chambrière de la Princetta.

— Pourquoi est-il venu ? le pressa Orféus.

Galotcho fit claquer sa langue et tendit la main.

— Pour la suite de l'histoire, c'est cent galniks.

Orféus soupira et lui tendit les pièces.

— L'étranger est venu pour donner un message. Il

devait absolument le remettre au Coronador, en main propre. Il paraît que l'Archonte a piqué une colère terrible parce que l'étranger refusait de lui donner les informations contenues dans la lettre. Mais moi, j'ai tout entendu de la bouche d'une servante de la Coronada. Dans son message, Filomène dit que la Princetta n'est pas morte. Elle ne s'est pas noyée dans le port de Carduze !

— Mais... mais alors..., bredouilla Orféus. Où est-elle ?

— Pour le savoir, c'est cent galniks, annonça Galotcho en croisant les bras.

Orféus paya.

— La Princetta a été enlevée par des guerriers... attendez... des Amèdes, je crois. Ils veulent la vendre à un autre empereur en Orniant.

— La vendre ? s'étrangla Orféus.

— Je répète ce que j'ai entendu, s'excusa Galotcho. Cet empereur a un barème où il emprisonne des jeunes filles.

Orféus se gratta la tête, perplexe.

— Un harem ! s'écria-t-il. C'est le mot exact, je pense.

Galotcho haussa les épaules. Pour lui, tous ces mots exotiques n'avaient pas grand sens.

— Mais le plus intéressant, dit-il, c'est que l'étranger portait aussi un objet. Dans une boîte fermée à clé. Un objet vraiment... surprenant.

Résigné, Orféus paya les deux cents galniks manquants pour savoir la suite.

— La médaille de l'Archonte ! exulta Galotcho. Quand le Coronador a ouvert la boîte, il paraît que l'Archonte est devenu blanc comme la lune ! Dans sa lettre, la chambrière l'accusait d'avoir envoyé la Princetta à la mort. Le Coronador a demandé des explications, mais l'Archonte est sorti en courant de la chambre de Son Alteza. Des domestiques l'ont vu quitter la Citadelle au grand galop. Et depuis, plus personne ne sait où il est !

Orféus était estomaqué. Ces révélations allaient bien au-delà de tout ce qu'il avait pu imaginer durant la journée. Il ne s'expliquait pas le rapport entre l'Archonte et l'étranger, mais cela sentait le roussi. Une chose était sûre : la Galnicie allait enfin se réveiller de sa torpeur. Le règne terrifiant de l'Archonte était sans doute terminé !

Il regarda Galotcho et lui posa une main sur l'épaule.

— Merci, dit-il. Tu es un vrai chef !

— J'ai même réussi à voler ça ! rigola le gamin en sortant de sa poche un petit sac en peau retournée.

— Qu'est-ce que c'est ? demanda Orféus.

— Un cadeau que l'étranger a apporté à la Coronada. Je l'ai fauché à un cuisinier. Tenez, goûtez, ça se mâche.

Orféus recueillit quelques graines dans sa paume et les porta à sa bouche. Cela ne ressemblait à rien de ce qu'il connaissait. Cela n'avait pas beaucoup de goût, et pourtant, c'était agréable.

— Je vais en planter sur les bords du Gdavir, décida Galotcho. Ça poussera peut-être ?

— Peut-être..., dit Orféus, pensif.

Quoi qu'il en soit, ces graines étranges avaient une saveur très prononcée d'aventure et de voyage.

14

La fille de Balmun

Les Amoyèdes avaient ligoté Malva. Puis ils lui avaient bandé les yeux avant de la jeter au fond d'une charrette. Depuis un temps infini, elle était trimbalée là-dedans, tellement effrayée qu'elle était incapable de pleurer ou de crier. La blessure de sa jambe lui faisait mal. Elle avait faim, mais ne pouvait même pas attraper les galettes de paghul qui restaient dans sa poche. Elle tentait de se rassurer en se répétant tous les mots nouveaux qu'elle avait appris depuis sa fuite de la Citadelle. Elle s'occupait l'esprit en les combinant de manière à former des phrases satisfaisantes, mais la plupart du temps ses pensées s'embrouillaient. Tout ce qui lui restait alors, c'était sa peur. Cette peur atroce qui lui tordait le ventre.

De temps en temps, des cris venaient du dehors, des rires, des murmures, parfois des sortes de hululements terrifiants. Les Amoyèdes parlaient une langue pleine de grondements, de sifflements et d'aboiements : étaient-ils vraiment des humains ? ou bien des créatures hybrides à l'image de leurs affreux enlils, mi-hommes, mi-bêtes ?

Alors qu'elle ressassait ces sombres pensées, les cahots de la charrette qui la secouaient cessèrent brusquement. Il lui sembla entendre un appel, mais le silence retomba aussitôt. C'était la première fois que le convoi s'arrêtait. La première fois qu'un silence pareil s'installait.

Malva profita de cette pause pour changer de position et essayer de soulager ses muscles endoloris. À sa droite, il y avait des sacs. Elle fit glisser ses fesses sur le plancher plein d'échardes et se laissa tomber, la joue appuyée contre ces ballots rembourrés. À cet instant, un nouvel appel, plus proche que le précédent, déchira le silence. « *Mirgaï !* » lui sembla-t-il comprendre.

Il ne se passa plus rien pendant un long moment. Même les enlils se taisaient. Malva tomba dans une sorte de sommeil comateux. En rêve, elle vit Filomène courir vers elle, la figure ensanglantée. Elle la vit trébucher et s'effondrer par terre, inanimée. Elle voulut l'appeler, mais soudain deux mains s'abattirent sur ses épaules.

Malva poussa un cri sec et douloureux, tandis qu'une puissante odeur de sueur lui soulevait le cœur. Un Amoyède ! Un Amoyède s'était introduit dans la charrette et la secouait pour la réveiller. Il aboya quelques mots, puis, sans prévenir, il arracha le bandeau des yeux de Malva.

Une lumière aveuglante lui coupa la respiration. L'Amoyède ne lui laissa pas le temps de réaliser ce qui se passait. Il la traîna sans ménagements vers l'extérieur, la souleva, puis la poussa devant lui pour qu'elle marche. Les pieds de la Princetta touchèrent le sol, mais elle ne put faire un pas : ses jambes étaient bien trop faibles pour la porter. Elle s'écroula dans l'herbe.

« *Temir-Gaï !* » Ce nouvel appel retentit à ses oreilles. Aussitôt, l'Amoyède cria quelque chose et la força à se relever en l'empoignant par le bras. Il la maintint ainsi, chancelante et effrayée, tandis que, de toute part, les appels se répondaient : « *Temir-Gaï, Temir-Gaï !* »

Peu à peu, la vue de Malva s'accommodait à la clarté du jour. Debout contre son gardien, traversée de douleurs et de crampes, elle découvrit un spectacle saisissant : elle se trouvait dans une cour immense, encerclée par des murailles de bois, hautes comme des falaises. Elle aperçut des guetteurs qui se tenaient au garde-à-vous sur le chemin de ronde. C'étaient leurs cris qu'elle entendait depuis tout à l'heure.

Des milliers de guerriers étaient rassemblés là, dans cette cour semblable à une arène, piétinant l'herbe sèche. C'étaient pour la plupart des Amoyèdes aux visages masqués, mais il y avait aussi d'autres barbares dressés sur des montures à poils laineux et qui arboraient des bannières noir et rouge. Malva remarqua qu'au milieu de chaque groupe se trouvaient des jeunes filles, ligotées et tremblantes, comme elle. Sa respiration s'accéléra. D'où venaient toutes ces filles ?

Elle tourna la tête. À quelques pas, debout près d'une autre charrette, elle vit une petite blonde, aux yeux bleus et ronds comme des perles. Elle était vêtue d'une simple chemise de coton, pieds nus. Leurs regards se croisèrent.

— *Lei !* cria la fille.

Était-ce son nom ?

— Malva ! lui répondit la Princetta.

La fille lui renvoya un sourire timide, mais l'Amoyède qui se tenait près d'elle la frappa brusquement à la tête. Malva détourna les yeux. Mieux valait ne pas attiser la colère de ces brutes.

Un nouveau cri traversa l'espace, et aussitôt la foule s'écarta. Une porte s'ouvrit dans la muraille, tout au fond.

— *Temir-Gaï...*, murmura l'Amoyède qui serrait le bras de Malva.

Une colonne d'hommes en armes surgit à cet instant par la porte. Ils avançaient trois par trois, dans des costumes chatoyants, la tête ceinte par des turbans dorés. Au milieu de la colonne, un animal extraordinaire apparut. On aurait dit une montagne douée de mouvement : haute comme trois hommes, large comme six, elle balançait une tête oblongue au bout de son cou massif. Deux paires de cornes argentées avaient poussé au-dessus de ses yeux. Ses pattes étaient aussi épaisses que des piliers. Jamais Malva n'avait vu pareille créature. Il se dégageait d'elle une telle impression de puissance qu'elle en eut le souffle coupé.

— Auriga-céleste, chuchota tout à coup une voix dans son dos. Animal mythique de l'empire d'Orniant.

Malva sursauta. La petite blonde nommée Lei l'avait rejointe ; elle lui touchait l'épaule. À sa droite, son gardien observait l'arrivée des soldats, fasciné.

— Tu parles ma langue ? demanda discrètement Malva.

— Je parle toutes langues, répondit la fille à voix basse, car je suis fille du royaume de Balmun. Regarde : Temir-Gaï, seul empereur à posséder auriga-céleste. C'est pouvoir immense pour lui. Maintenant, il être comme un dieu.

Malva remarqua une silhouette assise sur le dos de la bête aux cornes d'argent. L'empereur était là, dissimulé sous un dais d'étoffe, et manifestement les barbares s'étaient rassemblés sous ces murailles pour l'accueillir.

— Nous sommes cadeaux, expliqua encore Lei d'une voix sourde. Cadeaux pour Temir-Gaï.

Malva frémit, mais elle n'eut pas le temps de questionner davantage sa compagne. Une nouvelle clameur s'éleva dans l'arène. L'empereur Temir-Gaï était sorti du dais et, debout sur l'auriga-céleste, il venait de dévoiler son visage. Un silence total succéda aux cris. L'Amoyède qui gardait Malva relâcha son étreinte. Il baissa la tête. Partout autour d'elle, les visages affichèrent une crainte respectueuse.

— Toi peur ? murmura encore Lei à son oreille.

Malva lui fit signe que oui.

— Moi, je ressens colère. Les Amoyèdes et l'empereur...

Lei cracha par terre pour marquer son mépris. Puis elle planta ses yeux bleus dans ceux de Malva et lui sourit.

— Il faut rester ensemble, toi et moi. Plus fortes, ensemble. Promis ?

La présence inattendue de cette fille faisait du bien à la Princetta. Non seulement elle connaissait le galnicien, mais elle semblait dotée d'un tempérament fougueux très réconfortant. Malva lui sourit à son tour :

— C'est promis, murmura-t-elle.

À peine avait-elle prononcé ce serment que la poigne de son gardien se refermait sur son bras. La minute de recueillement était terminée. Il la poussa devant lui, et en même temps qu'elle Lei fut forcée d'avancer. Les barbares guidaient leurs prisonnières vers l'empereur.

« Des cadeaux, songea Malva. Nous sommes des cadeaux... » La terreur la rendit muette. Elle avançait de son mieux, boitant et soufflant de douleur, aux côtés de Lei qui gardait la tête droite et fixait l'empereur sans trembler. Malva n'avait jamais entendu parler du royaume de Balmun. Peut-être y élevait-on des guerrières, des filles sans peur, prêtes à affronter toutes les épreuves ? Quoi qu'il en soit, Lei montrait un sang-froid hors du commun.

Lorsqu'elles ne furent plus qu'à quelques enjambées de l'auriga-céleste, malgré la peur qui lui nouait le ventre, Malva ne put s'empêcher d'admirer cette créature improbable. De près, elle paraissait plus gigantesque et plus majestueuse encore. L'empereur avait de nouveau disparu sous les étoffes, mais il lui sembla intercepter son regard par une fente du tissu. Il les observait, elle et Lei... ou, plutôt non, il observait précisément Malva !

— Ta jambe, lui chuchota Lei. Toi, pas boiter ! Sinon, empereur te refusera.

— Je ne peux pas faire autrement. J'ai été blessée... je...

— Si Temir-Gaï refuse toi, Amoyèdes te tueront.

Terrifiée, Malva crispa sa mâchoire et, au prix d'une douleur affreuse, elle fit les derniers pas sans boiter. Enfin, l'empereur la lâcha du regard. Il tourna la tête, se dressa sur sa monture et poussa un cri rauque. À son commandement, ses soldats enturbannés conduisirent les prisonnières hors de l'arène.

— Continue, continue, l'encourageait Lei. Quand nous serons dans harem, je guérir ta jambe.

— Un harem ? grimaça Malva.

— Harem de Temir-Gaï, ici, en Cispazie. Très célèbre dans tout l'empire d'Orniant ! On dit que son rêve est celui-ci : avoir dix mille jeunes filles pour son plaisir.

Lei sourit :

— Ma sœur a suivi même chemin que nous. Mais elle... échappée ! Revenue à Balmun voici trois lunes. Je ferai même chose. Et toi aussi, Malva ! Tu viendras avec moi !

Combien étaient-elles à franchir la porte derrière les soldats de l'empereur ? Quarante ? Cinquante ? Certaines filles pleuraient en silence, d'autres semblaient plus pâles que des mortes. Seule Lei gardait sa dignité. Alors, en la voyant si fière et si vivante, Malva sentit un peu d'espoir renaître en elle.

Elle avait perdu sa liberté, elle avait perdu Filomène et la protection d'Ouzmir, elle allait sans doute affronter bien des humiliations encore, mais elle n'était plus seule. Ces quelques mots échangés dans l'urgence avaient suffi à faire naître une amitié entre elle et la fille de Balmun.

15

En route pour l'Orniant !

À l'aube, Orféus ferma à double tour la porte de sa maison, puis fourra son trousseau de clés au fond du sac de toile qu'il jeta ensuite sur ses épaules. Ce sac contenait des vêtements chauds, une capote imperméable, des mouchoirs de tissu, plusieurs traités de navigation, un livre de bord, une carte maritime et une boussole. C'était tout ce dont il avait besoin désormais. Le vieil Al, sentant qu'il se passait quelque chose de peu ordinaire, tournait autour de son maître, épiant ses moindres gestes, comme s'il avait deviné que ce départ matinal ne ressemblait à aucun autre.

En quelques jours, les événements s'étaient précipités. À peine avait-il pris connaissance du message apporté par Ouzmir, que le Coronador était sorti de son abattement. Quittant la Citadelle en compagnie des conseillers qui lui étaient restés fidèles, il s'était rendu en ville pour annoncer lui-même aux Galniciens qu'il reprenait le contrôle du pays. Il avait supprimé un à un tous les édits de l'Archonte, levé le deuil, rouvert les frontières, rétabli le droit au culte de Quiétude et d'Harmonie, avant d'envoyer dans chaque province des crieurs officiels qui annonçaient à la population que la Princetta n'était pas morte. Par ailleurs, une récompense serait versée à quiconque permettrait l'arrestation de l'Archonte. La lettre de Filomène avait fait mouche : l'Archonte était accusé d'avoir comploté contre la vie de la Princetta dans le but d'usurper le pouvoir.

Ces révélations provoquèrent une grande agitation parmi les gens du peuple. Ainsi, tout était la faute de cet homme ! La tristesse, la peur, la faim, le froid, la pluie et le désespoir, tout lui fut reproché. En un rien de temps, l'Archonte devint la bête noire des Galniciens. Des battues furent organisées pour le retrouver, des caricatures circulèrent, des chansons moqueuses furent même écrites pour exorciser la terreur qu'il avait si savamment orchestrée.

Une autre nouvelle se répandit très vite : le Coronador demandait des volontaires pour une expédition vers la Cispazie, terre lointaine où Malva était retenue prisonnière. Orféus n'avait pas attendu pour se préparer. L'occasion tant espérée se présentait enfin !

C'est donc avec entrain qu'il prit ce matin-là le chemin de la Citadelle, marchant à grandes enjambées et négligeant son chien qui, langue pendante, tentait de le suivre à travers les ruelles de la ville. L'air était vif, le ciel d'un bleu d'azur, et il y avait dans l'atmosphère quelque chose de neuf et d'électrique qui faisait palpiter le cœur.

Les portes de la salle des Délicatesses étaient encore fermées lorsqu'il vint se mêler aux premiers candidats. Dans les brumes du petit jour, quelques dizaines d'hommes attendaient déjà l'audience en tapant des pieds pour se réchauffer. Des gardes se tenaient devant les portes, au garde-à-vous, espinglons à la ceinture.

Orféus joua des coudes pour se frayer un chemin, dévisageant au passage les hommes présents. Il ne pouvait s'empêcher de voir en chacun d'eux un rival, car il était évident que le Coronador allait sélectionner les meilleurs pour cette mission. L'un d'eux, surtout, attirait les regards : un homme immense, aux épaules larges comme une porte et aux mains épaisses. Il dominait tous les autres et son visage carré avait quelque chose d'inquiétant. En passant à sa proximité, Orféus se sentit ridicule. Durant des années, à cause de sa maladie imaginaire, il avait évité de courir, de porter des charges lourdes, et il regrettait aujourd'hui de ne pas pouvoir exhiber ses muscles... Une fois de plus, le mensonge de son père risquait de compromettre ses chances de partir ! Combien de fois, ces derniers temps, avait-il eu envie de courir jusqu'au cimetière pour piétiner sa tombe encore fraîche ?

— À qui est ce sale cabot ? cria soudain une voix colérique.

Orféus sortit de ses pensées en réalisant soudain qu'il avait perdu Al. Il se dirigea vers l'endroit où se formait un attroupement. Là, il aperçut le saint-bernard allongé de tout son long sur un sac, un poulet rôti dans la gueule. Rouge de confusion, Orféus s'approcha de l'homme qui avait lancé cet appel furieux.

— Désolé, dit-il, c'est un très vieux chien... il...

— Il m'a volé mon poulet ! hurla l'homme.

Orféus le reconnut immédiatement. C'était le gringalet nerveux et bondissant qu'il avait croisé si souvent à l'Institut maritime. Ce matin-là, plus encore qu'à l'accoutumée, sa tignasse rousse enflammait sa tête : on aurait dit un farfadet échappé des landes de Dunbraven.

— Je vais étriper cet animal ! s'époumonait-il. Je vais le ratatiner, le réduire en bouillie !

Orféus se baissa pour essayer de récupérer le poulet, mais Al y avait si bien planté ses crocs, qu'il ne put sauver qu'un pilon.

— C'est trop tard ! vitupérait le farfadet. Par la Sainte Quiétude, ce chien de malheur mérite qu'on le passe à la broche !

— Je vous paierai pour vous dédommager, essaya Orféus.

— Vous pouvez garder vos galniks ! déclara l'autre en bombant le torse d'un air outré. Savez-vous que j'ai passé des heures à cuisiner cette merveille ? C'était un cadeau que je destinais au Coronador ! Un poulet mariné aux épices et aux oignons sauvages ! Une recette dont j'ai le secret ! Par ces temps de disette, un poulet pareil n'a pas de prix !

L'homme jeta un regard désolé à son chef-d'œuvre déchiqueté. Soudain, sa voix se brisa :

— Et maintenant, se lamenta-t-il, comment vais-je prouver au Coronador que je suis le meilleur cuisinier de toute la Galnicie et que je serai indispensable pour la réussite de cette expédition ? Il n'y a pourtant rien de tel que la gastronomie harmonieuse pour soutenir le moral des marins !

Orféus avala difficilement sa salive. Autour d'eux, des voix s'élevaient, scandalisées ou amusées par cette anicroche.

— Si vous êtes si bon cuisinier, remarqua un gaillard, inventez donc une sauce à base de bave de chien !

Cette remarque déclencha des rires, mais le petit roux n'était pas d'humeur. Il décocha un regard méprisant à Orféus et marmonna :

— Je ne sais pas qui vous êtes, mais votre allure ne m'est pas inconnue. Je me souviendrai de vous, soyez-en sûr ! Si le Coronador ne m'engage pas, je vous jure que je me veng...

Il fut interrompu par l'ouverture des portes et par la voix tonitruante d'un garde qui annonçait le début de l'audience.

Orféus sentit son cœur s'emballer lorsqu'il pénétra avec les autres dans la salle des Délicatesses. À son grand soulagement, Al ne souhaita pas le suivre. Il resta seul à l'extérieur, accaparé par son poulet.

La procédure était rapide et rigoureuse : le Coronador s'entretenait avec chaque candidat, puis le médecin de l'Institut maritime examinait ceux qui semblaient faire l'affaire. Pour finir, les plus chanceux disparaissaient dans la pièce voisine pour prêter serment. Là-bas, dans le port, deux frégates attendaient les heureux élus qui formeraient leurs équipages.

Quand vint son tour, Orféus s'avança et mit un genou à terre.

— Votre nom ? demanda le Coronador.

— Orféus Mac Bott, Votre Alteza.

— Mac Bott ? répéta le Coronador, songeur. Seriez-vous le fils d'Annibal ?

La gorge d'Orféus se noua.

— En effet, Votre Alteza.

— Bien ! se réjouit le Coronador. Vous êtes sans aucun doute un excellent marin ! Comment se porte votre père ?

— Il est mort, Votre Alteza.

Le Coronador parut sincèrement désolé de l'apprendre. Il exprima ses condoléances à Orféus, puis il fit un signe au médecin.

— Je suis engagé ? s'étonna Orféus.

— Votre nom parle en votre faveur ! s'exclama le Coronador. Vous serez quartier-maître ! Les Mac Bott ont toujours servi la Galnicie avec courage et abnégation !

Orféus reçut ces mots si douloureusement qu'il manqua de protester et de crier haut et fort la vérité sur le compte de son père. Il voulait être engagé sur ses qualités propres et pas uniquement grâce à son nom ! Mais comment pouvait-il prouver sa valeur ?

Les livres et les beaux discours ne valaient rien... Si le Coronador apprenait qu'il n'avait jamais mis les pieds sur un bateau, il risquait de changer d'avis !

Alors, la mort dans l'âme, Orféus se releva, remercia humblement et se tourna vers le médecin, tandis que le candidat suivant s'agenouillait devant le trône.

— Avez-vous des problèmes de vue ? s'enquit le médecin en inscrivant le nom d'Orféus dans un gros répertoire.

Orféus secoua la tête et le médecin cocha une case d'un trait de plume.

— Votre ouïe ?

— Excellente.

— Votre sang est-il bien rouge et fluide ?

— Je l'ignore. Je ne me coupe jamais.

— Pas même en vous rasant ? Eh bien, voilà un homme adroit ! s'esclaffa le médecin en cochant une nouvelle case. Qu'en est-il du reste de votre anatomie ? Tête, cœur, foie, poumons ?

Orféus songea à cette maladie dont il s'était si longtemps cru victime. Il blêmit, mais se reprit.

— Je suis seulement sujet aux éternuements et aux rhumes, expliqua-t-il.

— Et au mal de mer ? demanda encore le médecin.

Cette fois, Orféus se sentit rougir. Comment répondre à cette question sans avouer son inexpérience de la navigation ? Le médecin décela son embarras et se mit à rire :

— Ne vous en faites pas ! Les meilleurs marins ont

parfois l'estomac sensible, ce n'est pas un critère d'élimination !

Il lui indiqua l'entrée de la pièce voisine avant d'ajouter :

— La Galnicie compte sur vous pour ramener la Princetta. Bonne chance.

Orféus pénétra dans l'antichambre des Délicatesses. C'était une pièce au plafond bas et peu éclairée du fait que son unique fenêtre donnait sur le versant nord. Au sol, un épais tapis absorbait les bruits et, d'instinct, tous ceux qui entraient marchaient sur la pointe des pieds comme pour éviter de réveiller un dormeur. Au centre de l'antichambre se dressait l'Altar des Divinités : un socle de bois sur lequel étaient posées les statues des déesses Quiétude et Harmonie. Une froide humidité imprégnait l'atmosphère. On sentait que la pièce était restée fermée durant de longs mois, suite aux diverses interdictions promulguées par l'Archonte.

Le Monje Vénérable, un vieil homme au corps sec et tordu comme une branche d'olivier, vint poser sa main noueuse sur l'épaule d'Orféus.

— Approchez de l'Altar, recommanda-t-il.

Orféus obéit. Du haut de leur socle de bois, Quiétude et Harmonie semblaient poser sur lui leurs regards bienveillants.

Le Monje Vénérable s'empara d'une coupe en pierre taillée et la tendit à Orféus.

— Buvez un peu, ordonna-t-il.

La coupe contenait de l'eau pure des montagnes,

fraîche et légèrement tourbeuse. Orféus en absorba avec délices une petite gorgée.

— Maintenant, répétez après moi ce serment, dit le Monje : « Je m'engage sur l'honneur à servir mon pays et les divinités... Je m'engage à souffrir, à subir mille épreuves sans faillir. »

La gorge nouée par l'émotion, Orféus répéta le serment. Avant lui, de génération en génération, ses ancêtres avaient ici même prononcé ces paroles solennelles. Jusqu'à son père qui avait trahi ses engagements...

— Quiétude et Harmonie entendent votre serment, poursuivit le Monje. Maintenant, buvez tout !

Il tendit de nouveau la coupe à Orféus. Lorsqu'il y porta ses lèvres, il sentit que l'eau n'était plus la même : de pure et tourbeuse, elle était devenue extrêmement amère. Il l'avala néanmoins d'une traite, avec des frissons dans tout le corps. Alors, le Monje Vénérable ponctua la cérémonie par ces mots :

— Que cette eau devenue amère souille à tout jamais votre bouche si un jour vous manquiez à la parole que vous venez de donner. Maintenant, allez.

Fortement impressionné, Orféus quitta l'antichambre.

Deux jours plus tard, chargé de son barda de marin et accompagné d'Al, Orféus franchissait la passerelle menant au pont de l'*Errabunda,* le navire à bord duquel il était nommé quartier-maître. Il se sentait à la fois heureux et terrorisé. « Et si mon père m'avait encore menti ? pensait-il. Et si je mourais vraiment au bout de deux jours de mer ? » Saisi d'un vertige, il dut s'agripper à la lisse pour ne pas tomber dans les eaux du port.

— De l'aide, *Don* Mac Bott ? demanda soudain une voix fluette.

Orféus se pencha et découvrit Galotcho campé au pied de la passerelle, qui le regardait d'un air amusé. Il était vêtu d'un pantalon neuf, portait toujours ses sabots de soldat, et un éclat joyeux dansait dans ses yeux.

— Pour cinquante galniks, je vous porte votre barda !

— Cinquante galniks seulement ? Ton bon cœur te perdra, Galotcho ! rétorqua Orféus. Que fais-tu ici ?

Le gamin croisa les bras :

— Je voulais voir le départ des héros ! Acceptez mon aide, et je vous donnerai une information très intéressante !

Orféus marqua une hésitation. Ce gamin était bien capable de l'embobiner, mais son effronterie lui plaisait. Il déposa son barda au milieu de la passerelle et en deux bonds agiles Galotcho le rejoignit. Al se mit à grogner en reniflant les pieds du nouveau venu.

— C'est votre chien ? demanda Galotcho. Il embarque aussi ?

— Al a une très longue expérience de la navigation, expliqua Orféus. Il a traversé l'océan Maltique, la mer d'Yprée, il a même voyagé jusqu'à la mer d'Ocre, sur les côtes de l'Orniant.

Galotcho fit une moue impressionnée et s'accroupit devant le saint-bernard.

— Alors c'est toi qui vas sauver notre Princetta ? murmura-t-il en ébouriffant le poitrail de l'animal. Je vois que la Galnicie est entre de bonnes pattes !

— Je n'ai pas eu le courage de le laisser, se justifia Orféus. Il est vieux. Le temps d'un aller-retour pour la Cispazie, il serait mort. Autant qu'il m'accompagne.

Galotcho se releva et souleva le barda.

— C'est vraiment très lourd ! constata-t-il. Je crois qu'il me faut de l'aide !

Le gamin siffla entre ses dents. Sur le quai, Orféus vit alors surgir un second garçon qui s'était dissimulé derrière une pile de tonneaux.

— Mais... ça alors..., bredouilla-t-il.

Le deuxième garçon ressemblait trait pour trait à Galotcho ! Même regard clair, même habileté, même frimousse sale, mêmes cheveux hirsutes.

— On vous fait un prix ! s'exclama le deuxième gamin. Cinquante galniks pour mon frère et moi !

« Des jumeaux ! » pensa Orféus non sans soulagement, car pendant quelques secondes il s'était cru victime d'une hallucination. Il sourit.

— Marché conclu. Je vous attends ici. Mais dépêchez-vous. Nous appareillons sous peu !

En un clin d'œil, les jumeaux avaient transporté le barda en haut de la passerelle. Ils traversèrent le pont de l'*Errabunda* en galopant.

— Hé ! vous ne m'avez pas donné l'information intéressante ! leur cria Orféus.

Mais les deux gamins avaient déjà disparu dans la première écoutille. Orféus soupira. Lentement, son vertige s'estompait. Autour de lui, les matelots commençaient à s'activer : ils remontaient les échelles, actionnaient les poulies et enroulaient les écoutes. Toute une foule de porteurs et de curieux grouillait sur le quai. Dans les cales de l'*Errabunda*, on chargeait à grand renfort de cris des tonneaux de Rioro et d'eau, des caisses de harengs salés, ainsi qu'une cinquantaine de poules, vingt chèvres, dix moutons et quatre bœufs. Orféus aperçut une tignasse flamboyante sur la dunette arrière : c'était le cuisinier qui supervisait l'embarquement des vivres.

— Eh bien, Al..., murmura Orféus, je crois que nous avons déjà un ennemi à bord. Si tu t'avises de montrer ta truffe dans la cambuse, gare à toi !

Orféus remarqua également la présence du géant au visage sombre qu'il avait croisé le jour de l'embauche, à la Citadelle. Avec une dextérité hors du commun, il transportait des caisses sur la passerelle du second navire. Les cales de la *Marie-Belle* étaient dévolues au matériel militaire : des réserves de poudre à canon, des busarques, des espinglons, des arbapultes et un grand nombre de flèches, que l'on emportait en vue des batailles à mener contre les hommes de Temir-Gaï, le redoutable empereur de Cispazie.

Selon les calculs des cartographes officiels, l'expédition pourrait atteindre son but en moins de deux mois car les vents étaient favorables. Pour le retour, il faudrait sans doute emprunter des routes maritimes nouvelles et naviguer aux limites du Monde Connu. L'aventure n'était pas sans risque, aussi le Coronador avait-il imposé la présence d'un chirurgien sur la *Marie-Belle*, ainsi que celle d'un saint-diafé à bord de l'*Errabunda*.

Orféus leva les yeux vers le mât de perroquet. Les haubans frémissaient sous le vent et les couleurs vertes et jaunes du drapeau galnicien flottaient déjà dans le ciel pur. N'avait-il pas toujours rêvé de cet instant ? « Allons ! songea-t-il. Il est temps ! »

Suivi d'Al, il s'avança sur le pont, à la recherche des jumeaux. Cela faisait un bon quart d'heure qu'ils avaient disparu. Et si les deux galopins s'étaient enfuis avec ses affaires ? Il aurait l'air malin ! Inquiet, il se précipita dans les escaliers menant à l'entrepont. Sous le plafond bas, quelques matelots attendaient le moment du départ. Orféus les questionna, mais aucun d'eux n'avait remarqué les jumeaux.

— Quel naïf je fais ! bougonna Orféus. Ces deux fripons m'ont volé, tout simplement ! Ils revendront mes habits, mes livres, ma boussole... et cela leur rapportera sûrement plus de cinquante galniks !

Comme il fulminait, il remarqua tout à coup son sac de toile, posé dans un coin avec les autres bardas. Il l'ouvrit. Tout était là. Troublé, il chercha encore les deux frères parmi les marins, mais en vain. Lorsqu'il remonta sur le pont, il fut bien obligé de constater qu'ils n'étaient plus à bord.

— C'est curieux, marmonna-t-il. Cela ne ressemble pas à Galotcho de disparaître sans être payé !

Il n'était plus temps de chercher une explication. Orféus haussa les épaules et se dépêcha d'aller trouver le capitaine pour se mettre à sa disposition, car on larguait les amarres.

Quelques instants plus tard, l'*Errabunda* et la *Marie-Belle* quittaient le port sous les hourras de la foule. Fébrile, mais l'esprit plein de toutes les connaissances qu'il avait emmagasinées sur la navigation, Orféus supervisa la manœuvre des voiles sans commettre d'erreur. La perruche, le petit perroquet, puis le petit hunier furent hissés. Enfin, debout sur le gaillard d'avant, il regarda s'éloigner la Citadelle et les rivages de la Galnicie, tandis qu'Al, vautré sur le pont, entamait sa première sieste du voyage.

Depuis le sommet de la Ville Haute, les cloches du campanile sonnaient à toute volée pour saluer le départ des marins. Dans un rayon de soleil, Orféus aperçut même les murs blancs de la demeure des Mac Bott. Tout en la regardant rapetisser, il se jura, s'il survivait à ce périple, de rendre toute sa splendeur à ce nom dont il avait hérité, mais que son père avait sali.

Deuxième partie

Errer

Deuxième partie

[illegible] deviennent [illegible] après ce [illegible] *leurs* [illegible] étues de leurs [illegible] es mains croisées sur [illegible] oitrine, pieds [illegible] naient dans le démal [illegible] oire la longue [illegible] des [illegible] elles s'[illegible] [illegible]

16

Les Bains de Pureté

Au cinquième coup de gong, toutes les jeunes filles devaient se tenir prêtes. Malva et Lei avaient vite appris ce que *se tenir prête* signifiait. Revêtues de leurs sarimonos rouges, mains croisées sur la poitrine, pieds nus, elles rejoignaient dans le déambulatoire la longue file des prisonnières du harem. En silence, elles se dirigeaient alors toutes ensemble vers les Bains de Pureté. Aucune d'elles ne devait parler, ni sourire, ni soupirer. On ne devait entendre que le frottement de leurs pieds nus sur le sable blanc du déambulatoire.

À cette heure du petit jour, même les oiseaux se taisaient encore. Des nappes de brume flottaient entre les colonnes de bois sculpté et c'est tout juste si, de loin en loin, une grenouille osait troubler le silence impérial.

Lei se plaçait toujours juste derrière Malva. Dès que

celle-ci boitait, elle s'arrangeait pour ralentir un peu la cadence afin que personne ne remarque le handicap de son amie. Mais pour Malva, chaque matin, le cinquième coup de gong marquait le début d'interminables moments de souffrance. Non seulement la marche vers les Bains de Pureté était longue, mais il fallait ensuite affronter l'Immersion.

L'empereur Temir-Gaï avait fait construire une gigantesque cité sur les hauteurs de Cispazan, la ville impériale. Chaque bâtiment, chaque porte, chaque colonne avaient été ciselés dans du bois de mésua, que l'on appelle aussi « arbre de fer ». Des tours en terrasses surmontées de toits en forme de cloches hérissaient la cité. Dans chacune de ces tours, des veilleurs montaient la garde.

Malva avançait, tête baissée, en essayant de ne pas trop s'appuyer sur sa jambe droite. La procession déboucha bientôt dans le mandapa, une étrange salle à ciel ouvert où étaient alignés des piliers ornés de volutes et incrustés de centaines de pierres qui renvoyaient la lumière comme des éclats de miroir. Quand les premiers rayons du soleil frappaient les piliers du mandapa, c'était l'heure de l'Immersion.

Les jeunes filles se séparèrent et se rangèrent par petits groupes devant les piliers, ainsi que le Preunuque Principal le leur avait appris. Aucune d'elles ne prenait le risque de désobéir aux ordres du Preunuque Principal, ni d'aucun autre preunuque. Elles savaient toutes quel châtiment les attendait : le Supplice de la Cage.

Le premier jour de son arrivée au harem, Malva avait entendu des cris et des appels désespérés. Ils provenaient d'un endroit précis de la cité, que les filles appelaient entre elles « l'abattoir ». Elle s'y était rendue pendant ses heures de repos pour savoir qui criait et qui appelait. Son cœur s'était littéralement arrêté en découvrant ce qu'était l'abattoir. Sur une vaste estrade exposée au soleil et au vent, des cages en bois de mésua étaient alignées. À l'extérieur, un mécanisme à rouages permettait d'abaisser, d'écarter ou de rapprocher les parois. Et dans ces cages, il y avait des filles : certaines étaient si compressées qu'elles ne pouvaient s'empêcher de pleurer et de crier. Et plus elles criaient, plus les preunuques resserraient l'étau qui les broyait lentement. Ce supplice était infligé à toutes celles qui désobéissaient ou ne satisfaisaient pas Temir-Gaï...

Enfin, le soleil inonda le mandapa. Aussitôt, les preunuques jaillirent des renfoncements où ils se tenaient cachés et se mirent à chanter de leurs voix limpides pour honorer le jour nouveau.

Accompagnées de ces chants cristallins, les jeunes filles s'avancèrent vers les Bains de Pureté : une succession d'étangs artificiels dans lesquels les filles du harem se baignaient aux différentes heures du jour. Le plus grand, rempli d'eau de mer, était couvert de fleurs de lotus. C'est dans celui-ci qu'allait se dérouler l'Immersion. Malva sentit une fois de plus son pouls s'accélérer. Elle redoutait tellement ce moment que de jour en jour la douleur augmentait. Mais que faire ? C'était obéir ou être condamnée à la Cage.

Elle s'arrêta au bord de l'étang. À côté d'elle, Lei fixait la surface grise de l'étang. Sur une modulation des chants des preunuques, toutes les jeunes filles entrèrent dans l'eau.

Malva avala une grande goulée d'air, puis bloqua sa respiration. Déjà l'eau salée attaquait la blessure de sa jambe, comme si des milliers d'aiguilles se fichaient dans sa peau à vif.

— Nage, lui murmura Lei. Ne crie pas.

Mâchoires crispées, la Princetta se mit à nager et toutes les filles autour d'elle se dirigèrent vers le centre de l'étang en bousculant les fleurs de lotus. L'empereur Temir-Gaï était apparu sur la rive opposée, dans son habit d'argent dont les manches étaient si longues qu'elles traînaient jusqu'à ses pieds. Il surveillait l'Immersion en compagnie d'une armée de preunuques.

Chaque fois qu'elle tendait la jambe, Malva sentait sa plaie la démanger. La brûlure était presque insupportable, mais elle arriva tant bien que mal au milieu de l'étang. Elle envoya un regard plein de détresse à Lei. Le sixième coup de gong allait retentir. Alors, il faudrait plonger sous l'eau et y rester aussi longtemps que possible. Sans quoi...

Le gong résonna. Malva ouvrit la bouche, emplit ses poumons et plongea en même temps que toutes les autres. La règle établie était très simple : la première qui remontait à la surface était désignée par Temir-Gaï pour passer la nuit suivante avec lui, dans la chambre impériale. Chaque fois qu'elle descendait dans les eaux froidcs de l'étang, Malva essayait de se représenter ce que pouvait être cette nuit-là, et cela lui donnait la force nécessaire pour ne pas remonter. Seulement... au bout d'un moment, le souffle lui manquait tellement qu'elle n'y tenait plus.

Ce matin-là, lorsqu'elle refit surface, elle constata qu'une fois encore elle était sauvée : une autre fille venait d'être désignée.

— C'est bien, Malva, lui sourit Lei en émergeant à son tour. Une journée nous est donnée encore.

Malva lui sourit, mais elle savait que cela n'était qu'un sursis. Demain – qui sait ? – ou après-demain, la douleur de sa jambe l'empêcherait de nager et alors...

Tandis que les preunuques repêchaient la malheureuse que Temir-Gaï avait désignée, les autres prisonnières s'éloignaient en hâte pour regagner la rive. Malva jeta un regard vers la victime du jour : une fille chétive à la peau beige et aux cheveux frisés, sans doute originaire du désert de Mahara. Elle se débattait et suppliait l'empereur de l'épargner, mais en vain. Tout le monde, dans le harem, savait qu'aucune fille ne revenait après son passage dans la chambre de Temir-Gaï. Il y avait même eu un matin terrible où l'empereur avait voulu deux filles : une pour lui, l'autre pour un invité de marque qu'il devait recevoir. Aucune des deux filles n'était ensuite reparue.

— Cette nuit, je enfin trouver larves de galéodes, annonça soudain Lei à voix basse. C'est dernier élément qui manquait pour fabriquer médicament. Tu verras. Ce soir, je guérirai jambe de toi.

Pleine d'espoir, Malva dévisagea son amie. Depuis qu'elle était enfermée dans le harem, elle ne vivait que dans l'attente de ce médicament magique dont Lei avait patiemment réuni les ingrédients. Les larves d'araignées nocturnes lui avaient donné bien du mal.

— J'espère que ta médecine marchera, soupira Malva en reprenant enfin appui sur la rive.

— Garanti ! répondit joyeusement Lei. C'est science de Balmun, n'oublie pas !

La fille aux yeux de perles, debout dans son sarimono dégoulinant, tendit la main à Malva.

— Dès que blessure guérie, toi et moi fuir du harem, chuchota-t-elle. Comme ma sœur avant nous. Fais confiance.

Malva s'allongea dans les herbes, épuisée. Maintenant, le soleil grimpait dans le ciel et toutes les jeunes filles s'égaillaient parmi les colonnes, pour se reposer et bavarder. L'empereur Temir-Gaï avait disparu avec sa prisonnière et la journée allait se passer sans trop d'angoisse, jusqu'au lendemain où le gong résonnerait et où le petit jeu cruel de l'Immersion recommencerait.

« Je te fais confiance, fille de Balmun, songeait Malva. Et quand nous serons dehors, je chercherai Filomène, où qu'elle soit, et je l'emmènerai en Elgolie. Là-bas, il n'y a ni Coronador, ni Archonte, ni Vincenzo, ni monstre marin, ni Amoyèdes, ni empereur, ni harem, ni supplices. »

Depuis qu'elle s'était enfuie de la Citadelle, Malva ne cessait d'ajouter des noms à la liste des choses affreuses qu'elle ne voulait plus subir. Elle réalisait peu à peu que le Monde Connu n'obéissait que très rarement aux préceptes de Quiétude et d'Harmonie.

17

Festin nocturne

Aujourd'hui, 69e jour de mer. Je ne suis toujours pas mort, nota Orféus dans son journal de bord. *La mer est calme et les vents favorables. Pendant mon quart de veille, j'ai noté la présence d'oiseaux semblables à nos goélands et de bancs de poissons plus nombreux qu'à l'ordinaire. Déjà, hier, notre cuisinier (qui par ailleurs est un excellent pêcheur) a profité d'un moment de calme pour plonger. Il s'était muni d'un harpon et il nous a rapporté de gros dauracudas à écailles argentées, typiques d'après lui de la mer d'Ocre. Il ne fait pas de doute que nous approchons de la Cispazie.*

Il referma son journal, songeur. Dans le silence de sa cabine, la flamme de la chandelle projetait des ombres mouvantes sur les parois de bois. Al dormait, babines pendantes, au pied de la couchette. C'était l'heure la plus calme, un peu avant l'aube, où l'on entendait grincer la coque du navire et ronfler les marins endormis. C'était l'heure idéale pour agir en toute discrétion.

Orféus souffla sa chandelle, se leva de sa chaise, ouvrit lentement la porte de sa cabine, et se dirigea sur la pointe des pieds vers la cambuse. En dehors des deux hommes du pont qui venaient de le relever pour le quart, nul ne pouvait le surprendre en train de dérober les victuailles.

Depuis tant de nuits qu'il se faufilait ainsi dans la cambuse, Orféus avait appris à connaître les habitudes de Finopico, le cuisinier. Derrière le réchaud en fonte se trouvait une étagère pleine de livres et de traités. Il ne s'agissait pas de livres de recettes, mais d'ouvrages scientifiques sur les poissons. Manifestement, le cuisinier se passionnait pour les espèces peuplant les abysses de toutes les mers connues. Mais ce qui intéressait Orféus, c'était ce qu'il y avait derrière : la réserve de pâtes de fruits, de beignets de bleuet et de massepains ! Sur d'autres étagères, il trouvait toujours un bocal de harengs ou d'anchois pimentés. Bien entendu, Finopico s'apercevait de ces disparitions, mais il n'osait pas s'en plaindre au capitaine, puisque ces gourmandises n'auraient pas dû se trouver à bord... Le seul problème, c'est que le farfadet à tignasse rousse reportait ses soupçons sur Al et le pauvre saint-bernard prenait des coups de pied vengeurs dans les côtes dès qu'il mettait le nez hors de la cabine.

« Bah ! songea Orféus en remplissant ses poches de

sucreries. Al n'est pas si douillet ! Et puisqu'il est à moitié paralysé, il ne doit pas sentir grand-chose ! » Il se rassurait comme il pouvait et faisait taire ses scrupules en se répétant qu'il agissait pour une bonne cause.

Il ressortit de la cambuse et descendit à pas de loup vers les cales. Là, il avança à tâtons parmi les piles de tonneaux, les amarres rongées par le sel et les sacs de farine.

— C'est moi ! chuchota-t-il dans le noir.

Peu après, il entendit remuer derrière les sacs.

— Qu'est-ce que vous nous apportez ? demanda une première voix.

— Des pâtes de fruits, j'espère ! renchérit une autre.

— J'ai tout ce qu'il faut ! répondit Orféus en s'asseyant sur une poutre de traverse.

Il prit un morceau de chandelle qu'il gardait dans sa poche et en alluma la mèche. Deux frimousses sales mais rayonnantes d'appétit surgirent de l'obscurité.

— D'abord les harengs ! déclara Galotcho en s'emparant du bocal.

— Moi, plutôt les pâtes de fruits ! s'exclama Peppe.

Orféus regarda avec amusement les jumeaux s'attaquer à la nourriture.

— Un seul repas par jour, c'est peu, remarqua Peppe en se léchant les doigts. Mais c'est bon quand même.

— Je ne peux pas descendre vous voir pendant la

journée, s'excusa Orféus. Vous savez bien que c'est trop risqué. Si quelqu'un s'apercevait de votre présence à bord...

— Le capitaine nous ferait pendre par les pieds à la grand-vergue, on sait ! chantèrent en chœur les jumeaux.

— Et moi avec ! précisa Orféus. Un quartier-maître qui protège des passagers clandestins ne mérite pas meilleur sort. Franchement, je ne sais pas ce qui m'a retenu de vous jeter par-dessus bord dès le premier jour. Et dire que j'ai été assez naïf pour croire que vous étiez descendus à quai sans demander vos cinquante galniks !

Les deux frères approuvèrent sans cesser de manger.

— On savait bien qu'on pouvait compter sur vous, sourit Galotcho. Vous êtes du genre à ne pas faire de mal à une mouche !

— Dès qu'on a su que vous embarquiez à bord de l'*Errabunda*, on n'a pas hésité ! renchérit Peppe entre deux bouchées.

— Et puis, en quelque sorte, nous avons payé notre voyage, continua Galotcho. L'information qu'on vous a donnée valait bien deux places à fond de cale, non ?

Orféus fit une moue dubitative. Cette fameuse information ne valait pas grand-chose : il s'agissait seulement des prédictions d'une tireuse de cartes ! D'après elle, l'Archonte se serait embarqué vers la Cispazie quelques jours avant le départ de l'*Errabunda*. Les deux gamins y croyaient dur comme fer, mais

Orféus avait l'esprit trop rationnel pour donner foi aux divagations des cartes. Par acquit de conscience, il en avait tout de même touché deux mots au capitaine, mais ce dernier lui avait ri au nez. L'Archonte ne pouvait pas les avoir doublés puisque aucun navire n'avait quitté la Galnicie depuis des mois !

— Alors, c'est bon ? demanda Orféus pour changer de sujet.

— Un vrai festin ! soupira Galotcho en avalant un quatrième hareng. Au fait, comment va votre chien ? Il n'a plus le mal de mer ?

— Je ne sais pas ! rit Orféus. Il passe son temps à dormir ! Et moi qui le croyais excellent marin !

— Quand arriverons-nous en Cispazie ? s'enquit Peppe.

— Demain, si les vents nous portent.

— Et ensuite ? Vous irez sauver la Princetta, n'est-ce pas ? Je me demande comment vous allez vous y prendre !

— Je l'ignore, avoua Orféus. Mais je suppose que le capitaine a son plan.

Galotcho se redressa brusquement.

— Moi, si j'étais capitaine, dit-il avec ferveur, je sais ce que je ferais ! J'enverrais le géant parler à Temir-Gaï et...

— Le géant ? pouffa Orféus. Tu veux parler de Babilas ?

— Oui ! Celui qui soulève quatre tonneaux d'une seule main ! Je l'ai vu, l'autre jour ! Il est descendu dans les cales ! Il est vraiment très très fort !

— C'est certain, dit Orféus. Je n'ai jamais vu un homme aussi fort que Babilas. Mais le capitaine ne peut pas l'envoyer parler à Temir-Gaï.

— Pourquoi ?

— Parce que Babilas est muet, expliqua Orféus. Il ne parle plus du tout depuis des années. Personne ne sait ce qui lui est arrivé.

— Ah, fit Galotcho, déçu.

Il se rassit à côté de son frère et lui chipa un massepain.

— Il va y avoir de la bagarre, en tout cas ! reprit Peppe. Avec tous les canons et les espinglons chargés dans la *Marie-Belle*, les Cispaziens vont vite comprendre à qui ils ont à faire !

— Sûr ! ajouta Galotcho. Et ils nous rendront notre Princetta illico !

Orféus sourit en voyant briller les yeux de ces petits va-t-en-guerre.

Chaque nuit, quand il descendait bavarder avec eux, il oubliait un peu les responsabilités et les soucis qui pesaient désormais sur ses épaules. Certes, en tant que quartier-maître, il se débrouillait au mieux et, s'il avait commis quelques erreurs, elles étaient restées sans gravité. Mais l'équipage n'était pas docile et certains vieux marins avaient du mal à accepter ses ordres. Entre eux, ils surnommaient Orféus « le Blanc-Bec ». Et dès qu'ils pouvaient lui faire des crasses, ils sautaient sur l'occasion : une fois c'étaient des cafards dans sa soupe, un rat mort dans ses chaussures, une autre fois une giclée de vinaigre qui lui aspergeait

« accidentellement » la figure. Rien de très méchant, en somme, des plaisanteries de marins. Cependant, Orféus se sentait mal jugé et mis à l'écart. En le nommant à ce poste, le Coronador lui avait un fait un cadeau un peu empoisonné. Alors, ces moments partagés avec les deux garçons lui faisaient du bien.

— Me direz-vous enfin pourquoi vous vouliez tant monter à bord de l'*Errabunda* ? les questionna-t-il. Chaque fois que je vous le demande, vous faites des mystères !

Au fil des nuits, les jumeaux avaient raconté à Orféus quelques épisodes de leur vie misérable et rocambolesque. Ils étaient nés treize ans plus tôt dans une lointaine province, aux frontières de la Galnicie et de l'Armounie. Leurs parents étaient morts de maladie et les deux mouflets n'avaient pas trois ans lorsqu'ils s'étaient retrouvés orphelins. Une vieille du village les avait recueillis. Ils avaient vécu chez elle pendant de nombreuses années, mais la vieille les nourrissait plus de coups que de pain. Si bien qu'à dix ans, ils avaient décidé de s'enfuir.

Vagabondant et mendiant sur les chemins, ils avaient atteint la ville, mais là, ils s'étaient fait prendre. On les avait envoyés dans un orphelinat. « Pire qu'une prison ! avait commenté Galotcho. On nous obligeait à dormir sur des paillasses pleines de vermine et à mendier pour le compte des monjes qui s'occupaient de nous. Pour nous remercier, ils nous fouettaient et nous enfermaient dans des cachots noirs pendant des jours et des jours. »

Endurcis et débrouillards, Galotcho et son frère s'étaient de nouveau évadés. Depuis, ils vivaient dans la rue avec une bande de garnements qui leur servait de famille. Tant de misère suffisait sans doute à expliquer leur envie de quitter la Galnicie, mais Orféus devinait qu'il y avait autre chose. Un secret entre eux.

— Nous n'avons pas de secret, assura Galotcho. Nous voulions seulement découvrir le Monde Connu.

— Quitte à vivre dans la misère, autant être libres ! ajouta Peppe. De toute façon, notre avenir sera...

Galotcho lui envoya un coup de coude pour le faire taire.

— Qui connaît l'avenir, imbécile ? *Don* Mac Bott nous a bien dit de ne pas croire tout ce que racontent les voyantes !

À cet instant, Orféus entendit du remue-ménage dans l'entrepont. L'aube se levait. Il était temps pour lui de reprendre sa place parmi l'équipage.

— Restez discrets comme des fantômes, recommanda-t-il aux deux garçons. Dès que nous débarquerons, je viendrai vous chercher et vous serez libres d'aller où vous voudrez.

Il éteignit la chandelle et remonta en hâte. Il n'avait guère envie de croiser un matelot, et encore moins le cuisinier. Lorsqu'il fut en sécurité dans sa cabine, il sortit sa cuvette en faïence, la remplit d'eau, et s'aspergea le visage. Il manquait de sommeil, mais pas question de dormir. Il entreprit de se raser.

Tout en passant la lame sur ses joues, il songeait à ses petits protégés. Décidément, ils lui plaisaient, ces deux-là ! Ils avaient du culot, de l'audace. Ils avaient osé ce qu'Orféus aurait dû faire à leur âge : partir sans demander l'autorisation de personne ! Pour toutes ces raisons, il prenait le risque de les cacher. Cela n'était pas honnête, bien sûr, et sa conscience lui avait donné du fil à retordre. Mais s'il avait dénoncé les gamins au capitaine, il se serait senti encore plus mal. Et puis, la présence des jumeaux ne mettait pas en danger l'expédition : elle mettait simplement à mal les réserves personnelles d'un cuisinier irascible !

Al bougea au pied de la couchette et il bâilla à s'en décrocher la mâchoire, puis il se rendormit.

Quand il reposa le savon à barbe, Orféus se regarda dans le miroir. Le soleil et les embruns lui avaient tanné la peau. Il avait presque l'air d'un vrai marin, mais ces soixante-neuf jours de navigation sans encombre ne suffisaient pas à faire de lui un homme. « Des tempêtes ! pensa-t-il. Je veux des tempêtes ! Des naufrages ! Des batailles et des canonnades ! »

18

Dans les cages de Temir-Gaï

Malva et Lei se réveillèrent bien avant le premier coup de gong. Autour d'elles, les autres filles dormaient paisiblement sur leurs nattes de bambous.

— Fais voir, murmura Lei.

Malva repoussa son drap et découvrit sa jambe. La veille, Lei avait enveloppé la plaie dans un pansement de sa fabrication, et maintenant, il s'agissait de voir quel effet cela avait eu.

D'un geste délicat, la fille de Balmun souleva un peu le pansement. Malva grinça des dents et chercha fiévreusement sous sa natte une des galettes de paghul qu'elle y avait cachées. Elle en croqua une pour se donner du courage. Depuis qu'elle avait été arrachée à la protection d'Ouzmir, elle ne cessait de mâcher les graines contenues dans les galettes. Elles avaient sur son corps et son esprit des pouvoirs apaisants.

Soudain, le visage de Lei s'épanouit.

— Regarde ! chuchota-t-elle.

Malva replia sa jambe. Incroyable : la plaie était quasiment résorbée ! Il ne restait qu'une longue cicatrice blanche là où la bête sans nom avait planté ses dents.

— Touche ! suggéra encore Lei.

Main tremblante, Malva posa ses doigts sur la cicatrice. Elle ne sentit rien d'autre qu'une caresse. Elle frotta plus fort... Rien ! Aucune douleur !

— Bouge, suggéra encore Lei.

Malva s'exécuta avec une joie non dissimulée. Elle fit quelques battements dans l'air et, pour finir, elle osa se mettre debout.

— Je n'ai plus mal, souffla-t-elle, les yeux agrandis par la stupéfaction. Plus mal du tout... Regarde, Lei ! Je marche ! Exactement comme avant !

— Chut ! supplia Lei en appuyant un doigt sur sa bouche. Tu réveiller autres filles !

— Je marche ! Je marche ! répétait Malva, au comble du bonheur. C'est merveilleux, Lei ! Tu es une vraie magicienne !

Elle dansait presque, maintenant. Sur les lattes en bois de mésua qui tapissaient le gynécée, elle sautillait, écartait les pieds, les joignait, si bien qu'une des filles finit par relever la tête.

— Toi dors, lui murmura Lei. Ce que tu vois est juste rêve.

La fille grommela, se retourna, et se rendormit.

Mais cela avait suffi à calmer Malva. Elle s'était assise en tailleur, les yeux rivés sur sa jambe, émerveillée.

— Merci, merci, Lei ! Tu m'as délivrée ! Je ne sais pas comment te...

Le premier coup de gong retentit soudain, lui coupant la parole. Brusquement, toutes les filles furent réveillées. Elles se levèrent d'un bond, s'emparèrent de leurs sarimonos et s'enroulèrent dedans avant de s'agenouiller devant leurs nattes.

— Vite, souffla Lei. Personne ne doit remarquer nous !

Malva et elle se dépêchèrent d'enfiler leurs sarimonos propres. À peine s'étaient-elles agenouillées que le second coup de gong les fit tressaillir. Dans un même mouvement, toutes les filles saisirent le peigne en ivoire posé près de leur couche et commencèrent à se coiffer.

Malva regardait la scène avec des yeux neufs. Les autres matins, entièrement absorbée par sa propre douleur, elle ne prêtait pas attention au reste du monde. Ce matin-là, elle fut fascinée par la chorégraphie parfaite qui se jouait dans le gynécée. Comment quelqu'un, fût-il empereur de Cispazie, pouvait-il obtenir de telles choses d'autant de personnes ? C'était à la fois très beau et très inquiétant. Et pourtant, Malva n'échappait pas à ce mouvement d'ensemble : elle peignait elle aussi ses cheveux noirs qui, maintenant qu'ils avaient repoussé, tombaient sur ses épaules comme les ailes déployées d'un corbeau.

Le troisième coup de gong annonça l'entrée des

preunuques. Ils s'avancèrent en file indienne, silencieux, tête basse, le front ceint du bandeau jaune vif qui signifiait leur condition d'esclaves, et vinrent déposer devant chaque fille un bol dans lequel fumait du lait de mococo.

Au quatrième coup, les filles portèrent le bol à leurs lèvres. C'était un lait crémeux et odorant que Malva, d'habitude, agrémentait discrètement d'une galette de paghul. Mais ce matin-là, elle n'eut pas le temps de laisser la gourmandise se dissoudre dans le bol. Dans sa précipitation, elle glissa les galettes restantes dans la poche de son sarimono.

Au cinquième coup de gong, les filles étaient prêtes, rangées et silencieuses, dans le déambulatoire. Lorsqu'elles se mirent en marche, Malva éprouva une joie qui lui fut difficile de contenir. « Je marche, se répétait-elle. C'est incroyable ! Je ne boite plus du tout ! »

Elle était tellement soulagée que la perspective de l'Immersion ne lui semblait même plus déplaisante. Le sel du premier Bain de Pureté pouvait bien attaquer sa peau, désormais, il ne la brûlerait plus !

Quand elle se présenta au bord de l'étang, elle souriait presque.

— Ton visage, lui souffla Lei. Attention. Pas sourire.

Malva se mordit les joues et entra dans l'eau. Autour d'elle, les pétales de lotus embaumaient. Elle se mit à nager avec vigueur et arriva la première au milieu de l'étang. C'est seulement à ce moment-là qu'elle remarqua l'homme qui venait d'apparaître aux côtés de l'empereur Temir-Gaï.

Il portait l'habit des riches marchands qui commerçaient sur les côtes de la mer d'Ocre. Grand, il dépassait d'une tête l'empereur. Un chapeau brodé dissimulait une partie de son visage. Pourtant, Malva se sentait troublée par sa présence, comme si elle s'était trouvée face à quelqu'un qu'elle connaissait déjà. Debout sur la rive, l'empereur murmurait des confidences à l'oreille de son invité.

— Cet homme, souffla Malva à l'intention de Lei... qui est-ce ?

La fille de Balmun l'examina de loin et haussa les épaules.

— Pas savoir. Mais deux filles sacrifiées aujourd'hui. Toi faire très attention.

Le sixième coup de gong allait retentir, Malva devait se préparer à plonger, et pourtant cet homme accaparait toute son attention... Il promenait maintenant un regard attentif sur les filles qui attendaient au milieu de l'étang. Et tout à coup, ses yeux d'acier transpercèrent Malva comme deux flèches.

Elle eut un coup au cœur et manqua de crier en le reconnaissant. Mais le gong vibra exactement à ce moment-là. Lei eut juste le temps d'attraper Malva par la main, et toutes les filles plongèrent en même temps.

Sous l'eau, Malva se sentit mal immédiatement. Elle n'avait pas pris assez d'air. Et ce regard ! Par la Sainte Quiétude ! Ce regard ! Elle battit des pieds comme elle put, mais sa poitrine oppressée réclamait de l'air. De l'air !

Quand elle surgit hors de l'eau, il n'y avait à la surface qu'une seule autre tête que la sienne. Aussitôt, l'empereur pointa son doigt vers elle et cria des ordres à ses preunuques : Malva allait être offerte à l'invité de l'empereur !

Elle croisa de nouveau le regard perçant de celui qui la réclamait. Et ce qu'elle lut dans ces yeux gris ne lui laissa aucun doute : oui, c'était bien l'Archonte...

Comment était-il parvenu jusqu'ici ? Comment avait-il réussi à obtenir l'hospitalité de Temir-Gaï ? Malva n'arrivait pas à comprendre. Mais une chose lui parut certaine : il avait fait le voyage pour la tuer. Et il allait pouvoir le faire le soir même, en toute impunité, dans la chambre que l'empereur mettait à sa disposition.

Les preunuques repêchèrent Malva et l'emmenèrent aussitôt dans un des bâtiments du corps principal, à l'autre bout de la cité. Ils l'enfermèrent tout d'abord dans une petite pièce percée de fenêtres à claustras, au milieu de laquelle était posé un unique coussin, de couleur blanche. Elle resta là, seule et effrayée, une bonne partie de la journée.

Elle marcha de long en large, refusant de s'asseoir sur le coussin blanc ou même de regarder par la fenêtre. Son sarimono séchait. Elle n'avait ni faim, ni soif. Par les découpes savantes des claustras, elle vit le soleil tourner peu à peu, et lorsqu'il devint rouge, deux autres preunuques rentrèrent dans la pièce et lui firent signe de venir. Elle les suivit jusqu'à l'entrée d'une salle beaucoup plus grande, dont le sol était jonché de pétales de lotus. On lui faisait apparemment suivre un rituel pour la préparer à sa nuit avec l'invité de l'empereur...

De nouveau, les preunuques la laissèrent seule.

Malva s'avança dans la salle. Tout au fond, elle remarqua un coffre sur lequel étaient posées des coupes de fruits frais et une carafe de liqueur. Ces mets lui étaient manifestement destinés, mais elle n'y toucha pas.

Tout le temps, elle revoyait les yeux gris de l'Archonte. Une colère et un dégoût sans fin lui vrillaient les entrailles. Comment avait-il retrouvé sa trace ? Pourquoi s'acharnait-il sur elle ? S'était-il passé quelque chose en Galnicie ?

« Ah, Lei ! se lamentait-elle intérieurement. Si ta magie pouvait encore me sauver ! » Mais la fille de Balmun ne pouvait plus intervenir et l'heure tournait, inéluctablement.

Un carillon annonça la venue de nouveaux preunuques. Ils remportèrent les coupes de fruits, la carafe de liqueur, puis conduisirent Malva dans une troisième pièce.

Cette fois, il fallut descendre des escaliers et s'enfoncer sous terre, dans des passages cachés de la cité. Enfin, les preunuques poussèrent Malva dans une chambre. Un lit énorme, monté sur des pieds de bois sculptés, trônait au milieu. Une potence n'aurait pas produit plus d'effet sur la jeune fille. « C'est la fin », se dit-elle en entendant la porte se refermer sur elle. Sa colère et son dégoût étaient attisés par la peur intense qu'elle éprouvait. Et l'attente dura encore et encore, si bien que quand la porte se rouvrit, Malva n'était plus qu'une boule de nerfs.

Elle sursauta et se retourna vivement. L'Archonte se tenait sur le seuil de la chambre, vêtu d'un sarimono vert. Malva sentit sa poitrine se creuser. Des spasmes violents lui écrasaient l'estomac.

— Alors, Princetta..., commença l'Archonte. Vous êtes insubmersible, à ce qu'on dirait.

Il ne bougeait pas, sûr de lui, appuyé sur le chambranle de la porte. Malva était incapable de prononcer un seul mot.

— Vous me faites courir, Princetta, reprit l'Archonte d'une voix mielleuse. Et vous m'attirez bien des ennuis... Aussi ai-je décidé de faire le travail moi-même plutôt que de le confier à des incapables comme Vincenzo.

À ces mots, il dénoua la ceinture qui retenait son sarimono, la fit glisser et l'empoigna à deux mains. Malva ouvrit la bouche pour crier, mais se retint. Si elle voulait garder une chance d'échapper au pire, elle devait absolument conserver son sang-froid. Elle se campa sur ses jambes et reprit le contrôle de sa respiration.

— Est-ce le Coronador qui vous envoie ? demanda-t-elle pour gagner du temps.

L'Archonte eut un sourire mauvais.

— Personne ne m'envoie. Le temps où je recevais

des ordres du Coronador est terminé. Vous voyez, nous avons encore un point commun, vous et moi : nous n'aimons pas obéir aveuglément aux puissants de ce monde.

Il brandit la ceinture.

— Temir-Gaï comprendra sûrement que certains accidents puissent arriver... Même pendant une nuit d'amour, on n'est jamais à l'abri d'un étranglement.

Il enroula la ceinture autour de ses poings et serra d'un coup sec. Malva avala sa salive avec difficulté.

— À propos d'amour, continua l'Archonte sur un ton plein d'ironie, figurez-vous que le pays s'est littéralement effondré de chagrin en apprenant votre disparition. J'ai bien essayé de remettre un peu de quiétude et d'harmonie dans ce chaos, mais... vous avez refait surface un peu trop tôt.

Malva essayait de ne pas trembler, de ne pas bouger. Mais chaque fois que l'Archonte tendait la ceinture entre ses mains, elle tressaillait. C'était étrange : pendant dix ans, elle avait côtoyé cet homme sans se méfier, avec bonheur même ! Et maintenant, face à lui, elle n'avait jamais eu aussi peur.

— J'ai attendu dix ans ! s'exclama l'Archonte, comme s'il venait de lire dans ses pensées. Tout était parfaitement calculé. J'avais réussi à vous braquer contre vos parents et inversement. Vous étiez mûre à point, Princetta. Il ne me restait qu'à vous faciliter la tâche pour l'évasion... N'avez-vous pas trouvé mon plan admirable ?

— Vous pouvez toujours vous emparer du trône,

rétorqua Malva sans lâcher des yeux la ceinture du sarimono. Je ne vous en empêcherai pas. Vous perdez votre temps, ici. Vous feriez mieux de rentrer en Galnicie pour achever votre œuvre.

— Je n'ai pas besoin de vos conseils ! explosa soudain l'Archonte en fouettant l'air avec la ceinture.

Malva recula d'un pas, affolée.

— Si cela peut vous consoler avant de mourir, sachez que le trône m'a définitivement échappé. Votre chambrière a fait parvenir un message à la Citadelle. J'ai été démasqué... par une... par cette...

L'Archonte frémissait de rage, tandis que Malva, au comble de la terreur, enregistrait ces informations sans en comprendre tout le sens.

— Quand j'en aurai fini avec vous, reprit l'Archonte, je m'occuperai de cette fille. Où qu'elle soit, je la trouverai. Je n'ai plus qu'une raison de vivre, maintenant : la vengeance.

Il fit un pas vers Malva. La porte était restée ouverte derrière lui. C'était le moment !

Malva se rua en avant avec toute l'énergie de son désespoir. Elle bondit si vite, si loin, qu'elle put esquiver le geste de l'Archonte. Elle voltigea, roula par terre, se releva et réussit à s'élancer par la porte ouverte. L'Archonte n'eut que le temps de se retourner pour la voir disparaître dans le long couloir.

De sa vie, Malva n'avait jamais couru aussi vite. Sa jambe enfin guérie lui permettait d'allonger le pas et de s'élancer à toute allure dans les escaliers et les coursives qui serpentaient sous la cité impériale.

Mais l'Archonte avait réagi rapidement. Poussant un cri de dépit, il s'était jeté à sa poursuite.

— Tu ne m'échapperas plus ! hurlait-il. Je te tuerai ce soir ! Je suis venu pour ça !

Malva courait de plus en plus vite. Les couloirs tournaient, se scindaient en deux, les escaliers montaient ou descendaient vers des pièces en enfilade. Elle les prenait au hasard, sans réfléchir, affolée par les cris de l'Archonte qui la talonnait.

Soudain, un mur se dressa devant elle. Elle y plaqua ses mains, le martela de ses poings. Rien, pas d'ouverture ! Elle se retourna. En cherchant de tous côtés, elle finit par aviser une trappe au ras du sol. Elle se coucha par terre et y enfonça sa tête. C'était une sorte de tube qui descendait plus bas : peut-être un canal pour évacuer des ordures, des eaux usées ? Elle rampa en s'aidant de ses coudes. C'était vraiment étroit, mais elle avait tant maigri depuis son départ de Galnicie qu'elle put y entrer tout entière.

Au moment où ses pieds disparaissaient dans le conduit, elle entendit l'Archonte arriver et buter à son tour devant le mur. Cœur battant, Malva s'accrocha aux parois du tube et se glissa plus loin.

— Elle est là, la coquine..., dit alors la voix de l'Archonte.

Ces mots résonnèrent dans le tuyau. En se tordant le cou, Malva réussit à voir l'embouchure par laquelle elle venait de s'échapper : la figure osseuse de l'Archonte était là. Il l'observait, avec aux lèvres un rictus effrayant.

— Elle s'est prise au piège toute seule, ricana-t-il.

Et aussitôt, il enfonça sa tête dans le conduit.

Prise de panique, Malva se mit à ramper, ramper, de toutes ses forces, pour s'éloigner de l'Archonte. Et lorsqu'elle se retourna encore, elle constata qu'il n'arrivait pas à la suivre : ses larges épaules ne passaient pas dans l'ouverture ! Il frappait des poings sur le sol, le visage ravagé par la haine.

Malva continua de progresser dans l'étroit passage. Elle ne craignait qu'une chose : qu'une grille l'empêche de ressortir de l'autre côté. Mais par bonheur, le conduit finit par s'élargir et elle se retrouva dans une sorte d'égout obscur qui empestait l'urine et la pourriture.

Elle roula sur le sol et parvint à se remettre debout. Il faisait si noir, là-dedans, qu'elle ne voyait même pas ses pieds... Mais en tendant l'oreille, elle détecta une présence. Sa gorge se noua. Ce qu'elle entendait, c'était une respiration.

Malva tendit les mains devant elle et avança à tâtons. Tout à coup, il lui sembla marcher sur quelque chose. C'était mou. Elle se baissa. Cette chose sur laquelle elle venait de marcher, cette chose était chaude... et poilue.

Un grognement déchira soudain le silence. Malva bondit en arrière et se recroquevilla contre le mur. Une bête ! Elle venait de tomber dans le repaire d'une bête ! Le tube dans lequel elle s'était faufilée devait servir d'aération à la cage !

L'animal soufflait bruyamment. Malva l'entendit

remuer et elle comprit, en sentant trembler le sol, qu'il était en train de se mettre debout. Le dos collé contre le mur, elle bloqua sa respiration.

Comme la bête grognait et s'agitait de plus belle, il y eut soudain un tintement de clés et une lueur apparut, éclairant un couloir et les barreaux de la cage où était enfermé l'animal. Attiré par le raffut, un preunuque muni d'un flambeau venait faire sa ronde d'inspection. Malva se laissa glisser contre la paroi et s'accroupit.

Le preunuque leva son flambeau en chuchotant quelques mots d'apaisement. Dans les lueurs orangées de la flamme, Malva devina enfin les contours massifs du corps de l'animal. Et soudain, elle vit briller deux paires de cornes. Des cornes d'argent. Son cœur s'arrêta de battre. L'auriga-céleste ! Par la Sainte Harmonie ! Elle se trouvait enfermée dans la cage de ce monstre !

L'auriga était si lourd et si gros qu'il avait du mal à se mouvoir dans cet espace exigu. Pourtant, il parvint à se retourner et Malva vit son affreuse tête oblongue se pencher vers elle. Elle se mordit les joues pour ne pas hurler de terreur.

Pendant ce temps, dans le couloir, le preunuque continuait de brandir son flambeau en essayant d'éclairer le fond de la cage. Mais Malva était masquée par le corps énorme de l'auriga qui, maintenant, la reniflait de ses naseaux visqueux. Elle sentit un long filet de bave dégouliner sur son bras gauche : pas de doute, l'auriga avait faim !

Brusquement, elle se rappela qu'elle avait toujours les galettes de paghul dans son sarimono. Elle glissa lentement sa main dans sa poche. Les galettes avaient pris l'eau pendant l'Immersion et cela faisait une sorte de bouillie, mais elle tenta quand même le tout pour le tout. Elle ouvrit sa paume sous les naseaux de l'auriga.

Pendant quelques secondes, le monstre cessa de grogner et de s'agiter. Il reniflait les galettes avec application. Et puis, il sembla se décider. Malva sentit sa langue énorme lui balayer la main, puis elle entendit des bruits spongieux de déglutition. Elle se dépêcha de racler le fond de sa poche et tendit le reste des galettes sous le museau du monstre. Mais elle tremblait tellement que la bouillie de paghul tomba de ses mains et s'écrasa à ses pieds. L'auriga baissa l'échine pour lécher le sol.

À cet instant, la lueur du flambeau éblouit Malva. En baissant la tête, l'animal venait de la dévoiler aux yeux du preunuque. Aussitôt, ce dernier poussa un cri strident. Raidie contre le mur de la cage, Malva soupira de désespoir. Cette fois, elle était prise au piège pour de bon.

Une dizaine de preunuques se précipitèrent dans le couloir munis de torches et de sabres. L'un d'eux ouvrit la cage de l'auriga et quatre autres s'engouffrèrent dedans. Ils saisirent Malva par les épaules et l'emmenèrent dehors, tandis que le monstre continuait de lécher le sol à la recherche d'autres galettes.

Aux cris que poussaient les preunuques, Malva

compris qu'elle venait de commettre l'irréparable : s'introduire dans l'antre de l'animal fétiche de Temir-Gaï représentait un véritable sacrilège ! Sans ménagements, ses gardes la traînèrent à travers des escaliers et des couloirs, jusqu'à la chambre de l'empereur qui, alerté par d'autres preunuques, attendait la coupable, assis sur son lit.

Les preunuques jetèrent Malva à ses pieds. Dans leur langue, ils donnèrent quelques mots d'explication à l'empereur. Face contre terre, Malva sentait battre le sang dans ses tempes. Elle ne comprenait pas un mot de ce qui se disait, mais la fureur de Temir-Gaï était telle qu'elle n'avait pas besoin de traduction. Pendant un instant, elle crut qu'on allait tout bonnement lui trancher la tête.

L'empereur se baissa vers elle, la saisit par les cheveux et la força à lui faire face. Son visage était pâle, marbré de rouge. Derrière, dans le lit, Malva aperçut la fille dont il profitait cette nuit-là. Roulée en boule contre des coussins, elle pleurait en silence. L'empereur aboya quelques mots, relâcha Malva et se rua hors de sa chambre.

Aussitôt après, les preunuques entraînèrent Malva à l'extérieur du bâtiment. Il faisait nuit noire. On entendait juste le chant des grenouilles, là-bas, vers les Bains de Pureté. Les preunuques poussèrent Malva de jardin en jardin. Enfin, elle sut quel sort l'attendait quand elle découvrit l'abattoir, avec son estrade où étaient posées les Cages de Supplice.

Les preunuques en ouvrirent une et jetèrent Malva

dedans. Ils refermèrent la porte à clé, puis l'un d'eux s'empara de la manivelle qui commandait le mécanisme. Il donna plusieurs coups et Malva vit le plafond de la cage s'abaisser. Assise sur le plancher, elle ramena ses genoux vers elle et posa sa tête dessus. Le plafond vint appuyer sur ses vertèbres, lui arrachant une grimace.

À cet instant, elle entendit des voix qui provenaient de plus loin. Il y eut une cavalcade. Malva tourna légèrement la tête. D'autres preunuques arrivaient en courant, des lanternes à la main. Et devant eux, courait une jeune fille vêtue d'une simple chemise de coton blanc. Malva eut un coup au cœur en la reconnaissant : c'était Lei.

— Malva ! s'écria-t-elle dans un sanglot. Tu vivante !

Elle s'agenouilla près de la cage et plaqua ses mains dessus.

— Preunuques venus chercher moi pour traduire tes paroles, expliqua-t-elle d'une voix blanche. Fille de Balmun connaître toutes langues, eux savoir ça.

Il y eut un nouveau remue-ménage dans les jardins, et Temir-Gaï apparut. Il était accompagné de l'Archonte. Tous deux montèrent sur l'estrade.

L'empereur désigna l'Archonte et lâcha quelques mots furieux.

— Il veut savoir pourquoi toi désobéir à invité d'honneur. Pourquoi toi échappée ?

Malva sentait une sueur glacée dégouliner entre ses

omoplates. Un vertige lui brouillait la vue. Elle était au bord de l'évanouissement.

— Il a voulu me tuer, murmura-t-elle.

— Elle ment ! cria l'Archonte avant même que Lei ait pu traduire.

L'empereur poursuivit son interrogatoire.

— Il veut savoir ce que toi faire dans cage d'auriga-céleste... et aussi ce que tu donnes à manger à lui. Il penser que c'est poison.

— Des galettes de paghul, sanglota Malva, à bout de nerfs. C'étaient seulement des galettes de paghul !

Lei transmit sa réponse en cispazien. L'empereur donna alors quelques ordres. Lei devint encore plus pâle. Ses lèvres se mirent à trembler.

— Il croit toi empoisonneuse. Il croit toi mentir ! Il condamne toi au Supplice de la Cage. Il dit que tu mourir dans trois jours...

— C'est mérité, intervint l'Archonte d'une voix satisfaite.

Il fit un pas en avant et se baissa vers Malva :

— J'aurais préféré te tuer de mes mains, mais je viendrai admirer le travail de cette cage sur tes os dès demain matin. Je veux les entendre se briser un à un.

Lei pleurait, une joue collée contre la cage de bois. Les preunuques la tirèrent en arrière, puis l'empereur donna l'ordre aux autres de s'éclipser. Alors, ils quittèrent tous l'estrade, abandonnant Malva à son sort.

19

Une nuit à Cispazan

Ce même soir, l'*Errabunda* et la *Marie-Belle* jetèrent l'ancre dans une crique abritée des vents. Cela faisait exactement soixante-dix jours que les hommes d'équipage n'avaient pas foulé la terre ferme, et lorsque le capitaine demanda des volontaires pour partir en reconnaissance dans le port de Cispazan, des dizaines de mains se levèrent. Seul Orféus, qui se préoccupait de ne pas abandonner Galotcho et Peppe pendant toute la nuit, garda les mains derrière le dos.

Le capitaine désigna une douzaine d'hommes parmi les plus costauds, puis se tourna vers Orféus, surpris.

— Il me faut un homme de tête pour commander cette expédition. Ne vous sacrifiez pas, Mac Bott. Vous avez bien travaillé durant la traversée et vous avez gagné le droit de vous dégourdir les jambes.

Orféus sentit peser sur lui quelques regards hostiles.

S'il refusait de descendre à terre, il risquait de se faire encore traiter de blanc-bec... Et c'est ainsi qu'il se retrouva à bord d'une chaloupe, assis face à Babilas le géant qui ramait sans le quitter des yeux.

Ils accostèrent sur une petite plage cernée de falaises. Babilas souleva la chaloupe d'une seule main et la tira sur le sable avec une facilité déconcertante. Orféus avala sa salive péniblement. La compagnie de ces hommes rudes le mettait extrêmement mal à l'aise, mais il s'appliqua à ne rien laisser paraître et s'engagea avec eux sur un chemin plein de racines qui s'enfonçait dans la nuit noire de l'Orniant.

Ici, tout était si différent de la Galnicie ! Les plantes, les odeurs, les bruits, et même le ciel étoilé ne ressemblaient à rien de ce qu'Orféus connaissait. À plusieurs reprises, il trébucha et manqua de tomber – ce qui augmenta encore sa nervosité. Il devinait, malgré l'obscurité, le regard de Babilas qui ne le lâchait pas.

Après une heure de marche, ils aperçurent les lueurs de la ville impériale de Cispazan. Une multitude de lanternes rouges marquaient l'entrée du port, à l'abri duquel se balançaient d'étranges voiliers à fond plat.

— Séparons-nous, proposa Orféus lorsqu'ils arrivèrent près des premières maisons. Deux par deux, nous serons plus discrets qu'en bande.

Les marins se tournèrent vers Babilas, qui acquiesça d'un signe de tête et vint de lui-même se poster aux côtés d'Orféus.

— Retrouvons-nous en haut de la crique avant les lueurs de l'aube, ajouta-t-il. Et restez sur vos gardes. N'oubliez pas que nous n'avons ni espinglon, ni busarque pour nous tirer d'affaire.

Orféus tâta la poche de sa veste de quartier-maître afin de s'assurer que son couteau s'y trouvait toujours. C'était la seule arme que le capitaine avait autorisée pour cette mission, le reste risquant d'attirer les soupçons.

Chaque groupe se mit en route. Orféus et Babilas contournèrent le quartier du port et se dirigèrent vers les hauteurs de la ville. Silencieux, aux aguets, ils évitèrent tout d'abord de pénétrer trop avant dans les rues. Ils se dissimulèrent derrière des massifs de fleurs pour observer les allées et venues des Cispaziens.

— Un peuple de noctambules, fit remarquer Orféus à voix basse.

Entre les maisons de bois aux toits coniques, une foule d'hommes se promenaient sous des lanternes en papier rouge. Ils parlaient fort, riaient beaucoup, et s'arrêtaient parfois pour se frapper les cuisses. Ils étaient vêtus de jaquettes brodées à longues manches et coiffés de calottes tressées. Certains fumaient de longues pipes, d'autres buvaient à même de petites flasques argentées.

— Je ne sais pas de quel alcool il s'agit, souffla Orféus, mais ils sont tous ivres. C'est notre chance. Un homme soûl n'est pas méfiant. Viens, Babilas.

Prenant un peu d'assurance, il entraîna le géant sous les lanternes, dans une enfilade de ruelles identiques. À chaque pas de porte, des statues d'animaux en bois aux yeux incrustés de jade semblaient monter la garde. Devant leur faciès grimaçant, Orféus frissonna : ces monstres lui rappelaient les masques suspendus aux murs dans le bureau de son père.

Soudain, Babilas posa son énorme main sur l'épaule d'Orféus. Une troupe d'hommes très étranges arrivaient près d'eux. Ceux-là ne riaient pas, ne parlaient pas, ne buvaient ni ne fumaient. Ils marchaient en rang serré, tête basse. Ils portaient, noués sur leurs fronts, des bandeaux jaune vif. Au milieu d'eux, marchant d'un même pas, se trouvaient de jeunes garçons qui semblaient ne pas avoir plus de onze ou douze ans. Et ces gamins avaient tous le crâne tondu, sauf une courte mèche qui leur retombait sur le front.

— Tu crois que ce sont des soldats qui enrôlent des recrues ? chuchota Orféus à Babilas une fois que la troupe fut passée.

Le géant secoua la tête.

— Suivons-les quand même. Ils ont l'air de savoir où ils vont et je suis curieux de voir où ils emmènent ces enfants.

Ils se dépêchèrent de rejoindre l'étrange convoi et le suivirent à distance par les rues qui s'élargissaient et montaient toujours. Enfin, ils débouchèrent sur une grande place couverte d'herbe et éclairée cette fois par des lanternes de papier vert. Le brouhaha du quartier rouge avait disparu.

— Regarde ça, Babilas, souffla Orféus.

Au fond de la place se dressait une immense

muraille en bois. En son centre, une porte monumentale s'ouvrit pour laisser entrer les hommes aux bandeaux jaunes et les jeunes garçons.

Orféus et son compagnon s'avancèrent vers la muraille. Au fond, malgré la nuit noire, ils devinaient d'autres monuments : des tours en terrasses surmontées de toits en forme de cloches, des colonnes, de longs bâtiments. L'ensemble semblait entièrement constitué de pièces de bois ciselées.

Babilas et Orféus s'arrêtèrent près du portail énorme. Maintenant qu'il était refermé, on voyait des inscriptions gravées dedans.

— Sais-tu lire ces signes ? demanda Orféus à tout hasard.

En guise de réponse, Babilas pointa son doigt vers le haut du portail. Une statue dominait l'édifice : celle d'un homme chevauchant une créature gigantesque à cornes argentées.

— C'est bien ce que je pensais, dit Orféus. Nous sommes sans doute devant le palais de Temir-Gaï. Et son harem se trouve certainement là. Derrière cette muraille.

Tandis qu'il s'attardait à contempler la statue, il vit le ciel blanchir vers l'est. L'aube arrivait tôt, dans ces contrées lointaines !

— Retournons vite à l'*Errabunda*, ordonna Orféus.

Lorsqu'ils arrivèrent en haut de la crique, les étoiles s'effaçaient une à une dans le ciel pâle. Les autres hommes de la mission les attendaient déjà dans la chaloupe. Ils descendirent rapidement jusqu'à la plage, et une fois à bord Babilas s'empara des rames.

Orféus poussa un soupir. Il était harassé et il faillit s'endormir le temps de rejoindre le navire, mais des cris stridents le réveillèrent.

— Hé ! s'esclaffa un des marins en levant les yeux vers les haubans. Qu'est-ce que c'est que ça ? On dirait que la chasse au singe a été bonne !

Orféus se dressa dans la barque et regarda dans la même direction. Ce qu'il vit alors lui fit tourner les sangs : deux corps se balançaient en haut de la grand-vergue. Et ces deux corps, c'étaient Galotcho et Peppe qui étaient pendus par les pieds et gigotaient comme des anguilles en appelant au secours !

L'échelle volante était descendue depuis la dunette arrière. Tour à tour, les hommes de la chaloupe s'y agrippèrent pour rejoindre le pont de l'*Errabunda*, mais quand Orféus voulut les imiter, il n'avait plus aucune force. Livide, il se laissa un peu de temps pour reprendre ses esprits. Si les jumeaux avaient parlé, s'ils avaient prononcé son nom, il était cuit. Le capitaine le désavouerait, l'équipage ne se priverait pas de le maudire définitivement et plus jamais il ne pourrait naviguer...

— Eh bien, quartier-maître ? l'interpella le capitaine quand il enjamba enfin la lisse de dunette pour retomber sur le pont. On dirait que cette expédition a été fructueuse ! Babilas vient de me faire comprendre que vous avez repéré le harem !

Orféus hocha la tête, incapable de prononcer un

mot. Les cris de Galotcho et Peppe lui coupaient littéralement les jambes.

— Regardez les deux zouaves que nous avons dénichés pendant votre absence ! s'exclama encore le capitaine. Des clandestins ! Ils étaient en train de chiper des harengs dans la cambuse, mais Finopico les a surpris au bon moment.

— Ah... ! dit seulement Orféus d'une voix creuse.

— Nous allons les laisser pendus là-haut pendant quelques heures, histoire de calmer leur appétit.

Et comme le capitaine semblait décidé à passer à autre chose, Orféus retrouva sa voix :

— Ont-ils dit comment ils étaient montés à bord ?

Le capitaine haussa les épaules :

— Impossible de leur arracher une seule parole sensée. Depuis qu'on les a attrapés, ils ne font que crier.

Orféus éprouva tout à coup un soulagement intense. Braves petits ! Ils n'avaient rien avoué ! Mais maintenant, comment les tirer de cette mauvaise posture ?

— Parlez-moi du harem ! ordonna le capitaine.

Soudain, Orféus eut une illumination. Bien sûr, l'idée était ingénieuse !

— Le harem... eh bien, justement ! s'écria-t-il. Figurez-vous que nous pourrions avoir besoin de ces deux gamins !

— Ces voleurs ? Certainement pas ! grogna le capitaine. Ils sont maigres comme des clous et tout juste bons à nourrir les poissons !

Les idées se bousculaient dans l'esprit d'Orféus. Et plus il entendait les cris des jumeaux, plus son plan se précisait. Il raconta brièvement au capitaine tout ce que Babilas et lui avaient vu. Il décrivit la troupe des hommes qui encadraient les jeunes garçons et lui expliqua qu'ils les avaient menés jusqu'à la muraille renfermant le harem.

— Une muraille, évidemment, marmonna le capitaine. Il faudra donc entrer de force... Je vais aller faire le compte de nos busarques.

— Attendez ! le retint Orféus. J'ai une autre proposition à vous faire. Nous pourrions pénétrer dans le harem par la ruse.

— La ruse ? s'étonna le capitaine. Le Coronador nous a ordonné de lancer des attaques contre Temir-Gaï. Une guerre de mille ans, s'il le faut ! Nous ferons donc parler la poudre !

Orféus s'épongea le front. Déjà, le soleil implacable de l'Orniant se levait, et il commençait à faire moite.

— La poudre, sans doute, dit-il avec diplomatie. Mais si nous blessons la Princetta ?

Le capitaine haussa un sourcil. Manifestement, il n'avait pas envisagé cette éventualité.

— Les bâtiments du harem sont en bois, reprit Orféus. Si nous envoyons les canons et les espinglons, nous risquons d'y mettre le feu.

— C'est juste, admit le capitaine.

— Je vous propose plutôt d'enlever la Princetta en toute discrétion. Lorsqu'elle sera en sécurité sur l'*Errabunda*, vous pourrez mettre le feu où vous voudrez.

Le capitaine se lissait le menton, l'air perplexe.

— Et en quoi vous seraient utiles ces deux voleurs de harengs ?

Orféus leva les yeux vers la grand-vergue.

— Décrochez-les, trouvez-moi du tissu jaune et je vous montrerai, dit-il avec un petit sourire aux lèvres.

20

Sauvetage

— Cinquante bocaux de harengs ! Trente-sept rations de biscuits ! Un kilo d'olives, et je ne compte pas le reste ! écumait Finopico, fou de rage.

Le cuisinier se frappait la poitrine et secouait sa tignasse rousse, levant les yeux au ciel à chaque pas, comme s'il voulait prendre à témoin les oiseaux de mer qui tournaient autour de l'*Errabunda*.

— Ces fripouilles m'ont dévalisé ! tempêtait-il encore. Et au lieu de les punir, on leur fait gentiment une place à bord ! C'est le comble !

Orféus essayait de rester concentré sur son minutieux travail, mais il avait du mal à contenir son hilarité. Vraiment, son idée était un coup de génie : non seulement il sauvait la mise aux jumeaux, mais en plus il s'octroyait le plaisir de faire enrager cette teigne de cuistot !

— C'est les mains qu'on devrait leur couper ! hurla Finopico en s'approchant du tonneau où étaient assis les deux garçons. Les mains, oui ! Pas les cheveux !

— Arrêtez donc de crier comme ça, intervint Orféus. Vous allez me faire bouger.

Un long rasoir de barbier à la main, il achevait de tondre la tête de Peppe. Des mèches crasseuses voltigeaient sur le pont, provoquant les éternuements d'Al qui, pour une fois, s'était traîné hors de la cabine – ce qui énervait encore plus le cuisinier. À ses yeux, lc saint-bernard et les deux passagers clandestins n'étaient que des bouches inutiles, des parasites, des pique-assiette.

Aux côtés de son frère, Galotcho soupirait en examinant son reflet dans un éclat de miroir :

— Je ressemble à un œuf, conclut-il. C'est affreux. Et cette petite mèche ridicule sur le front... c'est vraiment obligatoire ?

— Oui, répondit Orféus. C'est la mode cispazienne.

Depuis qu'il avait exposé son plan au capitaine, tout s'était accéléré. Les équipages des deux frégates se préparaient activement pour l'opération qui était prévue pour le soir même. Autour de l'*Errabunda*, les plongeurs s'entraînaient et évaluaient le temps qu'il leur faudrait pour atteindre le port à la nage, tandis que sur le pont de la *Marie-Belle*, on astiquait les canons, on sortait les sacs de poudre et on faisait briller busarques et espinglons. Car si la première phase du plan devait se dérouler en douceur, il n'en serait sans doute pas de même pour la seconde...

— Dès que le capitaine n'aura plus besoin de vous, menaça encore Finopico en levant un doigt vengeur vers les jumeaux, je vous apprendrai les bonnes manières !

Il jeta un regard autour de lui en ajoutant :

— Le pont de l'*Errabunda* a bien besoin d'être poncé et passé au vinaigre. Vous y passerez toute la traversée du retour s'il le faut !

À la nuit tombée, Orféus, Babilas, les jumeaux, et deux autres marins costauds prirent le chemin de Cispazan. Ils avaient enfilé des tuniques sombres pour ne pas attirer les regards et les seules armes en leur possession étaient leurs couteaux de poche.

— N'oubliez pas ! recommandait Orféus à tout bout de champ. Personne ne doit parler ! Pas un mot en galnicien, c'est bien compris ?

— Nous resterons muets comme Babilas ! déclarèrent les jumeaux, une main sur le cœur.

Malgré les risques que comportait l'entreprise, ils étaient très excités par cette balade sur la terre ferme. Cela faisait plus de deux mois qu'ils ne s'étaient pas dégourdi les jambes et, grisés par l'aventure, ils grimpaient le long des falaises en bondissant comme des cabris.

Avant d'entrer dans les rues de la ville, ils se dissimulèrent derrière les buissons et les quatre hommes nouèrent sur leur front les bandeaux de fortune qu'ils avaient découpés dans du tissu à drapeau. Jaune, comme ceux des Cispaziens.

Ils se placèrent de façon à encadrer Peppe et Galotcho, puis, d'un pas décidé, ils empruntèrent le chemin menant à la grande muraille de bois. Les jumeaux baissaient leur crâne rasé, dociles. Ils jouaient parfaitement le jeu. Comme la veille, les noctambules titubaient et riaient en roulant d'une taverne à l'autre, sous les lueurs rouges des lanternes.

« Pour l'instant, nous faisons illusion, pensa Orféus. Pourvu que ça dure... »

Arrivés sur la grande place couverte d'herbe, ils marquèrent une courte hésitation. Devant eux, venait de surgir un autre groupe, composé également d'hommes aux fronts bandés et de jeunes garçons rasés. Ils se dirigeaient vers la cité impériale. Orféus interrogea Babilas du regard. Que faire ? Se joindre à eux ou les laisser prendre de l'avance ? Finalement, il se décida : il pressa la cadence et vint se coller au premier groupe juste au moment où celui-ci atteignait le portail monumental.

— *Ga Taï Ma Taï !* lancèrent les gardes.

— *Sumor Têt Ga Taï !* répondit le Cispazien qui menait la première troupe.

Les gardes ouvrirent les lourdes portes et les laissèrent entrer. Mais quand Orféus, cœur battant, voulut passer, ils l'arrêtèrent en levant leurs sabres.

— *Ma Taï Ga Taï ?* questionna l'un des gardes.

Le front d'Orféus se couvrit de sueur. Il avala sa

salive et, d'une voix qu'il espérait ferme, il répéta ce qu'il venait d'entendre :

— *Sumor Têt Ga Taï !*

Aussitôt, les gardes baissèrent leurs sabres et s'effacèrent pour leur permettre d'entrer. En passant devant eux, Orféus tremblait de tous ses membres, mais quand les portes se refermèrent dans son dos, il poussa un soupir. La première étape de son plan venait de réussir. Maintenant, le plus difficile restait à faire : trouver la Princetta et l'enlever. En espérant, bien sûr, qu'elle soit toujours dans ce harem !

À l'intérieur de la muraille, tout était calme. Dans la nuit sans lune, les lanternes et les torches disséminées le long des allées et aux entrées des différents bâtiments brillaient comme des centaines de lucioles et, depuis le sommet des tours, d'autres lueurs tombaient, projetant sur les jardins des flaques de lumière jaune. On entendait le chant des grenouilles et, plus loin, une sorte de plainte qui ressemblait à un chant.

— Ne nous séparons pas, chuchota Orféus. Suivez-moi.

Ils s'engagèrent en silence dans les allées, jusqu'à une étrange salle à ciel ouvert où étaient alignés des piliers ornés de volutes. Ils suivirent les piliers et débouchèrent dans un long couloir au sol recouvert de sable. Orféus fit une halte. Il avait la bouche sèche. Rien ne bougeait, pas même le feuillage des arbres. Cette extraordinaire tranquillité le rendait nerveux.

— Par ici, décida-t-il.

Son instinct lui dictait de suivre ce couloir. Le sable

étoufferait leurs pas et l'on verrait bien où ce chemin mènerait.

Plus loin, ils découvrirent une porte au-dessus de laquelle étaient suspendues deux lanternes blanches. Juste à côté, il y avait une fenêtre fermée par des volets de bois ajourés. Orféus s'en approcha et jeta un rapide coup d'œil à l'intérieur. Dans la pièce faiblement éclairée, des dizaines de jeunes filles dormaient, allongées sur des nattes de bambous posées à même le sol. Orféus sentit son cœur bondir dans sa poitrine. « Si la Princetta est bien dans ce harem, elle doit être ici », se dit-il.

La porte du dortoir n'était pas fermée à clé. Orféus la poussa doucement et fit signe à ses compagnons d'entrer derrière lui.

Une fois à l'intérieur, ils se séparèrent et chacun se mit en quête de la Princetta. Comme tous les Galniciens, ils l'auraient reconnue entre mille, notamment grâce à sa somptueuse chevelure noire.

Ils se glissèrent donc entre les rangées de dormeuses, se penchant vers elles avec précaution et détaillant ainsi chaque visage. Arrivé au bout d'une rangée, Orféus avisa une natte vide. Et sur la couche voisine, une fille qui sanglotait doucement, face contre le sol. Intrigué, il s'approcha d'elle. Ce n'était pas la Princetta : cette jeune fille-là était blonde comme les blés au mois d'août. Il voulut s'éloigner, mais comme il reculait, son pied écrasa un peigne qui traînait par terre et cela produisit un craquement sec.

La jeune fille qui sanglotait se redressa en sursaut.

— *Amun Lin ?* souffla-t-elle en dévisageant Orféus avec effroi.

Il porta un doigt à ses lèvres pour lui faire signe de ne pas crier.

— Ce n'est rien, murmura-t-il. Nous ne vous voulons aucun mal.

La jeune fille blonde le fixa plus intensément.

— Vous parler galnicien ? s'étonna-t-elle.

Orféus s'agenouilla près d'elle.

— Je cherche quelqu'un. Une fille aux cheveux d'encre. Malva.

À ces mots, la petite blonde bondit sur ses pieds et agrippa la tunique d'Orféus.

— Vous venir pour sauver Malva ? Vous pas preunuque ? demanda-t-elle en désignant le bandeau jaune sur le front d'Orféus.

— C'est un déguisement, dit-il. Tu connais Malva ? Où est-elle ?

— Vous amis d'elle ?

— Oui, oui, répondit Orféus d'une voix pressante. Où est-elle ?

— Dans Cage des Supplices ! souffla la fille. Vous venir avec moi. Vite !

Elle enfila en hâte une sorte de robe qu'elle croisa sur sa poitrine et se dirigea sur la pointe des pieds vers la sortie du gynécée. Orféus la suivit et alerta ses compagnons en claquant dans ses doigts.

Lorsqu'ils furent tous réunis dans le déambulatoire, Lei contempla cette troupe hétéroclite avec grand étonnement. Babilas et les deux marins lui inspiraient confiance, mais le jeune homme n'avait pas l'allure d'un guerrier. Quant aux deux garçons, ils étaient maigres comme des bâtons d'encens !

— Vous avoir des armes ? demanda-t-elle.

— Non, expliqua Orféus. Seulement des couteaux.

— Trop dangereux ! gémit Lei, atterrée. Pour sortir harem, beaucoup d'obstacles !

— Emmène-nous jusqu'à Malva, ordonna Orféus. Ensuite, nous aviserons.

Résignée, Lei les entraîna à travers l'enfilade des jardins. À mesure qu'ils avançaient, ils entendaient de plus en plus nettement cette plainte étrange, semblable à un chant, qui s'élevait dans la nuit noire.

Lorsqu'elle aperçut l'estrade de l'abattoir, Lei stoppa net et se cacha derrière une haie.

— Malva ici, chuchota-t-elle. Enfermée dans Cage des Supplices. Et gardée par homme galnicien, invité de Temir-Gaï.

— Homme galnicien ? répéta Orféus en fronçant les sourcils.

Son cœur se serra. Il écarta discrètement les branchages de la haie et observa la scène. Quatre torches flambaient aux coins de l'estrade. Il pouvait voir clairement l'alignement des cages. Elles étaient toutes vides... sauf une. Et c'était de là, de la forme recroquevillée à l'intérieur, que provenait la plainte. Juste derrière, une grande silhouette d'homme se dressait et se baissait, suivant un rythme étrange. Dans la lueur des torches, Orféus reconnut soudain le crâne lisse et bombé de l'Archonte.

— Par la Sainte Quiétude ! murmura-t-il. Les jumeaux disaient vrai !

Peppe et Galotcho se hissèrent sur la pointe des pieds en essayant de voir la Princetta. Quand ils aperçurent l'Archonte, ils s'envoyèrent un coup de coude. La tireuse de cartes ne s'était pas trompée !

— Que fait-il ? s'inquiéta Galotcho en désignant l'Archonte.

— Lui tourner manivelle de Cage des Supplices, expliqua Lei avec une colère rentrée. Malva bientôt mourir écrasée.

Tous les visages blêmirent d'un coup.

— Il faut agir immédiatement, déclara Orféus, la gorge nouée. Mais comment éloigner l'Archonte ?

Un silence pesant s'abattit sur le petit groupe. Les deux marins, poings crispés, se préparaient déjà à se battre, mais Babilas les calma d'un geste. Au moindre cri de l'Archonte, les gardes interviendraient et tout tomberait à l'eau. Au bout d'un moment, Lei s'approcha des jumeaux. Elle les détailla sans vergogne, de ses yeux de perles, si bien qu'ils finirent par en rougir.

— Chez moi, dans royaume de Balmun, nous pensons jumeaux porter bonheur..., murmura-t-elle.

Elle posa ses mains sur leurs crânes tondus et ils tressaillirent.

— Hé ! bas les pattes ! rouspéta Galotcho. Nous ne sommes pas des *cornalinos* !

Lei se mit à rire et ôta ses mains en disant :

— Coiffures très réussies, très ressemblantes. Ici, tout le monde pense vous apprentis preunuques !

Elle se tourna vers Orféus :

— Si jumeaux vont voir homme étranger, ils peuvent emmener lui ailleurs. Homme étranger croire qu'ils sont messagers de Temir-Gaï.

Peppe et Galotcho se mirent à respirer plus vite.

— Mais... nous ne parlons pas le cispazien, nous ! Qu'est-ce qu'on va lui dire ? Et puis ensuite, où est-ce qu'on l'emmènera ?

— Pas besoin parler, les rassura Lei. Preunuques toujours silencieux, sauf pour chanter avant Bain de Pureté. Vous guider homme loin de Malva, c'est tout.

La plainte qui sortait de la cage cessa brusquement. Orféus se raidit. Et si Malva s'était évanouie ? Ou pire ? Il saisit les jumeaux par les épaules et les poussa vers le bout de la haie.

— Allez-y tout de suite ! Si ça se passe mal, nous viendrons à votre secours !

Chancelant sur leurs jambes maigres, Peppe et Galotcho s'avancèrent vers l'estrade. Ils montèrent les marches et contournèrent la cage pour se présenter à l'Archonte. Quand ils le trouvèrent, il était appuyé de tout son poids sur la manivelle, l'air exalté.

— Qui va là ? demanda-t-il.

Les garçons s'avancèrent encore, tête basse, et l'Archonte cessa de peser sur la manivelle.

— Des apprentis preunuques, sourit-il. Comme ils sont charmants...

Il s'approcha d'eux et, d'un geste brutal, leur souleva le menton. Galotcho et Peppe rencontrèrent alors les yeux de l'Archonte, qui, dans la pénombre, semblaient briller comme deux morceaux de métal chauffés à blanc.

— Qu'est-ce que vous faites là ? gronda-t-il. Vous voyez bien que j'ai du travail.

Galotcho ouvrit la bouche, mais c'est Peppe qui murmura :

— *Temir-Gaï.*

— Quoi « *Temir-Gaï* » ? s'emporta l'Archonte. L'empereur veut me voir, c'est ça ?

— *Temir-Gaï*, répéta seulement Peppe.

L'Archonte poussa un soupir exaspéré.

— Très bien, je vais vous suivre. Je dirai à l'empereur combien je suis honoré de pouvoir tourner moi-même cette manivelle. Je lui dois bien ça !

Et pour ponctuer sa phrase, il appuya encore une fois dessus, resserrant d'un cran supplémentaire les parois qui broyaient Malva. Un cri fusa de l'intérieur de la cage, glaçant Peppe et Galotcho jusqu'au fond du cœur.

— Allez ! lança l'Archonte en riant. Menez-moi à votre empereur !

Les jumeaux descendirent de l'estrade, se dirigèrent dans la direction opposée à celle où se cachaient Orféus et les autres, et disparurent dans la nuit, suivis de l'Archonte.

Aussitôt, Lei se précipita.

— Malva ! Toi entendre ? souffla-t-elle. C'est Lei ! Nous délivrer toi !

Un faible gémissement sortit de la cage.

Cependant, Orféus et les deux marins s'étaient

emparés de la manivelle pour essayer d'inverser le mécanisme.

— Ça résiste ! s'énerva le premier marin.

Babilas les repoussa. Il s'arc-bouta et essaya de débloquer les rouages. À cet instant, un grondement sourd et lointain, semblable aux roulements du tonnerre, traversa le ciel. Orféus leva les yeux, surpris. Pas un nuage ne masquait les étoiles.

Brusquement, comme Babilas poussait de toutes ses forces sur ses jambes, la manivelle céda et lui resta dans les mains. Arrachée.

— Oh non ! cria Orféus, catastrophé.

— Malva ! gémit Lei en s'agenouillant. Elle évanouie !

Babilas jeta rageusement la manivelle à terre et s'approcha de la cage. Mâchoires crispées, il empoigna deux barreaux et tenta de les écarter. Le bois de mésua était d'une résistance extrême et les muscles de Babilas tremblèrent sous l'effort.

Un second roulement, plus proche que le premier, fit alors frémir le feuillage des arbres environnants. Orféus tourna la tête. Là-bas, vers l'ouest, il lui semblait apercevoir des éclats lumineux. Pourtant, le ciel restait dégagé. Ces étranges manifestations avaient quelque chose d'inquiétant.

Pendant ce temps, Babilas s'escrimait sur la cage, sans résultat. Les barreaux restaient inébranlables. Orféus sortit son couteau et voulut forcer la serrure. Il travailla dessus un long moment, mais sursauta en entendant de nouveaux coups de tonnerre. Une clameur montait de l'ouest, par-delà la muraille de la cité.

— Cage trop solide ! dit Lei. Impossible sortir Malva maintenant ! Vous partir ! Trop risqué !

Au moment même, les jumeaux surgirent en courant sur l'estrade, affolés.

— Nous avons enfermé l'Archonte dans une salle du palais ! Il est en train d'ameuter la garde !

Comme pour confirmer leurs dires, des cris et des appels retentirent, troublant la sérénité des jardins. Là-bas, des lueurs rouges montaient vers le ciel.

Orféus jeta un regard éperdu à Babilas. Que faire ? Il fallait s'enfuir, mais il était hors de question d'abandonner la Princetta !

Le géant arracha soudain le bandeau jaune qui lui barrait le front. Il prit une grande respiration, s'accroupit et, enroulant ses bras épais autour des barreaux, il souleva la cage. Orféus, Lei et les jumeaux restèrent figés de stupéfaction en le voyant faire. Ses jambes tremblaient, de grosses veines saillaient le long de ses bras, mais Babilas parvint à hisser la cage sur ses épaules. Lorsqu'il eut trouvé son équilibre, il fit un signe à Orféus.

— D'accord, souffla celui-ci. Quittons vite la cité !

— Moi venir ! Moi fuir avec vous ! annonça Lei.

Et tous les sept se précipitèrent vers le portail. Aussi incroyable que cela puisse paraître, Babilas courait devant, avec la cage de Malva calée sur son dos. « Par la Sainte Harmonie et la Sainte Quiétude, priait

Orféus intérieurement, faites qu'il supporte ce fardeau jusqu'au bateau ! »

Comme ils approchaient du portail, le grondement qu'ils entendaient confusément depuis quelques instants s'amplifia. Ils eurent un choc en apercevant des preunuques et des gardes massés devant l'immense muraille. À l'extérieur, des flammes léchaient le bois et l'on entendait des cavalcades et des hurlements. Ils s'arrêtèrent de courir.

— De la bagarre ! s'exclama Galotcho.

— Une guerre ! renchérit Peppe. C'est le capitaine et les hommes de la *Marie-Belle* !

— Mais, mais..., bredouilla Orféus, pourquoi ont-ils lancé l'assaut ? C'est trop tôt ! Beaucoup trop tôt !

Soudain, le portail s'ouvrit à toute volée, et des langues de feu jaillirent à l'intérieur de la cité. Les preunuques et les gardes impériaux, pris de panique, se replièrent en criant vers les bâtiments et les tours.

— Il faut sortir ! s'écria Orféus.

À cet instant, une horde de cavaliers apparut. Ils étaient des dizaines, montés sur des chevaux caparaçonnés, des dizaines de silhouettes noires s'ouvrant un passage au milieu du rougeoiement de l'incendie. Ils s'élancèrent à travers les flammes et pénétrèrent dans le harem.

— Ce n'est pas..., murmura Peppe.

— ... le capitaine ! compléta Galotcho, bouche bée.

Les chevaux se ruèrent d'un bloc dans les jardins de la cité, piétinant tout sur leur passage. Repliés derrière une rangée de colonnes, Orféus et ses compagnons virent passer les cavaliers. Ils brandissaient des lances et des fouets. Et, seul en tête, menant l'assaut, un homme jeune et vigoureux se tenait debout sur l'échine de sa monture.

— Chasseurs de Grande Steppe Azizienne ! cria Lei à l'oreille d'Orféus.

Le vacarme du feu, des chevaux et des armes était assourdissant. Pourquoi ces hommes attaquaient-ils la cité de Temir-Gaï ? Qui étaient-ils ? Que voulaient-ils ? Orféus, fasciné par leur prestance, resta immobile pendant un long moment. Mais sitôt la horde passée, il recouvra ses esprits :

— La voie est libre ! Vite !

Il se précipita vers le portail. Les flammes gagnaient maintenant les hauteurs de la muraille, dévorant la statue de Temir-Gaï et de sa monture mythique. Orféus se protégea le visage avec son bras. Il bloqua sa respiration et traversa l'incendie en hurlant de peur.

Les autres l'imitèrent et, bientôt, tous se retrouvèrent hors de la cité, debout et hébétés, au milieu de la place couverte d'herbe. Babilas portait toujours la cage sur ses épaules. Il avait le visage noirci par la fumée, le souffle court, mais sa puissante musculature ne faiblissait pas.

En contrebas, dans les rues de Cispazan, l'alarme avait été donnée. Dans l'agitation générale, des chaînes humaines se formaient pour apporter de l'eau jusqu'à la cité en flammes.

— La Princetta est sauvée ! soupira Orféus. Ne traînons pas par ici.

Comme ils s'éloignaient du champ de bataille, ils ne virent pas la silhouette de l'homme qui venait de traverser l'incendie. Un homme au crâne lisse et aux sourcils roussis par les flammes, qui tenait à la main la manivelle cassée de la Cage des Supplices...

À bord de la frégate, le capitaine était au comble de la colère. L'attaque-surprise menée par les cavaliers de la steppe avait perturbé une partie de ses manœuvres. Notamment le travail des plongeurs qu'il avait envoyés dans le port pour saboter la flotte de l'empereur. En voyant débouler sur les quais une foule de Cispaziens munis de sceaux, les plongeurs avaient eu peur de se faire repérer. Ils avaient alors abandonné leur mission pour revenir à l'*Errabunda*. La plupart des navires cispaziens étaient hors d'état de prendre la mer, mais pas la totalité !

— Qui sont ces barbares qui viennent attaquer Temir-Gaï sans crier gare ? aboya le capitaine à l'intention d'Orféus lorsque celui-ci fut sur le pont. Ils ont fichu mes plans en l'air, ces imbéciles ! Vous les avez vus ?

Encore hors d'haleine, Orféus se contenta d'opiner. Puis il se retourna et envoya un filin à Babilas qui attendait dans la chaloupe, en compagnie des cinq autres. Orféus se pencha par-dessus la lisse. Il vit les jumeaux se dépêcher d'arrimer la cage et Babilas qui lui faisait signe de tirer.

— Mais enfin, quartier-maître ! poursuivit le capitaine. Me direz-vous ce qui se passe ? Où est la Princetta ?

— Elle arrive, capitaine, répondit Orféus en glissant l'autre extrémité du filin dans la mortaise d'une grosse poulie. Aidez-moi à la monter à bord !

Le capitaine leva un sourcil. Certes, la Princetta avait toujours été rondelette, mais de là à devoir la hisser comme une vache... Il joignit cependant ses efforts à ceux d'Orféus, si bien que la cage finit par apparaître au-dessus de la lisse de dunette.

— Qu'est-ce que... ? s'étonna le capitaine. Mais, mais...

Babilas surgit par l'échelle volante, sauta à bord, tira la cage et finit par la déposer sur le pont. Derrière lui, les marins, les jumeaux et Lei enjambèrent la lisse sous les yeux froncés du capitaine.

— Qui est cette fille blonde ? demanda-t-il.

— Je vous expliquerai plus tard, s'excusa Orféus. La Princetta étouffe !

Il ordonna aux jumeaux de trouver des seaux pour puiser autant d'eau que possible, et descendit par l'écoutille centrale jusqu'à sa cabine. Là, il s'empara de toutes les chandelles qu'il avait en réserve et remonta à toute allure.

— Quartier-maître ! l'interpella encore le capitaine.

Il désigna les hauteurs de la ville. Même à cette distance, on voyait très clairement les flammes qui étaient en train de ravager le harem et la cité impériale tout entière.

— Je crois que Temir-Gaï ne nous poursuivra pas de sitôt ! Puisque la Princetta est à bord, nous appareillons immédiatement !

Orféus acquiesça distraitement avant de se précipiter vers la cage. Là, il tendit des chandelles à Lei et à Babilas.

— Mettez le feu aux barreaux, dit-il. Si cette cage est construite dans le même bois que la cité, il va brûler. Dès que la Princetta sera trop exposée, les jumeaux verseront des seaux d'eau dessus. C'est compris ?

Orféus alluma les mèches des chandelles et chacun approcha une flamme d'un barreau. Le bois commença à noircir, puis à fumer. Et brusquement, plusieurs barreaux prirent feu.

— On verse ? s'inquiéta Galotcho.

— Attendez encore ! dit Orféus. Seulement en cas de danger !

Lei regardait brûler la cage avec anxiété. Au milieu, coincée entre les parois et sous le faux plafond, on distinguait à peine Malva. Seules dépassaient une de ses mains et quelques mèches de cheveux.

— Versez ! cria soudain Orféus.

Fébriles, les jumeaux vidèrent deux seaux d'un coup. Les flammes s'éteignirent, le bois soupira et on entendit un petit cri.

— Malva ? demanda Lei. Tu entendre moi ?

Une faible réponse sortit de la gorge de la Princetta.

— L'eau froide l'a ranimée ! se réjouit Orféus.

Il se tourna vers Babilas et lui montra les barreaux à moitié calcinés. Le géant fit signe aux autres de s'écarter. Il les empoigna et, d'un geste puissant, les fit enfin sauter. Ils recommencèrent l'opération plusieurs fois et, à chaque nouveau barreau brisé, l'espoir grandissait. Enfin, Babilas put accéder à l'une des plaques de bois qui comprimaient le corps de Malva. Il l'arracha.

— Ça y est ! triompha Orféus.

Il aida Babilas à extraire la Princetta de sa prison, et ils la couchèrent sur le pont. Lei et les deux jumeaux s'attroupèrent autour d'elle. Orféus contempla le visage douloureux de la jeune fille avec l'air d'un chercheur d'or devant sa première pépite. En voyant la Princetta ainsi, vivante et sauvée, il réalisa qu'il venait d'accomplir le premier exploit de sa vie.

— Elle est belle..., souffla Galotcho.

— Est-ce qu'elle est morte ? demanda Peppe.

— Ne dis pas de bêtises, le rabroua Orféus. Mais elle est mal en point. Il faut aller chercher le chirurgien de la *Marie-Belle*.

— La *Marie-Belle* ? s'étonna Galotcho. Mais nous sommes déjà trop loin ! Regardez !

Orféus leva la tête. Dans l'urgence du moment, il avait complètement oublié d'assister aux manœuvres ! Les marins avaient remonté l'ancre, ils avaient hissé la voile de misaine, le petit hunier, et l'*Errabunda* avait quitté la crique, tout ça sans qu'il y prête la moindre attention !

Le bateau cinglait maintenant vers l'ouest, suivi par la *Marie-Belle*, dont on apercevait la silhouette trapue à quelques encablures. Et plus loin, il sembla même à Orféus qu'il y avait un autre petit point blanc. Était-ce la voile d'un troisième navire... ? Et dans ce cas, devait-il s'en inquiéter ? Il secoua la tête, regarda mieux, mais ne vit plus rien. La fatigue finissait par lui jouer des tours.

— Moi connaître médecine, dit alors Lei d'une voix douce. Médecine du royaume de Balmun. Très magique, très bonne. Déjà guéri jambe de Malva.

Orféus reporta son regard sur la Princetta. Elle bougeait les lèvres, mais elle était à peine consciente. Étalée sur le pont, sa chevelure trempée lui couronnait la tête mieux que n'importe quel diadème.

— Elle a soif, non ? s'inquiéta Galotcho.

Orféus se releva, fourbu.

— Donnez-lui à boire et portez-la dans ma cabine, dit-il. Il faut qu'elle se repose, mais veillez sur elle en permanence.

Il s'adressa à Lei :

— Utilise ta médecine. Moi, je dois retourner voir le capitaine.

En se relevant, il venait d'apercevoir à l'horizon une brume annonciatrice de mauvais temps. Et cette brume ne lui disait rien de bon.

21

Surprises et confidences

Quand Malva émergea de ce qu'elle croyait être la mort, elle vit deux jeunes preunuques penchés au-dessus d'elle. Ils la regardaient avec une sorte de crainte mêlée de dévotion. Curieusement, ils lui parlèrent en galnicien :

— Vous avez trois côtes cassées, lui expliqua le premier.

— Et aussi le poignet gauche tordu, ajouta le second. Ça vous fait mal ?

Malva essaya de relever la tête, mais ce simple mouvement lui arracha un cri. La douleur se diffusa brutalement dans tout son corps et elle faillit tourner de l'œil.

— Doucement, murmura l'un des preunuques. Lei a dit que vous ne deviez pas bouger.

— Lei ? répéta Malva faiblement. Où est-elle ?

— Elle va revenir, la rassura le second preunuque. Elle est allée dans la cambuse chercher des ingrédients pour sa médecine.

— Nous devons vous surveiller, continua l'autre. Si vous avez soif, nous devons vous donner un peu d'eau-de-vie de myrte.

Il brandit une fiole remplie d'un liquide transparent sous le nez de Malva :

— Vous en voulez ?

Elle fit signe que oui. Sa gorge était si sèche ! Son esprit si vide ! Son corps si meurtri !

Le preunuque l'aida à absorber une gorgée d'eau-de-vie. Malva toussa, s'étrangla, éprouva un vertige, puis une sensation pénible de brûlure dans l'estomac. Mais pour finir, elle se sentit mieux.

— Je ne savais pas que les preunuques parlaient le galnicien, fit-elle remarquer. D'ailleurs, je croyais qu'ils ne parlaient pas du tout.

Les deux garçons lui sourirent en même temps. Et soudain, elle fut frappée par leur ressemblance.

— Vous êtes jumeaux ?

— Oui, dit le premier. Et nous ne sommes pas des... pruques, ou je ne sais quoi. Je m'appelle Galotcho. Et voici mon frère Peppe. C'est nous qui vous avons sauvée.

Malva fronça les sourcils. Les souvenirs remontaient lentement à la surface. Elle se rappela le harem, les Bains de Pureté... et puis...

— L'Archonte ! cria-t-elle en se redressant sur sa couchette.

— Ne bougez pas ! s'exclamèrent les jumeaux.

Malva retomba lourdement, déchirée de douleurs. Ses yeux s'emplirent de larmes et il lui fallut du temps pour retrouver une respiration normale.

— L'Archonte ne vous fera plus de mal, la tranquillisa Galotcho. Peppe et moi, nous l'avons enfermé dans la cité impériale. Et ensuite, tout a brûlé ! Il a dû rôtir comme un cochon !

— C'était vraiment terrible ! confirma Peppe. Vous avez raté un beau spectacle ! Il y avait des cavaliers barbares, des flammes jusqu'aux étoiles et des gens qui couraient dans tous les sens. Mais Babilas, qui est le géant le plus fort du Monde Connu, vous a transportée dans votre cage.

Pour Malva, toutes ces explications paraissaient extrêmement confuses. Mais en entendant le mot *cage*, elle se souvint de l'auriga-céleste et de la torture que Temir-Gaï lui avait infligée. D'autres larmes coulèrent sur ses joues et elle réclama une seconde gorgée d'eau-de-vie.

— Je veux voir Lei, gémit-elle. Où est-elle ?

— Elle ne peut pas aller bien loin, sourit Galotcho. Elle est ici, à bord de l'*Errabunda* !

Malva tressaillit.

— Nous sommes sur un bateau ?

Les jumeaux pouffèrent. Il y avait tant de choses à raconter, tant de bonnes surprises à faire, qu'ils s'amusaient beaucoup.

— Vous verrez, c'est une grande frégate de trois mâts, expliqua doctement Galotcho. Elle est rapide.

Pour venir de Galnicie, nous n'avons mis que soixante-dix jours ! Ça devrait être pareil pour le retour.

Malva n'osait plus bouger un seul membre, mais ses yeux roulaient dans leurs orbites.

— Le retour ? dit-elle, effarée. Vous voulez dire que... qu'on me ramène... en Galnicie ?

— Bien sûr ! s'enthousiasmèrent les jumeaux. C'est notre mission !

Malva ferma les yeux. Son désarroi était sans limites. Maintenant qu'elle avait recouvré ses esprits, ses pensées se bousculaient dans tous les sens, comme des chevaux sauvages. Elle revoyait des bribes de son voyage : le naufrage sur les récifs du pays de Sperthe, sa blessure, la longue marche avec Filomène jusqu'au Guirkistan, leur rencontre avec Ouzmir, l'attaque des Amoyèdes... Tant de souffrance, tant de peur, tant d'espoir et de rêves à atteindre ! Et tout ça, pour qu'on la ramène de force à la case « départ » ?

— Non ! Non ! hurla-t-elle.

Les jumeaux furent si surpris qu'ils s'écartèrent de la couchette en se protégeant le visage avec leurs bras.

— Je ne veux pas rentrer ! hurla encore Malva. Laissez-moi ! Fichez le camp ! Disparaissez !

— Mais..., protesta Peppe.

— ... nous devons vous..., bredouilla Galotcho.

— J'ai dit : « Disparaissez ! » les interrompit Malva avec fureur.

Les deux garçons battirent en retraite vers la porte de la cabine. Cette violence subite leur semblait parfaitement incongrue. La Princetta n'était-elle pas censée incarner les préceptes de Quiétude et d'Harmonie ? Ils se souvenaient du portrait qui circulait partout en Galnicie : la Princetta, souriante et paisible, mains posées sur les genoux, devant les somptueux jardins de la Citadelle... Pour le moment, la ressemblance n'était pas frappante ! Malva était pâle, les traits ravagés par la colère, et ses cheveux légendaires étaient tout poisseux et emmêlés.

— Franchement..., murmura Peppe.

— ... elle exagère, compléta Galotcho.

Vexés et déçus, ils quittèrent la cabine.

Une fois seule, Malva poussa un gros soupir. Non seulement elle était percluse de douleurs, mais elle se retrouvait une fois encore prisonnière ! Elle ferma les yeux et se mit à sangloter.

Soudain, elle sentit un contact chaud et humide sur sa main. Elle sursauta. Qu'est-ce que c'était encore ? Elle se pencha un peu hors de sa couchette et découvrit un gros chien couché par terre. Il la regardait placidement, langue pendante, tandis qu'un filet de bave moussait à ses babines. Malva sourit.

— Qu'est-ce que tu fais là, toi ? demanda-t-elle. Tu dormais, c'est ça ? Et je t'ai réveillé avec mes cris ? Pauvre gros chien... C'est la faute de ces deux idiots, aussi ! Ils m'ont fait pleurer, tu vois.

Elle tendit sa main et caressa la tête du chien.

— Toi, au moins, tu ne parles pas. Tu n'as pas de mauvaises nouvelles à m'annoncer, hein ! Et puis, je suis sûre que tu me comprends. Toi non plus, tu ne dois pas être heureux sur ce bateau... Tu aimerais sûrement mieux gambader dans la nature, non ?

Elle continua de caresser l'animal qui, oreilles dressées, semblait l'écouter avec attention.

— Je connais un pays merveilleux, lui expliqua-t-elle. L'Elgolie, ça s'appelle. Là-bas, tu serais content, mon vieux. Tu pourrais sauter dans les prairies et courir après les oiseaux rouges... Tu pourrais nager dans le lac Barath-Thor et venir avec moi dans la baie de Dao-Boa...

Malva sentit sa gorge se serrer. Pourquoi les événements se liguaient-ils contre elle pour l'empêcher de réaliser son rêve ? Pourquoi le Monde Connu était-il peuplé de gens avides et cruels ? Elle ne demandait pourtant pas grand-chose : juste qu'on la laisse partir vers l'est. Elle allait s'effondrer en larmes, quand Lei pénétra dans la cabine, les bras chargés de bocaux et de sachets.

— Malva ! Tu réveillée ! Comment te sentir ?

— Oh, Lei ! gémit Malva. Je suis si contente de te voir !

Elles se mirent à rire et à pleurer ensemble, serrées dans les bras l'une de l'autre, sous le regard interloqué d'Al.

— Je croyais toi mourir dans Cage des Supplices. Mais je vais préparer nouvelle médecine, déclara Lei une fois calmée. Cuisinier pas content de me donner différentes nourritures, mais tant pis !

Elle jeta un coup d'œil vers Al.

— Chien très utile aussi, ajouta-t-elle en lui tapotant la tête. Dans médecine de Balmun, nous mettre bave et poils d'animaux.

Malva fit une grimace de dégoût, mais ne protesta pas. Les talents de Lei l'avaient déjà guérie de sa blessure à la jambe : elle pouvait lui faire confiance pour tout, désormais. Et puis, une fois sur pied, elle trouverait bien un moyen pour quitter la frégate avant d'accoster en Galnicie.

Tandis que Lei commençait à mélanger les ingrédients de sa recette, Malva l'interrogea sur ce qui s'était passé au harem.

— Qui étaient ces cavaliers qui ont mis le feu ?

— Cavaliers de la Grande Steppe Azizienne, répondit Lei.

— De la Grande Steppe ? Tu en es sûre ?

— Moi bien connaître habits et coutumes de tous peuples, précisa Lei. Eux portaient toques de fourrure et manteaux d'oryack.

Malva sentit son pouls s'accélérer.

— Des Baïghours ! s'exclama-t-elle. Les Baïghours sont venus attaquer Temir-Gaï ! As-tu aperçu... leur chef ?

— Oui, répondit Lei. Homme jeune et très agile. Lui, debout sur son cheval.

— Ouzmir !

— Toi connaître lui ?

— C'était Ouzmir ! hoqueta Malva. Il est venu me chercher, et Filomène était peut-être...

Sous le coup de l'émotion, elle perdit de nouveau connaissance.

Pendant ce temps, sur le gaillard d'avant, Orféus scrutait l'horizon en compagnie du capitaine.

— Cette brume va se dissiper, répétait ce dernier. Croyez-en mon expérience.

Orféus rougit en entendant ce mot. Le capitaine tenait-il à lui faire savoir qu'il avait vu clair dans son jeu ? Et que son inexpérience à lui se voyait comme le nez au milieu de la figure ? Il n'osa plus rien dire. Pourtant, cette brume continuait de l'inquiéter. Elle semblait s'élever de plus en plus haut et s'opacifier à mesure que le soleil montait dans le ciel.

— Bien ! dit le capitaine en repliant sa longue-vue. La journée s'annonce belle et nous pouvons nous vanter d'avoir rondement mené notre affaire. Comment se porte la Princetta ? Je n'ai pas voulu l'importuner, mais j'espère qu'elle n'a pas été trop malmenée par ce barbare de Temir-Gaï.

— Eh bien..., commença Orféus, j'espère aussi qu'elle se remettra vite.

Il fixait l'horizon avec une inquiétude grandissante, mais le capitaine s'en désintéressait totalement. Il semblait d'humeur à bavarder.

— En tout cas, quartier-maître, je tiens à vous féliciter pour le courage et l'habileté dont vous avez fait preuve. Je peux vous l'avouer maintenant : je voulais vous mettre au défi en vous confiant cette mission. Les gars ne vous appréciaient pas beaucoup, mais je pense que vous avez marqué des points. Même Babilas semble vous avoir à la bonne, désormais !

Orféus suspendit son observation. Ces paroles le réconfortaient grandement et il parvint à sourire.

— Croyez-vous qu'ils continueront à me surnommer Blanc-Bec ?

Le capitaine partit d'un gros rire et posa une main amicale sur l'épaule d'Orféus.

— Les gens de mer sont souvent méfiants, il ne faut pas leur en vouloir. Quoi qu'il en soit, votre père serait fier de vous ! J'ai appris qu'il était mort, mais s'il vous voyait...

Orféus pâlit imperceptiblement.

— Vous connaissiez mon père ?

— Qui ne connaissait pas Annibal Mac Bott ! Vous ne lui ressemblez pas tellement au physique, mais je sens en vous la même force, le même désir de réussite ! Je me trompe ?

— Eh bien, je... je dois dire que...

— Allons, allons, murmura le capitaine en se penchant à l'oreille d'Orféus. Ne jouez pas les innoc...

Il fut interrompu par une voix furibarde qui l'appelait depuis l'arrière :

— Capitaine ! Faites quelque chose ou je démissionne ! C'est un pillage organisé ! Une razzia !

Orféus se retourna et vit surgir Finopico, le cuisinier. Il gesticulait et trépignait en tordant son tablier nerveusement.

— Après le chien et les voleurs de harengs, vous introduisez sur le navire une... une étrangère qui m'a tout l'air d'une véritable sorcière ! C'en est trop !

— Lei n'est pas une sorcière, objecta Orféus. Elle

soigne la Princetta. Je l'ai autorisée à prendre tout ce dont elle aurait besoin.

— Ma graisse de porc ! Mes citrons confits ! Ma crème de dattes ! Mes confitures de brimbelle et mon eau-de-vie de myrte ! énuméra Finopico en se lamentant. Et pour finir, elle vient d'embarquer mon bouillon de queue de poule aux haricots ! Qu'est-ce qu'elle va faire de tout ça ? C'est contraire à toutes les règles de l'Harmonie culinaire !

De rage, il arracha son tablier, le piétina et, comme le capitaine ne disait rien pour le calmer, il tourna les talons en lançant :

— Ne vous plaignez pas si vous mangez des biscuits secs jusqu'en Galnicie !

Le capitaine poussa un soupir résigné et reprit la conversation là où il l'avait laissée.

— Écoutez-moi, Mac Bott, dit-il. Si vous êtes aussi inventif et intelligent que votre père, nous pouvons faire affaire vous et moi.

Orféus sentit son estomac se creuser. Ces allusions à Annibal le mettaient profondément mal à l'aise. Il avait quitté la Galnicie pour l'oublier, et voilà que son souvenir revenait le hanter !

— Imaginez, poursuivit le capitaine sur un ton confidentiel, imaginez combien le Coronador serait prêt à payer pour récupérer sa fille...

Orféus ouvrit la bouche, mais se ravisa. Le sourire fourbe du capitaine lui donnait des sueurs froides.

— Vous en restez coi, n'est-ce pas ? Je vous comprends ! L'occasion est tellement belle ! La Princetta est à notre merci... À mon avis, c'est en millions de galniks qu'il faut demander la rançon !

— La rançon..., répéta Orféus, au comble de la stupeur.

— Bien sûr ! s'esclaffa le capitaine. C'est ce que votre père aurait fait, j'en suis certain ! Quand j'ai su que vous étiez engagé à bord, j'ai tout de suite vu en vous mon futur associé. Les chiens ne font pas des chats, n'est-ce pas ?

Heureusement, une nouvelle interruption permit à Orféus d'éviter de répondre. Cette fois, c'était la vigie qui dégringolait des haubans en toute hâte.

— Capitaine ! Regardez ! Droit devant ! Un grain terrible se prépare !

Orféus se retourna en même temps que le capitaine. L'horizon était entièrement bouché par une énorme masse sombre. Elle s'étendait sur une distance impressionnante ; on aurait dit une pieuvre gigantesque en suspension au-dessus de l'eau. Le visage du capitaine se durcit :

— Carguez la grand-voile ! hurla-t-il. Tout le monde à son poste !

[illegible]

[illegible] la coque [illegible]

[illegible] la sur

[illegible] délivrer [illegible] le tonnerre fit

[illegible]

22

Le maître de l'*Errabunda*

Le vent se leva d'un seul coup. L'océan, tout d'abord frémissant, se mit à onduler, à s'agiter et à rouler sous la coque de l'*Errabunda*. Le ciel s'assombrit encore. Des vagues de plus en plus grosses creusèrent la surface. Des éclairs déchirèrent l'obscurité, le tonnerre fit trembler le ciel et une pluie implacable commença à marteler le pont du navire.

Orféus se précipita dans sa cabine. Lorsqu'il y entra, dégoulinant et essoufflé, il trouva Malva et Lei recroquevillées sur la couchette. Une odeur très curieuse de citron, d'alcool, de graisse de porc et de chien mouillé flottait dans l'air. Il éternua plusieurs fois, avant de demander à Lei si sa médecine était prête.

— Malva déjà avalé breuvage, répondit Lei dans un souffle. Elle aller mieux, maintenant. Mais moi peur bateau couler...

— Ce n'est qu'une tempête, sourit Orféus en s'emparant de sa cape imperméable. Où sont les jumeaux ? Et Al ?

— Chien parti. Lui pas aimer que je lui arrache des poils. Et jumeaux, disparus aussi.

Orféus sentit peser sur lui le regard inquiet de Malva. Elle était très pâle, mais sa beauté légendaire irradiait quand même sous ses traits marqués par la fatigue.

— Vous êtes le capitaine ? demanda-t-elle.

— Oh non ! rougit Orféus. Seulement le quartier-maître. Je vous souhaite la bienvenue à bord, Princetta. Je suis très honoré de...

Un violent mouvement du navire lui fit soudain perdre l'équilibre. Il se raccrocha à sa table.

— Ça se gâte, constata-t-il. Je dois filer à mon poste, mais je reviendrai vous voir. Restez calmes et ne vous inquiétez pas. L'*Errabunda* résistera.

Il quitta la cabine en prenant soin de bien refermer la porte et remonta sur le pont, chassant d'un haussement d'épaules le léger trouble que le regard de Malva avait fait naître en lui. Ce n'était pas tous les jours qu'un Galnicien adressait la parole à la Princetta héritière, mais l'heure n'était pas aux courbettes et aux jolies phrases...

Sous la pluie battante, l'équipage courait en tous sens pour rabattre les voiles. Les hommes s'élançaient le long du mât de misaine, prenaient d'assaut le grand hunier et arrimaient tout ce qui pouvait l'être. Le capitaine bondissait d'un point à l'autre du pont, hurlant des ordres. Sa voix couvrait à peine les sifflements du vent et les craquements du navire.

Orféus se dirigea en chancelant vers le poste de pilotage. Autour de lui, les éléments se déchaînaient, mais il n'avait pas peur. Et aucun mal de mer ne lui tordait les tripes ! Au contraire, il ressentait une sorte d'ivresse à se trouver là, sous ce ciel furieux, dans les bras énormes de la mer qui berçait le navire comme une matrone démoniaque. Toute sa vie, il avait rêvé de connaître de pareils moments !

Les cordes giflaient le pont, les mâtures gémissaient. La mer venait s'abattre sur les flancs du bateau avec une régularité redoutable. Orféus s'avança vers la dunette arrière, avec détermination, comme un matador entrant enfin dans l'arène pour se mesurer au taureau.

Malgré leur nombre et leur agilité, les hommes n'eurent pas le temps de carguer toutes les voiles. Les vents forcirent encore et le ciel se confondit si bien avec la masse furieuse des eaux qu'il ne fut bientôt plus possible de savoir si le navire flottait ou volait. Cela montait, cela descendait, cela basculait sur bâbord et sur tribord.

Quand Orféus atteignit enfin la dunette, les voiles s'étaient déchirées comme de simples morceaux de papier. Il monta les escaliers, glissa, et rampa jusqu'à la barre... Le pilote n'était plus à son poste ! L'*Errabunda* n'avait plus de maître !

— Mettez-vous à l'abri ! Descendez dans les cales !

hurlait le capitaine en se dirigeant à son tour vers l'écoutille centrale.

Orféus s'agrippa à la barre et, campé sur ses jambes, il tenta de la redresser. La pluie lui giflait le visage, collait ses cheveux sur son front, et l'aveuglait complètement. Les mains soudées au gouvernail, il fixait les vagues comme pour les hypnotiser. Tous les récits de marins qu'il avait lus dans son enfance traversaient sa mémoire en de fulgurantes visions qui venaient se superposer à la réalité : il revoyait les héros des temps anciens qui avaient découvert les terres lointaines de l'Arémique et de l'Orniant, il revoyait leurs visages durs, leurs yeux fiévreux, et il se sentait enfin proche d'eux.

— Tu ne nous couleras pas ! cria-t-il à la tempête en sentant monter en lui une exaltation extraordinaire. Je suis Orféus ! De la fière lignée des Mac Bott de Galnicie !

Les vagues devinrent bientôt si hautes que, dans leurs creux, on aurait dit que la mer allait s'ouvrir jusqu'à son fondement. Orféus vit avec terreur plusieurs matelots se faire emporter par des paquets de mer. D'autres, cramponnés aux bastingages, rampaient en essayant de rejoindre les écoutilles.

Dans le ciel noir, les éclairs se succédaient à un rythme effarant. Le capitaine avait disparu et seul Orféus semblait encore en mesure de garder le contrôle de l'*Errabunda*. L'eau inondait tout ; il ne distinguait même plus l'avant du navire. Sa cape claquait dans les bourrasques, comme une voile. Quoi qu'il advienne, il devait maintenir le cap à l'ouest... vers la Galnicie !

Soudain, dans un bruit de fin du monde, la foudre s'abattit sur le bateau. Le grand mât se brisa net sous l'impact. Il s'abattit vers l'avant et entraîna, dans sa chute, des cordages qui cinglèrent le pont comme des fouets. Trois hommes furent écrasés sous le mât et d'autres, fauchés par les cordages, passèrent par-dessus bord. Les cris de douleur et de détresse étaient couverts par les hurlements du vent ; la Mort elle-même se noyait dans le fracas général.

— Par la Sainte Quiétude ! frémit Orféus, un peu dégrisé.

Bientôt, les vagues menacèrent de tout engloutir. Entre les mains d'Orféus, la barre ne rencontrait plus aucune résistance : son axe venait de se casser ! Alors, il comprit que l'Océan dictait sa loi. Il se débarrassa de sa cape et, abandonnant son poste, il se jeta en avant. Ses pieds glissèrent sur les marches, il se rattrapa de justesse à la rampe, mais les vagues balayaient le pont avec une telle puissance qu'il fut entraîné. Ses ongles griffèrent le plancher du pont et son dos vint heurter un obstacle. C'était l'entrée d'une écoutille ! À moitié asphyxié par l'eau de mer qui pénétrait dans ses narines et sa bouche, il souleva la trappe et se laissa tomber à l'intérieur du navire sans comprendre par quel miracle il était encore vivant.

L'eau s'infiltrait de toutes parts dans l'entrepont. Des tonneaux roulaient au milieu des poutres cassées. Au plafond, les victuailles se balançaient au bout de leurs crochets : des jambons et des quartiers de viande noirâtres qui ressemblaient à des pendus. Des rats affolés nageaient dans cette mer en réduction qui avait envahi la cale. Un silence de mort régnait dans le ventre de la frégate. Orféus était-il le dernier survivant ? Non, il ne pouvait se résigner à cette idée épouvantable !

De l'eau jusqu'aux aisselles, il se mit à avancer. Le bateau gîtait, se couchant sur bâbord, puis sur tribord, sans répit. Il but la tasse à plusieurs reprises. Épuisé, il parvint enfin à la porte de sa cabine, mais la pression de l'eau était si forte qu'elle était bloquée. À travers, pourtant, il entendit des cris.

— Princetta ! appela-t-il.

Il regarda autour de lui. Parmi les objets qui flottaient, il découvrit un morceau de poutre et un filin assez solide. Il s'enroula le filin autour des hanches, fixa l'extrémité à un crochet du plafond et, prenant appui sur la porte avec ses pieds, il lança la poutre à toute volée. Dix fois, vingt fois. Le bois de la porte commença à céder. Les appels de détresse redoublèrent.

Trempé, essoufflé mais plein d'espoir, Orféus continua ainsi de longues minutes. Ses mains saignaient sur la poutre, et le sel de l'eau de mer lui faisait des brûlures épouvantables. Enfin, la porte céda. L'eau s'engouffra par l'ouverture, comme un animal pressé de tout dévorer. Orféus sectionna le filin qui le retenait au plafond et se faufila dans la brèche.

Lorsqu'il retomba de l'autre côté, l'eau atteignait le

plateau de la table et bouillonnait autour de la couchette. Il découvrit Lei, livide de terreur, debout sur une chaise. Elle saignait en haut du front. Orféus s'approcha d'elle et lui prit doucement la main.

— Où est la Princetta ? demanda-t-il d'une voix étranglée.

Lei secoua la tête.

— Elle a quitté la couchette ? Que s'est-il passé ?

Lei porta une main tremblante à son front.

— Homme venir. Lui frapper moi avec longue-vue. Après, plus rien. Malva disparue.

Orféus ferma les yeux, accablé. La conversation qu'il avait eue avec le capitaine juste avant la tempête lui revint en mémoire et il comprit à quel point il s'était laissé abuser par cet homme. Comment avait-il pu lui faire confiance ? Il ressentait maintenant une sorte de colère mêlée de lassitude. Quoi qu'ait voulu faire le capitaine, il ne risquait pas d'emmener la Princetta bien loin. Au pire, ils se noieraient tous les deux...

Orféus vint s'asseoir près de Lei. Autour d'eux, l'eau continuait de monter et l'*Errabunda* gémissait comme une bête à l'agonie. Ils n'échangèrent plus une seule parole, restant seulement côte à côte, résignés à mourir.

Mais, peu après, la mer cessa de s'acharner sur le navire. Les coups de tonnerre s'espacèrent. Les nuages se déchirèrent, laissant tomber entre eux de pâles rayons de soleil. La tempête s'apaisait, aussi brusquement qu'elle avait éclaté.

Au fond de la cabine, Lei se mit à pleurer. Orféus lui-même sentit ses yeux piquer, mais il retint ses sanglots. Il se dirigea simplement vers la porte éventrée et murmura :

— Allons secourir les autres, s'ils sont encore de ce monde.

Malgré son épuisement et son hébétude, Lei le suivit en luttant contre le courant.

Lorsqu'ils émergèrent par l'escalier de l'écoutille centrale, ils sentirent sur leur visage la douce chaleur du soleil. Le ciel semblait avoir été lavé. Autour de l'*Errabunda*, l'océan immense moutonnait si tranquillement que l'on pouvait presque douter que la tempête ait bien eu lieu. Il n'y avait plus trace d'aucun cadavre. Ils avaient tous été envoyés par le fond. Quant à la *Marie-Belle,* elle avait tout bonnement disparu.

Orféus se planta au milieu du pont dévasté. Le drapeau vert et jaune de la Galnicie, déchiqueté, gisait à ses pieds.

23

Fabula

La première chose que sentit Malva en reprenant conscience fut une douleur lancinante à l'arrière du crâne. Le sang battait dans ses tempes et elle avait l'impression que sa tête avait doublé de volume. Elle se rappela alors qu'un homme en uniforme était entré dans la cabine et qu'il l'avait frappée avec sa longue vue. Qui était cet homme ? Pourquoi s'en était-il pris à elle ? Elle n'en avait aucune idée.

Malva finit par ouvrir les yeux. Malgré la pénombre dans laquelle elle se trouvait, elle devina qu'elle était couchée à plat ventre sur des cordages. En dessous, un parterre de planches humides exhalait une forte odeur de sel et de vinaigre qui la faisait suffoquer. Quelque chose pesait sur ses jambes ; en revanche, elle pouvait bouger les bras. Alors, prenant appui sur ses mains, elle parvint à se tourner un peu pour mieux respirer.

Une fois calée sur le flanc, elle constata qu'elle ne pouvait pas bouger plus à cause de ce poids sur ses jambes.

Elle leva les yeux et comprit qu'elle était allongée sous une bâche imperméable. La toile était tendue sur les hauts rebords d'une chaloupe. Un peu de jour filtrait par les interstices et un léger mouvement de houle berçait l'embarcation. Malva respira profondément en se souvenant de l'effroyable tempête qui s'était abattue sur l'*Errabunda*. « Au moins, songea-t-elle, la mer semble calme et je suis vivante. »

Pourtant, quelque chose l'empêchait d'être totalement rassurée : c'était ce poids sur ses jambes. Elle tordit le cou, releva la tête de son mieux, et c'est à ce moment-là qu'elle vit, du coin de l'œil, le visage de l'homme qui l'avait assommée. Elle poussa un cri étouffé et retomba sur le côté.

— Qui êtes-vous ?

L'homme ne répondit pas. Il était presque allongé sur elle : sa poitrine reposait apparemment sur le banc de rameur, mais le reste de son corps lui écrasait les jambes.

Le cœur battant, elle fit l'effort de tourner de nouveau la tête pour mieux voir son agresseur : il souriait d'un air satisfait, les yeux rivés sur sa prisonnière. Sur le col de son uniforme, Malva reconnut les insignes galniciens de l'Institut maritime, mais elle n'eut pas la force de poursuivre son observation. Elle se laissa choir sur le côté.

— Vous... vous êtes le capitaine de l'*Errabunda*, n'est-ce pas ? dit-elle d'une voix altérée.

L'homme ne daigna toujours pas répondre. Elle devina seulement qu'il hochait la tête.

— J'ignore pourquoi vous m'avez frappée, reprit Malva en tentant de calmer le fracas de son cœur dans sa poitrine. Je suppose que vous avez voulu... me sauver, n'est-ce pas ? C'est pour ça que nous nous trouvons dans cette chaloupe ?

Le silence obstiné de l'homme était particulièrement angoissant. Malva y voyait le signe d'une certaine malveillance. Elle se tordit de nouveau le cou et s'aperçut qu'il souriait toujours, imperturbable, prenant sans doute plaisir à la voir gigoter et s'impatienter.

— Si ça vous amuse, lâcha-t-elle, tant mieux pour vous ! Mais sachez que, quoi qu'il arrive, je ne remettrai plus les pieds en Galnicie.

L'homme continuait manifestement de hocher la tête, sans prendre la peine de répondre à la provocation.

— Je sauterai à l'eau plutôt que de vous suivre, vous m'entendez ! s'énerva Malva. Ma vie n'appartient à personne. Et certainement pas au Prince d'Andemark, ni au Coronador, ni même au peuple galnicien. Si vous êtes un homme d'honneur, retournez voir mon père et ma mère et dites-leur ceci : Malva n'est pas intéressée par le trône, ni par le pouvoir, ni par les bals à la Citadelle, ni par les mesquineries et les complots qu'affectionnent tant les gens de votre rang, comme l'Archonte par exemple. Malva est faite pour vivre libre. Et quoi qu'en pense le Coronador, pour lire, étudier et écrire ! Elle est faite pour vivre dans la baie de Dao-Boa. Vous vous souviendrez de ce nom, j'espère !

À bout de souffle, elle se tut un instant, guettant la réaction du capitaine. Et soudain, elle sentit quelque chose de chaud dégouliner sur sa nuque. Elle passa sa main dans ses cheveux, ramena sa paume sous ses yeux...

— Du sang ! hurla-t-elle.

Prise de panique, elle se contorsionna, tant et si bien qu'elle parvint à se mettre sur le dos. Elle se retrouva soudain face à face avec le visage flasque du capitaine. Un filet de sang sortait de sa bouche crispée et ses yeux vitreux ne semblaient plus voir autre chose que les ténèbres.

— Mais... il est mort, s'étrangla Malva, l'estomac vrillé de dégoût.

Elle poussa alors un cri strident. En faisant des mouvements désordonnés, elle réussit à tirer ses jambes vers elle. Elle se cogna le front contre le banc de rameur en achevant de se dégager et, pendant ce temps, le sang du capitaine coulait sur ses vêtements, ses bras, ses mains. Enfin, elle se recroquevilla vers l'avant de la chaloupe. La présence du mort la terrorisait. Secouée de sanglots, elle poussa de toutes ses forces sur la bâche pour l'arracher.

Quand elle se dressa enfin à l'air libre, un vertige la fit vaciller. Elle manqua de tomber à l'eau, se rattrapa de justesse et s'effondra sur le rebord de la chaloupe, en proie à une nausée irrépressible. Pendant quelques minutes, elle resta immobile, penchée au-dessus de l'eau, sans penser à rien, jusqu'à ce que des cris aigus lui fassent relever la tête.

Le soleil était haut dans le ciel. Aveuglée, Malva ne distingua tout d'abord qu'une masse sombre à quelques brasses devant elle. Et puis, en plissant les yeux, elle reconnut Lei, debout sur l'*Errabunda*, qui agitait les bras dans sa direction.

— Malva ! criait la fille de Balmun. Nous venir te chercher !

Rendue muette par ce qu'elle venait de vivre, Malva ne put que lever la main en signe de reconnaissance. Elle vit Lei disparaître, sans doute pour aller chercher du secours. Cela laissait entendre qu'elle n'était pas la seule survivante de la tempête.

Sans s'en rendre compte, Malva s'était mise à pleurer. Des larmes inondaient ses joues, tandis qu'elle prenait peu à peu conscience de sa situation : la chaloupe était encore attachée au navire par une amarre que le capitaine n'avait pas eu le temps de larguer. Le malheureux gisait sous la bâche, le dos transpercé par le croc d'une énorme poulie qui, emportée par les vents furieux de la tempête, était venue se ficher entre ses omoplates. Malva se mit à trembler comme une feuille en songeant que, si le capitaine ne s'était pas trouvé là, c'est elle qui aurait reçu le projectile mortel en pleine poitrine.

D'autres silhouettes venaient d'apparaître à l'arrière de l'*Errabunda*. Lei ayant désigné la chaloupe, deux hommes entreprirent de tirer l'amarre qui la retenait. Malva jeta un regard étonné autour d'elle. La mer était quasiment plate, d'un bleu profond, d'un calme étrange. Pas une terre ne s'élevait à l'horizon, pas un oiseau ne traversait le ciel, pas un souffle ne ridait la surface des eaux. Elle se mit à douter d'avoir vraiment vécu une tempête, mais quand elle reporta son attention vers l'*Errabunda*, elle prit la mesure des dégâts : le grand mât fracassé en travers du pont, les éclats de bois partout, des cordages effilochés, les voiles déchirées... Comme la chaloupe se rapprochait, Malva réalisa que même les lettres d'or peintes sous le balcon de la dunette arrière avaient été en partie effacées par les vagues : une barre du E avait disparu, transformant la lettre en un F, les deux R étaient totalement effacés, ainsi que le N et le ventre rebondi du D. Elle eut un coup au cœur. On ne lisait plus *ERRABUNDA* sur la coque abîmée du bateau, mais... *F A B U L A* !

— Ça alors..., murmura Malva, éberluée.

Le navire portait désormais le même nom que dans l'histoire du vieux marin Bulo ! Le même nom que le bateau qui avait échoué sur les rivages de l'Elgolie !

— C'est un signe ! dit-elle à voix haute. Par toutes les divinités du Monde Connu ! C'est le signe que ce bateau m'emportera là où je désire aller !

Malgré sa fatigue et l'intensité de ses émotions, Malva se sentit brusquement heureuse et confiante. Un grand sourire éclaira son visage barbouillé par le sang du capitaine et elle se mit à danser dans la chaloupe :

— Lei ! Lei ! C'est extraordinaire ! Nous avons une chance incroyable !

Penchée à la lisse de dunette, la jeune fille blonde lui renvoya son sourire sans vraiment comprendre.

— Plus vite ! Plus vite ! répétait-elle à Orféus et à Babilas qui remorquaient la chaloupe.

Un instant plus tôt, le géant avait surgi des cales où il était resté enseveli sous des tonneaux éboulés. Il avait la main gauche cassée, mais la force de son autre main lui suffisait. Orféus espérait bien retrouver d'autres survivants, mais la présence de Babilas l'avait déjà grandement soulagé. Quant à la Princetta, c'était un miracle de la voir debout.

— Vous allez bien ? lui cria-t-il lorsque l'avant de la chaloupe cogna contre la coque de l'*Errabunda*.

Quand il aperçut le corps immobile du capitaine en travers de la bâche, il songea que ce n'était pas une grosse perte. Au moment de mourir, cet escroc avait dû sentir sur sa langue le goût amer de la traîtrise.

— Je vais bien ! répondit Malva. Envoyez-moi une échelle !

Orféus s'exécuta et admira l'agilité de la jeune fille à se mouvoir dans les cordages. Mais quand elle retomba sur le pont devant lui, il s'inquiéta en voyant le sang qui maculait ses vêtements.

— Rassurez-vous ! lui sourit Malva. Je ne suis pas blessée. C'est le sang du capitaine... celui-là, il est complètement mort !

Elle se mit à rire nerveusement. Puis elle s'avança vers Lei et la serra dans ses bras.

— Où sont les autres ? s'enquit-elle.

Un silence gêné lui répondit. Malva fronça les sourcils.

— Vous voulez dire que... nous ne sommes...

— Pour le moment, oui, avoua Orféus. Nous ne sommes que quatre.

La Princetta dévisagea Orféus, atterrée. Puis elle leva les yeux vers Babilas.

— Vous au moins, vous semblez très fort, murmura-t-elle. Mais vous ne pourrez pas réparer la *Fabula* et la conduire tout seul !

— La *Fabula* ? s'étonna Orféus.

— Notre bateau ! s'exclama Malva. Je sais que ça peut paraître curieux, mais il a changé de nom pendant la tempête. Regardez vous-mêmes !

Les trois autres se penchèrent par-dessus la lisse et purent lire à l'envers les lettres d'or qui restaient sur la coque.

— La *Fabula*..., soupira Orféus. Je ne sais pas si ce nom convient à une telle épave. Nous n'avons plus de grand mât, plus de voiles, la barre ne répond plus et je suppose que les instruments sont hors d'état de fonctionner. La *Fabula* va avoir du mal à nous ramener en Galnicie.

À ces mots, Malva planta ses yeux d'ambre dans ceux d'Orféus. Elle était parfaitement calme, mais fermement décidée à donner son avis.

— Je refuse de retourner en Galnicie, dit-elle. Je sais que le Coronador vous a confié cette mission, mais... j'ai d'autres projets. Je dois d'abord retrouver Filomène, ma chambrière, qui est restée sur la Steppe

Azizienne. Ensemble, nous irons en Elgolie, à l'est du Monde Connu. Quant à mon amie Lei, elle doit rejoindre le royaume de Balmun.

Orféus eut un mouvement de recul. Les mots de la Princetta le sidéraient.

— Vous n'aurez qu'à nous débarquer sur la première terre que nous croiserons, proposa Malva, et dire à mon père que je suis morte pendant la tempête. Après tout, c'est bien ce qui a failli m'arriver. Ce ne sera pas un très gros mensonge.

— Je... je ne comprends pas, Votre Alteza, bredouilla Orféus. Le peuple galnicien attend votre retour... Sans vous, le pays n'a plus d'avenir. Nous avons vécu des mois dans le deuil et la terreur, jusqu'au jour où nous avons appris que vous étiez vivante et...

Malva secouait la tête. Orféus, totalement désemparé, lança un regard à Babilas, puis à Lei.

— Vous ne pouvez pas me demander de mentir au Coronador, ajouta-t-il. J'ai prêté serment devant l'Altar des Divinités, je...

Mais comme Malva secouait toujours la tête, il fit un geste désespéré pour désigner le navire.

— Des hommes sont morts pour vous, Princetta ! Ils ont cru en leur mission ! Comment osez-vous... ?

— Vous ne pouvez pas comprendre, l'interrompit Malva, assez sèchement. Si je rentre en Galnicie maintenant, ma vie sera un échec. J'irai en Elgolie ou bien... je mourrai.

Orféus passa ses mains sur son visage. Il commençait à faire chaud. Très chaud. Et cette discussion absurde lui donnait mal à la tête.

— Je ne connais pas cette Elgolie, déclara-t-il. Je n'en ai jamais entendu parler. De toute façon, je refuse de vous abandonner sur une terre inconnue.

Malva poussa un soupir exaspéré.

— Encore quelqu'un qui veut décider à ma place, murmura-t-elle. Je n'ai pas de chance.

La colère lui monta soudain au nez. Elle se souvenait du jour où son père l'avait humiliée publiquement dans la Salle du Conseil, du jour où sa mère lui avait confirmé qu'elle épouserait le Prince d'Andemark, du jour encore où les Amoyèdes l'avaient vendue à Temir-Gaï. Devrait-elle se battre toute sa vie pour qu'on la laisse enfin en paix ? Elle se tourna vers Babilas avec une moue pleine de hargne et d'ironie.

— Et vous ? lui demanda-t-elle. Pourquoi ne dites-vous rien ? Vous avez sans doute une foule de projets pour moi, vous aussi ! Allez ! Faites vos propositions ! La Princetta est à vendre !

Le géant baissa les yeux.

— Babilas est muet, lâcha brutalement Orféus en perdant son sang-froid. C'est lui qui vous a portée sur ses épaules pour vous sortir du harem de Temir-Gaï ! Il a traversé les flammes qui rongeaient la cité impériale, et c'est lui aussi qui a brisé les barreaux de la cage où vous étiez enfermée ! Vous devriez lui parler autrement, Princetta.

Un peu décontenancée, Malva se mordit la lèvre. Sa colère lui rentra dans la gorge.

— Ça suffit ! s'emporta Orféus. Cette discussion ne rime à rien ! Nous sommes perdus en pleine mer ! Ne parlons plus de Galnicie ni... d'Elgolie ! Nous devons rester en vie, c'est tout ce qui compte.

Il leva les yeux vers l'horizon. L'air tremblait. La température grimpait de minute en minute et cet océan trop calme l'inquiétait. Il se rapprocha de la lisse pour jeter un coup d'œil vers la chaloupe où gisait le capitaine. Il sortit son couteau, trancha le filin qui retenait encore la petite embarcation au navire et, sans même prononcer un mot d'adieu, regarda le cadavre s'éloigner avant de se retourner vers Babilas et Lei.

— Fouillons encore les cales, ordonna-t-il. Il nous faut de la nourriture et de l'eau douce.

Malva s'était renfrognée. Elle se sentait soudain faible et très lasse. La bosse, à l'arrière de son crâne, lui faisait mal et la vision de ce piètre équipage lui mettait le moral en miettes. Pour qui se prenait ce quartier-maître pour lui parler de la sorte ? Elle alla s'asseoir sur le cabestan, croisa les bras sur sa poitrine et ne bougea plus.

Alors que Babilas et Orféus allaient redescendre par l'écoutille centrale, un son étrange déchira le silence : cela faisait comme une corne de brume, un coup de trompe prolongé qui devenait de plus en plus grave. Les passagers se figèrent.

Ils attendirent longtemps, sans bouger, que le son se répète, mais il ne se répéta pas.

— Sûrement un coup de tonnerre, déclara finalement Orféus.

— Ou bien... autre bateau ? suggéra Lei.

— Je ne pense pas, répondit Orféus. La corne de la *Marie-Belle* est plus aiguë.

Ne cherchant pas à comprendre, il haussa les épaules et entraîna Babilas dans les cales.

Lorsqu'ils arrivèrent au pied du second escalier, ils constatèrent que le niveau de l'eau avait déjà considérablement baissé. Alors que, quelques instants auparavant, ils auraient dû presque nager pour se déplacer dans le bateau, ils marchaient maintenant en pataugeant dans quelques centimètres d'une eau pleine d'algues.

Ils passèrent successivement dans plusieurs cales, sans rien découvrir que des tonneaux éventrés, des poutres brisées, des sacs de toile imprégnés d'eau et des rats qui s'enfuyaient à leur approche. Enfin, ils poussèrent la porte de la cambuse dans l'espoir d'y trouver quelques provisions restées au sec, mais ils s'aperçurent que là encore l'eau n'avait rien épargné. Dans un capharnaüm épouvantable, les livres du cuisinier étaient tombés de leur étagère, se mêlant aux bocaux d'épices brisés et aux harengs saccagés.

Ils allaient quitter la cambuse, quand Orféus remarqua une tignasse rousse qui dépassait derrière l'énorme réchaud de fonte renversé au fond de la pièce.

— Finopico ? appela-t-il, cœur battant.

N'obtenant pas de réponse, Orféus s'avança. Derrière le meuble, le cuisinier était recroquevillé, accroupi dans l'eau, le visage enfoui dans le pelage trempé d'Al, qu'il serrait dans ses bras. En voyant son maître, le saint-bernard émit un grognement sourd. Aussitôt, Finopico releva la tête. Ses yeux rencontrèrent ceux d'Orféus.

— Le Blanc-Bec..., souffla-t-il, effaré. Par toutes les divinités du Monde Connu... il a survécu !

Orféus sourit. Ce surnom de Blanc-Bec ne le dérangeait plus, maintenant. Il était tellement content de retrouver Al vivant ! Et finalement, il se réjouissait aussi que ce râleur de cuisinier ait échappé au massacre !

— Je vois que vous avez fait plus ample connaissance avec mon chien, lui dit-il. Il a l'air de vous apprécier.

Finopico haussa les épaules, mais ne refusa pas la main qu'Orféus lui tendait pour l'aider à se relever. Il avait une estafilade sanglante sur la joue et il boitait un peu.

— J'ai préféré attendre ici, bougonna-t-il. Pour être sûr que le gros temps soit passé... Par la Sainte Harmonie, mes livres !

Le cuisinier ramassa un volume et poussa un gémissement de dépit en constatant qu'il était imbibé d'eau.

— Bien, nous voilà six maintenant, soupira Orféus en caressant la tête de son chien. Et peut-être n'est-ce pas tout ?

Il quitta la cambuse avec l'intention de descendre plus bas dans le ventre du navire. Il songeait à Peppe et Galotcho. Débrouillards comme ils l'étaient, les deux gamins avaient peut-être pu trouver un refuge ? Mais où ?

— Laissez donc vos livres ! Essayez plutôt de récupérer de quoi manger et montez tout sur le pont pour que ça sèche, lança-t-il à Finopico avant de s'éclipser.

En bas, le spectacle était désolant. De l'eau jusqu'aux cuisses, Orféus se fraya un chemin au milieu des cadavres des marins noyés. Ils étaient bien huit ou neuf, à flotter face renversée, dans ces recoins sombres et puants. Orféus porta la main à sa bouche, écœuré, malade de douleur. Ces hommes, quelques heures plus tôt, couraient sur le pont et carguaient les voiles. Ils vivaient, ils étaient forts et confiants. Ils avaient suivi les ordres du capitaine, et voilà ce qu'ils étaient devenus...

— Galotcho ! appela Orféus d'une voix étranglée d'émotion. Peppe !

Retenant sa respiration, il erra ainsi dans l'obscurité, perdant espoir à mesure qu'il découvrait les corps morts. Lorsqu'il arriva devant la minuscule porte de la soute à voiles, il appela encore :

— Galotcho !

Et là, une réponse lui parvint enfin :

— On est là ! Ici !

Orféus bondit et colla sa bouche contre la porte :

— Tenez bon ! J'arrive !

Il tira le loquet, s'attendant à rencontrer une résistance, mais la porte s'ouvrit sans difficulté.

— Vous n'étiez pas bloqués ! s'étonna-t-il en

découvrant les jumeaux accroupis sur les voiles de réserve.

— On n'a jamais dit ça, répondit Galotcho.

— Alors ? Pourquoi ne sortiez-vous pas ?

Peppe se pencha par-dessus l'épaule de son frère et jeta un coup d'œil vers les cales :

— C'est tout noir, là-dedans..., souffla-t-il.

— Et c'est plein de morts..., ajouta Galotcho en faisant la grimace.

Orféus sourit. Il était vraiment heureux de retrouver ces deux galopins vivants.

— Vous avez peur des morts, c'est ça ? se moqua-t-il.

Galotcho et Peppe levèrent des yeux effarés vers lui.

— Ça porte malheur de toucher un cadavre ! crièrent-ils en même temps.

Orféus finit par les convaincre de mettre leur superstition de côté, et les deux garçons le suivirent en tremblant à travers les cales et les escaliers. Quand ils émergèrent au soleil, ils s'affalèrent sur le pont, blêmes, au bord de l'évanouissement.

— Nous sommes huit ! clama fièrement Orféus.

Malva et Lei, qui étaient en train d'étaler le contenu d'un sac de farine sur un lambeau de voile pour le faire sécher, jetèrent un coup d'œil désabusé aux jumeaux.

— Eh bien, soupira Malva, ce n'est pas avec ça qu'on arrivera en Elg...

Personne n'entendit la fin de sa phrase. Elle fut masquée par un nouveau coup de trompe qui déchira l'air à cet instant et se prolongea en montant, cette fois, dans les aigus. Les rescapés s'immobilisèrent. Quand le son cessa, ils se regardèrent, interloqués. La trompe semblait plus proche.

— Ce n'était pas un coup de tonnerre, murmura Malva.

Galotcho et Peppe recommencèrent à trembler.

— Les morts..., soufflèrent-ils. Ce sont... leurs âmes qui pleurent ! On vous avait bien dit de ne pas toucher les cadavres ! Ils viennent nous chercher !

À ce moment-là, Al leva la tête vers le ciel et se mit à hurler, tandis que les jumeaux se bouchaient les oreilles et se serraient l'un contre l'autre avec des mines effarées.

— Faites taire ce chien ! hurla Finopico en brandissant un de ses livres au-dessus de sa tête. Et dites à ces deux idiots d'arrêter avec leurs prédictions imbéciles ! Ils vont finir par attirer le malheur sur nous !

Mais Orféus n'écoutait plus. Il fixait l'horizon, les yeux agrandis par l'incompréhension.

— Trop tard, dit-il seulement en pointant son doigt vers la chose qui venait d'apparaître.

24

Les Patrouilleurs de Catabée

Une forme sombre venait de surgir des eaux, à une centaine d'encablures de la *Fabula*. À cette distance, nul n'aurait pu dire de quoi il s'agissait, mais *cela* était gigantesque. Et le plus étrange, c'est que *cela* se multipliait : une deuxième forme, semblable à la première, apparut en provoquant un bruit sourd de cascade, puis une troisième et une quatrième. Sous les yeux des rescapés, ces choses colossales sortaient de l'eau, puis s'immobilisaient.

Al s'était tu. Épuisé, il s'était allongé de tout son long sur le pont, langue pendante. Un silence total régnait maintenant à bord. Malva et Lei laissèrent tomber leurs sacs de farine et s'approchèrent des bastingages. Sous leurs pieds, elles sentaient trembler la carcasse fragile du navire. Orféus les rejoignit et jeta un regard vers la ligne de flottaison : tout aussi inexplicablement, des remous faisaient mousser la mer, juste sous la coque.

Lorsqu'il releva la tête, Orféus constata avec stupeur que les formes noires continuaient de se dresser hors de la mer à un rythme soutenu.

— On dirait... des statues, murmura Malva.

— Elles ont forme humaine, ajouta Lei. Je vois têtes, cous, bras...

Fasciné, Orféus observait la naissance de ces immenses hommes de pierre, sans comprendre comment un tel phénomène pouvait se produire. Les statues étaient enfoncées dans la mer jusqu'à la taille. Elles se faisaient face deux par deux et constituaient petit à petit une haie inquiétante qui se rapprochait du bateau.

— C'est à cause de la sorcière ! s'écria soudain Finopico, paniqué, en montrant Lei du doigt. C'est elle ! C'est à cause de sa magie !

— Taisez-vous ! ordonna fermement Orféus.

Il se pencha à nouveau par-dessus la lisse. Ce qu'il venait de sentir se confirma : la *Fabula* était entraînée vers la haie de statues par un courant venu de nulle part. Il jeta un bref regard vers Babilas, mais le géant lui fit un signe d'impuissance : la *Fabula* n'avait plus ni ancre ni voile ; même lui ne pouvait rien y faire. Les membres de l'équipage se regroupèrent autour d'Orféus, sans rien dire, les traits marqués par l'appréhension.

Le bateau prit de la vitesse. Les hommes de pierre se tenaient dans l'eau, raides comme des soldats au garde-à-vous, et lorsque la *Fabula* pénétra dans le passage étroit qu'ils venaient de dessiner, Orféus prit la mesure de leur gigantisme. Leurs visages, sculptés dans une pierre cuivrée, dominaient le pont du navire d'au moins vingt mètres !

— Aucun peuple capable de prouesse pareille, murmura Lei, plus émerveillée qu'effrayée. Ceci, œuvre céleste !

À ses côtés, Malva ressentait une angoisse diffuse. Parmi les centaines de récits de voyages qu'elle avait lus, aucun ne mentionnait ce genre d'apparition. La tempête avait peut-être dérouté le navire hors des limites cartographiées ?

Le courant emporta la *Fabula* pendant un moment qui parut à tous une éternité. Les jumeaux recommençaient à gémir et à prédire des catastrophes, tandis que Finopico posait des regards lourds sur Lei.

Mais soudain, la haie de statues prit fin. L'étrave du navire pénétra dans des eaux d'un étonnant bleu turquoise. Au loin, Orféus distingua alors les contours d'une terre, mais il n'eut pas le temps de s'exclamer : une nuée d'oiseaux fondait vers la *Fabula* en rasant les flots. Leurs battements d'ailes produisaient un sifflement strident.

Aussitôt, Al se redressa et clopina vers l'avant du navire en grognant. Quand les oiseaux furent assez près, il se mit à aboyer dans leur direction, mais cela n'effraya en rien les volatiles. Ils s'abattirent brutalement sur le pont de la *Fabula*.

Alors, les naufragés comprirent qu'ils étaient réellement entrés dans un univers inconnu.

Ces oiseaux, perchés sur des pattes noueuses d'échassiers, avaient des ailes de métal. Leurs cous graciles étaient surmontés de minuscules têtes humaines.

— Par toutes les divinités du Monde Connu ! s'étouffa Finopico.

Ce fut le seul qui parvint à prononcer quelques mots. Les autres restèrent aussi muets que Babilas.

— Tiens, fit remarquer l'un des oiseaux, ils parlent le galnicien, eux aussi.

— Catabée sera amusée, dit un second oiseau.

Et tous les échassiers à tête humaine ouvrirent leurs bouches pour laisser fuser un rire aussi lugubre qu'un coassement.

Malva sentit une sueur froide dégouliner entre ses omoplates. Depuis qu'elle avait fui la Galnicie, elle avait découvert des créatures bien étranges, mais les têtes atrophiées qui se balançaient au bout du cou de ces oiseaux lui donnaient par-dessus tout la chair de poule. Quand l'un d'eux s'avança en déployant ses ailes métalliques, elle réprima un cri.

— N'ayez pas peur, roucoula l'oiseau. Nous sommes les Patrouilleurs de Catabée. Vous venez de pénétrer dans l'Archipel et la Procédure doit avoir lieu. Quel est le nom de ce navire ?

Les passagers échangèrent quelques regards paniqués. Archipel ? Catabée ? Procédure ? Ils ne comprenaient rien à tout cela !

— Le nom de ce navire ! répétèrent alors les oiseaux sur un ton menaçant.

— L'*Errabunda*, répondit Orféus d'une voix étranglée.

— La *Fabula*, répondit Malva en même temps.

Les oiseaux à tête d'homme étirèrent leurs cous.

— Ce navire porterait-il deux noms, par hasard ? s'enquit l'un d'eux. Attention à vous si vous essayez de nous tromper !

Les autres firent grincer leurs ailes.

— Son nom... est *Fabula*, s'empressa de rectifier Orféus.

Les Patrouilleurs se détendirent.

— Qui commande ce rafiot ? questionna l'un d'eux.

Silence. Peppe et Galotcho, adossés au pied du grand mât brisé, donnaient l'impression d'être morts sur pied, tandis que Finopico claquait des dents sans s'en rendre compte. Babilas plissait ses yeux sombres et Malva secouait la tête. Face à ces oiseaux effrayants, aucun d'eux ne tenait à endosser le rôle de capitaine.

— Notre capitaine est mort, expliqua Orféus.

Les Patrouilleurs se dandinèrent sur leurs grandes pattes et un murmure réprobateur s'éleva parmi eux :

— La Procédure nous oblige à connaître le nom du capitaine ! s'écria un des oiseaux. Sans quoi, nous devrons vous envoyer au Claquemur !

— Au Claquemur !

— Au Claquemur ! répétèrent les autres volatiles.

— Qu'est-ce que le Claquemur ? osa demander Orféus.

Un Patrouilleur sortit des rangs et vint balancer son affreuse petite tête sous le nez du jeune homme.

— Le Claquemur est le centre de notre Archipel. C'est une prison où nous jetons tous ceux qui n'ont pas respecté la Procédure.

En entendant ces mots, Galotcho et Peppe furent saisis de panique.

— Pas la prison ! Pas la prison ! supplièrent-ils en tombant à genoux sur le pont.

— Nous avons déjà connu trop de cachots ! pleurnicha Galotcho. Il y fait froid, humide et tout noir ! Plutôt mourir que d'y retourner !

Malva tira la manche d'Orféus et lui lança un regard implorant.

— Vous nous avez sauvées, Lei et moi, du harem de Temir-Gaï. Si l'on m'enferme de nouveau, je ne supporterai pas.

Les Patrouilleurs attendaient manifestement une réponse rapide. Des sons menaçants sortaient de leurs bouches. Orféus se tourna vers Babilas, puis vers Finopico. Les deux hommes se contentèrent de baisser les yeux.

— Bien, dit-il d'un ton résigné. Je suis « le capitaine » de la *Fabula*. Mon nom est Orféus Mac Bott. Nous faisions route vers la Galnicie quand une tempête infernale s'est abattue sur...

— Taratata ! claironna un autre oiseau en plissant ses yeux pas plus gros que des têtes d'épingles. Ce que vous appelez « tempête infernale » n'était autre que la fureur de Catabée !

— N'empêche..., poursuivit Orféus, que cette tempê...

— Allons bon ! s'écria un troisième oiseau. Écoutez ce que l'on vous dit et cessez de parler de cette tempête comme s'il ne s'agissait que d'un vulgaire phénomène naturel ! Catabée est susceptible, sachez-le. Vous avez subi sa colère en franchissant la Grande Barrière, ne lui donnez pas d'autres motifs pour se fâcher, s'il vous plaît.

Finopico s'était approché. Sous sa tignasse rousse, la peau de son front avait pris une teinte olivâtre.

— De quoi parlez-vous, oiseaux de malheur ! explosa-t-il. Retournez d'où vous venez et laissez-nous reprendre notre route en paix ! Nous rentrons chez nous !

Les Patrouilleurs tournèrent instantanément leurs têtes minuscules dans la direction du cuisinier et braquèrent leurs petits yeux sur lui.

— Il veut rentrer chez lui ! s'exclama l'un des volatiles.

— Rentrer chez lui !

— Rentrer chez lui !

Et tous les autres se gondolèrent de rire en faisant grincer leurs ailes métalliques les unes contre les autres, si bien que Malva sentit ses cheveux se dresser sur sa tête.

— Quand un navire s'égare dans l'Archipel, dit alors un échassier sur un ton soudainement sérieux, nul ne sait ce qu'il advient de ses occupants. Ce qui était connu n'est plus. Votre chez-vous n'existe plus.

— Et maintenant, reprit l'oiseau qui avait parlé au début, nous allons vous mener à Catabée. Elle vous expliquera tout ce que vous devez savoir désormais.

Il déploya une de ses ailes et en pointa l'extrémité vers l'avant de la *Fabula*.

— Remorquage !

À ce signal, dans un grand fracas mécanique, la nuée prit son envol, contourna le grand mât brisé et s'abattit de nouveau, mais cette fois sur la dunette arrière. Dans un ensemble parfait, les Patrouilleurs ouvrirent alors leurs ailes.

Dès la première série de battements, la *Fabula* fut propulsée vers l'avant. Elle prit ensuite de la vitesse, fendit les eaux turquoise d'une façon surprenante et finalement accosta sur le rivage de l'île qu'Orféus avait aperçue. L'un des Patrouilleurs s'écria :

— Bienvenue chez Catabée, étrangers !

La nuée d'oiseaux s'envola brusquement vers les cimes des arbres squelettiques qui recouvraient l'île, puis disparut, laissant derrière elle les passagers de la *Fabula*, médusés.

Le nez du navire était enfoncé dans un sable grisâtre qui contrastait avec le bleu intense de l'eau. L'île était étroite, sèche et rocailleuse. La végétation semblait figée, morte depuis longtemps, comme enfouie sous une couche de cendre. Les arbres n'avaient pas de feuilles, les buissons se confondaient avec les rochers, et un silence total régnait sur ces lieux manifestement désertés par les animaux et les insectes. À bord de la *Fabula*, c'était la consternation.

— C'est une farce, finit par dire Finopico. Une hallucination, un canular...

Il n'avait pas fini de parler qu'un courant d'air subit fit frémir les branches des arbres les plus proches de la rive. Puis cela cessa.

— Personne n'a jamais entendu parler de la Grande Barrière, ni de cet Archipel idiot..., ajouta le cuisinier d'une voix moins ferme.

Quelque chose craqua dans l'épaisseur de la forêt, plus haut sur les collines. Un claquement de bois sec, sonore et mélancolique.

— Personne n'a jam...

— Ne parlez plus ! le coupa soudain Malva.

— Oh oui, par la Sainte Quiétude ! supplièrent les jumeaux. Vous allez réveiller la fureur de Ca...

— Mais enfin ! gronda Finopico. C'est absurde ! Ces oiseaux de malheur se sont moqués de nous, c'est évident !

Les autres n'étaient pas de cet avis. Les étranges sons de trompe, les statues géantes aux yeux de pierre, les oiseaux à tête humaine, tout indiquait qu'ils s'étaient perdus dans un monde où ils n'avaient plus leurs repères. Même Al pointait en direction de l'île un museau méfiant et craintif.

— Enfin ! s'énerva Finopico. Soyons raisonnables ! Tout cela n'est sans doute qu'une hallucination due à la faim et la soif !

— Et si nous avions en effet franchi une quelconque limite ? murmura Malva. Et si cette Grande Barrière existait bel et bien ?

Elle chercha une réponse dans les yeux d'Orféus. Ce dernier, inquiet et indécis, secoua la tête.

— Je ne sais pas, Votre Alteza.

— Eh bien, puisque personne ne sait rien, enchaîna Finopico, je propose que nous descendions à terre. Cette île paraît désolée ; mais il y a peut-être de quoi y remplir quelques tonneaux d'eau potable ? il y a peut-être des baies ou des racines que nous pourrions manger ?

Les rescapés examinèrent attentivement les rivages tristes et gris. Finopico alla secouer Babilas.

— Il faut réparer l'*Errabunda*... ou la *Fabula*, peu importe ! Tu n'es pas de cet avis ?

Le géant fit signe qu'il était d'accord.

— Alors ! s'enflamma le cuisinier. Allons-y et, ensuite, nous quitterons cet endroit ! Si du sang galnicien coule encore dans nos veines, soyons-en dignes !

Orféus poussa un soupir. Sans doute Finopico avait-il raison. Et maintenant qu'il s'était désigné lui-même comme « capitaine », il devait prendre une décision.

— Il nous faut une passerelle, commença-t-il. Du bois pour le feu, des outils et...

— Comme vous le savez, je suis un excellent pêcheur, l'interrompit Finopico en retroussant ses manches. Il suffit que je fabrique un harpon et je plongerai pour rapporter de quoi faire une soupe formidable. Par la Sainte Harmonie, ces eaux claires doivent regorger de poissons ! Et je ne vois pour le moment aucune Catabée qui...

À ces mots, un tremblement sourd ébranla les arbres, les rochers. L'île tout entière sembla pousser un grognement animal, et une voix rauque parvint aux oreilles des naufragés :

— Vous avez prononcé mon nom...

Malva sursauta et, sans réfléchir, s'accrocha à la veste d'Orféus. Sous leurs yeux, une femme immense surgit alors de la forêt des arbres morts. Elle s'avança sur le sable, lentement. Elle portait une ample tunique noire qui lui couvrait le torse. Ses membres semblaient l'encombrer tant ils étaient lourds : ses bras et ses jambes faisaient songer à des troncs, épais, noueux, ridés comme de l'écorce. Seul son visage, lisse et lumineux, conservait un aspect humain.

— Je suis Catabée, annonça-t-elle. Catabée, gardienne de l'Archipel.

Quand elle parlait, des volutes de fumée grise sortaient de sa bouche.

25

La Loi de l'Archipel

Le visage de Catabée disparaissait presque totalement derrière un rideau de fumée. Depuis le pont du navire, les rescapés plissaient les yeux pour ne pas la perdre de vue.

— Vous avez accepté la Procédure, déclara Catabée. Et vous avez prononcé mon nom. En passant la Grande Barrière, vous avez franchi les limites de notre monde. Vous avez pénétré dans l'Archipel et vous devez maintenant vous soumettre à notre Loi. Écoutez bien, étrangers ! De ce que je vais vous dire dépendra votre survie.

Galotcho et Peppe blêmirent en entendant ces mots. Ils fermèrent les yeux et recommencèrent à gémir. Mais Catabée reprit la parole et sa voix caverneuse couvrit leurs jérémiades :

— Les règles que je vais vous exposer sont implacables et je dois vous mettre en garde : jusqu'à présent, aucun voyageur n'a pu tenir ses engagements. Aucun ! Sachant cela, vous avez encore le choix : vous pouvez abdiquer définitivement votre liberté en décidant de rester pour toujours prisonniers de l'Archipel. Si vous prenez une telle décision, vous pourrez profiter des grandes richesses de notre mer et de nos îles. Nous ne vous demanderons rien. En revanche, si vous voulez traverser l'Archipel et en sortir, vous devrez vous soumettre à notre Loi.

Un silence suivit cette déclaration, durant lequel les rescapés de la *Fabula* se consultèrent du regard. L'incompréhension se lisait sur les visages.

— Alors ? s'impatienta Catabée. Que décidez-vous ? Souhaitez-vous rester ici à tout jamais ou bien tenterez-vous l'impossible pour retourner d'où vous venez ?

Orféus avait la nuque raide et les mains moites. Il se racla timidement la gorge avant d'oser demander :

— Que se passera-t-il si nous n'arrivons pas à tenir notre engagement ?

— Vous serez jetés au Claquemur, répondit calmement Catabée. C'est le sort le plus commun et le plus terrible qui soit. Mais vous pouvez encore décider de devenir de simples habitants de l'Archipel. Il existe ici une multitude d'îles. Vous en trouverez une à votre convenance, sans aucun doute. Et votre existence sera longue et douce.

— Mais nous ne pourrons plus jamais rentrer chez nous, c'est ça ? insista Orféus.

— C'est ça. Je précise : le choix que vous allez faire ne sera valable que si tous les passagers du navire se mettent d'accord.

Paniquée, Malva tira de nouveau Orféus par le bras.

— Je refuse de rester prisonnière de cet endroit, murmura-t-elle. Acceptons leur Loi, si c'est le seul moyen de fuir !

Galotcho et Peppe s'étaient levés. Vacillant sur les jambes, ils s'approchèrent d'Orféus. Un peu plus loin, Babilas restait prostré, la poitrine fléchie sur la lisse.

— Je d'accord avec Malva, énonça alors Lei d'une voix ferme. Impossible pour moi de rester là, si loin de royaume de Balmun.

— Votre réponse ! ordonna Catabée.

Babilas se redressa pour faire signe à Orféus qu'il suivrait sa décision. Mais c'est Finopico qui parla le premier :

— Nous voulons rentrer chez nous, espèce de folle ! lança-t-il à la gardienne de l'île. Nous ne sommes qu'à l'orée de votre Archipel de malheur et j'en ai déjà trop vu ! Si c'est pour croiser des oiseaux à tête d'homme tous les quatre matins, je préfère encore votre Claquemur !

Les jumeaux poussèrent un cri. La bouche de Catabée s'ouvrit et des jets de fumée grise s'en échappèrent en sifflant, laissant les passagers de la *Fabula* blêmes de stupeur.

— Ainsi en avez-vous décidé ! s'écria la créature. Alors, voici notre Loi !

Elle laissa se dissiper les brumes qui l'entouraient,

puis, d'un mouvement lent, elle sortit des replis de sa tunique un objet qu'elle brandit devant elle.

— Ceci est un Nokros, un Tueur de Temps. Observez-le bien, car il va vous accompagner dans votre traversée de l'Archipel.

Le Nokros ressemblait à un très gros sablier : il était composé de deux compartiments de verre qui communiquaient entre eux par un étroit goulot de métal. Le tout était surmonté d'un alambic translucide contenant un liquide rouge.

— Cet alambic contient de l'acide *morbique*. Il s'écoulera goutte à goutte jusqu'à ce que...

Catabée s'interrompit et retira de sous sa tunique une pierre brune qu'elle présenta aux passagers.

— Une obsilix ! s'étonna Lei. Pierre très rare ! Je croire qu'elle se trouve uniquement dans cœur des volcans !

— Il s'agit bien d'une obsilix, lui répondit Catabée. Plus souvent appelée « Pierre de Vie ». Ce minerai est si dur qu'il peut résister à de la lave en fusion.

Elle déboîta l'alambic, posa la Pierre de Vie devant elle et fit couler un filet d'acide rouge dessus. Aussitôt, la pierre se fendit en deux. Elle fuma, se couvrit de bulles, et, sous les yeux ébahis des naufragés, elle tomba en poussière. Démonstration faite, Catabée replaça l'alambic et déclara :

— Vous êtes huit. Je vais donc placer dans le compartiment supérieur du Nokros huit Pierres de Vie. Chacune d'elles symbolisera un membre de votre équipage.

Malgré la fumée qui jaillissait sans cesse autour de Catabée, Malva pouvait la voir manipuler le fragile Nokros. Les mains de la femme-arbre étaient d'une lenteur pénible, mais d'une précision surprenante, compte tenu de leur épaisseur. Elle vissait, dévissait l'alambic, saisissait les Pierres de Vie et les déposait dans le compartiment de verre sans marquer aucune hésitation.

— Voici, dit-elle enfin en levant le gros sablier. Les huit pierres sont en place. Bientôt, une goutte d'acide *morbique* va tomber sur la première. L'œuvre de destruction commencera, et plus personne ne pourra l'arrêter, jusqu'à ce que toutes les pierres soient réduites à l'état de poudre. La poudre tombera alors dans la partie inférieure du Nokros. Quand il ne restera plus rien des huit pierres, votre temps sera écoulé.

Les passagers de la *Fabula* échangèrent des regards perdus. Orféus se mordit la lèvre, avant de demander :

— Que se passera-t-il quand ce moment arrivera ?

— Il y a deux possibilités, répondit Catabée. Soit vous aurez échoué, et dans ce cas vous serez jetés au Claquemur. Soit vous aurez réussi, et vous pourrez alors quitter l'Archipel. Mais je vous l'ai dit : personne, aucun équipage n'a jamais réussi.

— Mais... réussi à quoi faire ? s'écria Finopico. Je ne comprends rien à tout ça !

Catabée s'approcha du navire. Elle fixait le cuisinier de ses yeux de brume. Quand elle ouvrit la bouche, Finopico reçut un nuage de fumée sur le visage et se mit à tousser.

— Restez sage, fougueux Galnicien ! ordonna-t-elle. Je connais votre tempérament emporté et fiévreux. Je sais ce qui vous obsède, car je connais tout de vous...

— Charabia ! hoqueta Finopico en balayant la fumée d'un revers de main. Que devons-nous réussir ?

— Justement ! sourit la gardienne de l'Archipel. Vous devez réussir à assouvir vos désirs les plus fous, les plus secrets !

Elle tourna lentement la tête et fixa successivement Orféus, Malva, Lei et tous les autres.

— Je connais vos histoires ! Je connais vos blessures ! Vous avez tous des rêves profonds, des manques terribles, des ambitions dévorantes ! Vous n'êtes jamais satisfaits de votre sort !

Malva frissonna. Chaque mot que prononçait Catabée semblait aussi affûté qu'une flèche. Et chaque flèche touchait sa cible. La prophétesse s'attarda devant Al, qui restait aplati sur le pont, la truffe entre les pattes.

— Même les chiens ont leurs secrets ! déclara-t-elle. Ici, dans l'Archipel, s'étend le vaste miroir où se reflètent vos désirs et vos peurs, vos rêves et vos cauchemars. Ce miroir s'élargit ou rétrécit en fonction de ceux qui le parcourent. Il change sans cesse de forme. Chaque jour, de nouvelles îles apparaissent ou sont englouties, et moi-même j'ignore leur nombre exact. Elles sont accueillantes ou dangereuses, lumière ou ténèbres, elles sont humides ou arides, désertes ou surpeuplées, mais il y a sur chacune d'elles un trésor caché.

Tout en parlant et en fumant, Catabée balançait ses bras énormes, comme pour marquer le rythme d'une musique inaudible. Ses cheveux, broussaille épaisse et cendrée qui hérissait son crâne, frémissaient chaque fois qu'elle bougeait la tête. Et les arbres de l'île, sur les collines, inclinaient ou redressaient leurs cimes sur le même rythme. Catabée *était* l'île.

— Voilà ce qu'exige notre Loi, poursuivit-elle. En traversant l'Archipel, vous devez réussir à vous accomplir ! En naviguant sur notre mer, vous serez confrontés à vous-mêmes et vous devrez batailler contre vos propres terreurs. Si vous refusez les épreuves qui vous attendent, vous serez perdus. Il ne vous restera plus qu'à tomber dans le Claquemur.

Elle s'approcha d'Orféus, leva vers lui ses bras énormes et rugueux et lui tendit le Nokros par-dessus la lisse de dunette.

— Capitaine, je vous confie le Tueur de Temps. Il faut deux jours à l'acide *morbique* pour dissoudre une Pierre de Vie. Vous serez responsable du Nokros tout au long des seize jours qui vous sont impartis. Si l'un de vos compagnons ou vous-même tentiez d'en interrompre le processus, ou si vous veniez à le perdre, la sentence serait immédiate. Prenez soin de cet instrument.

Orféus sentit son front se couvrir de sueur. Il recueillit le Nokros entre ses mains moites, puis, sans lâcher des yeux l'alambic qui contenait l'acide, il alla le déposer sur le pont et le cala contre le mât. Pendant ce temps, Catabée s'était tournée vers la Princetta et l'examinait attentivement. Elle cracha quelques ronds de fumée.

— Je dois vous avertir, jeune Princetta, du danger qui vous menace en particulier. Un autre navire a accosté ici. Vous avez sans doute entendu deux sons de trompe : chacun d'eux signalait qu'un visiteur venait de franchir la Grande Barrière. Ce visiteur solitaire s'est présenté à bord d'un navire cispazien, mais il parlait votre langue, le galnicien. Il a fait le même choix que vous, préférant risquer le Claquemur plutôt que de rester prisonnier de l'Archipel. J'ai sondé son âme. Je n'y ai vu que de la haine. Et cette haine vous est destinée.

Malva sursauta et son visage devint très pâle.

— L'Archonte... L'Archonte est ici ?

Catabée balança son corps-tronc d'avant en arrière en signe d'acquiescement.

— Impossible ! s'écria alors Galotcho. Nous l'avons enfermé dans le harem de Temir-Gaï !

— Enfermé à clé dans une petite pièce ! confirma Peppe. L'incendie s'est propagé si vite ! Comment aurait-il pu... ?

— Je sais tout ce qui se passe dans mon Archipel, le coupa Catabée, mais j'ignore ce qui se passe ailleurs.

Elle recula à pas lents.

— Maintenant, je dois me retirer et vous commander de quitter ce rivage. Déjà, l'acide *morbique* entame son œuvre... Regardez !

Dans le Nokros, la première pierre fumait légèrement. De petites bulles apparaissaient à sa surface.

— Ne perdez pas un instant ! recommanda Catabée. Seize jours ! N'oubliez pas ! C'est notre Loi !

Ayant dit cela, elle se retourna et se dirigea lentement vers la forêt.

— S'il vous plaît, ne nous laissez pas ! l'appela Malva en se jetant en avant et en s'accrochant à la lisse de toutes ses forces. Nous avons encore des questions !

Mais Catabée s'éloignait inexorablement. Déjà, sa voix de caverne se faisait plus sourde :

— Autant d'îles que vous le désirez, étrangers, autant de trésors cachés qu'il vous faudra déterrer. Soyez sincères avec vous-mêmes surtout ! Et alors, peut-être, trouverez-vous les portes de l'Archipel.

Elle fit un dernier geste avec ses bras énormes :

— Et maintenant, partez !

Sa voix rauque se tut brutalement. Un silence total s'abattit sur l'île.

Ensuite, tout se passa très vite : de petites vagues firent tanguer la *Fabula*, des vagues inversées, qui partaient du rivage et roulaient vers le large. En un instant, et à la plus grande stupéfaction de l'équipage, le navire fut rejeté par les rouleaux d'écume loin de l'île de Catabée dont les contours devinrent flous avant de s'effacer complètement. Les arbres, les rochers, tout cela s'était évaporé.

Abasourdis, les membres de l'équipage se réunirent

autour du Tueur de Temps. Une deuxième goutte d'acide rouge perlait au bout de l'alambic.

— Qu'est-ce que ça signifie ? explosa brusquement Finopico. Je n'ai rien compris à ce discours fumeux ! Un miroir, des îles qui apparaissent et disparaissent ! Des trésors cachés ! Je veux bien creuser, moi... mais dans quoi ? Il n'y a plus une seule terre à l'horizon !

— Catabée parler par énigme, intervint Lei. Trésors n'existent pas vraiment, peut-être. Elle vouloir dire que trésors sont cachés à l'intérieur de nous.

Les jumeaux s'agenouillèrent devant le Nokros.

— Capitaine, murmura Galotcho, dites-nous ce qu'il faut faire...

— Nous ne voulons pas mourir, reprit Peppe. Nous sommes trop jeunes pour ça.

Ils tournèrent vers Orféus leurs petits visages bouleversés.

— Nous ne voulons pas être jetés au Claquemur ! gémirent-ils d'une seule voix.

Orféus soupira, désemparé. Catabée allait les mettre à l'épreuve, mais il n'avait aucune idée de la façon dont cela se produirait. Tout ce qu'il voyait, c'était que la *Fabula* nécessitait des réparations et que son équipage risquait de mourir de faim et de soif.

À cet instant, à l'intérieur du Nokros, la goutte d'acide *morbique* tomba sur la Pierre de Vie et y creusa un petit cratère fumant. Tout le monde sursauta.

— Nous devons trouver une île pour nous ravitailler, déclara Orféus d'une voix sombre. C'est la seule chose qui importe pour le moment.

26

Supplices et délices

Le soleil avait atteint son zénith et ne semblait plus vouloir en bouger. Il était accroché au-dessus de la *Fabula*, comme une énorme lampe fixée dans le ciel par des divinités invisibles. Pendant un très long moment, personne ne sut que dire, que faire, ni même que penser. Chacun sentait peser sur ses épaules le poids écrasant de la fatalité, tandis que le Nokros égrainait inéluctablement les secondes, les minutes, les heures...

La *Fabula* suivait le courant, docile. Personne ne se souciait de lui donner une direction particulière. Et d'ailleurs, quelle direction ? Sans carte, sans boussole et dans un Archipel aux dimensions mouvantes, aucun marin, même le plus aguerri, ne pouvait se repérer.

Le navire vogua donc au hasard, à la merci des caprices de cette mer bizarre qui, bientôt, se couvrit d'une épaisse couche d'algues poisseuses. La *Fabula* ralentit. Les algues léchaient la coque comme des sangsues, s'accrochant dans les estains et les cordages qui traînaient à l'arrière. Si bien que, finalement, le bateau s'immobilisa, englué dans une pâte verte qui s'étendait maintenant à perte de vue.

Il faisait de plus en plus chaud. Une odeur fétide monta aux narines des naufragés.

— Que se passe-t-il ? demanda Finopico en se penchant par-dessus bord. On dirait que la mer est en train de pourrir...

Orféus fut secoué par un long frisson et sentit se répandre dans sa bouche le goût âcre de la peur et de la soif conjuguées. Ce n'était plus une mer qu'il voyait autour de lui, mais une flaque de boue glauque, immense et désespérante.

— Capitaine..., gémit Galotcho. J'ai faim ! J'ai soif !

— Faites quelque chose ! implora Peppe.

Orféus se retourna lentement, comme si son esprit et son corps étaient eux-mêmes pris dans les algues. Les jumeaux gisaient sur le pont, près du vieux saint-bernard qui haletait douloureusement. Malva et Lei, assises sur un coffre, contemplaient le vide, bras ballants. Seuls Finopico et Babilas tenaient encore debout. Ils demeuraient côte à côte, les yeux baissés, les mains accrochées à la lisse. Orféus passa sa langue sur ses lèvres brûlées par le soleil et le sel. Il se revit le jour de son départ, quand fier et impatient il regardait s'éloigner les côtes de son pays : ne s'était-il pas juré alors de reconquérir l'honneur perdu des Mac Bott ? ne s'était-il pas fait mille promesses de gloire et d'aventures ?

— Et maintenant ? murmura-t-il pour lui-même.

Une douleur soudaine traversa son crâne de part en part. Il porta une main tremblante à son front. Le souvenir du visage de son père sur son lit de mort surgit dans sa mémoire, et il songea à la blessure dont il s'était cru victime depuis l'enfance. N'était-elle pas effectivement en train de se rouvrir ?

— Non ! cria-t-il à voix haute.

Ses compagnons sursautèrent. Ils tournèrent lentement vers lui leurs yeux creux, leurs regards ternes... Orféus eut l'intuition qu'ils s'abandonnaient à la putréfaction ambiante et qu'ils étaient en train de se laisser mourir. La panique le submergea soudain.

— Babilas ! hurla-t-il en se précipitant vers le géant qui s'était affaissé sur la lisse. Redresse-toi ! Allez ! Il faut nous sortir d'ici ! J'ai besoin de ta force, Babilas !

Comme le géant restait sans réaction, Orféus secoua Finopico. Le cuisinier vacilla sur ses jambes et s'écroula sur le pont comme un pantin désarticulé. Ses yeux reflétaient le ciel morne, rien d'autre.

— Hé ! le provoqua Orféus en approchant son visage du sien. Tu avais promis de pêcher du poisson, cuisinier ! Tu dois nourrir l'équipage ! Plonge ! Plonge et rapporte-nous à manger !

Finopico ne répondit pas. Sa poitrine se soulevait pourtant au rythme de sa respiration, mais ses forces l'avaient quitté.

— Princetta ! appela Orféus.

Il lâcha Finopico et courut vers Malva. Elle se tenait toujours assise sur le coffre, une épaule contre celle de Lei, les yeux éteints. Orféus s'agenouilla devant elle et saisit ses mains. Elles étaient glacées comme celles d'une morte.

— Princetta, parlez-moi ! Dites un mot ! Un seul, par la Sainte Quiétude !

À son grand désespoir, aucun son ne franchit les lèvres de la jeune fille. Quant à Lei, elle avait glissé dans un sommeil sans fond. Orféus eut beau la supplier, la secouer, rien n'y fit. Il s'élança alors vers les jumeaux. Il les tira vers lui, prononça leurs noms, les menaça, les cajola, sans résultat. Eux aussi étaient atteints de cette sorte de langueur morbide qui avait vidé leurs regards de toute envie de vivre.

— Nous n'allons pas mourir ici..., murmura Orféus en jetant un regard paniqué vers le Nokros.

Il était horrifié par ce qui se passait. Sa gorge s'était nouée, son cœur bondissait dans sa poitrine comme un animal en cage. Il se tourna vers Al et passa une main dans l'épaisse toison qui recouvrait sa tête. Dessous, il vit luire les deux yeux du saint-bernard.

— Al ? Tu m'entends ?

Le chien le regarda en face.

— Tu m'entends ! s'écria Orféus avec soulagement. Tu es bien vivant, toi ! Satané cabot !

Il l'entoura de ses bras avec tendresse. Des larmes lui montèrent aux yeux.

— Sens-tu la mort qui rôde, Al ? lui demanda-t-il.

Il faut la chasser, tu m'entends ! Je refuse d'abandonner mon poste. Je refuse de finir ma vie dans un endroit pareil...

Orféus se releva d'un bond et courut sur le gaillard d'avant. Sa peur s'était brusquement transformée en révolte. Il se suspendit aux cordages et lança un cri de rage vers le ciel.

— Par toutes les Divinités du Monde Connu et des Mondes Inconnus ! hurla-t-il. Je suis vivant et je me battrai pour vivre encore ! Ce bateau flotte ! J'en *suis* le Capitaine ! Et je jure qu'il me mènera là où je veux aller ! Je refuse de rompre mon serment !

Il reprit son souffle. Rien dans le ciel n'avait changé, mais Orféus sentait bouillonner le sang dans ses veines. Il s'empara d'un morceau de bois arraché par la tempête et le jeta de toutes ses forces dans la mer d'algues.

— Allez-vous-en, esprits de la mort ! Laissez-nous poursuivre notre route !

Il jeta encore d'autres débris dans les eaux mornes, ponctuant chaque geste d'un juron. Un filet de sueur dégoulinait sur ses tempes. Il s'essoufflait, se râpait la gorge à force de crier, mais sa colère ne s'épuisait pas.

— Je veux de l'eau ! De l'eau ! réclamait-il sur le ton d'une incantation fiévreuse. De quoi boire pour nos gorges sèches ! De quoi manger pour nos ventres vides ! Du vent pour nos voiles en lambeaux ! De l'espoir pour nos cœurs déchirés !

Il s'arrêta soudain, ouvrit la bouche et éternua violemment. Il venait de sentir un souffle d'air frais sur son visage.

La truffe levée, Al jappa deux ou trois fois. Le vent ridait maintenant la surface spongieuse de l'eau, créant de-ci de-là des remous qui fragmentaient la couche uniforme des algues. Des trous d'eau bleu turquoise apparurent et la *Fabula* bougea légèrement.

— Hé ! s'écria Orféus. Regardez !

Les autres passagers ne bronchèrent pas. Brusquement, les algues se séparèrent, s'éloignèrent, se diluèrent dans la mer et un chemin se dessina devant l'étrave du bateau.

— Nous avançons ! s'émerveilla Orféus.

Une force mystérieuse poussait la *Fabula*. Cramponné aux cordages, Orféus suivait du regard la ligne bleue qui fendait la couche d'algues. Peu après, il vit surgir les contours imprécis d'une nouvelle île, au loin.

— Terre ! Terre ! exulta-t-il. Nous sommes sauvés !

Il y avait là-bas des arbres, des fleurs, des rochers, et une cascade qui dégringolait sur le flanc moussu d'une colline. Al se mit à aboyer tandis que l'île se rapprochait, mais les autres passagers ne réagissaient toujours pas.

Un instant plus tard, la *Fabula* pénétrait dans les eaux calmes d'une large baie. Ivre d'espoir, Orféus empoigna une amarre.

— Attendez-moi ici ! lança-t-il à ses compagnons. Je reviens !

Il plongea depuis le gaillard d'avant et nagea de

toutes ses forces jusqu'à la plage, précédant le navire qui s'avançait doucement sur les hauts fonds. Un arbre au tronc énorme se dressait à quelques pas de l'eau ; Orféus enroula solidement l'amarre autour de son écorce rugueuse.

Cette île, contrairement à celle où vivait Catabée, bourdonnait de vie. Des insectes, des oiseaux (sans tête humaine, ceux-là !), des fruits et des baies : il y avait ici de quoi contenter tous les appétits !

Orféus remonta la plage en direction du sous-bois. Mais comme il contournait un gros rocher, il se figea soudain et réprima un cri de surprise. Assis sur une souche, un homme le dévisageait.

— Pardon, s'excusa Orféus, je...

L'homme était beaucoup plus âgé que lui. Son visage était couvert de taches brunes et ses cheveux blancs flottaient autour de ses épaules. Il tenait un petit couteau dans la main gauche et une tige de roseau entre ses genoux.

— Je vous demande pardon, répéta Orféus. J'ai... nous avons besoin d'eau et de nourriture. Mes compagnons...

Il tendit la main vers son navire, sans réussir à achever sa phrase.

— Prenez tout ce qui vous plaira, répondit calmement l'homme dans un galnicien impeccable. Cette île n'appartient à personne et à tout le monde. Elle regorge de richesses dont je ne sais que faire. Possédez-vous un couteau ?

Orféus désigna celui qui pendait à sa ceinture.

— Alors vous pouvez couper fruits et racines, sourit le vieil homme. Servez-vous.

Puis il baissa la tête et reprit son ouvrage qui consistait à tailler le roseau. Déconcerté, Orféus hésita un moment sur la direction à prendre.

— Pour l'eau, précisa l'homme, je dispose d'un tonnelet, là-bas, à l'ombre de l'araucaria. Je vous le prête.

Orféus remercia d'un signe de tête et, remettant ses questions à plus tard, il s'avança jusqu'à l'arbre aux branches hérissées d'épines. Le tonnelet contenait une eau limpide et fraîche. Une louche de bois était posée à côté. Il s'en saisit, but une longue gorgée et sentit soudain toute sa fatigue s'évanouir. Sans plus attendre, il s'empara du petit tonneau et retourna jusqu'à la *Fabula.* Il se hissa à bord d'une seule main par l'échelle de corde. Une fois sur le pont, il se précipita d'abord vers Malva.

— Buvez, Princetta..., murmura-t-il en versant dans sa bouche le contenu de la louche.

Malva absorba l'eau, tout d'abord maladroitement, puis avec avidité. Enfin, elle rouvrit les yeux. Elle contempla Orféus avec reconnaissance. Il sourit :

— Bientôt, je vous rapporterai de quoi manger.

Il alla ensuite vers Lei, vers les jumeaux, vers Babilas et Finopico, et pour finir versa un peu d'eau dans une coupelle pour Al. Chaque fois, le même miracle se produisit : l'eau semblait rendre la vie à ceux qui la buvaient.

Rasséréné, Orféus sauta de nouveau à terre et retourna voir le vieillard pour le remercier.

— C'est aux nuages qu'il faut rendre grâce, répondit l'homme sans cesser de travailler. Il pleut chaque nuit, ici.

Il se racla la gorge.

— Vous trouverez sous le latanier une grande corbeille pour récolter les fruits. Je vous la prête.

Orféus remercia encore, alla replacer le tonnelet sous l'araucaria, trouva la corbeille et s'avança jusqu'à la lisière de la jungle. Des arbres de toutes tailles ployaient sous le poids de leurs fruits. Orféus en cueillit tant que sa corbeille fut remplie en l'espace d'un instant. Au passage, il mordit dans une sorte de pomme à chair tendre qui lui procura un vif plaisir. Il se dépêcha de remonter à bord de la *Fabula* avec sa cueillette et distribua les fruits à ses compagnons. Aussitôt, leurs joues rosirent.

— C'est bon ! soupira Galotcho.

— Merci, Capitaine, fit Peppe.

Malva souriait.

— Quand vous aurez retrouvé vos forces, lui dit gaiement Orféus, rejoignez-moi à terre. Il y a encore des centaines de fruits à ramasser !

Puis il dégringola de nouveau le long de la coque de la *Fabula*. La présence du vieillard piquait sa curiosité. Il souhaitait lui parler, connaître son nom et savoir ce qu'il faisait ici, sur cette île.

— Mon nom est Jahalod-Rîn, répondit l'homme lorsque Orféus l'eut questionné. Je vis depuis tant d'années sur cette île que je serais bien en peine d'en faire le compte. Je fabrique des flûtes.

— Vous êtes musicien ? demanda Orféus.

— Non, je fabrique des flûtes, c'est tout.

— Vous n'en jouez pas ?

— Jamais.

Orféus fronça les sourcils.

— Pour qui sont ces flûtes, si vous n'en jouez pas ?

Jahalod-Rîn plissa les yeux. Un sourire se dessina sur ses lèvres fines.

— Fabriquer des flûtes n'est pas plus idiot que de vouloir quitter l'Archipel.

— Comment savez-vous que nous voulons quitter l'Archipel ?

— Vous êtes comme tous les autres ! s'esclaffa le vieillard. Vous entrez ici avec fracas, vous faites vibrer les sirènes d'alerte, vous provoquez l'envol des Patrouilleurs et, ensuite, vous n'avez plus qu'une idée en tête : repartir ! Moi, j'ai préféré me résigner à mon sort et user de mon temps autrement. Cette île est parsemée d'étangs et de rivières ; les roseaux y poussent comme un rien : je fabrique donc des flûtes.

Orféus regarda Jahalod-Rîn avec étonnement.

— Vous n'avez pas voulu... ? commença-t-il.

— Eh non ! sourit Jahalod en devançant sa question. À quoi bon tourner en rond dans l'infinité des îles et risquer de finir au Claquemur ? Je suis mieux ici. Je n'attends plus rien, mais au moins je ne suis pas déçu.

Orféus s'assit dans le sable, face au vieil homme. Il

ôta sa veste de quartier-maître et s'essuya le front. Pendant un instant, il ne dit plus rien, perdu dans la contemplation de l'île. Le bruit lointain de la cascade suffisait à l'apaiser et à le rafraîchir. Jahalod-Rîn s'était remis à son ouvrage, avec patience et application.

— Catabée nous a bien dit, pourtant, qu'il existait un moyen de sortir d'ici..., soupira Orféus.

— Je n'y crois plus depuis longtemps, répondit le vieillard. Ceux qui ont voulu sortir sont tous morts, à mon avis.

— Vous les avez vus ? demanda timidement Orféus. Je veux dire... vous avez vu le Claquemur ?

Jahalod haussa les épaules.

— Bien sûr que non ! Seuls ceux qui y sont jetés savent à quoi cela ressemble. Regardez : elle est terminée !

Il exhiba fièrement la nouvelle flûte qu'il venait de tailler. Et comme Orféus hochait la tête avec admiration, il la lui tendit.

— Je vous l'offre, dit-il. Ainsi, lorsque vous partirez, vous continuerez de penser à moi.

Orféus, qui pourtant n'avait guère l'habitude des cadeaux, accepta de bon cœur. Tout semblait si simple en compagnie de cet homme sage !

— Cela dit, ajouta Jahalod, je ne vous chasse pas. Vous êtes les bienvenus. Restez tant qu'il vous plaira. Vous me tiendrez compagnie et ça me changera un peu. Je n'ai pas eu de visite depuis si longtemps !

Orféus eut la présence d'esprit de l'interroger à propos de l'Archonte :

— Vous n'avez pas aperçu un homme seul à bord d'un bateau cispazien ? Un homme avec le crâne lisse et qui porte des vêtements richement brodés ?

Comme Jahalod-Rîn secouait ses longs cheveux blancs, Orféus se sentit plus tranquille. Si, comme l'avait dit Catabée, l'Archonte les avait suivis dans ce lieu étrange, au moins il ne rôdait pas dans les parages. Il porta machinalement la flûte à ses lèvres et souffla dedans. Un son pur en sortit, qui fit sourire Jahalod.

— Vous savez en jouer ! s'exclama-t-il.

— Pas vraiment, avoua Orféus, mais ça ne doit pas être bien difficile d'apprendre.

— Soufflez encore ! S'il vous plaît !

Orféus s'exécuta. En bouchant les trous avec ses doigts, il produisit une suite de notes qui ravirent le vieil homme.

— La musique... Voilà ce qui me console. Je suis déjà triste de savoir que vous allez me quitter...

Orféus sentit immédiatement son cœur se serrer. Ce vieil homme semblait si seul, si bon. Il avait envie de l'aider, de lui faire plaisir.

— Nous n'allons pas vous quitter tout de suite, le rassura-t-il avec empressement. Nous avons besoin de repos et de temps pour réparer notre bateau. Si vous le permettez, nous dormirons à terre cette nuit...

Le visage du vieil homme s'illumina. D'un geste de la main, il désigna un toit de planches qu'il avait construit près de l'araucaria.

— Les pluies nocturnes sont mauvaises, ici. Abritez-vous dessous, je vous en prie.

Orféus, qui n'aimait ni l'humidité, ni les courants d'air, apprécia la délicatesse du vieillard.

Il revint en courant à bord de la *Fabula* et expliqua à ses compagnons qui était Jahalod. Il leur montra le toit de planches.

— Nous ne resterons pas longtemps, leur dit-il en jetant un bref regard vers le Nokros. Mais il y a sur cette île des délices dont nous devons profiter !

27

Les flûtes de la discorde

C'est ainsi que l'équipage de la *Fabula* se refit une santé. Dans les sous-bois de l'île, Lei trouva les plantes et les insectes nécessaires à sa médecine. Elle concocta des pommades et des potions grâce auxquelles elle soigna la main cassée de Babilas et le géant put de nouveau porter, soulever, tailler et creuser à sa guise. Il travailla si bien que les voies d'eau dans la coque du navire furent colmatées, le pont nettoyé, les mâts remplacés.

Pendant ce temps, Orféus, qui avait sollicité l'accord de Jahalod-Rîn pour enterrer les corps des marins morts pendant la tempête, alla creuser des tombes non loin des sources de la cascade avec l'aide des jumeaux et de Finopico.

— Que la Sainte Quiétude et la Sainte Harmonie

les protègent pour toujours, dit-il une fois que les morts furent enterrés.

Il s'essuya le front et contempla le ciel par-dessus les arbres.

— Cet endroit est merveilleux, déclara-t-il, charmé. Et Jahalod-Rîn est un être remarquable. Vous n'êtes pas de cet avis ?

— Il est un peu bizarre, répondit Galotcho. Mais il est gentil.

— Plus que ça ! affirma Orféus. Ce vieil homme est... délicieux.

Ces derniers temps, Orféus avait vu tant d'hommes révéler leur bassesse et leur fourberie : son propre père, bien sûr, mais aussi l'Archonte et le capitaine de l'*Errabunda*. Jahalod-Rîn, en revanche, était infiniment bon et simple. Auprès de lui, Orféus reprenait confiance en ses pairs. Il avait l'impression, cette fois, d'avoir trouvé un bon modèle.

— Jahalod est si sage ! répéta-t-il tout le long du chemin qui les ramenait vers la plage. Ce n'est pas parce qu'il taille des roseaux tout le jour qu'il faut le juger bizarre. C'est un artisan. Et ses doigts sont d'une habileté remarquable pour son âge.

Il saisit la flûte que le vieil homme lui avait donnée et joua quelques notes. Arrivé près de la *Fabula*, il s'assit dans le sable et continua de jouer, accompagnant gaiement le travail de Babilas et de Malva qui s'employaient à recoudre les voiles. Cette dernière leva les yeux de son ouvrage et observa Orféus avec circonspection.

— Vous devriez plutôt penser à réparer les instruments de bord, Capitaine, suggéra-t-elle.

Orféus interrompit sa musique un instant.

— Plus tard ! répondit-il. Rien ne presse !

Malva se tourna vers le Nokros. La première Pierre de Vie était à moitié dissoute. Comment Orféus pouvait-il être aussi insouciant tout à coup ? Elle reporta son attention vers la plage. Là-bas, assis sur son rocher, le vieux Jahalod taillait ses roseaux. Il affichait un air serein, mais quelque chose dans sa physionomie mettait Malva mal à l'aise. Elle ne pouvait s'empêcher de regarder le vieil homme avec un brin de méfiance. Sans doute ne comprenait-elle pas qu'on puisse, comme lui, choisir de rester enfermé dans l'Archipel.

— Passer son temps à fabriquer des flûtes, marmonnait Malva, c'est complètement absurde ! S'asseoir par terre et répéter sans cesse le même geste, quel intérêt ?

Deux jours passèrent très vite. Galotcho et Peppe, qui avaient l'habitude de chasser les rats et les chats errants à l'époque où ils traînaient dans les rues de Galnicie, rapportèrent du gibier. De petits rongeurs, des oiseaux, des marsupiaux à longue queue. Finopico reconstitua les réserves de la *Fabula,* se confectionna du matériel de pêche grâce aux bambous de la forêt, et inventa toutes sortes de plats raffinés que les naufragés voulurent partager avec le vieux Jahalod.

Le deuxième soir, Orféus fit un grand feu sur la plage. Quand chacun eut pris place sur le sable, il leva une coupe remplie de jus de mangave en direction de Jahalod-Rîn.

— À la santé de notre hôte ! déclara-t-il, les yeux brillants. À sa grande sagesse et à son hospitalité ! Sans lui, nous serions tous morts de faim et de soif !

Les autres hochèrent gravement la tête, se rappelant dans quel état de détresse ils avaient accosté sur l'île. Seule Malva refusa de boire à la santé de Jahalod. Elle ramena ses genoux sous son menton et prit un air boudeur. Tandis que ses compagnons mangeaient de bon appétit, Orféus sortit sa flûte de roseau. Il joua longtemps et le vieil homme l'écouta avec ravissement.

— Vous êtes merveilleusement doué ! s'exclama ce dernier entre deux bouchées. De toute ma vie, je n'ai jamais entendu mélodies plus agréables !

Les autres se regardèrent, un peu dubitatifs. Certes, Orféus ne se débrouillait pas si mal pour un débutant, mais tout de même, les compliments de Jahalod leur semblaient exagérés.

— Nous aussi, nous sommes doués ! fanfaronnèrent les jumeaux.

Ils se levèrent et se proposèrent de chanter quelques chansons galniciennes. Mais à peine avaient-ils entonné le premier couplet, que Jahalod se mit à tousser.

— Excusez-moi, leur dit-il en reprenant son souffle, je crois que je préfère le son de la flûte.

— Peut-être, mais Orféus n'arrive pas à manger ! objecta Galotcho, un peu vexé. Nous voulions seulement lui permettre...

— Je n'ai pas faim, assura Orféus. Mangez, je vous en prie ! Moi, je vais jouer encore un peu.

Peppe et Galotcho renoncèrent à leur chanson et envoyèrent un coup d'œil désappointé à Malva qui bouillait intérieurement. Le son de la flûte lui tapait sur les nerfs, mais elle n'osa rien dire. Jahalod-Rîn, tout en ingurgitant le gibier grillé, les fruits et les poissons pêchés par Finopico, balançait sa tête blanche au rythme de la musique. Il rayonnait de bonheur.

— Si j'avais eu un fils, dit-il soudain, j'aurais voulu qu'il vous ressemble.

À ces mots, Orféus cessa de jouer. Sa gorge s'était nouée brutalement.

— Moi, j'ai eu un père, murmura-t-il en posant l'instrument sur ses genoux. Il est mort, maintenant. Je l'ai enterré il y a quelques mois, en Galnicie. J'aurais tant voulu qu'il soit...

Il hésita, les yeux soudain perdus dans le vague. Al émit un petit jappement en se brûlant la truffe contre une braise. Orféus sursauta.

— Vous parliez de votre père, lui rappela doucement Jahalod.

— Oui, mon père, murmura Orféus. C'était quelqu'un qui... qui n'était malheureusement pas aussi sage et honnête que vous.

Il contempla la flûte, secoua la tête comme pour chasser sa tristesse, et se remit aussitôt à jouer. Malva frissonna.

— J'en ai assez de cette musique ! déclara-t-elle. J'aimerais manger en silence !

Jahalod et Orféus se tournèrent vers elle en même temps, l'air contrarié.

— Rien ne vous oblige à rester, lui dit sèchement le vieil homme. Si vous n'êtes pas sensible à la beauté...

— Cette flûte me casse les oreilles, maugréa Malva. J'ai déjà entendu des mélodies bien plus jolies, si vous voulez le savoir !

Elle jeta une poignée de sable dans le feu. Ses mains tremblaient.

— J'ai entendu le lamento d'un marin de Lombardaigne, j'ai entendu les voix des femmes baïghours le soir sur la Grande Steppe Azizienne, j'ai entendu le chant des preunuques de Temir-Gaï ! Et même les sérénades des musiciens de mon père me semblaient plus agréables que cette flûte criarde !

— Tant mieux pour vous, jeune fille ! rétorqua Jahalod-Rîn. Vous avez de la chance de pouvoir courir le vaste monde ! Mais moi, ici, tout seul... eh bien, je ne dispose que de ces roseaux !

Excédé, Orféus se leva d'un bond et vint se planter devant Malva, la dominant de toute sa hauteur.

— Vous avez le cœur bien sec, Princetta ! lâcha-t-il avec fureur. Jahalod nous accueille sur son île, il nous offre ses fruits et son eau, vous pourriez faire un effort pour le remercier ! Je vous observe, depuis que nous sommes ici : vous restez dans votre coin comme si vous étiez la plus malheureuse du monde ! Mais regardez autour de vous ! Cette île est magnifique ! Nous mangeons, nous buvons ! Jahalod vit tout seul ici depuis des années, sans distraction, sans personne à qui parler. Alors, si quelques notes de flûte peuvent le consoler un peu de sa solitude, je...

Malva balança son morceau de viande dans le feu et se leva à son tour, furieuse :

— Jahalod a choisi de vivre tout seul sur cette île ! répliqua-t-elle. Tant pis pour lui ! Ce n'est certainement pas à nous de le consoler d'avoir été un lâche !

— Un lâche ? s'étrangla Orféus. Comment osez-vous insulter notre hôte ?!

La respiration d'Orféus s'était accélérée. Sous l'effet de la colère, son cou se tendait et des veines bleutées saillaient sur son front. Il semblait prêt à se jeter sur Malva. Interdits, les autres contemplaient la scène sans savoir que faire. Dans le feu, les morceaux de gibier continuaient à rôtir, provoquant de temps en temps des envolées d'étincelles qui montaient dans le ciel noir. Jahalod toussa encore, puis il dit d'une voix cassée :

— Ne vous fâchez pas. Cette jeune fille a sans doute raison. J'ai été lâche, autrefois, quand Catabée m'a accueilli dans l'Archipel. Je n'ai pas eu le courage de relever le défi qu'elle me proposait, c'est la vérité.

Décontenancé, Orféus se tourna vers le vieil homme.

— Ne dites pas des choses pareilles, supplia-t-il. Vous êtes si bon et si généreux ! La Princetta ne sait plus ce qu'elle dit ! C'est une... une enfant gâtée !

Malva ouvrit la bouche, mais elle était trop stupéfaite pour dire quoi que ce soit. Alors, Jahalod-Rîn lui jeta un regard en biais et hocha la tête. Un sourire matois passa sur ses lèvres.

— La jeune fille est peut-être jalouse, suggéra-t-il. Si j'ai bien compris, elle est issue d'une haute lignée. Elle a l'habitude d'être choyée, entourée et elle doit aimer donner des ordres. Maintenant, elle voit l'attention que vous me portez, elle sent qu'elle n'a pas tant de pouvoir... et elle se sent délaissée !

Le visage de Malva s'empourpra.

— Jalouse, moi ? hurla-t-elle. Comment pourrais-je être jalouse d'un pauvre vieux fou ?

Orféus l'agrippa instantanément par les épaules et la secoua sans ménagements.

— Taisez-vous ! cracha-t-il. Si vous traitez encore une fois mon père de fou, je vous...

Il y avait tellement de hargne dans les propos d'Orféus que Babilas et les jumeaux sautèrent sur leurs pieds et vinrent s'interposer entre lui et Malva.

— Votre *père* ? s'esclaffa la jeune fille. Qu'est-ce que vous racontez, Capitaine ? Votre père est mort ! Vous l'avez dit tout à l'heure !

Orféus fit un bond en avant, la bouche tordue par la rage, mais Babilas l'arrêta d'une main. Les jumeaux avaient encadré Malva et la tiraient vigoureusement en arrière.

— Faites-la taire ! écumait Orféus. Emmenez-la loin d'ici ou je l'étripe !

Lei et Finopico se levèrent à leur tour, abasourdis. Cette violence subite les laissait sans voix. Seul Jahalod-Rîn resta tranquillement assis près du feu, continuant comme si de rien n'était à se lécher les doigts et à picorer des fruits.

— Reviens près de moi, fils, murmura-t-il à l'intention d'Orféus. Assieds-toi près du feu et laisse la colère fondre dans ton cœur.

Coincé entre les bras puissants de Babilas, Orféus regardait Malva et les jumeaux s'éloigner. En entendant la voix de Jahalod, il se détendit brusquement.

— Viens, viens..., insista le vieillard. Si ces gens sont encore tes amis, ils te comprendront. Donne-leur le temps. Assieds-toi là et joue-moi un petit air...

Babilas fronça les sourcils en voyant Orféus se dégager de son étreinte pour retourner près de Jahalod. Il resta immobile, inquiet, sa carrure impressionnante jetant une ombre sur les flammes, tandis qu'Orféus reprenait sa place à côté du vieux Jahalod et qu'il s'apprêtait à jouer.

Lei et Finopico attrapèrent Al par le cou et l'entraînèrent loin du feu.

— Il semblerait que nous ne sommes plus les bienvenus, lança Finopico. Et puis, nous avons mal aux oreilles, nous aussi !

Par bravade, Orféus souffla de toutes ses forces dans la flûte, qui produisit un son tellement strident que Lei poussa un cri. Jahalod-Rîn éclata de rire.

— C'est bien, mon fils ! ricana-t-il tandis que les autres s'éloignaient. Maintenant, nous sommes tranquilles, toi et moi !

Il posa sa main tavelée sur l'épaule d'Orféus.

— J'ai bien mangé. J'ai sommeil, je vais m'étendre.

Mais joue encore pour moi, s'il te plaît. La musique me bercera.

Le vieillard alla s'allonger sur le seuil de sa cabane et ferma les yeux. Assis devant le feu, Orféus joua, joua, joua encore. La nuit recouvrait l'île, lourde et noire comme une cape de feutre. Il avait commencé à pleuvoir. Malva, Lei, Finopico, Babilas et les jumeaux s'étaient réfugiés sous le toit de planches, un peu plus loin. Ils se parlaient à voix basse, indécis, jetant par moments des regards anxieux vers Orféus qui ne se souciait pas de la pluie. Il jouait, les cheveux mouillés, devant le feu qui s'éteignait. De temps à autre, il éternuait. Dès qu'il s'arrêtait, Jahalod se redressait en sursaut.

— Continue, s'il te plaît..., demandait-il d'une voix plaintive. Cette flûte me fait tant de bien !

Orféus obéissait, luttant contre l'épuisement pour plaire à son hôte. Les heures succédèrent aux heures, les notes aux notes, les éternuements aux éternuements.

À l'aube, les yeux rouges et les doigts raides, Orféus jouait encore.

— Merci, mon fils ! lui dit Jahalod en s'étirant. Grâce à toi, je me suis bien reposé. Maintenant, je me sens en grand appétit.

Orféus posa lentement sa flûte. Il claquait des dents. Le ciel était pâle et une brise fraîche bousculait les feuillages des grands arbres. Hagard, Orféus s'en alla vers la forêt pour cueillir des fruits. Il tenait à peine debout, mais il n'écoutait pas ses muscles endoloris qui lui commandaient de se reposer. Il fallait qu'il procure à manger à Jahalod, coûte que coûte.

Plus loin, sous le toit de planches, ses compagnons observaient la scène. Toute la nuit, les notes de la flûte les avaient empêchés de fermer l'œil.

— Par la Sainte Quiétude, le Blanc-Bec pourrait décrocher la lune pour ce tailleur de roseaux ! grogna Finopico. S'il joue encore de son maudit flûtiau, je lui fais manger du sable !

Babilas approuva. Il serrait les poings, plein d'impatience et de colère.

Le soleil s'était levé. C'était le troisième jour depuis que Catabée avait déposé les Pierres de Vie dans le Nokros et les passagers de la *Fabula* arboraient des mines déconfites et tristes.

— Il faut partir, déclara Malva. La *Fabula* est prête. Nous avons déjà trop attendu !

— Je d'accord, répondit Lei. Nous partir ! Mais Orféus ?

— Laissons-le ici ! gronda hargneusement Finopico. S'il veut mourir de fatigue pour plaire à ce vieux tyran, tant pis pour lui !

Babilas secoua la tête pour montrer qu'il n'était pas de cet avis et les jumeaux protestèrent à leur tour :

— Catabée nous a bien dit que nous devions rester ensemble ! rappela Peppe. Sinon, nous serons jetés au Claquemur !

— Il a raison, convint Malva. Nous devons poursuivre notre route, tous ensemble.

Jahalod-Rîn avait repris sa place sur son rocher. Son

couteau à la main, il commençait son travail absurde, piochant dans le tas de roseaux qu'Orféus venait de lui apporter.

— Celui-ci est cassé, fit-il remarquer en brandissant l'un des roseaux. Et celui-là est trop vert ! Ceux-là sont trop secs ! Écoute-moi, fils... Comment veux-tu que je fasse de bonnes flûtes avec ça ?

— Pardon, père, répondit Orféus. Je vais vous en apporter d'autres !

Manifestement à bout de forces, il courut tout de même en direction des arbres.

— Cette île est notre première épreuve, dit alors Malva en le suivant du regard. Et Orféus est en train de perdre...

À cet instant, Orféus surgit de la forêt, portant une pleine brassée de roseaux. En vacillant, il rejoignit Jahalod et déposa son fardeau à ses pieds, comme un pèlerin une offrande devant la statue d'une divinité.

— C'est bien, fils, lui dit Jahalod. Maintenant, joue-moi de la flûte. J'ai des crampes d'estomac, qui passeront peut-être avec la musique. C'est peut-être à cause du gibier de ton cuisinier ? Il avait un goût curieux.

À dessein, le vieux avait parlé d'une voix forte pour que tout le monde l'entende. Finopico tressaillit.

— Mon gibier ? Il était parfait, mon gibier ! grogna-t-il. Il commence à me chauffer sérieusement les oreilles, ce vieux grincheux !

Lei fit un pas en avant et sortit de l'abri de planches.

— Jahalod vouloir nous séparer, dit-elle. Lui semer la discorde !

Malva la rejoignit.

— Ça suffit ! Venez !

Elle s'avança vers Orféus qui était accroupi devant le rocher, les lèvres serrées sur sa flûte. Elle contempla un moment le visage du jeune homme : son teint pâle, ses traits tirés par la fatigue, ses lèvres gercées, ses yeux fiévreux. Quand il s'aperçut de sa présence, Orféus releva la tête.

— Allez-vous-en, aboya-t-il. Jahalod-Rîn ne veut voir que moi !

Malva prit un air sévère :

— Depuis quand parlez-vous sur ce ton à votre Princetta ?

— Il t'a demandé de partir, intervint le vieillard sans même regarder Malva. Laisse-nous en paix.

Malva n'accorda pas non plus un regard à Jahalod. Elle prit une grande respiration et s'agenouilla dans le sable.

— Nous partons, murmura-t-elle à l'oreille d'Orféus. Nous n'attendons que vous.

— Je n'irai nulle part, répondit le jeune homme. Jahalod a besoin de moi, ici. Il est fragile et je dois m'occuper de lui. Je suis un bon fils, pour lui. Un bon fils n'abandonne pas son père.

Derrière Malva, tous les autres passagers de la *Fabula* s'étaient rassemblés. Ils observaient Orféus.

— Laissez-nous ! répéta Jahalod en levant vers eux la lame de son couteau.

— Vous allez le mettre en colère ! cria Orféus à Malva. Partez !

— Je ne crains pas la colère de Jahalod, répondit Malva. C'est nous qui avons besoin de votre aide, Orféus. Sans vous, la *Fabula* ne peut pas naviguer. Rappelez-vous ce que Catabée a dit : pour trouver les portes de l'Archipel...

— Je ne veux plus quitter l'Archipel ! aboya Orféus, le visage congestionné. J'ai changé d'avis ! Je veux rester ici, avec mon maître Jahalod !

Soudain, Jahalod-Rîn se leva de son rocher. Babilas fit un geste et le vieillard pointa son couteau vers lui. Le géant resta à distance.

— Joue-moi un air, fils ! réclama Jahalod. Mes oreilles bourdonnent, j'ai besoin de musique !

Orféus voulut souffler dans sa flûte, mais il n'en eut pas le temps : Malva avait bondi sur lui. Elle lui arracha l'instrument des mains, le brandit au-dessus de sa tête :

— Plus de flûte ! s'écria-t-elle. C'est terminé !

D'un coup sec, elle brisa le roseau en deux. Orféus poussa un cri, mais resta accroupi près du rocher, comme tétanisé.

Aussitôt, Jahalod-Rîn entra dans une fureur folle. Il se rua vers Malva en hurlant, le couteau en avant. Babilas s'élança et désarma le vieillard. Malva s'empara du couteau.

— Soyez maudits ! hurla Jahalod, à genoux. Vous avez osé briser la flûte de mon fils ! Vous méritez la mort !

Sidéré, Orféus regardait alternativement le vieil homme, ses compagnons, et les deux morceaux de roseau. Quelque chose s'était brisé en lui, en même temps que la flûte.

— Autres roseaux ! s'écria soudain Lei. Au feu ! Vite !

Tandis que Babilas retenait fermement Jahalod par les épaules, Malva, Lei et les jumeaux bondirent vers le tas de roseaux. Ils détalèrent vers le feu mourant et jetèrent les flûtes dedans.

— Non ! Pas mes flûtes ! suppliait le vieillard. Ma musique ! Mon fils ! Soyez maudits !

Les morceaux de bois ravivèrent aussitôt les braises. Des gerbes d'étincelles montèrent dans le ciel comme des nuées de lucioles effrayées. Orféus se releva enfin, un peu étourdi. Il porta une main tremblante à son front.

— Venge-moi ! lui ordonna Jahalod qui se débattait encore entre les bras de Babilas. Tu vois bien qu'ils cherchent à nous séparer ! Venge ton père !

Al, qui avait traîné son arrière-train dans le sable, s'approcha alors d'Orféus. Il gémit et lui lécha la main.

— J'ai soif, murmura Orféus. J'ai tellement soif !

Galotcho se précipita pour lui apporter de l'eau. Il le fit boire, puis lui tendit une main amicale :

— Venez, Capitaine. S'il vous plaît... Il est temps de partir.

Orféus accepta de prendre sa main et de se laisser conduire vers la *Fabula*.

— Tu ne peux pas m'abandonner ! lui criait le

vieillard. Tu dois t'occuper de moi ! Je t'ai offert de l'eau et des fruits !

Orféus était en état de choc, mais les cris hystériques de Jahalod-Rîn n'avaient plus aucun effet sur lui. Il s'éloignait à pas lents vers le bateau. Au moment où il s'agrippait aux cordages, Jahalod lui lança :

— Pourquoi m'as-tu convoqué, si c'est pour me trahir ?

Orféus suspendit son geste. Il se tourna vers Galotcho, qui attendait en bas, anxieux.

— Ai-je vraiment convoqué cet homme ? demanda-t-il. L'ai-je trahi ?

— Ne l'écoutez pas, Capitaine, lui recommanda doucement le gamin. C'est lui qui vous a trahi ! Il dit n'importe quoi pour vous retenir. Montez, maintenant. Nous devons prendre la mer !

Orféus hocha gravement la tête et reprit son ascension. Derrière eux, Finopico, Lei et Malva accouraient, tandis que Peppe tirait Al par le cou. Le vieux saint-bernard, qui avait dégotté un reste de viande sous les cendres, refusait d'abandonner son butin. Il grognait et glapissait.

Enfin, quand tout le monde fut à bord, Babilas lâcha Jahalod. Il se dépêcha de détacher l'amarre avant de venir s'arc-bouter contre la coque de la *Fabula.* D'un incroyable mouvement de reins, il repoussa le bateau loin de la plage, puis s'accrocha à l'échelle de corde et se hissa à bord.

À genoux devant le bûcher, Jahalod-Rîn tentait de récupérer quelques flûtes à demi carbonisées. Il se brûlait les doigts et continuait de gémir comme un animal blessé. De son côté, Orféus s'était effondré sur le pont et se bouchait les oreilles pour ne pas entendre la plainte du vieil homme.

— Qu'il se taise ! Qu'il se taise ! geignait-il en se tordant de douleur.

Lei s'était agenouillée près de lui. Elle passait ses mains sur le front brûlant d'Orféus tout en prononçant des mots étranges et apaisants.

Les jumeaux et Finopico hissèrent les voiles rapiécées. Elles claquèrent en se déployant dans le ciel limpide.

— Bon vent ! s'écria Galotcho.

Debout sur la dunette arrière, Malva regarda l'île s'éloigner et la silhouette de Jahalod-Rîn rapetisser. Que leur était-il arrivé ? Comment ce vieil homme d'apparence si inoffensive avait-il pu exercer autant de pouvoir sur l'esprit d'Orféus ? Comment quelques notes de musique avaient-elles pu semer le trouble parmi eux tous ? Malva ne s'expliquait pas ces événements, mais elle sentait qu'elle et ses compagnons avaient frôlé la catastrophe.

Dans l'alambic du Nokros, l'acide rouge continuait de goutter sur les Pierres de Vie. Il n'en restait plus que sept.

28

Journal d'Orféus

J'ai retrouvé mon journal de bord sous un fatras de cartes délavées et de papiers gondolés par l'eau de mer. J'ai donné les feuillets épars à la Princetta qui a besoin, m'a-t-elle dit, de noter les événements de son voyage.

Mon journal a souffert et les notes que j'avais consignées avant la tempête se sont effacées, mais il est temps pour moi de reprendre mon travail de Capitaine. Ma fièvre est miraculeusement tombée ; je me sens de nouveau moi-même.

Ce que j'ai vécu sur l'île de Jahalod-Rîn m'interroge et m'obsède. Lei, qui a de grandes connaissances concernant les phénomènes étranges, pense que j'ai été envoûté par le son de la flûte. C'est aussi l'avis de Malva. De fait, quand elle a rompu le roseau en deux, j'ai été libéré. Elles ont sans doute raison, mais je pense surtout que Jahalod-Rîn a deviné ma faiblesse. Face à lui, j'étais aussi soumis et asservi que devant mon véritable père. Quand parviendrai-je à me débarrasser de mes craintes d'enfant ?

Tout à l'heure, j'ai réuni l'équipage sur le gaillard d'avant. J'ai remercié chacun de m'avoir tiré des griffes de Jahalod et je me suis excusé pour toutes les paroles insensées que j'ai pu dire sur l'île, spécialement envers Malva.

La Princetta a accepté mes excuses ; je lui en suis reconnaissant. Si je me souviens bien, je l'ai traitée d'enfant gâtée... Par la Sainte Harmonie, je m'en veux ! Elle qui a survécu à tant d'affronts et de dangers mortels, ces derniers temps, comment ai-je osé ? Malva n'est pas une enfant gâtée, loin de là ! Elle est fière et courageuse, déterminée, droite et...

Orféus suspendit sa plume au-dessus des pages gondolées. Le visage lumineux de Malva dansait devant ses yeux fatigués. Ses traits fins, sa chevelure noire et lourde, son regard d'ambre. Il devait reconnaître que sa réputation de beauté n'était pas usurpée. Il secoua la tête et reprit sa plume.

Le temps passe. La seconde Pierre de Vie s'est fendue en deux morceaux tout à l'heure. La nuit prochaine, elle sera dissoute.

Tout à l'heure, Galotcho m'a demandé quel trésor caché j'avais trouvé sur l'île de Jahalod. « Catabée nous a bien dit qu'il y en aurait un dans chaque île, non ? » a-t-il ajouté.

J'ai hésité, puis je me suis souvenu que Catabée nous avait recommandé d'être sincères, alors je me suis décidé. Je crois que j'ai rougi avant de lui répondre ceci : « J'ai trouvé deux choses sur cette île. D'une part, j'ai compris que j'avais réellement perdu mon père et que personne ne pourrait le remplacer. Pas plus Jahalod qu'un autre. Annibal Mac Bott n'a pas été un bon père pour moi. Il a été, c'est tout. Je dois désormais mener ma vie sans lui, comme j'ai mené ma vie sans ma mère depuis ma naissance. » Avant de poursuivre, j'ai marqué une pause. Galotcho et Peppe se sont murmuré des cachotteries, puis Peppe a dit que j'étais comme eux, un orphelin. Les deux frères semblaient profondément heureux de me compter comme l'un des leurs.

« Le deuxième trésor que j'ai trouvé sur cette île, ai-je continué, c'est vous, justement. Vous tous. Sans votre aide, je serais encore en train de souffler dans ma flûte. »

Finopico m'a avoué qu'il avait eu envie de s'enfuir en m'abandonnant à mon pauvre sort. Ça ne m'étonne pas de lui ! Cet énergumène ne m'a jamais tellement apprécié, mais je ne lui en veux pas. Il m'appelle « Capitaine », comme les autres, et je sais qu'au fond, il ne ferait pas de mal à une mouche.

Nous devons maintenant poursuivre notre errance dans cet Archipel inquiétant. Nous savons désormais que les dangers qui nous guettent peuvent revêtir des formes inattendues et je sens une grande tension parmi les membres de l'équipage. À l'heure qu'il est, il fait nuit, et je devine que personne ne dort, à part Al qui a toujours eu le sommeil facile. Babilas et Lei sont de quart sur le pont ; je crois que je vais aller les re...

(phrase inachevée)

29

Six hommes sans dents

Des cris de détresse perçaient l'obscurité. Des cris affreux, rauques, profonds et effrayants qui déchirèrent tout à coup les tympans d'Orféus. Il sortit en catastrophe de sa cabine, croisa Galotcho, Peppe et Malva qui remontaient aussi vers le pont avec des lampes-tempête, et lorsqu'ils surgirent tous ensemble, affolés, par l'écoutille, ils trouvèrent Babilas et Lei recroquevillés près de la lisse de dunette, les mains sur les oreilles. Les hurlements étaient si forts qu'ils en étaient presque insoutenables.

— Qu'est-ce que c'est ? demandèrent Peppe et Galotcho, épouvantés.

Babilas secoua la tête. Il ignorait de quoi il s'agissait. Grimaçant de douleur, Orféus empoigna la lampe de Peppe et s'approcha de la lisse ; les cris semblaient provenir d'un point, à tribord. Il leva la lampe et se pencha. En contrebas, l'écume phosphorescente moussait sur la coque de la *Fabula*... et plus loin, dans un rayon de clarté, Orféus crut apercevoir une silhouette humaine. Les bras levés, elle s'agitait... et criait.

— Vite ! appela Orféus. Apportez d'autres lampes !

Malva et les jumeaux se joignirent à lui.

— Là-bas ! dit Orféus en pointant son doigt vers la silhouette.

Les autres plissèrent les yeux.

— Des naufragés ! s'exclama Malva. Ils nous appellent à l'aide !

Malgré les ténèbres, Orféus pouvait presque compter les malheureux qui surnageaient, là-bas, à quelques brasses du navire. Leurs appels n'avaient presque plus rien d'humain.

— Ils sont cinq ou six, dit-il. Carguez les voiles ! Il faut les secourir !

Les passagers de la *Fabula*, malgré leur peur, obéirent aux ordres d'Orféus. Babilas ôta les mains de ses oreilles et grimpa dans les haubans. Les voiles s'affaissèrent, et le navire ralentit sa course. Pendant ce temps, Orféus s'était emparé de la barre. Depuis que Babilas l'avait réparée, elle restait fragile. Il la manœuvra en douceur, en mettant le cap vers les naufragés, avant de retourner vers l'avant.

Finopico venait d'arriver, les yeux bouffis de sommeil, les cheveux hirsutes.

— Qu'est-ce qui se passe encore ? grogna-t-il.

Malva lui désigna les hommes qui nageaient dans les remous et dont les cris faiblissaient. Ils étaient six, en effet.

— Envoyez-leur des filins ! ordonna Orféus.

Babilas fut le plus rapide. En un éclair, il avait arrimé toutes les aussières et les écoutes qu'il avait pu trouver et, d'un geste puissant, il les jeta une à une par-dessus bord, en direction des naufragés. Les jumeaux, Lei et Malva éclairaient de leur mieux la scène du drame avec leurs lampes, les yeux écarquillés, le cœur battant.

Babilas remonta d'un seul coup deux hommes qui s'étaient accrochés à la même aussière. Il tira, souffla, tira encore, et lorsque les deux malheureux s'écroulèrent sur le pont, il se dépêcha d'aller secourir les suivants.

Orféus et Finopico réceptionnèrent les naufragés les uns après les autres, les enroulant de leur mieux dans de vieilles voiles, leur proposant de l'eau et des mots rassurants. Quand le dernier tomba à bord, épuisé, Babilas enroula les écoutes en galettes, puis disparut dans l'escalier de l'écoutille centrale.

Les jumeaux, Lei et Malva firent cercle autour des rescapés, éclairant enfin leurs visages trempés. Et là, ils eurent un choc : les six hommes, hébétés, ouvraient la bouche sur des gencives sanglantes. Ils n'avaient plus de dents !

— Par la Sainte Harmonie, murmura Malva en blêmissant.

Non seulement ils n'avaient plus de dents, mais certains n'avaient plus de cheveux, tandis que d'autres, paupières fermées, semblaient aveugles.

— Leurs mains ! s'étrangla Galotcho en réprimant un haut-le-cœur. Regardez leurs mains !

Les doigts des six hommes étaient recroquevillés comme des serres de rapace, mais on voyait tout de même qu'ils n'avaient plus d'ongles...

— Quelle horreur, hoqueta Finopico en se détournant.

— Ils ont dû rester très longtemps dans l'eau, suggéra Orféus pour expliquer leur état. Quelle tristesse...

Courageusement, Lei vint s'accroupir près de l'homme qui semblait le moins épuisé. Il était adossé contre la lisse, et bien qu'il n'eût ni dents ni ongles, il possédait encore ses yeux.

— *Ydroim fwr graich ?* demanda Lei.

L'homme la contempla avec une certaine stupeur. Un gargouillis sortit de sa gorge et une bulle de sang se forma entre ses lèvres meurtries.

— *Ysgybolg fwr graich ?* insista Lei.

Cette fois, l'homme se contenta de hocher la tête. Puis il ajouta en faisant des efforts pour articuler :

— *Dillawisg... nozg... nozgeidim...*

Et il désigna la nuit d'un geste las.

— Que dit-il ? s'inquiéta Orféus.

— Ils sont marins de Dunbraven, expliqua Lei en appuyant d'une main sur sa poitrine oppressée. Comme nous, perdus dans Archipel. Bateau échoué sur des récifs, là-bas.

Lei indiquait la direction vers laquelle se dirigeait

maintenant la *Fabula*. Aussitôt, Orféus décida de changer de cap. Il se précipita vers la barre en appelant :

— Babilas ! Les voiles ! Vite !

Mais le géant avait disparu et il ne répondit pas à l'ordre d'Orféus.

— Nous y allons, Capitaine ! lancèrent les jumeaux, soulagés de s'éloigner un instant de ces hommes mutilés.

Pendant ce temps, Lei continuait de questionner le marin dans sa langue gutturale. Malva s'était agenouillée près de la fille de Balmun et tentait de comprendre la situation.

— Demande-lui ce qui est arrivé à leurs dents... et à leurs ongles, souffla-t-elle à l'oreille de son amie.

Avec tact et patience, Lei parvint à obtenir quelques bribes d'explications, mais l'homme semblait si épuisé qu'il perdait souvent le fil de ses pensées. Malva releva pourtant quelques mots qu'elle ne connaissait que trop : *Catabée, Nokros*... À la fin, Lei traduisit à Malva ce qu'elle avait compris :

— Eux étaient plus de vingt quand ils sont entrés dans Archipel. Catabée leur a confié Nokros contenant Pierres de Vie. Comme pour nous. Si moi bien compris, ils subir nombreuses épreuves terribles. Certains marins se battre. Hier, plus qu'une Pierre de Vie et, à ce moment-là, ils rencontrer récifs. Nokros coulé avec navire. La plupart des hommes... morts !

Ayant accompli sa manœuvre, Orféus était revenu,

ainsi que les jumeaux. Ils écoutaient le rapport de Lei, front plissé, lèvres serrées.

— Homme dire que Patrouilleurs de Catabée arrivés un peu avant la nuit. Abattus sur survivants du naufrage. Deux marins emportés dans les airs, vers Claquemur. Mais eux... pas vouloir se laisser faire. Alors, Patrouilleurs crever œil, arracher dents, arracher ongles...

Lei suffoquait en rapportant ces paroles. Elle tremblait comme une feuille. Les jumeaux, horrifiés, s'étaient appuyés l'un contre l'autre, au bord de la nausée.

— Quand nuit tombée, acheva Lei dans un souffle, Patrouilleurs s'envoler loin et disparaître.

Orféus frémit. En regardant ces pauvres hommes allongés sur le pont, il avait l'impression de voir un présage : voilà le sort qui était réservé à ceux qui échouaient ! La mutilation avant d'être jetés au Claquemur !

— Que nous faire ? gémit Lei en se tournant vers lui. Eux, condamnés ! Plus de Nokros, plus de Pierre de Vie !

— Si je comprends bien, murmura Malva, les Patrouilleurs ne volent pas en pleine nuit. Ils redoutent peut-être l'obscurité. Nous avons donc jusqu'au matin pour prendre une décision.

Galotcho poussa une courte plainte.

— Vous croyez que les Patrouilleurs vont revenir, Princetta ?

Personne ne répondit. Pourtant, il semblait inéluctable que ces oiseaux de malheur surgissent dès l'aube pour achever leur travail. Pendant un moment, le silence régna. Les naufragés grelottaient sous leurs morceaux de voiles, ils saignaient, mais ils ne criaient plus.

— Cachons-les ! déclara soudain Orféus. Nous avons sauvé ces malheureux de la noyade, ce n'est pas pour les abandonner à la merci des Patrouilleurs ! Si nous les dissimulons dans les cales de la *Fabula*, personne ne le saura. Les Patrouilleurs croiront qu'ils se sont noyés.

Malva, Lei et les jumeaux échangèrent des regards effarés. Finopico, quant à lui, secoua la tête vigoureusement :

— Dans les cales ? demanda-t-il. Mais enfin... ces hommes ont sûrement des maladies ! Ils vont nous attirer la vermine ! Je ne veux pas être contaminé !

Orféus consulta les autres.

— Je ne sais pas, Capitaine..., hésita Peppe.

— Moi non plus, avoua Galotcho. Peut-être que si on passe les cales au vinaigre...

— C'est ça ! s'exclama Orféus. Nous désinfecterons l'endroit pour tuer la vermine ! Es-tu d'accord, cuisinier ?

— Moi, je suis d'accord ! lança Malva. Nous n'avons pas d'autre choix que de les sauver ! Les Patrouilleurs sont nos ennemis autant que les leurs, après tout !

Finopico baissa la tête, à court d'arguments. Alors, Lei se pencha vers l'homme et lui traduisit ce qui venait d'être décidé. Une sorte de sourire rouge fendit le visage du marin.

— Babilas ! appela encore Orféus. Nous avons besoin de toi ! Il faut transporter ces hommes en bas !

Le géant ne se montra pas.

— Par la Sainte Quiétude, bougonna Orféus, il se démène comme un furieux pour sauver ces pauvres bougres, il enroule les écoutes... et il disparaît ! C'est curieux...

— Nous allons le chercher ! déclarèrent les jumeaux en se précipitant vers l'entrée de l'écoutille.

Mais quand ils revinrent un moment après, ils affichaient des mines penaudes.

— Babilas est dans sa couchette. Il refuse de venir, expliqua Peppe.

— Et puis... il pleure, ajouta Galotcho avec étonnement.

— Il pleure ? répétèrent les autres, stupéfaits.

Les jumeaux hochèrent la tête.

— À torrents, précisèrent-ils.

30

Pourquoi Babilas pleurait

Malva s'était proposée pour aller parler à Babilas ; si le géant avait refusé de laisser entrer les jumeaux, il n'oserait pas renvoyer sa Princetta.

Elle passa donc une partie de la nuit avec lui, à tenter de le consoler et de comprendre la raison de ces larmes soudaines. Lorsqu'elle revint dans sa couchette, l'aube était proche. Bien que la fatigue dessinât des cernes profonds sous ses yeux, elle ne se coucha pas. Les confidences de Babilas lui avaient ôté toute envie de dormir.

Quelques jours auparavant, elle avait demandé à Orféus du papier et de l'encre. Il lui avait donné des feuillets arrachés à son journal de Capitaine, un peu gondolés par l'humidité, mais Malva n'avait encore rien noté dessus. Écrire, raconter... à quoi bon si tous ses mots finissaient immanquablement par se perdre ?

Le Coronador l'avait obligée à brûler ses premiers carnets, l'*Estafador* avait emporté les autres dans son naufrage. Qu'adviendrait-il de ce qu'elle écrirait désormais ?

Cette nuit-là, pourtant, elle reprit la plume. En écrivant, elle espérait se libérer du poids qui oppressait son cœur.

Quand je suis entrée dans la couchette de Babilas, écrivit-elle, *il était allongé sur le ventre. Ses jambes dépassaient largement du rebord. Il est tellement grand ! Mais ce qui m'a frappée, c'est qu'il avait l'air petit quand même, couché comme ça, à sangloter. On aurait dit un enfant. Je me suis approchée et j'ai touché son épaule.*

Avant, quand je vivais dans la Citadelle, le protocole m'interdisait de toucher les gens de rang plus modeste que le mien, en dehors de Filomène bien sûr. C'était une consigne stricte, mais je n'ai pas toujours obéi. Quand je me cachais dans les cuisines avec les servantes, par exemple, il m'arrivait de m'asseoir sur leurs genoux pour les aider à écosser les pois ! Mais j'avoue que je n'avais jamais touché un homme aussi fort et musclé que Babilas. Sa peau était chaude, humide et ferme... ça m'a fait un drôle d'effet.

Lui aussi a été surpris de me trouver là. Il a ouvert de grands yeux piteux et j'ai compris qu'il avait honte de lui-même. Je lui ai demandé s'il avait eu peur des hommes de Dunbraven. Il a secoué la tête. Il a grimacé et montré son cœur. « Ces hommes te font mal au cœur ? » ai-je demandé. Babilas s'est assis sur la couchette et il a poussé un soupir las.

Il a essayé de m'expliquer par gestes ce qui provoquait son chagrin. Je crois que j'ai deviné l'essentiel et c'est cela que je dois raconter ici.

Malva cessa d'écrire un instant. Elle avait les mains moites et la gorge nouée. Sa feuille était couverte de son écriture encore enfantine, les lignes se brouillaient devant ses yeux, mais elle devait poursuivre :

Autrefois, Babilas n'était pas muet. Il avait une fiancée qu'il avait rencontrée dans un port du pays de Dunbraven, justement. Un vrai coup de foudre, si j'ai bien compris. Tous deux adoraient la mer. Ils passaient souvent leurs journées à pêcher et à se promener en barque. Un jour d'été, il faisait si chaud que la fiancée de Babilas a voulu se baigner au large.

Babilas s'est remis à pleurer en évoquant ces souvenirs, mais il m'a fait comprendre qu'il voulait aller jusqu'au bout, qu'il voulait tout me « dire ». Son chagrin me faisait mal, mais j'ai continué à deviner son histoire.

Donc, ce jour d'été, la fiancée de Babilas a plongé depuis la barque. Il lui a crié de faire attention, de ne pas s'éloigner. Mais elle nageait très bien, elle n'avait pas peur. Par jeu, elle s'amusait à disparaître sous la barque et à reparaître de l'autre côté, en restant sous l'eau de plus en plus longtemps.

À un moment, Babilas n'a plus vu sa fiancée. Elle ne remontait pas. Il s'est attaché à la barque avec un cordage et il a sauté dans l'eau. Il a nagé, plongé, cherché, appelé pendant des heures. Sa fiancée n'est jamais remontée à la surface.

Malva essuya une larme qui perlait à ses paupières et tourna la page pour écrire au verso :

Je ne sais pas comment Babilas a trouvé la force de retourner à terre, seul dans cette barque. Quand il a posé le pied sur le rivage, il s'est senti comme mort.

Il a marché jusqu'à la maison où vivaient les parents de sa fiancée. Les derniers mots qu'il a prononcés ont été pour leur dire que leur fille s'était noyée.

Après, Babilas est devenu muet.

La chandelle qui éclairait la couchette de Malva était presque consumée, mais une lueur pénétrait par le hublot. Le jour pointait. Elle trempa de nouveau sa plume dans l'encrier :

Quand Babilas a vu les marins en train d'appeler à l'aide et de se noyer, il a cru revivre cette scène épouvantable. Sauf que cette fois, il a réussi à sauver six hommes ! Six hommes de Dunbraven qu'il ne connaissait pas... alors qu'il n'a pas réussi à sauver une femme de ce pays qu'il aimait. Voilà pourquoi il pleurait...

Après m'avoir confié tout cela, il s'est effondré sur sa couchette, épuisé. Je suis restée un moment à son chevet, le cœur gros et la tête pleine d'images terribles. Je pensais à Filomène et à Ouzmir. Je me demandais où ils étaient, s'ils me cherchaient encore et s'ils n'avaient pas été blessés après l'attaque de Cispazan. Ils me manquent tant ! Comment peut-on survivre sans la présence de ceux que l'on aime ?

Babilas a fini par s'endormir. Je suis remontée sur le pont. Là, j'ai trouvé Orféus. Finalement, il s'était débrouillé avec Finopico et Lei pour emmener les marins dans les cales. Je lui ai donné de brèves explications concernant Babilas et il a compris. Je sais qu'il ne lui en voudra pas d'avoir succombé à ce chagrin. Orféus est un homme honnête et sensible. Depuis qu'il s'est débarrassé de Jahalod-Rîn, je le trouve vraiment...

Les mots lui manquèrent brusquement pour définir Orféus. Malva barra la dernière ligne, posa sa plume, plia ses feuilles et les rangea dans un tiroir au-dessus de sa couchette. Elle avait les yeux rouges. Le soleil n'allait plus tarder, maintenant. Elle se sentait aussi vide et aussi triste qu'une maison abandonnée.

À cet instant, quelqu'un frappa à la porte de la cabine. C'était Orféus. Quand son visage apparut dans l'embrasure de la porte, Malva eut un coup au cœur.

— Je réfléchissais, dit-elle pour expliquer son sursaut.

— Vous pourriez quand même dormir un peu, suggéra Orféus avec un sourire. Les jumeaux sont de quart, alors je venais voir comment vous vous sentiez, Princetta.

— Je vais bien, merci. Mais, s'il vous plaît, cessez de m'appeler Princetta. Je suis Malva. Juste Malva.

Elle manqua ajouter *fille de rien,* comme l'avait fait Filomène le soir de leur évasion de la Citadelle, mais les mots ne passèrent pas ses lèvres. Une émotion incertaine lui chavirait le cœur.

— Bien, dit Orféus, je surveillerai mon langage. Nous avons caché les naufragés dans les cales. Certains sont sans doute malades... Je voulais vous demander de ne pas descendre. Je ne veux pas que vous attrapiez la mort.

Orféus parlait doucement, avec une gentillesse touchante. Au moment où il allait refermer la porte, le premier rayon du soleil pénétra par le hublot de la cabine et vint se poser sur son front. Il sourit.

— Voilà le matin, dit-il. Prenez soin de vous.

Puis il disparut derrière la porte, laissant Malva éblouie et épuisée.

31

Dangers à l'horizon

Orféus remonta sur le pont et y retrouva Peppe et Galotcho endormis contre le grand mât.

— Voilà une drôle de façon de monter la garde ! leur dit-il en les secouant.

Les jumeaux bondirent sur leurs pieds en se frottant les yeux. Ils bredouillèrent quelques excuses confuses, mais Orféus ne les sermonna pas davantage. Par chance, la *Fabula* n'avait rencontré aucun écueil, aucun banc de sable, et ce moment d'égarement était pardonnable. Orféus consulta le Nokros, toujours posé près du mât. Inlassablement, il continuait de distiller le temps : la septième Pierre de Vie réduite en poussière, il n'en restait maintenant que six. Une fine couche de sable brun tapissait le fond du sablier. Orféus eut une pensée pour les marins de Dunbraven. Leurs bouches édentées, leurs doigts sanglants...

Quand ses yeux croisèrent ceux de Galotcho et Peppe, il sut que les jumeaux pensaient à la même chose que lui.

— Allons ! leur dit-il. Ne nous laissons pas abattre ! Il fait jour, il fait beau et...

Il scruta le ciel :

— ...il n'y a aucun Patrouilleur en vue !

Mais comme il s'approchait de la lisse et qu'il se penchait vers bâbord, il tressaillit. Une voile triangulaire était apparue, à une cinquantaine d'encablures de la *Fabula*. L'allure de cette voile et la coque à fond plat du navire ne laissaient aucun doute : il s'agissait d'une jonque cispazienne. Une de celles que les plongeurs n'avaient pas eu le temps de couler avant la bataille contre Temir-Gaï. Et dedans, il y avait sans aucun doute...

— L'Archonte, murmura Orféus.

Son visage s'assombrit. Plus légère que la *Fabula*, la jonque naviguait vent arrière et sa grand-voile paraissait en parfait état. Elle ne tarderait pas à les rattraper. Se remémorant les avertissements de Catabée, Orféus se tourna vers les jumeaux.

— Je veux tout le monde sur le pont dans deux minutes !

Galotcho et Peppe s'élancèrent vers l'entrée de l'écoutille sans demander d'explications. Pendant qu'ils donnaient l'alerte, Orféus fit un rapide bilan : à bord de la *Fabula*, pas de busarque ni d'espinglon, pas d'arbapulte ni de canon. Tout avait disparu pendant la tempête. Les seules armes dont ils disposaient étaient leurs poings et des ustensiles de cuisine ! Si l'Archonte bénéficiait encore de l'armement cispazien, la partie s'annonçait difficile.

Un à un, les membres de l'équipage apparurent sur le pont. Babilas lui-même avait répondu à l'appel. Il arborait une mine de papier mâché, mais Orféus lui fut reconnaissant d'être là.

— J'ai une mauvaise nouvelle, annonça-t-il. L'Archonte est à nos trousses.

Disant ces mots, il arrêta son regard sur Malva. La jeune fille se raidit, tandis que les autres poussaient des exclamations de désespoir.

— Je suis désolé, Princett..., commença-t-il.

Il se rattrapa en se souvenant de la promesse qu'il lui avait faite :

— Je suis désolé, Malva.

Il désigna la voile triangulaire qui, déjà, semblait avoir gagné du terrain.

— Mettons la gomme, Capitaine ! proposa Peppe.

— Oui ! s'enflamma Galotcho. Hissons le petit hunier et la voile de misaine ! Montrons-lui ce que la *Fabula* a dans le ventre !

Malva ferma les yeux, atterrée.

— J'ai utilisé la voile de misaine pour réparer la grand-voile, dit-elle d'une voix sombre. Il ne reste que le petit hunier.

— Hissez-le, ordonna Orféus aux deux jumeaux. Cela ne sera sans doute pas suffisant, mais il faut essayer de maintenir l'écart.

Il se tourna vers Babilas.

— Pouvons-nous compter sur toi ? lui demanda-t-il avec un brin d'inquiétude. Au cas où l'Archonte nous rattraperait, seras-tu en mesure de protéger la Pri... Malva ?

Le géant approuva d'un hochement de tête. Il se redressa, vint se placer derrière Malva, et se frappa la poitrine avec le poing, comme pour signifier qu'il en faisait le serment.

— Bien, sourit Orféus en se tournant cette fois vers Finopico. Je crois qu'il serait bon de rassembler tout ce qui pourrait faire office de projectile. Qu'as-tu dans ta cambuse ?

Le cuisinier grimaça et réfléchit.

— Deux casseroles en fer, un poêlon, une marmite... Je crois qu'il me reste aussi deux grandes louches, quelques couteaux émoussés et des fourchettes...

— Dégotte-moi tout ce que tu pourras, lui ordonna Orféus.

— Excusez-moi, Capitaine, mais c'est un peu ridicule, objecta Finopico. Que craignons-nous, en somme ? Catabée nous a dit que l'Archonte était seul à bord !

— Vous ne connaissez pas cet homme ! intervint Malva. Il est plus malin qu'un vieux singe et plus dangereux qu'un serpent ! Par trois fois, il a voulu me tuer. Il a manqué de me noyer dans la mer d'Yprée, il a failli m'étrangler dans le harem de Temir-Gaï, avant de me broyer les os dans cette cage où vous m'avez trouvée ! Sa haine est si puissante que...

— Mais vous êtes toujours en vie ! l'interrompit Finopico. Les fois précédentes, vous étiez seule alors qu'aujourd'hui nous sommes sept à veiller sur vous.

— Sans doute, admit Malva. Mais l'Archonte s'est juré de me tuer et ce projet a mûri en lui durant tant d'années qu'il est capable de tout, maintenant...

Babilas posa soudain ses grandes mains sur les épaules de la Princetta.

— Je sais, Babilas, murmura-t-elle en souriant tristement. Je sais que tu ne crains pas de te mesurer à lui. Et pourtant, si vous saviez comme j'ai peur !

Elle s'avança lentement vers la lisse et s'y appuya pour observer la progression du bateau cispazien.

— L'Archonte a patiemment élaboré son piège. Il a d'abord acquis la confiance de mon père en se faisant passer pour un honnête serviteur du trône de Galnicie. Ensuite, quand il a pu s'occuper de mon éducation, il a commencé à tisser sa toile, telle une araignée perverse. Il savait que mes parents projetaient de me marier jeune, mais il ne m'en a rien dit. Au contraire ! Il m'a inculqué sans compter le goût de la liberté et de l'indépendance. Il savait que, le jour venu, je me révolterais contre l'idée du mariage ! Il a utilisé ma révolte. Et ensuite, quand il a senti que j'étais prête à risquer ma vie, il m'a ouvert en grand les portes de la Citadelle.

Elle soupira :

— Le pire, dans tout ça, c'est que je devrais presque le remercier ! Sans lui, je n'aurais pas tenté le voyage et je me serais gentiment laissé enfermer...

Elle se pencha un peu plus, les mains accrochées à la rambarde de bois. Sa voix tremblait de colère.

— Merci ! Merci à vous, Archonte ! s'écria-t-elle dans un élan de fureur. Je vous dois de connaître le Monde tel qu'il est : vaste, splendide, surprenant, dangereux et cruel ! Je vous dois de connaître l'existence de l'Elgolie et je vous dois aussi... de belles rencontres !

Elle se retourna brutalement et balaya l'espace d'un geste du bras.

— Sans vous, Archonte, reprit-elle, je n'aurais pas rencontré Ouzmir et le peuple baïghour, ni Lei, ni Babilas et sa tristesse, ni ces deux canailles de jumeaux, ni la franchise maladroite de Finopico, ni le Capitaine Orféus... ni même ce vieux chien à moitié paralysé ! Et pourtant, Archonte, je vous déteste profondément !

Elle s'affaissa soudain et tomba assise sur le pont.

— Jamais il ne me pardonnera de rester en vie, acheva-t-elle dans un murmure. Je suis devenue sans le vouloir son obsession. Tant que je vivrai, il souffrira. Même si pour lui, désormais, prendre le pouvoir en Galnicie est impossible. Il me traque parce que je représente son échec. Un homme comme lui est absolument incontrôlable, croyez-moi.

Elle leva les yeux. Là-haut, perchés dans les haubans, Galotcho et Peppe la contemplaient, stupéfaits et malheureux. Autour d'eux, la grand-voile et le petit hunier déployés claquaient dans le vent.

— Vous ne pouvez pas mourir ! lança alors Peppe à Malva. C'est impossible !

— Il a raison ! cria à son tour Galotcho. Et vous voulez savoir pourquoi ?

Malva soupira.

— Vous voulez savoir pourquoi, Princetta ? insista Galotcho en dégringolant des cordages.

Il courut jusqu'à elle.

— Vous ne pouvez pas mourir, parce que votre destin n'est pas de finir ici ! Nous connaissons votre avenir, Peppe et moi !

— Allons bon ! s'esclaffa Finopico. Voilà qu'ils délirent, ces deux idiots ! Qui peut connaître l'avenir ? Personne !

— Si ! s'indigna Peppe, qui avait rejoint son frère. Il y a, en ville, une diseuse de cartes qui...

— Une voyante ! ricana Finopico. J'ai déjà entendu des sottises sortir de votre bouche, les enfants, mais celle-là, c'est la meilleure !

Galotcho se défendit :

— Elle nous avait prévenus que l'Archonte était parti à la recherche de la Princetta ! Nous l'avions bien dit, n'est-ce pas, Capitaine ?

Orféus fut bien obligé d'acquiescer.

— Certaines personnes posséder pouvoirs curieux, mais véritables ! ajouta Lei. Dans peuple de moi, au royaume de Balmun, nous penser que visions peuvent dire la vérité.

Les deux jumeaux hochaient la tête, ravis de trouver une alliée pour contredire Finopico.

— Et alors ? railla ce dernier. Que vous a prédit cette voyante au sujet de notre Princetta ?

Peppe et Galotcho échangèrent un regard ennuyé.

— Nous avons juré de ne pas le dire, s'excusèrent-ils. Si nous dévoilons ce secret, tout sera changé et certaines choses importantes ne se réaliseront pas !

— Comme c'est pratique ! rigola le cuisinier. La voyante empoche les galniks et vous fait promettre le silence ! Belle arnaque !

— Pas du tout ! s'indignèrent les deux frères. La seule chose que nous pouvons dire à la Princetta, c'est qu'elle ne mourra pas ici. Son destin est ailleurs.

— Je vous crois ! dit alors Orféus pour couper court à la dispute. Malva n'a rien à craindre, j'en suis certain.

Il alla vers elle et lui tendit la main pour l'aider à se relever. Quand elle fut debout devant lui, il murmura :

— Faites plaisir aux jumeaux, Malva. Ne mourez pas.

Elle sourit :

— Je vais essayer, Capitaine.

— Oh, s'il vous plaît, ne m'appelez plus Capitaine. Je suis Orféus. Juste Orféus.

À cet instant, Al se mit à aboyer. Il s'était traîné jusqu'au gaillard d'avant, indifférent aux accents dramatiques de Malva et aux remarques cinglantes de Finopico. Il avait maintenant les deux pattes posées sur les marches de l'escalier et, la truffe en l'air, il grognait et aboyait avec véhémence. Les passagers de la *Fabula* levèrent les yeux.

— Là ! s'écria Lei en pointant son doigt vers l'est.

Un nuage était apparu à l'horizon. Un nuage noir, formé de petits points mouvants.

— Les Patrouilleurs ! s'écrièrent les jumeaux. Ils nous ont retrouvés !

— Pas encore ! répondit Orféus. Pour l'instant, ils cherchent les marins près des récifs où leur bateau a coulé.

Il se précipita vers la barre, l'empoigna, et commanda :

— Tout le monde à son poste ! Babilas avec Malva, dans ma cabine ! Les jumeaux, à la vigie ! Finopico, rassemble de quoi nous défendre ! Et toi, Lei, descends auprès des marins de Dunbraven. Ils ne doivent pas bouger, pas parler, ne rien faire !

Il donna un violent coup de barre à tribord, et la *Fabula* vira. Au même moment, une détonation se fit entendre. Un boulet siffla en traversant les airs... et vint s'écraser à quelques brasses de l'étrave. Il n'y avait plus de doute possible : l'Archonte était armé.

[illegible]

[illegible]

[illegible] d'aperce-
voir quelque chose par le hublot; mais ne pouvant pas.
[illegible] pour ce qu'il voyait, c'étaient des gerbes
d'écume et des lambeaux de ciel bleu qui valsaient
[illegible]

[illegible]

32

Batailles

Enfermés dans la cabine, Malva et Babilas pouvaient entendre les salves de canons. Une détonation, puis un sifflement précédaient l'impact du boulet. Chaque fois, Malva rentrait la tête dans ses épaules, fermait les yeux et serrait la main de Babilas de toutes ses forces. Ce n'était qu'une fois que le boulet s'était écrasé dans l'eau qu'elle reprenait sa respiration. Le géant, nerveux et tendu, se tordait le cou pour tenter d'apercevoir quelque chose par le hublot, mais il ne pouvait pas quitter Malva. Tout ce qu'il voyait, c'étaient des gerbes d'écume et des lambeaux de ciel bleu qui valsaient au-dessus.

Un silence inquiétant se fit soudain.

Malva rouvrit les yeux. Elle respirait mal, ses oreilles bourdonnaient.

— Que se passe-t-il ?

Comme en réponse, il y eut tout à coup un bruit sec, suivi d'une secousse. Des cris. D'autres petits chocs, brutaux et secs comme le premier. Malva se dressa devant la couchette, sans lâcher la main de Babilas. Elle tendait l'oreille. « Capitaine ! » entendit-elle. C'étaient les voix aiguës des jumeaux.

— Des grappins ! crièrent-ils encore.

— Des grappins ! répéta Malva. L'Archonte ! Il nous a accrochés !

Orféus tourna rageusement la barre à bâbord, mais les crochets d'abordage lancés depuis le navire cispazien s'étaient fermement plantés dans les lattes de bois du pont, sur la lisse et sur les pilastres à l'arrière. La *Fabula* était tenue comme un chien en laisse !

— Descendez ! hurla Orféus à l'adresse des jumeaux.

Ils craignaient qu'ils ne tombent de leur perchoir si les secousses se reproduisaient.

— Descendez et allez prêter main-forte à Finopico !

Les garçons se laissèrent choir sur le pont et se précipitèrent vers le passavant où Finopico se tenait, prêt à combattre. À ses pieds, une artillerie hétéroclite aurait pu faire croire qu'il se préparait à un concours culinaire. Le menton en avant, il fixait le navire ennemi en brandissant une casserole.

— Venez donc ! criait-il à l'Archonte. Je vous attends, espèce de pirate ! Vous ne me faites pas peur !

Les jumeaux s'emparèrent de piques, d'écuelles en fer-blanc et de pinces à cornichon. Ainsi armés, ils s'avancèrent et lancèrent bravement quelques injures à l'intention de l'Archonte.

Celui-ci, debout à l'avant du bateau cispazien, s'était cramponné à la corde d'un des grappins. Il portait encore ses habits richement brodés, mais sa tunique était déchirée et laissait voir les muscles de ses bras tendus par l'effort. Il tirait sur la corde en grimaçant. Son crâne lisse luisait de sueur.

— Qu'il s'approche encore un peu, grinça Finopico, et je l'assomme.

— Nous, on l'embroche ! assura Galotcho.

— On lui arrache le nez ! affirma Peppe en faisant claquer sa pince à cornichon.

Cependant, Orféus avait sorti son couteau. Penché par-dessus la lisse, il tentait de sectionner les cordes des grappins. Le navire cispazien n'était plus qu'à une dizaine de brasses !

— Tiens ! cria soudain Galotcho.

De toutes ses forces, il lança une fourchette qui frôla le visage de l'Archonte. Ce dernier ne sourcilla même pas. Imperturbable, il continuait de tirer sur la corde que la lame émoussée du couteau d'Orféus ne parvenait pas à entamer.

— Encore ! ordonna Finopico.

Il lança sa casserole vers l'Archonte. Elle roula à ses pieds avec fracas. Les jumeaux le bombardèrent alors avec tout ce qu'ils trouvèrent : couteaux à poisson, casse-noix, tourtières et spatules volèrent dans les airs. Une chope en étain heurta de plein fouet la poitrine de l'Archonte. Cette fois, il grogna. Il retint la corde dans une de ses mains et, de l'autre, dégaina un sabre qu'il gardait à la ceinture.

— Encore ! cria Finopico.

En bas, dans la cabine, Malva s'était recroquevillée contre Babilas. Les petits cliquetis qu'elle entendait la faisaient tressaillir. À un moment, elle crut même percevoir une cavalcade dans l'escalier.

— Il vient ! cria-t-elle en se cramponnant à Babilas.

Mais les bruits de pas cessèrent et Babilas lui fit un sourire rassurant. Ce n'était sans doute que Finopico et l'un des jumeaux qui étaient descendus chercher de nouvelles munitions.

Pourtant, quelques instants plus tard, Malva et Babilas entendirent de nouveau du raffut dans les escaliers. Cela s'accompagnait de gémissements. Et soudain, la porte de la cabine s'ébranla.

— Non ! cria Malva. Allez-vous-en !

— Malva..., appela une voix de l'autre côté.

Ce n'était pas celle de l'Archonte.

— Lei ? s'inquiéta Malva.

Elle bondit et ouvrit la porte. La fille de Balmun gisait sur le plancher. Elle était proche de l'évanouissement. Malva l'attrapa par les aisselles et tenta de la relever.

— Marins de Dunbraven..., dit-elle dans un souffle. Eux... donner coups à moi ! Eux... s'enfuir !

Babilas se dressa. Son visage s'était durci brusquement. Quand Lei désigna l'escalier de l'écoutille, il se rua hors de la cabine, laissant les deux jeunes filles seules et hébétées.

Sur le pont, la situation s'était dégradée. L'Archonte avait réussi à sauter à bord de la *Fabula*. Il se tenait debout sur la lisse, agrippé d'une main aux cordages des haubans. De l'autre, il agitait son sabre, tenant ainsi Orféus, Finopico et les jumeaux à distance. Ces derniers continuaient de projeter sur lui différents ustensiles que l'Archonte n'évitait pas toujours. Il saignait au front, mais aucun mot, aucun cri ne sortait de sa bouche. Il n'était qu'un bloc de haine, une machine de guerre. Orféus, son couteau pointé vers l'avant, l'observait avec crainte. Cet homme, vu de près, l'impressionnait au point de le paralyser.

Quand Babilas surgit enfin par l'écoutille centrale, il avisa immédiatement l'Archonte. Mais ce qu'il vit surtout, c'étaient les six marins de Dunbraven qui s'étaient échappés des cales.

L'un d'eux s'était emparé du Nokros.

Les autres faisaient cercle autour de lui et, malgré leur état lamentable, ils semblaient prêts à tout pour défendre ce trésor qu'ils venaient de dérober. Le Nokros contenait exactement six Pierres de Vie : c'était leur planche de salut !

Babilas n'hésita pas. Sans le Nokros, il savait que toute chance de survie serait anéantie. Il s'avança vers l'homme édenté qui serrait contre sa poitrine le précieux sablier.

— *Balbh tafaod !* grogna celui-ci.

Les autres courbèrent l'échine et tournèrent vers Babilas leurs trognes sanglantes. Ceux qui étaient aveugles se repéraient aux bruits. Ceux qui n'avaient plus d'ongles levèrent leurs mains rouges et replièrent leurs doigts comme des griffes.

— *Gwewyn pluchtar aim !* cracha l'un d'eux en se jetant sur Babilas.

Le géant l'attrapa au vol. Il ressentait une telle rage que ses forces s'en trouvaient décuplées. Il souleva l'homme au-dessus de sa tête comme un simple morceau de bois et le jeta à terre. Aussitôt, deux autres marins l'assaillirent. Babilas cogna, frappa, repoussa. Une boule de chaleur irradiait son corps ; il n'entendait même plus les cris que poussaient ses compagnons qui bataillaient contre l'Archonte. À coups de poing, il se fraya un passage jusqu'à l'homme qui gardait le Nokros. Celui-ci avait reculé, effrayé, contre le grand mât. Quand Babilas tendit le bras vers le Nokros, l'homme fit encore un pas en arrière, trébucha et roula sur le pont.

En tombant, le Nokros fit un drôle de bruit cristallin. Babilas blêmit. S'il se brisait, c'était fini !

Il se rua sur le marin, le plaqua au sol, le bourra de coups. Enfin, il saisit le Nokros et se releva. Un des hommes de Dunbraven s'était accroché à ses épaules. D'un bras, il tentait de l'étrangler. Babilas lui envoya un coup de coude, se mit à tournoyer et parvint à se débarrasser de lui. De sa main gauche, il maintenait le Nokros au-dessus de sa tête.

Quand il se retourna, il vit Malva et Lei apparaître

par l'écoutille. Il se précipita vers elles et leur fourra le sablier dans les mains. Là-bas, vers l'arrière de la *Fabula*, l'Archonte progressait. Malva poussa un cri en le voyant. L'Archonte leva ses yeux gris vers elle. Une lueur de folie illumina son visage. Il brandit son sabre et fit un bond en avant.

— Attention ! hurla Orféus.

Tout alla très vite. Il s'interposa et son couteau entailla profondément le bras de l'Archonte qui stoppa sa course sous le choc. Au même instant, Orféus sentit une douleur épouvantable le traverser.

Le sabre... le sabre de l'Archonte ! En s'interposant pour protéger Malva, il s'était empalé dessus !

Dans la panique générale, personne ne s'en rendit compte. Malva et Lei s'étaient repliées dans le navire avec le Nokros, et, tandis que les jumeaux et Finopico récupéraient leurs projectiles, Babilas se démenait toujours avec les marins édentés. Ceux-ci, acculés au désespoir, devenaient de plus en plus hargneux.

Soudain, Babilas comprit qu'il n'avait plus le choix : ces hommes ne méritaient plus sa pitié. Ils mettaient la *Fabula* en danger. Alors, il saisit un des marins, le transporta vers la lisse et, d'un geste formidable, le jeta par-dessus bord.

— *Lambrog ! Eidaith !* hurlèrent les autres.

Effarés, ils rampèrent de tous côtés en gémissant, laissant sur le pont des traînées rougeâtres.

Babilas les attrapa un par un.

Un par un, il les lança dans la mer.

Quand le cinquième passa par-dessus bord, il se précipita à la recherche du dernier. Il avait disparu !

— Babilas ! appelèrent soudain les jumeaux, terrorisés.

Ils étaient accrochés aux jambes de l'Archonte qui les frappait de toutes ses forces, tandis que Finopico barrait tant bien que mal l'entrée de l'écoutille.

Babilas arriva sur l'Archonte, lancé comme un boulet. Les jumeaux lâchèrent prise, se carapatèrent de justesse. Déstabilisé sous l'assaut du géant, l'Archonte s'effondra sur le pont en poussant un hurlement.

Quelque part, Al s'était mis à aboyer.

Babilas empoigna l'Archonte qui se démenait en éructant de rage. Il s'approcha de la rambarde, voulut le faire passer par-dessus bord, mais l'Archonte parvint à se retenir à la lisse. Ses yeux brillaient de haine. Pour finir, Babilas lui décocha un coup de poing en pleine face. L'Archonte lâcha la lisse et dégringola le long de la coque. Quand il tomba dans l'eau, Babilas ouvrit la bouche. Un cri étrange et profond sortit de sa gorge.

Le géant se retourna, essoufflé, trempé de sueur. Il cherchait des yeux le dernier marin, le sixième, celui qui avait réussi à échapper à sa colère. Il écouta. Les aboiements d'Al s'étaient transformés en grognements. Babilas s'avança sur le pont, poings serrés, cou tendu. Les grondements provenaient du gaillard d'avant. Il s'élança et là, derrière une pile de tonneaux, il découvrit ce qu'il cherchait : le marin aveugle, à genoux sur le plancher, se démenait entre les dents d'Al. Le saint-bernard avait refermé sa mâchoire sur le bras de l'homme, l'empêchant d'aller plus loin.

Babilas saisit l'aveugle à la gorge. En l'espace d'un instant, il le souleva, l'emporta, et l'envoya dans les airs comme un vulgaire paquet. L'homme s'enfonça dans les flots. Alors, un deuxième cri déchirant jaillit de la gorge de Babilas. Un cri éraillé, rauque, douloureux, un cri si longtemps retenu qu'il semblait venir des profondeurs insondables du temps. Finopico et les jumeaux en restèrent saisis de stupeur.

Dans les eaux tumultueuses qui frappaient les flancs de la *Fabula*, les marins et l'Archonte tentaient de surnager. Crachant de l'eau, toussant, éructant, ils griffaient la coque en appelant à l'aide et leurs yeux fouillaient le ciel comme pour supplier les divinités de leur porter secours. Mais ce ne furent pas les divinités qui répondirent à leurs prières...

— Regardez ! cria soudain Peppe en pointant son doigt vers l'ouest.

Les Patrouilleurs arrivaient, en formation serrée. Babilas rejoignit les autres, prêt à se bagarrer encore, tandis qu'Al boitait vers la dunette arrière. Malva et Lei, qui avaient déposé le Nokros à l'abri, surgirent à leur tour par l'écoutille.

Sous leurs yeux, les Patrouilleurs s'abattirent entre les deux navires. Vifs et habiles malgré l'envergure imposante de leurs ailes mécaniques, ils refermèrent leurs griffes sur leurs proies. Les marins poussèrent des hurlements atroces. Ils furent arrachés aux flots et emportés dans les airs.

— Pas moi ! Pas moi ! suppliait l'Archonte en nageant de son mieux vers l'échelle volante qui pendait le long de la coque de son bateau.

Les Patrouilleurs, qui n'avaient sans doute pas de raison de s'en prendre à lui, l'épargnèrent. Une fois qu'ils eurent repêché les six marins, ils s'élevèrent au-dessus de la *Fabula*, tournoyèrent un instant dans le ciel d'azur, puis s'éloignèrent à toute vitesse.

— Ils vont... vers... vers le Claquemur, frémit Galotcho.

Un silence consterné retomba sur le navire. Babilas s'avança lentement et, faisant une nouvelle fois la preuve de sa force extraordinaire, arracha un à un les crochets des grappins que l'Archonte avait lancés. La *Fabula* se trouva libérée de la jonque cispazienne, et aussitôt les eaux se creusèrent entre eux.

L'Archonte, dégoulinant et à moitié mort, tentait de remonter à son bord en geignant. Malva l'observa un moment, de loin, partagée entre l'envie de pleurer et de rire. Elle ne fit ni l'un ni l'autre, trop bouleversée par ce qui venait d'arriver. Elle baissa les yeux.

C'est à ce moment-là seulement qu'elle remarqua Orféus. Il gisait sur le pont, la respiration sifflante et le teint livide. Une mare de sang s'étendait sous lui. Elle voulut crier, mais c'est Babilas qui la devança :

— *Orféus !* dit le géant d'une voix pleine de raclements. *Orféus, gwisdall esdog !*

Tout le monde sursauta. Par quel miracle, Babilas avait-il retrouvé l'usage de la parole ? Les yeux écarquillés de surprise, Lei lui répondit dans la langue étrange de Dunbraven :

— *Not gwisdall esdog ! Orféus crogoil !*

Elle jeta un regard perdu vers les autres :

— Orféus ne pas mourir ! Moi, médecine !

Elle s'agenouilla près du corps inerte du Capitaine et le retourna avec précaution. Le sabre de l'Archonte lui avait laissé une plaie béante au milieu du ventre.

33

Journal de Malva

À l'heure où j'écris ces lignes, Orféus lutte contre la mort. Nous l'avons transporté dans la couchette de Lei. Avec l'aide de Finopico, elle a pu préparer une de ces potions qui, déjà, m'ont guérie. J'ai fait bouillir des draps dans de l'eau de mer. Lei a imprégné le tissu d'une pommade gluante qui sentait mauvais. Avec ça, elle a pansé la plaie d'Orféus. Il a perdu conscience. Par la Sainte Harmonie, par la Sainte Quiétude...

Malva essuya ses larmes et poursuivit :

... faites qu'il survive à ses blessures ! Si j'avais su vers quelles souffrances nous allions, quand Catabée nous a proposé son odieux marché, jamais je n'aurais accepté ses conditions.

Nous sommes tous à bout de forces. Lei m'inquiète.

Les marins de Dunbraven l'ont tellement bousculée qu'elle garde des bleus sur les bras et le front. Elle est si dévouée qu'elle néglige de se soigner elle-même. Les jumeaux sont très éprouvés par leur affrontement avec l'Archonte. Ils crânaient un peu, tout à l'heure, en racontant comment ils l'ont bombardé, mais j'ai bien vu qu'ils en tremblaient encore. Finopico, qui, d'ordinaire, est si bavard, ne dit plus rien. Il s'est retranché dans sa cambuse et il lit ses livres sur les poissons ! Ce n'est vraiment pas le moment, il me semble, mais je suppose que c'est sa façon d'amortir le choc. Quant à Babilas, c'est un mystère... Avec tout ce qui se passe, nous n'avons guère le temps de nous pencher sur son cas, mais une chose est sûre : il parle. Le problème, c'est qu'il ne s'exprime plus que dans la langue de Dunbraven. Il a oublié le galnicien, qui était pourtant sa langue maternelle, pour la substituer à celle des marins qu'il a jetés à l'eau. Cette langue était aussi celle de sa fiancée... Doit-on y voir une sorte de guérison ?

Malva cessa d'écrire et se pencha vers Al, qui s'était lové à ses pieds. Elle caressa les flancs chauds du saint-bernard. La présence de l'animal lui faisait du bien.

— Toi aussi, tu es un héros, lui chuchota-t-elle. Il paraît que tu as mordu un de ces voleurs de Nokros ?

Elle poussa un soupir et contempla le Tueur de Temps qui était maintenant posé sur l'étagère de sa couchette. Dans sa chute, le verre du sablier s'était fêlé. Un peu plus, et il se brisait... Malva frissonna en songeant que leur destin aurait alors irrémédiablement basculé.

Le volume d'acide *morbique* avait déjà pas mal diminué. D'ici au lendemain soir, il ne resterait plus que cinq Pierres de Vie et dix jours seulement pour trouver ces fichues portes qui permettaient de quitter l'Archipel. Elle posa sa plume sur la feuille.

Nos épreuves ne sont pas terminées, loin de là. Si Orféus reste en vie, je pense que nous tiendrons le coup. Mais s'il meurt ? Je n'arrive pas à imaginer la suite du voyage sans lui. Sans sa vigueur, sans son courage, sans sa gentillesse et son intelligence. Je n'en peux plus de perdre ceux que j'aime. Face à ces tourments, même mon rêve d'Elgolie ne me permet plus de résister. J'ai beau, quand je m'allonge sur ma couchette, fermer les yeux et invoquer les images du mont Ur-Tha, de la baie de Dao-Boa et du lac Barath-Thor, je n'arrive presque plus à les voir. C'est comme si j'avais perdu le pouvoir de rêver.

Quand j'ai vu l'Archonte si près de moi, tout à l'heure, une terreur si grande m'a envahie que Lei a dû me tirer en arrière pour que je me mette à l'abri. Plus tard, je suis restée seule sur le pont, à suivre des yeux la voile de son navire à la dérive. Babilas avait arrimé la barre de la Fabula *et nous voguions vers l'ouest. Je me suis sentie plus tranquille. Avant de redescendre ici, je suis encore allée jeter un coup d'œil, la nuit était tombée et je n'ai rien vu. Je ne souhaite plus qu'une chose : que l'Archonte soit jeté au Claquemur.*

Malva sentit une crampe dans sa main et dut s'arrêter d'écrire. Elle tombait de fatigue, de toute façon. Alors, sans même prendre la peine de replier sa feuille, elle bascula sur son lit et se laissa gagner par le sommeil.

34

L'île derrière le brouillard

Cette nuit-là, seule Lei ne dormit pas. Elle resta auprès d'Orféus, silencieuse et attentive, remplaçant ses pansements toutes les heures et lui faisant absorber des plantes et des racines bouillies qu'elle avait collectées sur l'île de Jahalod.

Au petit jour, elle constata qu'il semblait plus paisible. Elle en déduisit qu'il ne souffrait plus. Le sang avait cessé de couler, la plaie était propre, alors Lei frotta son visage avec des tiges de marguerilles, sortit de la cabine et monta sur le pont pour saluer le lever du soleil. Dans son lointain pays, quand un blessé ou un malade survivait à la première nuit, les guérisseurs pensaient que c'était bon signe. Il fallait alors rendre quelques dévotions à la nature, en guise de remerciements.

Quand elle émergea de l'écoutille, un brouillard

d'une densité extraordinaire noyait le pont. On n'y voyait pas à dix mètres ! Lei fit quelques pas à tâtons, cherchant à atteindre la lisse. Il faisait froid. L'humidité imprégnait déjà ses vêtements et la fit claquer des dents.

Elle eut beau se pencher par-delà la rambarde, elle ne put rien distinguer. La *Fabula* semblait figée dans du coton. Pour les dévotions au soleil, il faudrait attendre.

Contrariée, Lei redescendit vers sa cabine. Encore frissonnante, elle fouilla partout et finit par dénicher une couverture sèche, dans un recoin de sa couchette. Elle enroula Orféus dedans. Dans l'état où il était, le moindre refroidissement pouvait lui être fatal. Surtout que – Lei l'avait déjà remarqué – Orféus avait tendance à s'enrhumer au moindre courant d'air ! Une fois rassurée sur le sort de son patient, elle se demanda comment se couvrir elle-même. La plupart des vêtements avaient pourri dans les bardas, au fond du navire. Elle avisa alors la veste de quartier-maître qu'elle avait ôtée à Orféus la veille pour pouvoir le soigner. La toile épaisse était déchirée sur une dizaine de centimètres à cause du coup de sabre, et surtout elle était encore pleine de sang... Mais il faisait si froid, tout à coup !

Lei n'hésita plus : elle enfila la veste trop grande pour elle, en retroussa les manches, et sortit de nouveau de la cabine. Dans l'entrepont, elle aperçut Finopico. Il retournait les coffres et les cantinières en pestant.

— Quel froid, rouspétait-il. Vivement qu'on quitte cet Archipel de malheur !

Quand il s'aperçut de la présence de Lei, il se radoucit.

— Comment va Orféus ? s'enquit-il sans cesser de fouiller dans les coffres.

— Il moins mal, dit Lei. Sang ne coule plus. Lui pouvoir vivre, je crois.

— Pour un blanc-bec, je dois dire qu'il a du cran, commenta Finopico. Et pour une étrangère...

Il leva la tête et sourit à Lei.

— Je dois dire que tu as du cran aussi !

— Merci, murmura la jeune fille.

— Ah, voilà ! s'exclama Finopico en mettant la main sur une vareuse en laine peignée.

Il fourra son nez dedans, grimaça, puis, haussant les épaules, la passa. Il se frotta les bras vigoureusement avant de déclarer qu'il allait préparer une soupe chaude pour tout le monde.

— Je ne sais pas dans quoi, vu que toutes mes casseroles ont fini sur l'Archonte ou dans la mer, mais je vais trouver ! Quel temps de chien !

Alors que Lei s'apprêtait à remonter sur le pont, Malva ouvrit la porte de sa cabine et l'interpella :

— Que se passe-t-il ? Je suis gelée !

— Brouillard, répondit Lei en désignant l'extérieur d'un coup de menton.

Malva la rejoignit dans l'escalier. Ses lèvres étaient bleues de froid. Elle questionna son amie sur l'état d'Orféus, et lorsque celle-ci l'eut rassurée, Malva sourit. Mais brutalement, elle parut contrariée.

— C'est sa veste que tu portes ? La veste d'Orféus ?

— Oh... oui, dit Lei. Je n'avoir rien trouvé pour réchauffer moi.

Malva lui jeta un regard réprobateur.

— Si toi vouloir, ajouta Lei un peu gênée, toi prendre veste. Je trouver autre chose.

— Non, répondit sèchement Malva. Garde-la. Je m'en fiche, de cette veste. Filomène m'a toujours dit que ça porte malheur de mettre un vêtement taché de sang !

Elle tourna les talons et referma la porte de sa cabine avec humeur. Lei poussa un soupir, comprenant vaguement pourquoi Malva s'était mise en colère, mais décida de ne pas s'en soucier davantage. Elle voulait surtout s'assurer que Babilas avait repris la barre de la *Fabula*. Dans ce brouillard, il fallait absolument rester vigilant.

Sur le pont, l'uniformité laiteuse du brouillard stagnait, lourde et silencieuse. Quand on respirait, l'air semblait dégouliner dans les narines et la bouche, distillant son odeur de feuille morte. Lei resserra sur sa poitrine les pans de la veste et fit quelques pas en direction de la dunette arrière. Elle trouvait que le pont était légèrement penché et cela lui semblait curieux. Il n'y avait pas de vent et donc aucune raison pour que le navire soit de guingois.

Babilas n'était pas là. La barre, toujours arrimée,

maintenait le cap... Tout de même, Lei ne trouvait pas cela très prudent. Elle jeta un coup d'œil vers bâbord, puis vers tribord. À cet instant, elle distingua des ombres à travers le rideau de nuages.

Le cœur soudain serré, elle se rapprocha en plissant les yeux. Ce n'était pas une illusion ! Il y avait bien quelque chose, là, tout près du navire ! L'Archonte aurait-il réussi à les suivre ? Elle resta immobile, aux aguets. Et brusquement, la trouée s'élargit, laissant apparaître... un énorme rocher ! Lei pâlit.

— Récifs ! cria-t-elle.

Elle se précipita vers l'écoutille, en se tordant au passage les pieds sur les galettes de cordages.

— Récifs ! Récifs !

L'appel fut aussitôt entendu par les autres membres de l'équipage, à l'exception d'Orféus, bien entendu. Finopico et Babilas furent les plus prompts à réagir. Ils débouchèrent de l'écoutille et tombèrent nez à nez avec Lei qui s'époumonait.

— *Brogsgin !* dit-elle à Babilas dans la langue de Dunbraven.

Le géant fonça droit vers la barre, la libéra, mais quand il voulut la manœuvrer, il n'y parvint pas.

— *Hufeneth gwar !* maugréa-t-il.

— Qu'est-ce qu'il dit ? s'inquiéta Finopico.

Les jumeaux, enroulés dans des couvertures, venaient à leur tour de surgir sur le pont en compagnie de Malva. Cette dernière avait déniché un vieux cardigan troué aux coudes et l'avait enfilé par-dessus sa vareuse. Malgré tout, elle grelottait. Elle regrettait la veste en peau d'oryack qu'Ouzmir lui avait donnée, mais que les preunuques de Temir-Gaï lui avaient confisquée.

— Barre ne plus répondre ! traduisit Lei, désespérée.

Tout le monde se rua vers la lisse de dunette, s'attendant à entendre des craquements et à subir un choc épouvantable.

Le choc ne vint pas.

Le silence s'éternisa. On n'entendait même pas le bruit caractéristique du ressac contre les récifs. Pas un murmure d'eau, pas un clapotis, rien.

Au bout d'un moment, les passagers se détendirent. Ils échangèrent des regards perplexes, puis recommencèrent à fouiller des yeux le brouillard qui, par endroits, continuait de s'effilocher.

— Là ! s'écria soudain Malva qui s'était penchée par-dessus bord. Du sable ! Il y a du sable sous le bateau !

Les autres se penchèrent aussi et constatèrent avec stupéfaction qu'elle disait vrai.

— Nous nous sommes échoués durant la nuit ! dit Finopico. La *Fabula* est ensablée !

À ce moment, un grand pan de brouillard se déchira. Les rochers se révélèrent, hauts et sombres, ruisselants d'humidité. Ils étaient si proches de la coque, que c'était un miracle de les avoir évités.

— Des falaises rocheuses, du sable..., murmura Malva. Nous sommes sur une nouvelle île de l'Archipel.

Le brouillard s'étirait maintenant en longues écharpes, striant de blanc le paysage. Des arbres apparurent, puis des rangées de buissons taillés et des chemins pavés qui serpentaient à flanc de falaise. Tout ceci n'était pas l'œuvre de la nature ; l'île était manifestement habitée.

— Allons à terre, suggéra Galotcho.

— Il faudrait couper du bois et faire du feu, ajouta Peppe. Si ça continue comme ça, je vais mourir de froid.

Comme il disait cela, un rayon de soleil perça à travers l'épaisseur des nuages. Les passagers de la *Fabula* tournèrent la tête vers le ciel. Et soudain, le brouillard se leva complètement. On aurait dit qu'un rideau de théâtre s'ouvrait au début d'un spectacle. Et quel spectacle !

Sous les yeux éblouis de Malva et de ses compagnons, l'île se découvrit tout entière : elle avait une forme de cône, évasée au niveau de la mer et presque pointue vers le haut. Elle s'élevait à une telle altitude que les voyageurs devaient se tordre le cou pour apercevoir son sommet. Les falaises rocheuses étaient surmontées d'immenses prairies piquées de fleurs, puis les prairies laissaient place à une couronne d'arbres, et enfin à une ville dont les maisons de briques rouges s'étageaient jusqu'au faîte de l'île. Des routes bordées de murets s'entrecroisaient, quadrillant le paysage et lui donnant une allure ordonnée et propre. Tout en haut, dominant la ville et la mer, un phare dressait sa silhouette élancée. On aurait cru une bougie plantée sur un énorme gâteau.

— *Kigchupen !* lâcha Babilas.

— Ça alors ! s'exclamèrent les jumeaux en écho.

La beauté incongrue de cette île coupait littéralement le souffle. Sous le soleil, les détails les plus infimes se détachaient, comme soulignés au pinceau : ici, c'était un parterre de fleurs mauves, là un lavoir sous un toit de chaume, un champ fraîchement labouré, une charrette à bœufs, du bétail dans un enclos et, plus haut, des ruelles et des places agrémentées de fontaines.

— La population de cette île a l'air parfaitement civilisée, se réjouit Finopico. Voilà des gens qui savent tirer parti du moindre recoin de leur territoire !

— Sans doute, répondit Malva, mais... où sont-ils, ces gens ?

— Eux pas aimer brouillard, peut-être ? suggéra Lei.

— Il n'y en a plus du tout, fit remarquer Galotcho en laissant sa couverture choir à ses pieds.

En effet. Le soleil réchauffait peu à peu les corps et réconfortait les esprits.

— Il commence même à faire chaud, ajouta Malva en lançant un regard appuyé vers Lei, qui n'ôtait pas la veste d'Orféus.

Pour montrer l'exemple, elle se débarrassa du cardigan mité dont elle s'était affublée, mais la fille de Balmun ne lui prêta pas attention. Elle restait résolument tournée vers l'île.

— Je vouloir explorer, dit-elle. Ici, je pouvoir sans doute trouver autres ingrédients pour soigner Orféus.

— Tu m'as dit qu'il allait mieux, objecta Malva.

— Mieux, oui. Mais lui pas encore bien. Bonne médecine nécessiter feuilles de bromelles, lait de bufflon et carapaces de scorpiphores. Ici, peut-être...

— Allons-y tous ensemble ! proposèrent les jumeaux. Al restera auprès du Capitaine !

Malva, Babilas et Finopico hésitaient encore. Certes, ces rivages paraissaient accueillants. À regarder ce paysage, on avait irrésistiblement envie de se promener le long des ruisseaux et de gambader dans les prairies. On avait envie de se désaltérer aux fontaines, de s'asseoir devant les maisons, de se réchauffer contre les pierres des murets.

— Allez ! trépignèrent les jumeaux. Que risquons-nous ? Les habitants sont forcément de braves gens !

— Jahalod-Rîn aussi était un brave homme, intervint Malva. Vous êtes tellement écervelés que vous oubliez de tirer les leçons de nos précédentes escales !

Les jumeaux lâchèrent des soupirs.

— Nous ne sommes pas écervelés, plaidèrent-ils. Mais nous en avons assez de nous méfier de tout !

— Nous n'avons pas forcément que des ennemis, dans cet Archipel ! avança Peppe.

— Catabée nous a parlé de trésors, argumenta Galotcho. À mon avis, cette île en est un : elle me rappelle un peu la Galnicie.

Babilas pointa brusquement son doigt vers les maisons aux façades rouges et annonça quelque chose que Lei traduisit ainsi :

— Regardez volets ! Ils s'ouvrir !

Une à une, les maisons s'éveillaient dans le jour tout neuf. Depuis le pont de la *Fabula*, il était impossible de voir les visages des habitants, mais la vie commençait à bruire dans le village. Une cloche tinta, quelque part. On entendit des roulements saccadés sur les pavés des ruelles.

— Je suis d'accord, cette île n'a rien d'inquiétant, décida enfin Finopico. Profitons de cette éclaircie pour descendre.

Tous acquiescèrent, à l'exception de Malva. Elle préférait rester à bord.

— Je surveillerai la soupe, dit-elle. Et si Orféus se réveille, il ne sera pas seul.

Elle regarda descendre ses compagnons par l'échelle volante.

— Ne traînez pas ! leur recommanda-t-elle. Il ne reste plus que cinq pierres dans le Nokros !

Des oiseaux de mer planaient au-dessus des falaises, piquant de temps à autre vers des creux de roches où nichaient leurs petits. Une brise s'était levée, la température semblait d'autant plus agréable que tout le monde avait cru geler sur pied un instant plus tôt.

Le cœur léger, Lei mena sa troupe d'explorateurs par un chemin raide, puis sur le bord d'une route qui montait vers les prairies. Tout en marchant, elle observait les bas-côtés. Son œil expert repérait les herbes, les plantes, les racines et les baies utiles, dont elle fit une ample récolte. Les poches de sa tunique furent vite boursouflées.

— Variétés inconnues de moi, dit-elle à voix haute. Mais je trouver comment mélanger tout ça. Science de Balmun très grande !

Bientôt, ils arrivèrent près des enclos où paissaient les bêtes. Il ne s'agissait ni de chèvres, ni de moutons, ni de vaches. Finopico resta accoudé aux piquets, cherchant dans sa mémoire s'il avait déjà rencontré pareils bestiaux. Ils étaient courts sur pattes, trapus et musclés comme de petits taureaux, mais ils n'avaient pas de cornes. De longues oreilles velues pendaient de chaque côté de leurs museaux larges et aplatis.

— Jamais rien vu de semblable, finit par avouer le cuisinier. Mais j'aimerais bien goûter leur bifteck !

Ils laissèrent les enclos et les prairies pour remonter vers la ville. En traversant la forêt, Lei ramassa encore un grand nombre de champignons et de fruits. Plus ils approchaient des maisons, plus ils entendaient des bruits : des clochettes, des claquements de volets, des voix qui se répondaient. Ils s'arrêtèrent à l'orée du bois et attendirent.

Nul habitant ne se montrait. Les rues résonnaient de cris joyeux, de martèlements d'outils et de rires cristallins, mais aucune commère, aucun artisan, aucun enfant ne vint à la rencontre des nouveaux venus.

— Ils sont peut-être... très petits ? suggéra Galotcho. Tellement minuscules qu'on ne les voit pas ?

— Cesse de dire des âneries, répliqua Finopico. Leurs maisons sont aussi grandes que les nôtres. Il faut s'approcher, c'est tout.

Il s'avança avec Lei et Babilas dans la première ruelle. Les bruits semblaient si proches... Tout à coup, une charrette à bras surgit devant eux. Lei poussa un cri. La charrette s'immobilisa. Les deux montants de bois tenaient en l'air, tout seuls, comme par magie. La charrette était pleine de fagots bien ficelés : mais qui la tirait ? Il n'y avait personne !

— Hé ! lança Finopico. Où êtes-vous ?

Aussitôt, les bras de la charrette tombèrent sur les pavés en claquant. Il y eut un bruit de cavalcade, puis une voix qui sortait de nulle part et qui parlait un langage incompréhensible. Incompréhensible... sauf pour Lei.

— Il avertir les autres ! traduisit-elle d'une voix tremblante d'émotion. Il dire que... que « sauveurs sont arrivés ».

— Sauveurs ? répéta Finopico.

— Mais qui ? gémirent les jumeaux. Qui a parlé ? Qui tirait la charrette ?

Lei se tourna vers eux et secoua la tête.

— *Lloedzar a smigoim,* dit Babilas. *Cnohmbelb brogez !*

— Et lui ? s'écrièrent les jumeaux, paniqués. Qu'est-ce qu'il dit ?

— Babilas penser que gens d'ici sont invisibles, traduisit Lei.

Elle n'eut pas besoin d'argumenter pour convaincre

ses compagnons que Babilas avait raison. Bientôt, des murmures emplirent la ruelle. Sous les yeux effarés des cinq voyageurs, des paniers d'osier et des baquets de bois flottaient en l'air, tandis qu'un petit cheval à roulettes avançait sur les pavés, sans personne pour le faire rouler. Une fourche de paysan s'éleva toute seule au-dessus de la foule des Invisibles. Peppe tira Finopico par la manche.

— Partons ! supplia-t-il.

— Attendez ! s'écria Lei. Ces... personnes ne veulent aucun mal à nous ! Laissez-moi écouter.

Des murmures de femmes, d'hommes et d'enfants se mêlaient, provoquant un brouhaha qui se répercutait entre les murs des maisons. Lei fronçait les sourcils et tentait de suivre les discours des uns et des autres. Elle traduisait au fur et à mesure :

— Ils disent que grande épidémie décimer leur île, autrefois. Aucun médicament... Personne ne posséder médecine...

Tout à coup, un ballot de tissu vint rouler jusqu'aux pieds des jumeaux. Ils tressaillirent. Un instant après, le ballot se souleva du sol et se balança sous leur nez.

— Va-t'en ! gémit Peppe en repoussant l'air devant lui. Pcht ! Pcht ! Je ne veux pas jouer !

Une petite voix répondit quelque chose.

— Enfant dire que lui n'avoir jamais vu de Vivant, traduisit Lei.

— De Vivant ? demanda Galotcho. Ça veut dire que... nous sommes parmi les morts ?

Lei hocha la tête :

— Eux sont fantômes des morts. Après épidémie, aucun survivant. Depuis, ils devenus Invisibles. Et chaque jour, eux attendre sauveurs.

Finopico pâlit. Il recula en disant qu'il n'était pas un sauveur, juste un cuisinier, et il proposa de ficher le camp dare-dare.

— Non, dit Lei. Attendez encore !

Elle questionna longuement le vide et reçut des réponses dans la langue des Invisibles. Pendant ce temps, Babilas, les jumeaux et Finopico restaient groupés derrière, les yeux écarquillés. Finalement, la fille de Balmun se retourna. Elle souriait.

— Ils vouloir nous montrer quelque chose. Venez !

— Quoi ? s'étrangla Finopico. Les suivre ? Pas question !

— Cette île est maudite ! ajoutèrent les jumeaux. Retournons au bateau !

— Pourquoi devrions-nous aider des courants d'air ? insista le cuisinier en reculant encore.

Lei s'approcha de lui et lui adressa un regard plein de reproche.

— Catabée dire que nous devoir affronter nos peurs, sinon nous échouer. Impossible de refuser, maintenant. Si vous être lâche, vous partir. Je devoir aider ces gens.

— *Horch him !* lança Babilas en emboîtant le pas à Lei.

Finopico se mordit la lèvre et baissa la tête. Il se souvenait des avertissements de la gardienne de l'Archipel. Il soupira, bougonna un peu, mais finit par accepter de suivre les Invisibles.

Galotcho et Peppe, à ses côtés, ne disaient plus rien. Ils marchaient à contrecœur, sans un regard pour les places, les fontaines, les porches... Cette ville qui, de loin, leur avait semblé si coquette était en réalité figée depuis des années dans la mort. C'était glaçant.

La fourche, les baquets, les paniers, le ballot et le cheval à roulettes conduisirent les voyageurs à travers toute la ville, par les rues escarpées. Enfin, ils contournèrent le phare.

Les cinq compagnons découvrirent alors l'autre versant de l'île, sa face cachée. Là, le paysage n'avait plus rien de commun avec ce qu'ils avaient vu depuis la *Fabula*. L'endroit n'était qu'un vaste cimetière, un champ de désolation, truffé de ronces, jonché de brindilles sèches, couvert de poussière grise. Les tombes, disséminées le long de la pente, faisaient des balafres noires au milieu des herbes folles.

Lei frissonna en imaginant combien l'épidémie avait dû être terrible. Certaines tombes n'étaient pas plus grandes que des berceaux. Elle sentit son cœur, sa gorge et ses poings se serrer. Son être tout entier vibrait de la douleur ancienne de ces mères qui avaient dû porter leurs enfants en terre, de la détresse de ces hommes qui avaient dû creuser les tombes de leurs femmes, et de celle, indescriptible, du dernier survivant. Seul sur son île, il avait dû s'étendre dans un trou et se laisser mourir comme un chien.

Des larmes coulèrent sur les joues de Lei tandis que

les Invisibles lui expliquaient ce qu'ils attendaient. C'était fou, insensé, effrayant, mais si quelqu'un pouvait les aider, c'était bien elle, la fille de Balmun. Elle fit un serment dans la langue des Invisibles, puis se tourna vers ses compagnons :

— Moi revenir ici cette nuit, annonça-t-elle. Je réparer ce qui est brisé. Grâce à science de Balmun, je réunir ce qui est séparé.

35

L'heure des morts

— Tu ne sais même pas de quoi ils sont morts ! fit remarquer Malva.

Elle était assise sur un coffre, dans un recoin de l'entrepont. Près d'elle, Lei allait et venait, triant les plantes et les racines, attisant le feu sous le dernier chaudron disponible à bord. Elle avait relevé les manches de sa tunique et s'agitait tant que son front était couvert de sueur.

— Comment crois-tu pouvoir réaliser un pareil miracle ? poursuivit Malva. Ta médecine peut guérir les morsures, remettre en place les os brisés et même... refermer les blessures de sabre ! Mais ce que te demandent ces... Invisibles, c'est autre chose !

Lei ne répondait pas. Elle se concentrait sur son ouvrage avec une ardeur et une dévotion infinies. Elle hachait les feuilles à l'aide d'un couteau, épépinait les baies sauvages, dosait, mesurait, mélangeait, c'était tout ce qui l'intéressait.

— Ce sont des morts ! s'écria encore Malva. Des morts enterrés depuis des années ! Tu n'arriveras jamais à leur rendre la vie, Lei !

Malva trouvait son amie un peu vaniteuse : pour qui se prenait-elle ? Qui, dans les Deux Mondes, pouvait se vanter de savoir rendre la vie aux trépassés ? Dans le fond, Malva se sentait jalouse des connaissances de Lei. Orféus allait sans doute lui vouer une admiration sans limites lorsqu'il serait rétabli et...

— Je pas le choix, répondit Lei avec douceur. C'est épreuve pour moi. Si je refuser épreuve, Catabée saura. Catabée enverra nous au Claquemur.

Malva entoura ses genoux avec ses bras et se renfrogna.

La journée lui avait mis les nerfs à rude épreuve. Durant des heures, elle avait tourné en rond, inquiète, tandis qu'Orféus dormait dans sa couchette. Elle lui avait rendu visite un nombre incalculable de fois, espérant qu'il entrouvre les yeux et la reconnaisse. Peine perdue : Orféus dormait, dormait, dormait... En désespoir de cause, Malva avait pris Al avec elle et s'était pelotonnée contre lui sur son lit, pour se sentir moins seule. Dans l'alambic du Nokros, l'acide continuait de goutter sur les cinq Pierres de Vie restantes. Les pensées les plus sombres envahissaient son esprit. Mais, plus tard, quand elle avait entendu revenir ses compagnons, elle avait poussé un soupir de soulagement et s'était précipitée à leur rencontre.

Une fois à bord, ils lui avaient fait le récit embrouillé de leurs découvertes. Malva n'arrivait pas à croire qu'ils aient suivi des êtres invisibles à travers l'île. Et pourtant, c'était la vérité. Ici, comme dans le reste de l'Archipel, se produisaient des choses inexplicables.

Dans le cimetière, sur l'autre versant de l'île, Galotcho disait avoir compté soixante-huit tombes. Quelle misère !

Lei avait résumé l'essentiel de ce que les Invisibles lui avaient expliqué. Chaque nuit, l'île était plongée dans le brouillard. Les Invisibles du village s'enfermaient alors dans leurs maisons. C'était l'heure des morts. De l'autre côté de l'île, les cadavres sortaient de terre. Ils remontaient vers le phare et surgissaient dans les rues, les prairies, les champs, les bois. À ce moment-là, la température chutait de plusieurs degrés. Malgré l'épaisseur du brouillard, les morts travaillaient : c'étaient eux qui entretenaient les routes, réparaient les murets éboulés, nourrissaient les troupeaux de nubas-nubas, ces drôles de bêtes dont Finopico n'avait finalement plus du tout envie de goûter les biftecks. C'étaient les morts qui, au matin, quand le brouillard se levait, sonnaient la cloche. Ensuite, ils retournaient dans leurs tombes et n'en bougeaient plus jusqu'à la nuit suivante. C'était ainsi depuis la fin de l'épidémie.

En entendant ce récit, Malva avait senti ses cheveux se dresser sur sa tête. Mais quand la fille de Balmun lui annonça qu'elle avait promis aux Invisibles de trouver un remède pour soigner leurs morts, elle était restée sans voix. « Réparer ce qui est brisé, réunir ce qui est séparé... »Voilà ce qu'ils attendaient. Selon une prophétie, un sauveur devait venir pour réaliser ce miracle : réunir les deux versants de l'île, réparer les corps que la maladie avait brisés pour que les âmes puissent de nouveau les habiter et que la vie reprenne comme autrefois. « Si je trouver remède, avait conclu Lei en étalant sur le pont sa récolte d'herbes et de fruits, malédiction de l'île prendra fin. Alors, nous pouvoir partir. »

Et depuis, elle tournicotait dans l'entrepont en préparant ses potions.

Au-dehors, la nuit tombait déjà. Des nappes de brume collante s'accrochaient aux hublots et le froid, de nouveau, s'insinuait dans la *Fabula*. Mais Lei n'y était pas sensible. Elle avait enlevé la veste d'Orféus et l'avait déposée sur le coffre, tandis que Malva claquait des dents.

— Prends veste, lui proposa Lei. Si tu ne pas craindre mauvais sorts à cause du sang...

Malva haussa les épaules et s'empara du vêtement. Le col était imprégné de l'odeur d'Orféus. Elle le respira longuement.

— Babilas dire qu'il viendra avec moi, reprit Lei sans cesser de remuer l'élixir qui bouillait dans la marmite. Nous devoir donner remède à soixante-huit morts avant lever du soleil.

— C'est beaucoup, convint Malva.

— Je besoin d'aide, ajouta Lei. Jumeaux trop peureux... Finopico aussi... mais toi ?

Malva crispa ses doigts sur les revers de la veste, ne sachant que répondre. À cet instant, Lei versa dans la marmite de la poudre extraite de racines qu'elle avait trouvées dans les sous-bois. Une fumée nauséabonde envahit soudain l'entrepont. Finopico surgit de sa cambuse, catastrophé.

— Qu'est-ce que ça sent ? cria-t-il. C'est épouvantable !

— Pour soigner maladie mortelle, répondit doctement Lei, il faut breuvage épouvantable.

Le cuisinier secoua la tête, dégoûté :

— Que la Sainte Harmonie préserve nos papilles de la sorcellerie !

Malva regarda Lei, et elles éclatèrent de rire, tandis que Finopico claquait la porte en râlant.

— Je ne suis pas peureuse, déclara Malva quand elle eut retrouvé son sérieux. Tu peux compter sur moi pour t'aider dans l'île.

Babilas, Lei et Malva quittèrent la *Fabula* deux heures plus tard, chargés de fioles et de petites bonbonnes qui contenaient la potion de Lei. Chacun portait également une lampe-tempête qui n'éclairait de toute façon pas grand-chose. Le brouillard blanchissait la nuit, la nuit noircissait le brouillard ; on voyait à peine ses propres pieds quand on baissait la tête.

Il faisait si froid que personne ne voulut les accompagner sur le pont. Les jumeaux et Finopico s'étaient rassemblés dans la cambuse, autour du fourneau, et Al servait de couverture à Orféus : c'était une idée de

Malva pour que le Capitaine n'attrape pas froid ! Le vieux saint-bernard n'avait pas rechigné à s'étendre de tout son long sur son maître. Il lui bavait abondamment dessus, mais Orféus ne s'en rendait pas compte.

Babilas sauta à terre et guida les deux jeunes filles. Sa large silhouette tanguait devant elles, fantomatique mais rassurante. Tous trois s'avancèrent en file indienne sur les chemins et les routes. Au-delà des murets, les prairies et les champs disparaissaient dans le brouillard. Soudain, ils entendirent des bêlements sur leur droite. C'étaient les nubas-nubas qui, sans doute, réclamaient à manger. Lei s'arrêta.

Elle leva sa lanterne et enjamba le muret. Les deux autres la suivirent en silence. Ils s'engagèrent dans la prairie. Les herbes et les fleurs s'étaient couvertes d'humidité. Pour se donner du courage, Malva avait enfoui son nez dans le col de la veste d'Orféus. Chaque fois qu'elle respirait, l'odeur s'insinuait dans ses narines et lui réchauffait un peu le cœur.

Les bêlements des nubas-nubas se firent plus proches. On entendait aussi des crissements secs, des frottements de paille et des gargouillis d'eau. Quelque part dans le brouillard, les morts étaient en train de nourrir et d'abreuver le troupeau.

Lei sortit une fiole de la poche de sa tunique. Elle avança avec précaution en tendant l'oreille pour se repérer. Derrière elle, Malva s'agrippait à Babilas. Elle sentait la peur lui plomber le ventre.

Soudain, dans le halo des lanternes, des ombres apparurent. Malva réprima un cri.

— Ce sont seulement nubas-nubas, chuchota Lei en continuant d'avancer.

Les bêtes à longues oreilles se cognaient et se frottaient à leurs jambes. Elles avaient une allure parfaitement inoffensive. Malva prit une grande respiration. Mais à cet instant, une ombre plus haute surgit de l'obscurité. Elle portait sur son dos une botte de foin. Aussitôt, Lei leva sa lampe et dit quelques mots dans la langue des Invisibles. L'ombre bougea. Quand elle fut assez près, les trois compagnons, pétrifiés, découvrirent son visage : c'était un homme d'une maigreur cadavérique. Au-dessus de son cou décharné, se balançait une figure boursouflée, couleur de terre, marbré de traces violettes. Ses yeux écarquillés, injectés de sang, roulaient dans leurs orbites.

Quand elle croisa ce regard douloureux, Malva sentit ses jambes se dérober sous elle. Babilas la retint d'une main ferme, tandis que Lei parlait à l'apparition. Elle brandit sa fiole.

Le mort déposa sa botte de foin. Il contemplait Lei avec une sorte d'étonnement. Elle lui parla encore et encore, jusqu'à ce qu'il accepte de prendre la fiole. Il la fit tourner entre ses doigts squelettiques. Malva ferma les yeux : la vision de cet homme arraché à sa tombe lui donnait la nausée. Quand elle rouvrit les yeux, elle le vit déboucher le flacon et le porter à sa bouche. Lei s'était approchée si près de lui qu'elle pouvait le toucher. Elle lui parlait toujours, avec douceur.

Le mort absorba tout le breuvage, puis rendit la

fiole à Lei. Après quoi, sans un mot, il reprit sa botte de foin, tourna le dos, et s'évanouit dans le brouillard. Lei, Malva et Babilas se regardèrent et poussèrent des soupirs soulagés.

Il ne restait plus que soixante-sept morts à trouver et à convaincre...

Cela dura toute la nuit. Avançant à tâtons à travers les champs, les bois, les ruelles de la ville, Lei mena Babilas et Malva dans sa quête insensée. Chaque mort, lorsqu'il surgissait du brouillard, ressemblait à un cauchemar. Yeux vides, bouche tordue par les souffrances passées, visage bouffi et corps désarticulé, certains portaient même des traces de sang séché sur leurs joues. Malva ne s'habituait pas à leurs faces maladives et putréfiées, surtout lorsqu'il s'agissait d'enfants. Plusieurs fois, elle fut sur le point de s'enfuir ou de tourner de l'œil. Chaque fois, Babilas l'aida à surmonter son dégoût, tandis que Lei, infatigable, allait au-devant des morts et leur parlait jusqu'à ce qu'ils aient bu la potion. Et le pire, c'est que nul ne pouvait savoir quels effets aurait le remède...

Au fond d'elle, Malva sentait que les efforts de son amie resteraient vains, mais jamais Lei ne montra aucun signe de découragement. Elle voulait sauver ces gens et permettre aux Invisibles de réintégrer leurs enveloppes corporelles. Elle voulait surtout mesurer son pouvoir de guérisseuse à celui, infiniment plus grand, de la Mort.

Babilas tenait le compte des fioles, des bonbonnes

et des cadavres rencontrés. Quand il annonça à Lei que le soixante-huitième mort venait d'absorber le remède, la fille de Balmun tourna vers lui ses yeux fatigués. Elle vacillait sur ses jambes. Ses lèvres étaient sèches et sa voix éraillée. Elle se contenta de regarder le ciel. Déjà, le brouillard se déchirait, laissant apparaître quelques étoiles pâles. Malva, épuisée, s'assit par terre. Elle enfouit son visage dans ses mains et se mit à pleurer de fatigue.

Soudain, la cloche sonna, toute proche. Lei sursauta. C'était l'annonce que les morts retournaient dans leurs tombes.

Un instant plus tard, le brouillard se leva, aussi brutalement que la veille. Le soleil inonda l'île et les trois voyageurs cachèrent leurs yeux douloureux derrière leurs mains. Sans s'en apercevoir, ils étaient arrivés au pied du phare. Devant eux, la ville étalait ses ruelles propres et ses places, ses fontaines. Plus bas, dans la petite crique, ils distinguèrent la *Fabula*. Et sur le pont, Finopico et les jumeaux qui tentaient vainement de les apercevoir.

Babilas et les deux filles attendirent. Le soleil montait dans le ciel d'azur, les oiseaux de mer reprenaient leurs danses au-dessus des falaises. Pendant un très long moment, aucun mot ne passa le seuil de leurs lèvres. Lei scrutait les façades des maisons avec impatience. Quand les volets s'ouvriraient, si son remède avait fonctionné, ce ne seraient plus des Invisibles qui salueraient le matin... mais des villageois en chair et en os !

Les minutes s'écoulèrent. Malva sentait ses membres s'engourdir dans la chaleur du soleil. Elle s'endormit sûrement un peu, tandis que ses deux compagnons, toujours à l'affût d'un signe de vie, tournaient en rond autour du phare.

Au bout d'un temps, comme rien ne se manifestait, ils finirent par s'asseoir, le cœur lourd et le visage défait.

Ce matin-là, les volets des maisons rouges restèrent clos. Les ruelles restèrent silencieuses. Aucun Invisible ne sortit puiser de l'eau aux fontaines. Aucune fourche n'alla faucher les herbes, aucun panier de linge ne flotta dans les airs jusqu'au lavoir, aucun cheval de bois ne vint rouler sur les pavés...

Il s'était bien produit quelque chose durant cette nuit éprouvante, mais ce n'était pas du tout ce que Lei avait voulu !

— Moi avoir échoué, murmura-t-elle enfin.

Malva, la gorge nouée, leva ses yeux d'ambre vers elle. Lei, si gracile dans sa tunique légère, se tenait debout face au cimetière de l'autre versant. Le vent jouait dans ses cheveux blonds. Elle pleurait. C'était la première fois que Malva la voyait si fragile. La fille de Balmun, bras ballants dans le silence désespérant de l'île, déposait tout simplement les armes. Sa potion avait eu l'effet inverse de ce qu'elle escomptait : les Invisibles avaient effectivement rejoint leurs corps meurtris et ils gisaient désormais sous terre pour l'éternité.

— *Newynas gun !* cria soudain Babilas en pointant son doigt vers les tombes.

Malva bondit sur ses pieds et le rejoignit. Bouches bées, les trois compagnons assistèrent alors à un phénomène étrange et fulgurant : les ronces et les herbes sauvages poussaient à une allure incroyable étendant leurs tentacules d'épines et leurs chevelures vertes le long de la pente. Sous leurs yeux, la végétation reprenait ses droits. Les tombes disparurent bientôt, recouvertes de feuillages.

— Attention ! cria Malva en reculant.

La broussaille rampait à toute vitesse vers le phare, s'accrochant aux pavés des ruelles, grimpant sur les façades, et cherchant à nouer ses bras d'épines aux jambes des Vivants.

— Il faut partir ! cria Malva en arrachant de ses chevilles un tentacule de ronce.

Babilas saisit les deux jeunes filles par le bras et les entraîna en courant à travers la ville. Déjà, des arbres poussaient au milieu des rues, déchaussant les pavés, fissurant les murs. Les fontaines se couvrirent de mousse, les tuiles des toits furent ébranlées par le lierre qui assaillait les maisons. Des cheminées se fracassèrent au sol, des volets se décrochèrent de leurs gonds.

— La ville s'effondre ! hurla Malva.

Ils coururent sans se retourner. Autour d'eux, l'île tout entière se métamorphosait. Quand ils pénétrèrent dans la forêt, des toiles d'araignées gigantesques se collèrent à leurs visages. Babilas sortit son couteau et se fraya un chemin à travers les branchages.

— Remède mauvais ! Je n'avoir pas sauvé Invisibles ! gémissait Lei, effarée.

Dans les prairies, les herbes avaient tout englouti. Les cadavres des nubas-nubas gisaient au bord des routes, au milieu des murets éboulés. Une odeur de décomposition flottait dans l'air. La mort enveloppait l'île.

Babilas guida Lei et Malva jusqu'à la plage. Les oiseaux de mer criaient au-dessus de leurs têtes, menaçants, tandis que sur le pont de la *Fabula* les jumeaux et Finopico agitaient les bras.

— Moi échouer ! répéta Lei en s'écroulant sur le pont. Moi indigne de mon peuple !

— Hissez les voiles ! hurla Finopico aux jumeaux.

Lui-même s'empara de la barre, pendant que Babilas repoussait le navire loin de la plage.

Malva, tremblante des pieds à la tête, resta accrochée à la lisse. Ses poumons brûlaient dans sa poitrine. Les images terribles de la nuit enfiévraient son esprit. Elle se sentait consumée, fondue, calcinée. Elle leva la tête vers le sommet de l'île. Là-haut, le phare avait complètement disparu sous la végétation. En l'espace de quelques minutes, tout était redevenu sauvage. À l'abandon.

Alors que la *Fabula* reprenait vaillamment la mer, Malva se retourna et vit Lei, roulée en boule sur le pont, qui sanglotait de rage et de tristesse. Elle vint près d'elle, ôta la veste d'Orféus et l'enveloppa dedans. Ensuite, elle la serra dans ses bras, maladroitement, sans savoir comment faire pour apaiser un tel chagrin. L'échec de Lei allait peut-être avoir de graves conséquences pour eux tous, mais une chose était sûre : ni Malva ni aucun autre membre de l'équipage ne lui en voudrait pour cela. La fille de Balmun avait donné tout ce qu'elle avait pour sauver les âmes en peine des Invisibles. Elle s'était dévouée à cette cause perdue d'avance. Elle méritait définitivement la considération de tous.

[illegible]

[illegible]

[illegible] des [illegible]

[illegible] le coup de pied. Il souleva la couv[illegible] se [illegible] accompli ses tâches [illegible] si elle [illegible] le temps de s'occuper [illegible]

[illegible]

36

Espoir

La cinquième Pierre de Vie venait de tomber en poussière au fond du Nokros quand Orféus ouvrit les yeux. Il avait le visage poisseux de bave, Al pesait lourdement sur sa poitrine et un curieux goût de soupe imprégnait ses papilles.

À peine eut-il repris conscience qu'il se souvint de tout : les naufragés de Dunbraven, le combat avec l'Archonte, les casseroles, les grappins et, pour finir, le coup de sabre. Il souleva la couverture, se contorsionna : sa blessure avait disparu ! Lei avait encore accompli des miracles ! Et si elle avait pris le temps de s'occuper de lui, cela signifiait sans doute que la *Fabula* voguait de nouveau en paix, loin de l'Archonte et des Patrouilleurs. Orféus se tourna vers la porte :

— Hé ! appela-t-il.

Al sursauta et redressa sa grosse tête. Sous la frange

de poils qui tombait sur sa truffe, Orféus devina son regard humide.

— Merci de m'avoir tenu chaud, vieux, lui dit-il. Maintenant, tu peux descendre de là.

Al sortit sa langue et lui lécha le nez, mais resta étendu de tout son long sur son maître.

— Allez, ouste ! répéta Orféus. Va chercher les autres ! Va leur dire que je suis réveillé !

Al ne broncha pas. Conformément à son habitude, il refusait d'obéir. Orféus tenta de le pousser, mais il avait perdu beaucoup de forces.

— Au secours ! appela-t-il. On m'étouffe ! Quelqu'un !

Un instant s'écoula avant que la porte de la cabine s'ouvre en grand. Galotcho apparut, poings en avant, prêt à en découdre. Quand il vit que l'adversaire n'était que le gros saint-bernard, il se figea net.

— Oh, dit-il, un peu décontenancé. J'ai cru que...

— Tu as été rapide, lui sourit Orféus. Je te félicite, matelot ! Si tu parviens à déloger ce cabot baveux, je te nomme capitaine en second !

Galotcho siffla entre ses dents. Aussitôt, Al dégringola du lit sans faire de façons et vint s'asseoir aux pieds du gamin. Orféus secoua la tête : décidément, ce chien prenait un malin plaisir à le contrarier.

— Suis-je vraiment capitaine en second, Capitaine ? demanda malicieusement Galotcho.

Orféus tapota le bord de sa couchette pour lui indiquer de s'approcher et le questionna sur ce qui s'était passé pendant qu'il se rétablissait. Sans se faire prier,

Galotcho lui raconta comment Babilas avait retrouvé l'usage de la parole et lui fit le récit des événements qui avaient eu lieu dans l'île des Invisibles avec force détails, ravi de pouvoir impressionner son Capitaine. Mais subitement, il s'assombrit :

— Le problème, c'est que Lei n'a pas réussi à rendre vie aux morts. Elle a pleuré pendant une heure en répétant que nous étions tous condamnés au Claquemur par sa faute. Vous croyez que c'est vrai ?

Orféus se gratta le menton. Une barbe épaisse recouvrait ses joues et cela le démangeait.

— Je ne sais pas, finit-il par dire. Tout dépendra du jugement de Catabée. Après tout, Lei a réuni les âmes et les corps de ces Invisibles...

Galotcho poussa un soupir.

— J'ai peur du Claquemur, Capitaine. Et Peppe encore plus que moi. Il est tellement sensible... Après tous les cachots que nous avons fréquentés en Galnicie, s'il se trouve de nouveau enfermé, je ne suis pas sûr qu'il résiste longtemps.

— Et toi ? demanda doucement Orféus.

— Moi ? J'ai parfois l'impression d'être plus costaud que mon frère. Nous sommes parfaitement identiques physiquement, et pourtant... je ne sais pas. De toute façon, je ne pourrais jamais vivre sans Peppe. Nous deux, c'est à la vie, à la mort !

Orféus sourit. La fougue du jeune garçon le touchait et il le rassura comme il le put à propos du Claquemur. Puis il sortit de sous ses couvertures et se mit debout.

— Je me sens presque en forme ! s'exclama-t-il en étirant ses muscles. Qui est de quart sur le pont ?

— C'est Finopico, dit le gamin.

Orféus déclara qu'il allait prendre sa relève. Mais comme il cherchait sa veste, Galotcho lui expliqua que Lei et Malva se l'étaient disputée.

— Finalement, elles se sont endormies dessous, l'une contre l'autre sur le pont. J'ai proposé mon chandail à la Princetta, mais elle n'en a pas voulu. Je ne comprends pas : mon chandail n'est pas plus sale que votre veste !

Il avait dit cela avec une pointe de regret et de jalousie qui fit sourire Orféus.

— Les filles sont compliquées, fit-il en enfilant ses bottes. Elles ont leurs mystères, mais il ne faut pas désespérer.

— Oh, mais je ne désespère pas ! répondit vivement Galotcho. D'après les prédictions de la voyan...

Il s'interrompit et devint très rouge. Orféus le fixa en plissant les yeux :

— Que vous a donc prédit cette voyante, à la fin ? Je serais bien curieux de le savoir !

À cet instant, la porte de la cabine s'ouvrit de nouveau. Peppe apparut, ébouriffé de sommeil.

— Ah, tu es là ! s'exclama-t-il en découvrant son frère. Je n'aime pas que tu me laisses seul la nuit. Ça me réveille.

— J'arrive, fit Galotcho en s'esquivant avec un certain soulagement.

Il suivit son frère et tous deux s'éclipsèrent dans

leur cabine. Peppe n'avait pas même jeté un regard à son Capitaine ressuscité. Seul son frère lui importait. « Ces deux-là sont aussi inséparables que les faces d'une même pièce, songea Orféus. Je pourrais les surnommer Pile et Face ! »

Après quoi, il décida de monter sur le pont. Al le suivit en traînant sa vieille carcasse dans l'escalier de l'écoutille.

Le ciel était dégagé, criblé d'étoiles. Un vent assez soutenu gonflait les voiles de la *Fabula*. Avant de retrouver Finopico, Orféus s'approcha de la lisse. Nez au vent, il respira avec volupté les odeurs salines. Par la Sainte Harmonie, qu'il était bon de naviguer ! La vitesse et la nuit l'étourdissaient. Pour un peu, il en oubliait Catabée, les Patrouilleurs, l'Archonte, le Nokros et l'échéance terrible qui guettait l'équipage. Debout sur le pont, perdu sur cette mer sans nom, il se sentit un court instant heureux comme jamais. Le poids qui l'oppressait depuis tant d'années s'était allégé. Ici, maintenant, il avait enfin l'impression de vivre. Peut-être ce sentiment était-il dû au danger lui-même ? ou à la présence silencieuse de ses compagnons de route ? ou, plus simplement, à son rétablissement miraculeux après la blessure de sabre ? C'était sans doute tout cela à la fois.

Il s'accroupit et caressa vigoureusement les flancs de son chien.

— Je ne pensais pas que tu aurais tenu le choc aussi longtemps, vieux bougre, lui dit-il avec tendresse. Si nous échappons à cet Archipel, je demanderai à Lei de concocter un remède pour tes pattes. Elle pourra peut-être te rendre ta jeunesse, qui sait ?

Disant cela, il jeta un regard vers le milieu du pont où les deux jeunes filles s'étaient endormies. Elles restaient serrées l'une contre l'autre, lovées sous sa veste de quartier-maître. Elles avaient toutes deux traversé tant d'épreuves... À l'une, il devait la vie. À l'autre, il devait de connaître enfin le destin auquel il avait rêvé. Orféus se redressa et fit quelques pas dans leur direction.

— Je ne vous obligerai pas à retourner en Galnicie, Princetta, chuchota-t-il. Si nous sortons vivants de ce voyage, j'espère que vous trouverez le pays qui hante vos rêves. L'Elgolie, je crois ? Vous l'aurez tellement mérité...

Il lui sembla que Malva bougeait dans son sommeil. Il se pencha vers elle et contempla un moment son visage lumineux.

— Tant pis pour moi, ajouta-t-il à voix basse. Tant pis pour les serments. Tant pis pour la gloire des Mac Bott !

Il leva la tête vers les étoiles, sourit, et partit vers la dunette arrière d'un pas décidé. À peine eut-il tourné le dos, que Malva ouvrit les yeux. Elle avait tout entendu.

— Si nous sortons d'ici, Capitaine, qui sait ce que je déciderai ? murmura-t-elle à son tour.

Elle se rendormit, le sourire aux lèvres, en serrant la veste d'Orféus sur son cœur.

Finopico se tenait debout devant la barre. Juste à côté, sur un coffre, il avait déposé une lampe-tempête et, dessous, un livre ouvert dont les pages frémissaient dans le vent. Tout en barrant la *Fabula*, il lisait avec passion, si bien qu'il ne vit pas Orféus s'approcher.

— Tu apprends de nouvelles recettes ? lui lança ce dernier.

Finopico sursauta, puis son visage s'illumina.

— C'est un miracle de vous voir debout, Capitaine ! Nous avons cru votre dernière heure arrivée, mais l'Archonte pourra repasser !

— J'espère que non ! répondit gaiement Orféus. À l'heure qu'il est, j'espère qu'il s'est noyé et que les poissons s'occupent de lui !

Disant cela, il jeta un coup d'œil au livre que Finopico avait posé sur le coffre. Il s'agissait justement d'un des innombrables ouvrages sur les poissons que le cuisinier collectionnait.

— Mais je te dérange en pleine lecture, s'excusa Orféus ; si tu veux, je...

Finopico haussa les épaules et referma le livre.

— Je passais le temps, c'est tout. La mer est si calme cette nuit !

Orféus s'assit sur le coffre et resta silencieux un moment, profitant de la douceur de l'air et du léger tangage de la *Fabula*. Tout le monde dormait, il n'y avait pas de menace particulière à l'horizon.

— C'était exactement comme ça que j'imaginais une nuit en pleine mer, soupira-t-il. J'ai tellement rêvé de ces instants...

— Vous aviez la mer dans le sang, n'est-ce pas ? l'interrompit Finopico. Pourquoi avez-vous tant tardé à vous embarquer ?

Orféus sentit son cœur se serrer et il se mordit la lèvre.

— C'est une longue histoire, murmura-t-il. Je ne crois pas qu'il soit encore temps de la raconter.

Finopico, les deux mains sur la barre, hocha la tête gravement avant de dire :

— Ça n'a plus aucune importance, maintenant. Vous avez largement fait la preuve de votre courage et plus personne ne vous surnommera « le Blanc-Bec » ! J'y veillerai !

Orféus l'observa à la dérobée. Sa tignasse rousse, son visage anguleux et nerveux... Finalement, ce cuisinier n'était pas un mauvais bougre.

— Je suis vraiment désolé qu'Al ait dévoré ton poulet le jour de l'audience devant le Coronador, dit-il.

— Laissez ce poulet ! s'esclaffa Finopico. Ça aussi, c'est de l'histoire ancienne ! De toute façon, je m'intéresse davantage aux poissons qu'à la volaille !

— Je peux regarder ? s'enquit Orféus en désignant le livre.

Le cuisinier l'autorisa à feuilleter l'ouvrage à la lueur de la lampe. À chaque page, des gravures représentaient des animaux marins aux allures surprenantes ; elles étaient accompagnées de textes qui décrivaient les mœurs de ces bestioles et renseignaient sur les mers où l'on pouvait les pêcher. Sur la première page, il y avait un tampon de l'Institut maritime de Galnicie.

— Ma parole, tu l'as volé ! s'étonna Orféus.

— C'est un emprunt, rectifia Finopico. Juste un emprunt.

— Et les autres ? Tous ceux que tu as dans ta cambuse ?

— Empruntés aussi. Ce n'est pas avec les quelques galniks de mon salaire que je peux me permettre d'acheter des livres comme ceux-là. Je les rendrai dès que nous serons rentrés.

Orféus haussa les épaules.

— Bah, ils ne doivent pas manquer à grand monde. Qui peut s'intéresser à ces monstres ?

— Détrompez-vous, Capitaine ! Les poissons rares passionnent de nombreux savants galniciens ! Il existe même une Commission scientifique spéciale qui effectue régulièrement des missions sur toutes les mers du Monde Connu.

— Tu devrais leur proposer tes services, suggéra Orféus. Tu m'as l'air de t'y connaître !

Le cuisinier fit une moue dépitée.

— Je me suis déjà présenté plusieurs fois à la Commission scientifique. Ces messieurs de l'Institut ne m'ont pas pris au sérieux. Pourtant, j'ai plongé partout et j'ai même rapporté quelques spécimens intéressants ! Seulement... je ne suis qu'un cuisinier, je n'ai pas d'éducation...

Orféus se souvint alors du jour où il avait vu Finopico pour la première fois, devant l'Institut justement.

Il se rappelait l'avoir entendu grogner contre les savants moustachus ; aujourd'hui, il comprenait enfin les raisons de son ressentiment.

— C'est injuste, déclara Orféus. Pourquoi faudrait-il des diplômes et des titres honorifiques ?

— Je suis bien d'accord, répondit Finopico. Mais j'ai encore l'espoir de convaincre ces messieurs les savants. Tenez, regardez à la page 243...

Orféus trouva la page.

— Vous voyez cette gravure, en bas à droite ?

— Celle du gros poisson qui ouvre la mâchoire ?

— D'après l'auteur, ce poisson n'existe pas. Il ne serait qu'une invention des anciens marins de Polvaquie. Une chimère.

Orféus lut à voix haute le petit texte encadré sous la gravure :

— « **GOUME DES PROFONDEURS** n. m – *Ainsi nommé par l'équipage d'un voilier polvaquien de retour d'une expédition en Orniant. D'après eux, la bête mesurerait entre cinq et dix mètres et posséderait une double rangée de dents pointues. D'un aspect lisse, de peau translucide, le goume aurait également deux queues indépendantes. Il aurait surgi à plusieurs milles des côtes, à un endroit où la mer n'a pas de fond. Pas d'autres témoignages.* »

— Hé, hé ! s'exclama Finopico, réjoui. Qu'en dites-vous, Capitaine ? Vous ne trouvez pas que ce goume mérite toute notre attention ?

— Sans doute..., fit Orféus sans grande conviction.

Finopico poursuivit avec exaltation :

— Si je pouvais enfin dénicher cette bête ! Si je pouvais en rapporter un spécimen en Galnicie ! Si je pouvais entrer, la tête haute, à l'Institut et déposer cette prétendue chimère sous les moustaches de ces savants prétentieux ! Enfin, ils me prendraient au sérieux !

En l'entendant parler ainsi, Orféus comprit que, pour Finopico, ces poissons représentaient bien plus que de simples curiosités biologiques.

— Ils en feraient des têtes ! s'exclama le cuisinier, la figure renversée vers les étoiles. Ah ! Ah ! Ils s'inclineraient face à ma découverte ! Ils m'envieraient ! Ils se prosterneraient à mes pieds comme des carpettes ! Moi, le petit cuistot sans fortune et sans diplôme, je leur ferais ravaler leur mépris, à tous ces imbéciles !

Il lâcha soudain la barre et vint s'agenouiller devant le coffre, près d'Orféus. Une étincelle de folie courait dans ses yeux comme un feu de Saint-Elme par temps d'orage.

— Voyez-vous, Capitaine, je hais ces savants ! Ils sont confortablement installés dans les fauteuils de l'Institut, de père en fils, depuis des générations ! Ils nous regardent de haut, ils nous jugent et moquent nos ambitions, mais un jour, je tiendrai ma revanche ! Grâce au goume !

Il se radoucit brusquement et caressa d'une main tremblante la page 243.

— Tout doux, mon joli, dit-il à la gravure. Je sais que tu n'as guère envie de finir au musée et que tu préfères batifoler dans les eaux noires des océans, mais patience... Je te traque depuis tant d'années. Je suis sûr que les divinités finiront par entendre ma voix et que nous nous rencontrerons, toi et moi, comme de vieux ennemis. Quand ce moment viendra, je te capturerai. Et tu entreras alors dans les manuels officiels sous le nom magnifique de *Finopicuum de profondis* !

Il reprit sa respiration, ferma le livre à regret, puis se releva.

— Nous avons tous nos secrets, dit-il alors d'une voix plus mesurée. Ils ne sont pas toujours avouables, mais... ça fait du bien de les partager, de temps en temps. N'est-ce pas, Capitaine ?

L'aube pointait, soulignant l'horizon de sa traînée laiteuse.

Finopico sembla d'un seul coup très fatigué. Orféus alla se poster devant la barre et lui donna congé. Alors, le dos voûté, le rouquin quitta le Capitaine sans un mot de plus et disparut par l'écoutille. Il portait le livre dans ses bras, avec autant de précaution que s'il s'était agi d'un petit enfant.

Perplexe, Orféus laissa son regard se perdre dans l'immensité du ciel qui pâlissait. Finopico n'était-il pas devenu fou à force de chercher ce poisson chimérique ?

Il haussa les épaules. Non, Finopico n'était pas plus fou qu'un autre. Il poursuivait son rêve, comme tout le monde à bord de la *Fabula*. Pour lui, c'était le goume. Pour Malva, l'Elgolie. Pour les jumeaux, un secret lu dans les cartes d'une voyante... « Et pour moi ? » songea Orféus. Il pensa encore à son père. Quand cesserait-il d'avoir honte de ce passé ? Finopico avait beau lui donner le gage de sa confiance, Orféus ne pouvait se départir de cette impression troublante qu'il n'était qu'un imposteur, un usurpateur, et qu'il ne méritait pas d'être le Capitaine de la *Fabula*.

Il resta ainsi de longues minutes, absorbé dans ses réflexions. Mais quand le soleil se leva, il reçut les premiers rayons dans les yeux avec une sorte de joie. Le jour, il lui semblait que ses pensées devenaient moins confuses et qu'il pouvait respirer librement. Il posa ses mains sur la barre et soupira.

Malva et Lei commençaient à s'agiter. Quand elles sortirent la tête de sous la veste en clignant des yeux, Orféus les salua d'un signe de la main. Elles sourirent.

— Ce jour est un nouveau jour ! leur lança-t-il gaiement. Le vent nous porte et nous sommes toujours en vie ! Vive la *Fabula* !

Les deux jeunes filles bondirent sur leurs pieds et le rejoignirent.

— Merci, Lei ! Ma blessure est absolument guérie ! continua Orféus sur le même ton enthousiaste. Je ne me suis jamais senti mieux ! La prochaine fois que je verrai l'Archonte, c'est moi qui lui passerai un sabre à travers le corps, parole de Mac Bott !

Lei sourit. Dans le soleil levant, tout paraissait tellement beau !

— Regardez ! dit encore Orféus en ouvrant les bras. Le ciel est pur. Nous avons surmonté nos peurs et nos douleurs. Catabée n'a qu'à bien se tenir ! Aujourd'hui, il n'y a pas une ombre au tableau.

Malva le regardait, un sourire timide aux lèvres. Sa bonne humeur, son entrain lui faisaient un bien infini. Il restait seulement quatre Pierres de Vie dans le Nokros ; rien n'était gagné, mais elle avait envie de croire qu'Orféus avait raison. Les portes de l'Archipel se trouvaient peut-être là-bas, droit devant ? Il suffisait peut-être de maintenir le cap ?

Tandis qu'Orféus continuait de crier et de lancer des défis à Catabée, Babilas et les jumeaux apparurent sur le pont, encore tout englués de nuit. Le soleil les accueillit. Pour la première fois depuis longtemps, ils avaient pu dormir suffisamment et leurs visages semblaient détendus, reposés. Orféus leur envoya des bonjours tonitruants et ils se rassemblèrent sur la dunette arrière pour regarder l'horizon. Des sourires restaient collés à leurs lèvres.

Ce matin-là, pour des raisons fragiles, l'espoir reprenait le dessus dans les cœurs tourmentés des voyageurs.

37

La vague

Deux journées s'écoulèrent sans qu'il se passe rien. La *Fabula* ne rencontra aucune île, aucun navire, aucune embûche. Dans sa couchette, Malva regardait goutter l'acide *morbique* du Nokros, partagée entre le désir de croire que l'Archipel les avait bel et bien relâchés et la crainte d'en être toujours les otages. Selon que ses pensées la portaient vers l'une ou l'autre des hypothèses, elle se réjouissait ou se morfondait, se détendait ou s'affolait, et ses sautes d'humeur surprenaient tout le monde.

— Allons, Princetta, lui répétait Finopico, ne faites pas grise mine. Regardez ce que je vous ai rapporté !

Le cuisinier, qui profitait de l'accalmie pour pêcher avec assiduité, exhibait devant elle des poissons, tous plus étranges les uns que les autres. Certains étaient minuscules, bleus et effilés comme des lames de poignard, d'autres énormes et globuleux, semblables à des ballons de baudruche. Inlassablement, Finopico répertoriait les spécimens, les dessinait, les décrivait, et lorsqu'il en avait terminé l'étude, il les plongeait dans de l'eau bouillante pour en faire de la soupe. En secret, il espérait bien trouver le goume des profondeurs dans cet océan étrange. Mais pour cela, il devait pêcher, pêcher, toujours et encore.

Orféus maintenait le cap sans grande conviction. Dans cette partie inconnue du monde, les étoiles n'étaient plus les mêmes, le soleil se jouait des points cardinaux et plus personne n'avait de repère. Il fallait se fixer un objectif, au hasard, et espérer.

La deuxième nuit, pourtant, alors qu'il rejoignait Galotcho pour prendre son quart, Orféus sentit un changement dans l'atmosphère. Ce fut d'abord le vent qui tourna et fraîchit d'un seul coup.

— Que se passe-t-il, Capitaine ? s'inquiéta Galotcho sans lâcher la barre.

Orféus fronça les sourcils et lui recommanda la plus grande vigilance. Au même instant, il y eut un bruit d'eau, assez curieux, suivi d'un mouvement de houle qui ébranla la coque.

Dans sa cabine, Malva n'arrivait pas à trouver le sommeil. Comme l'acide *morbique* attaquait les trois dernières Pierres de Vie, elle ne pouvait s'empêcher de songer avec effroi à la mort. Elle pensait aussi à Filomène, à l'Elgolie, aux Baïghours et une nostalgie épouvantable lui nouait la gorge. Quand elle sentit le choc sous la coque, elle se redressa d'un coup sur sa couchette.

Son front était couvert de sueur et son cœur battait la chamade. Sans réfléchir, elle sortit et monta sur le pont. Orféus était penché à la lisse de coltis, une lampe à la main.

— La *Fabula* est entraînée par un courant de plus en plus fort, annonça-t-il quand il aperçut Malva. Regardez.

La jeune fille s'approcha. Malgré le manque de lumière, on devinait la course ample des flots. Un grondement continu donnait l'impression qu'une bête ronronnait sous la coque. On aurait dit que le navire était monté sur des rails et qu'il suivait une voie invisible mais inéluctable.

— Nous sommes déviés, expliqua Orféus. Il n'y a pas un brin de vent ; impossible de contrer ces courants.

— Et là-bas, qu'est-ce que c'est ? demanda Malva qui avait relevé la tête.

Le ciel s'éclaircissant un peu, on pouvait voir une forme sombre qui se dressait à la verticale au-dessus de l'eau.

— Un autre bateau ?

— Peut-être, murmura Orféus. Ça se déplace, mais...

Ils restèrent un long moment silencieux, concentrés sur la forme qui se rapprochait. Ses contours se précisèrent : ce n'était pas un bateau.

— On dirait une... vague, dit Malva.

Orféus frémit. Une vague ? Cette chose verticale, mouvante et aussi haute que le grand mât de la *Fabula* ? Orféus se retourna et s'adressa à Galotcho :

— Va réveiller les autres ! Dépêche-toi !

Sans demander d'autres explications, Galotcho lâcha la barre et bondit vers l'écoutille, tandis qu'Orféus et Malva, côte à côte, observaient l'évolution de la chose étrange qui menaçait de leur couper la route. Leur cœur battait à l'unisson, vite, très vite. Malva songea un moment à se blottir contre Orféus pour trouver un peu de réconfort, mais elle n'osa pas.

— Vous avez peur ? lui demanda-t-il.

— Un peu.

Il vint se placer derrière elle et l'enveloppa doucement de ses bras. Un frisson descendit le long de la nuque de la jeune fille.

— Et maintenant ? s'enquit Orféus. Vous avez toujours peur ?

Les mots affluèrent en désordre mais restèrent bloqués dans la gorge de Malva. Seul un soupir passa le seuil de ses lèvres. Renonçant brusquement à lutter contre ses propres sentiments, elle s'abandonna à la chaleur et à la douceur du corps d'Orféus. Pendant quelques instants, elle ne vit plus rien : ni la mer, ni l'aube naissante, ni la vague qui grossissait toujours. Le monde entier n'existait plus. Elle se sentait comme dans une bulle, en apesanteur ; son esprit et son cœur battaient au même rythme et ne faisaient plus qu'un. Aussi contradictoire que cela puisse paraître, jamais elle ne s'était sentie aussi proche du bonheur.

Mais cela ne dura pas.

Babilas, Finopico, Peppe et Lei, alertés par Galotcho, déboulèrent sur le gaillard d'avant en poussant des cris. Alors, la bulle dans laquelle flottaient Orféus et Malva éclata brutalement, la douceur fit place à l'effroi et la réalité leur sauta à la gorge : la *Fabula* fonçait droit sur l'énorme vague... à moins que ce ne soit l'inverse.

— *Gorchnaim ei arthan !* s'écria Babilas en bondissant vers la barre. *Cypell olc bung !*

— Nous perdus ! traduisit Lei d'une voix étranglée.

Orféus rejoignit Babilas qui tentait désespérément de corriger la trajectoire du navire. Unissant leurs forces, ils parvinrent à tourner la barre, mais cela ne suffit pas. La vague enflait à mesure qu'elle avançait et sa crête d'écume s'élevait toujours plus haut dans le ciel pâle. Dans quelques instants, elle leur couperait la route.

— Arrimez-vous ! ordonna Orféus quand il comprit qu'il n'y avait plus d'espoir d'échapper à la vague. C'est notre seule chance d'éviter la noyade !

Il s'élança, déroula les aussières et les filins, fit passer les bouts dans les mortaises du cabestan, dans l'œil des margouillets, puis il renvoya les cordages à ses compagnons. Brusquement, il réalisa qu'Al n'était pas là.

— Al ? Al ! appela-t-il. Où est passé ce fichu cabot ?

— Il dort dans l'entrepont ! répondit Finopico tout en s'appliquant à nouer un filin autour de sa taille.

Orféus jeta un regard vers la vague. Le temps qu'il descende, qu'il traîne son chien et qu'il l'attache, il risquait de ne pas pouvoir se mettre lui-même en sécurité.

— Capitaine ! s'écria Lei. Je ne pas savoir comment faire avec ça !

La jeune fille blonde s'était entortillée maladroitement dans les écoutes et elle agitait les cordages entre ses mains fiévreuses.

— Occupez-vous d'Al ! dit alors Malva à Orféus. Sur l'*Estafador*, j'ai appris à faire les nœuds !

Elle se détacha et courut vers Lei pour l'aider. Orféus hésita, mais voyant que Malva se débrouillait très bien, il dégringola par l'escalier de l'écoutille. Entre deux coffres, il repéra le gros saint-bernard, étendu de tout son long, la langue pendante et le souffle lourd.

— Viens ici, lui commanda-t-il. Viens vite, par la Sainte Quiétude !

Il empoigna Al par l'encolure et commença à le tirer vers l'escalier, mais l'animal ne semblait guère décidé. Il se mit à grogner et découvrit ses crocs jaunâtres. Une sueur aigre dégoulinait dans le dos d'Orféus. Il sentait l'imminence de la catastrophe. Durant quelques minutes, il insista, supplia, injuria son chien, sans résultat. Le saint-bernard se rebiffait, comme d'habitude.

— Eh bien, tant pis pour toi ! lui lança Orféus en relâchant son collier.

Hors de lui, il remonta les marches de l'escalier quatre à quatre. Quand il déboucha sur le pont, Malva et Babilas étaient à genoux près des jumeaux, occupés à nouer les écoutes au cabestan. Derrière eux, la vague dressait son mur bleu. Si Babilas était sanglé, rien ne reliait Malva au navire.

— Attachez-vous ! hurla Orféus en se précipitant vers elle.

Il eut à peine le temps de s'emparer d'un filin et de s'enrouler dedans. Il attrapa la jeune fille par la taille et la serra contre lui. La vague souleva la *Fabula*, l'aspira, la déséquilibra. Orféus roula sur le pont. Ses bras se crispèrent plus fort sur Malva. Des cris de terreur percèrent ses tympans au moment où la vague se fracassa sur le pont. On aurait dit qu'un déluge de boulets de canon s'abattait sur le bateau. Très vite, les cris aigus de Lei et des jumeaux furent absorbés par l'énormité de la déflagration.

La *Fabula* gîta sur bâbord, sur tribord, faillit se renverser complètement. Le choc fut d'une telle violence qu'Orféus se sentit arraché du sol. Il fut balayé, emporté par les flots, soulevé comme un rien. L'eau entra dans ses narines et dans sa bouche, le charria dans tous les sens, le tourbillonna, le transperça et, finalement, l'assomma complètement.

Quand il reprit connaissance, il gisait sur le gaillard d'avant. Un silence absolu lui bouchait les oreilles. Il cracha de l'eau, toussa, hoqueta, eut envie de vomir.

« Malva... Malva... », murmurait une voix lancinante dans sa tête. Ses bras se refermèrent sur le vide. La jeune fille n'était plus là.

38

L'île de Malva

Contrairement à Orféus, Malva n'avait pas perdu conscience. Quand elle avait senti qu'il la lâchait, elle avait tenté de se raccrocher au bateau, mais le flot était trop fort. La vague l'avait prise entre ses bras liquides avec une puissance étrange, presque douce, et l'avait emportée loin du navire, à une vitesse faramineuse.

Pendant un moment, Malva eut l'impression de voler, de chevaucher la crête d'écume comme s'il s'agissait d'une monture. Elle vit le ciel au-dessus d'elle défiler à toute allure. Elle vit les couleurs du soleil levant, les dernières brumes du matin s'effilocher tout autour, comme du coton. Elle ne lutta pas. À aucun moment, elle n'eut vraiment peur. Quelque chose en elle lui disait que cette vague surnaturelle n'était pas apparue pour la tuer, qu'elle n'allait pas se noyer, qu'elle n'allait pas mourir. Pas maintenant.

L'écume la porta, la propulsa durant un long moment. Puis la vague sembla s'affaiblir et sa crête s'inclina petit à petit. Enfin, la vague déposa Malva en douceur sur une plage, puis l'y abandonna.

La jeune fille resta allongée sur le sable, les yeux fermés, un peu étourdie. Très vite, le soleil sécha ses vêtements. Elle cessa de trembler, étendit ses membres, se laissa longuement pénétrer par la chaleur qui irradiait de la plage. Le ressac la berçait. De temps à autre, elle entendait des pépiements d'oiseaux, des frous-frous d'ailes et de branches. Après la peur, après le fracas, comme tout cela semblait serein et reposant ! Qu'il était bon de se laisser engourdir par le soleil, sans se soucier de rien d'autre que de son propre bien-être ! Malva avait beau se dire que peut-être la *Fabula* avait coulé, elle n'éprouvait pas vraiment d'inquiétude. Tout ce qui lui importait à cet instant, c'était de sentir le sable rouler sous ses pieds, sous son ventre, sous ses joues, et cette petite brise un peu sucrée qui s'insinuait dans ses narines. La paix s'installait dans son cœur, presque malgré elle.

Au bout d'un très long moment, elle ouvrit les yeux et se redressa.

Elle se trouvait sur une plage de sable blanc qui soulignait l'arc parfait d'une baie. Des arbres aux branches souples et tombantes dans lesquelles s'accrochaient des fruits rouges ou bruns bordaient le rivage. Une bâtisse en forme de cône s'élevait au milieu des arbres.

Dans un état second, Malva tourna le dos à la mer

et, oubliant presque ce qui venait de se passer, elle s'avança vers ce bâtiment. La végétation avait poussé sur le dôme, lui faisant une sorte de chevelure ondoyante. La pierre ocre de la façade était ornée d'une multitude de statuettes qui représentaient des hommes ou des animaux et semblaient raconter l'histoire ancienne d'un peuple disparu. Était-ce un temple, un lieu de culte dédié à des divinités, une simple habitation ou la sépulture d'un roi ? Des oiseaux rouges tournoyaient au-dessus, planaient autour des cimes des arbres et venaient se poser de temps en temps sur les pignons de pierre.

Malva s'arrêta devant la porte monumentale qui marquait l'entrée du bâtiment. Elle hésita un moment : devait-elle pénétrer à l'intérieur ? ne risquait-elle pas de déranger la paix de ces lieux ? Elle décida finalement de le contourner. Plus tard, elle y reviendrait, mais pour le moment, il lui semblait plus important de parcourir le reste de l'île.

Elle quitta la plage pour s'aventurer dans les sous-bois. Les seuls bruits perceptibles étaient ceux des oiseaux rouges et du vent qui faisaient frémir les branchages.

Malva n'avait pas peur. Elle marchait, sans se soucier de rien. Bien qu'elle n'ait jamais mis les pieds dans cet endroit, elle s'y sentait en sécurité comme dans un lieu familier.

La forêt s'ouvrit bientôt sur une clairière. Au milieu, cerné par des arbres aux troncs lisses, Malva découvrit un lac dont les eaux bouillonnaient et fumaient. Son cœur bondit dans sa poitrine. Les paroles du vieux Bulo, le marin de l'*Estafador*, lui revinrent en mémoire : n'avait-il pas évoqué la présence d'un lac semblable à celui-ci... en Elgolie ?

Malva s'approcha, s'agenouilla sur la berge et huma les fumées qui planaient à la surface du lac. Une odeur suave, de fruits et de miel, s'en dégageait. Elle plongea sa main dans l'eau tiède, et lorsqu'elle l'en sortit, elle constata que sa peau s'était adoucie, affinée comme celle d'un tout petit enfant.

— Le lac Barath-Thor, murmura-t-elle, émerveillée.

Elle se remit debout, le cœur palpitant. Comment un tel miracle avait-il pu se produire ? Comment cette vague avait-elle pu la conduire exactement là où elle rêvait d'aller ? C'était parfaitement incompréhensible, mais Malva n'avait plus de doute : elle se trouvait bien en Elgolie !

Pleine de vigueur et d'enthousiasme, elle quitta la clairière et se mit à courir sur le versant pentu de l'île. Un chemin d'herbe douce se dessinait sous ses pieds et, bien qu'il fût escarpé, elle n'eut aucun mal à le gravir. Bientôt, les arbres s'éclaircirent, laissant la place à des prairies traversées par des ruisseaux. Elle leva les yeux. Comme elle s'y attendait, au sommet de l'île, planté sur un monticule fleuri, s'épanouissait un arbre au tronc massif et aux branches lourdes. Tout cela concordait parfaitement avec le récit du vieux Bulo !

Avec une allégresse incroyable, elle franchit les ruisseaux, bouscula les fleurs, sauta par-dessus les rochers.

Lorsqu'elle arriva au pied de l'arbre, elle était à peine essoufflée. Elle éclata de rire et dansa dans l'herbe jusqu'au vertige. Alors, elle s'appuya sur le tronc à l'écorce rugueuse et y posa sa joue. « Je suis sur le mont Ur-Tha ! Je suis sur le mont Ur-Tha ! » se répétait-elle. Jamais elle n'avait ressenti pareille ivresse.

Autour d'elle, l'île se découvrait dans sa beauté majestueuse. Les oiseaux aux plumages rouges dessinaient des arabesques au-dessus des arbres, les rivières chantaient entre les roches cristallines, la mer frisait sa chevelure au fond de la baie, et tout semblait absolument pur, intact. C'était cela, l'Elgolie : un lieu de paix et d'enchantement, un asile reposant, loin de tout ce qui avait rendu Malva malheureuse jusqu'à présent. Ici, personne ne pourrait l'obliger à épouser qui que ce soit, ni à devenir ce qu'elle n'était pas. Ici, tout était possible.

Conformément à la promesse qu'elle s'était faite, Malva s'élança dans les branches de l'arbre millénaire. Elle escalada le long du tronc, jusqu'au sommet, jusqu'à la dernière branche, et là, elle s'assit à califourchon pour observer le Monde. Si le vieux Bulo avait dit vrai, l'effet magique de l'arbre allait opérer !

Sitôt calée sur la branche, elle ressentit des picotements dans les yeux, puis une sorte de brûlure qui lui arracha une grimace. Mais elle ne baissa pas les paupières. Elle voulait voir...

— La Galnicie ! dit-elle en se tournant vers l'ouest.

Les yeux écarquillés, elle vit alors surgir devant elle la silhouette familière de la Citadelle : ses murailles et ses tours déployées au sommet de la falaise, son aspect intimidant de grand rapace, et, plus bas, les méandres argentés du fleuve Gdavir. Le choc fut si fort que Malva dut s'agripper à la branche pour ne pas tomber. Vertige, nausée, éblouissement ; elle respira lentement, mais à aucun moment elle ne ferma les yeux.

Elle voyait maintenant les jardins de la Citadelle, la façade sud, et les premières maisons de la Ville Basse qui s'étendaient dans son ombre. Les arbres des vergers avaient perdu leurs feuilles, comme en plein hiver. Les fontaines des bassins se taisaient et personne ne se promenait le long des terrasses. Tout paraissait gris, terne, immobile. Au sommet de la Ville Haute, les cloches du campanile bourdonnaient.

« Quelqu'un est mort », songea Malva en frissonnant. Elle bougea légèrement la tête et aperçut un cortège qui descendait vers l'un des ponts. Une foule maigre et grelottante suivait une charrette recouverte d'un linceul. Un saint-diafé conduisait cet attelage cahotant, et derrière lui, entouré de soldats armés, s'avançait...

— Le Coronador !

Comme chassée par ce cri, la vision se brouilla et la Galnicie se dissipa dans une sorte de brume froide.

Malva sentit une boule lui nouer la gorge. Si le Coronador marchait en tête du cortège funèbre, c'était sans doute que quelqu'un de cher reposait sous le linceul... Était-ce la Coronada ?

— Ma mère est-elle... morte ? s'écria Malva.

Un silence paisible répondit à son interrogation.

Elle posa une main sur ses yeux, reprit son souffle, et, fébrile, se tourna dans une autre direction.

— Je veux voir Filomène ! déclara-t-elle d'une voix un peu tremblante.

De nouveau la magie de l'arbre : les picotements, la brûlure fugace, puis cette sensation étrange d'être transportée dans l'espace...

Une immense plaine d'herbe rase, balayée par le vent et saupoudrée de neige, apparut devant les yeux de Malva. Elle reconnut immédiatement la Grande Steppe Azizienne sur laquelle elle avait tant marché en compagnie des Baïghours. Son cœur s'emballa. Quand la vision se précisa, elle aperçut un campement de tentes en peaux d'oryack au centre duquel s'élevaient des volutes de fumée noire. Des cavaliers harnachés s'étaient réunis autour du feu. Ils roulaient entre leurs mains des manches de lances dont les pointes rougissaient dans les braises. Au milieu d'eux, Malva reconnut Ouzmir. Le beau visage du Khansha suprême semblait amaigri et dur.

Malva bougea légèrement la tête. D'une des tentes venait de surgir une jeune femme engoncée dans un lourd manteau de peau. Pendant quelques secondes, Malva ne fut pas certaine de la reconnaître et pourtant... pourtant, c'était bien Filomène ! « Si cet arbre ne ment pas, elle est en vie ! » songea Malva avec un soulagement intense.

Filomène s'avança vers le cercle des cavaliers et prit place aux cotés d'Ouzmir. À cet instant, les hommes retirèrent leurs lances du feu et un chant sortit de leurs gorges. Ouzmir lança un cri et tous ses compagnons se dispersèrent. Seule Filomène ne bougea pas. Elle resta face aux flammes, tête baissée.

« Elle pleure... », pensa Malva en se mordant la lèvre.

Les cavaliers grimpèrent sur des chevaux faméliques et partirent au galop, en formation serrée, derrière le Khansha qui s'était mis debout sur la croupe de sa monture. D'une main, il brandissait sa lance. Malva comprit alors que les Baïghours ne partaient pas pour la chasse. Les larmes de Filomène en disaient suffisamment... Ouzmir et les siens étaient en guerre.

Malva ferma les yeux, la poitrine oppressée. Elle n'avait pas besoin de voir contre qui les Baïghours se battaient ; elle le savait. Les Amoyèdes et les troupes de Temir-Gaï s'étaient sans doute alliés après l'incendie qui avait ravagé le harem, et le peuple d'Ouzmir devait désormais combattre sur tous les fronts.

Malva se déplaça un peu sur sa branche. Toutes ces visions lui laissaient un goût amer dans la bouche. L'allégresse qu'elle avait ressentie tout à l'heure l'avait quittée, et son cœur se noyait dans un chagrin sans fond. Elle crispa ses mâchoires, rouvrit les yeux, leva la tête vers le soleil et dit :

— L'Archonte ! Je veux voir où est l'Archonte !

Dans un éclair douloureux, elle découvrit alors un bateau à voiles obliques, en bambous tressés, d'un type très différent des navires qu'elle connaissait jusqu'à présent. Des corps gisaient sur le pont, inertes et ensanglantés. Elle sursauta en entendant des cris. À l'arrière du bateau se déroulait le dernier acte d'une bataille sans merci.

L'Archonte, debout sur un coffre, la tunique ouverte sur son torse en sueur, agitait ses sabres devant ses adversaires. Il tenait tête à deux marins épuisés et blessés, qui se soutenaient l'un l'autre dans un ultime effort. La haine déformait les traits de l'Archonte. Il portait une plaie sur son crâne tondu, mais il ne faiblissait pas. D'un bond, il sauta sur l'un des deux marins et Malva manqua de fermer les yeux lorsqu'il planta sa lame dans le ventre du malheureux. Le dernier survivant de l'équipage s'écroula à son tour sur le pont et lâcha son arme. Il était à bout de forces, mais il parvint à ramper derrière le mât pendant que l'Archonte récupérait le poignard de l'homme qu'il venait de tuer. Horrifiée, Malva vit l'Archonte s'avancer, lentement, un rictus aux lèvres. Le marin tremblait et priait son bourreau de l'épargner, mais Malva savait que toute supplique était vaine. L'Archonte n'avait aucune pitié.

Il attrapa l'homme par les cheveux et plongea son poignard dans sa gorge. Après quoi, il se dirigea d'un pas rapide vers l'avant du bateau et fouilla sous un amas de voiles entassées. Il en sortit un objet que Malva reconnut immédiatement : un Nokros qui contenait encore plusieurs Pierres de Vie. Il brandit son trophée face au soleil, l'air victorieux. Grâce à ce Nokros volé, il pouvait encore espérer gagner du temps sur l'échéance de Catabée et éviter le Claquemur !

Au bord de l'évanouissement, Malva s'effondra en pleurs sur la branche. Les scènes dont elle venait d'être le témoin impuissant lui vrillaient l'estomac. Elle sanglota longtemps, seule sur son arbre, accablée de colère et de chagrin. Le visage d'Ouzmir surgissait devant elle, émacié et grave, ou encore l'image de Filomène, abandonnée devant ce feu mourant sur la steppe gelée. Et puis, les images de la Galnicie, grise, hivernale, la Citadelle, les vergers, les ruelles, toute cette partie d'enfance qu'elle avait voulu oublier mais qui restait fichée dans son cœur comme la pointe d'une flèche. Elle serra ses poings et tambourina sur la branche jusqu'à ce que ses mains saignent.

Longtemps après, elle trouva la force de se relever. Elle recula pour s'adosser contre le tronc, respira profondément, et contempla le paysage qui l'entourait. La douceur des vallons, des prairies, le calme des forêts, la fraîcheur des ruisseaux, et même la splendeur de la baie de Dao-Boa lui semblaient irréels. Tant de beauté lui faisait presque mal. Elle ne comprenait plus ce qui l'avait poussée à venir jusqu'ici. Comment avait-elle pu quitter la plage sans se soucier de ses compagnons restés à bord de la *Fabula* ?

Elle se tourna vers la mer.

— Je veux voir... Orféus, murmura-t-elle enfin.

Ses yeux s'agrandirent, ses pupilles se dilatèrent, et le sortilège du mont Ur-Tha opéra de nouveau, faisant apparaître devant elle les voiles raccommodées de la *Fabula*.

La vague avait frappé le navire avec une telle force

que les lisses de dunette s'étaient brisées. Mais sur le pont, tous les passagers étaient là, bien vivants : Orféus, Lei, Babilas, Galotcho, Finopico, Peppe et même Al qui tournait en rond en poussant des jappements rauques. Ils avaient l'air désemparés, hagards. En observant attentivement leurs visages, Malva s'aperçut qu'ils pleuraient. Orféus scrutait les flots, agrippé à la rambarde défoncée. Son visage inspirait une telle détresse que Malva en fut totalement bouleversée. Peppe et Galotcho, barbouillés de larmes, l'appelaient par son nom : « Malva, Malva, Malva... »

— Ils me croient morte ! s'écria-t-elle.

Aussitôt, la vision disparut, et Malva se retrouva une fois de plus seule dans son arbre, incapable de faire un geste.

— Ils me croient morte, répéta-t-elle.

Elle aurait voulu hurler, mais elle n'en avait plus la force. Les jambes tremblantes, elle se laissa glisser au bas de l'arbre. Le contact du sol la rassura un peu. Elle s'agenouilla dans la mousse et regarda le ciel. Il faisait si bon, l'air était si doux... Comment pouvait-elle éprouver une si grande tristesse alors qu'elle avait enfin atteint l'Elgolie ?

Désespérée, elle reprit le chemin de la baie où elle avait échoué quelques heures plus tôt. Ses yeux ne voyaient plus les rivières, ses oreilles n'entendaient plus les oiseaux, et son cœur restait serré dans sa poitrine comme une petite bête effrayée et fragile.

En arrivant sur la plage, elle se dirigea sans hésiter vers le temple en pierres ocre. Elle ignorait ce qu'elle allait y trouver, mais son instinct lui commandait d'y entrer. Elle poussa la lourde porte de bois, qui tourna sur ses gonds en gémissant. À l'intérieur, il faisait sombre et frais. Des rais de lumière tombaient de la toiture fissurée par les racines qui s'étaient accrochées dessus. Quelques insectes bourdonnèrent autour d'elle quand elle s'avança.

Au centre de l'unique pièce se trouvait une stèle en pierre couverte de mousse et de toiles d'araignées. Sur la stèle, quelque chose brillait. Malva crut d'abord qu'il s'agissait d'un peu de lumière qui s'attardait là ; elle leva les yeux vers le dôme, en observa les fissures : non, ce n'était pas un rayon de soleil. Elle s'approcha et découvrit alors une longue baguette de cristal pur, plantée dans la pierre de la stèle. De ses facettes taillées émanait une lumière intense, presque éblouissante.

Malva contempla longuement le cristal, fascinée par la forme parfaite et son éclat mystérieux. La lumière semblait venir de l'intérieur. Il y avait dans cet objet quelque chose de vivant, une sorte de pulsation pareille à celle d'un cœur. Elle tendit la main, en effleura la surface lisse.

À peine ses doigts entrèrent-ils en contact avec le cristal qu'elle se sentit irradiée, traversée par la lumière. Tout ce qui était confus lui parut brusquement limpide, simple, évident. Un intense sentiment de bien-être la submergea : elle se sentait elle-même, décidée à vivre ici pour toujours, à y construire sa maison, à accomplir ses rêves. La lumière agissait sur elle comme une révélation : tant pis pour Filomène et

Ouzmir ! Tant pis pour la Galnicie, tant pis pour la Coronada ! Tant pis pour Orféus et les compagnons de la *Fabula* ! Elle devait faire sa vie sans eux, loin d'eux. Elle devait se sauver en les oubliant !

Malva regarda ses doigts posés sur le cristal et comprit soudain de quoi il s'agissait.

— Le Vuth-Nathor..., murmura-t-elle.

Elle connaissait ce nom depuis que le vieux Bulo avait évoqué son éclat, et l'avait mise en garde contre la fascination qu'il provoquait. Le Vuth-Nathor avait hanté ses nuits et accompagné ses jours. Oui, elle se rappelait tout ! Le vieil homme avait voulu s'emparer de ce trésor et cela avait précipité son malheur : il avait été chassé de l'Elgolie, condamné à poursuivre pour le restant de sa vie un rêve définitivement hors de sa portée, un simple souvenir.

Soudain, elle eut peur.

Le cœur battant, elle recula et s'éloigna du cristal.

Elle se retourna et sortit du temple en courant. Les pensées les plus contradictoires se bousculaient dans son esprit. Quand elle retrouva le soleil du dehors, la plage de sable blanc, les arbres et les oiseaux, elle ne savait plus ce qu'elle devait faire. Un court instant, le Vuth-Nathor l'avait éclairée, mais cela n'avait pas duré longtemps. Il avait suffi qu'elle s'en éloigne pour que tout redevienne compliqué, ambigu, inextricable.

Elle s'assit sur le sable, replia ses genoux sous son menton, et tenta de réfléchir. « Si je reste ici, se disait-elle, que se passera-t-il ? Je construirai ma maison, je pourrai peut-être vivre libre... mais serai-je seule à jamais ? »

Elle eut de nouveau envie de pleurer. Tout ce à quoi elle avait rêvé jusqu'à présent ne valait rien sans la présence de ceux qu'elle aimait ! Elle s'était trompée ! Elle avait cru que le bonheur l'attendait ici, en Elgolie, mais elle n'y trouvait finalement qu'une immense solitude et des remords infinis.

Elle poussa un soupir, frotta son visage dans ses mains. D'un autre côté, que se passerait-il si elle renonçait à l'Elgolie ? Pourrait-elle rejoindre Orféus, Lei et les autres ? Et, une fois à bord de la *Fabula*, ne seraient-ils pas condamnés tous ensemble au Claquemur ?

Alors, à quoi bon ?

Malva déplia ses jambes et s'allongea dans le sable, face au soleil. Le choix lui semblait impossible à faire. Elle aurait voulu de l'aide, elle aurait voulu que quelqu'un décide à sa place ou que la vague qui l'avait amenée ici revienne pour la prendre, quitte à la noyer ! Elle aurait voulu qu'Orféus surgisse sur la plage, qu'il se penche vers elle et l'entoure de ses bras, comme le matin même sur le pont...

— Orféus ! appela-t-elle, désespérée.

Personne ne lui répondit et sa voix mourut dans sa gorge. Le silence soufflait dans ses oreilles son murmure infernal. Elle avait mal partout.

Au bout d'un moment, les yeux secs, elle se releva. Vacillant sur ses jambes, elle retourna devant la porte du temple. Sans trop savoir comment, à force de pleurer et de se rouler dans le sable, elle avait pris sa décision. Elle entra dans le temple, alla jusqu'au Vuth-Nathor, posa ses deux mains dessus et tira de toutes ses forces. La lumière la traversa de nouveau, illuminant son esprit, mais elle résista à son appel.

— Laissez-moi retourner auprès de mes compagnons ! réclama-t-elle. Ma place est à bord de la *Fabula* !

Le Vuth-Nathor se mit à briller plus fort. Elle sentit une brûlure sur ses paumes, une brûlure de plus en plus forte, insupportable, qui lui arracha un cri et l'obligea soudain à lâcher le cristal.

Autour d'elle, rien n'avait changé. Le temple était toujours là, humide et bourdonnant d'insectes.

— Laissez-moi retourner près d'eux ! hurla-t-elle encore à l'intention des divinités invisibles. Je ne veux pas de cette Elgolie !

Le calme et la pénombre lui étreignirent le cœur. Aucune divinité n'habitait plus ici depuis longtemps. Personne ne pouvait répondre à sa demande.

Accablée, Malva sortit du temple. Le vieux Bulo lui avait-il menti ? Le pouvoir du Vuth-Nathor n'était-il pas réversible ? Était-elle condamnée à rester ici pour toujours, dans cette baie de Dao-Boa qui n'avait plus de sens à ses yeux ?

Elle marcha jusqu'à la mer. Et soudain, alors qu'elle songeait à s'enfoncer dans les flots pour en finir, elle vit une voile qui se rapprochait de l'île. Une voile blanche et le grand mât d'un navire... C'était la *Fabula* ! Son cœur bondit dans sa poitrine.

— Je suis là ! hurla-t-elle en agitant les bras. Je suis là ! Par la Sainte Harmonie ! Venez me chercher !

Elle se retourna. Au sommet du temple, un rayon de lumière cristalline brillait comme les feux d'un phare en pleine mer. C'était cet éclat qui guidait la *Fabula* !

Malva sauta et agita les mains jusqu'à ce qu'elle aperçoive les figures pâles et rayonnantes de Lei et des jumeaux à l'avant du navire. Ils riaient et pleuraient en même temps, tandis que Babilas et Orféus manœuvraient sur la dunette arrière. Elle s'avança dans l'eau, marcha puis nagea, comme aimantée par la *Fabula*. Enfin, Orféus quitta la barre et déroula l'échelle volante pour lui permettre de remonter à bord.

Lorsqu'elle enjamba la rambarde, ses compagnons se pressèrent autour d'elle. Al aboya, mais personne ne put prononcer un mot. Orféus ouvrit simplement les bras. Alors Malva se laissa tomber contre lui, sans pudeur, avec un soulagement et un bonheur ineffables.

— Je suis revenue, murmura-t-elle. Quoi qu'il arrive, je resterai toujours avec vous.

Alors, la *Fabula* fit demi-tour et s'éloigna des rivages de cette Elgolie illusoire dont Malva avait refusé les promesses.

Dans le Nokros, une autre Pierre de Vie s'était fendue en deux. Il ne restait plus que cinq jours à l'équipage pour trouver la sortie de l'Archipel...

39

Partie de pêche

Malva garda le silence sur ce qui lui était arrivé. Pendant le jour qui suivit, les jumeaux eurent beau la questionner, la prier, rien n'y fit. Les visions qu'elle avait eues sur le mont Ur-Tha hantaient sa mémoire. Chaque fois qu'elle fermait les yeux, elle revoyait aussi les rivages somptueux de la baie de Dao-Boa et elle éprouvait une souffrance indicible. Tout ce qu'elle parvint à faire, ce fut reprendre sa plume, enfermée dans sa cabine, pour écrire ce qu'elle ressentait.

J'ai abandonné mon rêve, nota-t-elle. *J'ai fui l'Elgolie. Si Filomène savait cela, comment me jugerait-elle ? Je lui ai tellement rebattu les oreilles avec ce pays ! Ne suis-je qu'une rêveuse perpétuellement insatisfaite ? une enfant gâtée ? une Princetta inconstante ?*

Et pourtant, je ne regrette pas mon choix. J'aurais eu

trop peur, seule sur cette île... et puis, je ne me serais jamais pardonné d'avoir laissé la Fabula. *Je me serais sentie comme une criminelle. Alors quoi ? N'ai-je agi que par sens du devoir ?*

Non.

Je l'avoue, il y avait aussi... Orféus.

Je ne peux pas dire cela aux jumeaux. J'ai l'impression qu'ils m'aiment bien et qu'ils sont jaloux. Les pauvres. Mais bientôt, toutes nos petites misères de cœur ne pèseront plus grand-chose. Quand le Claquemur se présentera devant le navire, il ne nous restera plus que nos yeux pour pleurer.

Ai-je fait la plus grosse erreur de ma vie en décidant de remonter à bord ?

Malva pensait parfois que Catabée avait voulu la sauver en provoquant cette vague et en la dirigeant vers l'Elgolie. Parfois, elle pensait au contraire que la gardienne de l'Archipel lui avait tendu un piège, un miroir aux alouettes. Où était la vérité ? Dans cet univers aux règles étranges, il semblait impossible de juger.

Ce que j'ai vu en haut de l'arbre me tourmente, écrivit encore Malva. *Si ma mère est morte en mon absence, si Filomène est malheureuse, si les Baïghours sont en guerre et si l'Archonte tue et vole les Nokros des autres navires, c'est par ma faute. Je suis responsable de tout ce désastre. Comment exprimer cela face aux autres ? Même Orféus ne voudrait peut-être pas m'entendre.*

Alors, je fais de ce journal mon seul confident. Écrire est tout ce qui me reste... Mon père serait bien en colère de me voir user ainsi de l'encre et du papier ! « Mais, cher Coronador, croyez-vous toujours que ces mots soient des sornettes ? »

Quand elle eut suffisamment vidé son cœur sur ses feuillets, Malva se sentit mieux. Elle regarda le Nokros. L'avant-dernière Pierre de Vie était déjà entamée par l'acide. « Allons ! se gronda Malva. S'il ne nous reste plus que trois jours à vivre, il faut les vivre ! »

Elle quitta sa cabine et monta sur le pont. La matinée était déjà bien avancée, le soleil grimpait vers son zénith, il faisait chaud et les courants restaient faibles. Conformément à son habitude, Finopico pêchait, les pieds calés contre la lisse de coltis, la seule qui tînt encore debout après l'assaut de la vague. Babilas barrait, tandis qu'Orféus, Lei et les jumeaux recousaient les voiles endommagées.

— Je veux vous aider, déclara Malva en s'approchant.

Orféus lui envoya un sourire et les jumeaux s'empressèrent de lui faire une place.

Malva allait s'asseoir, quand Finopico poussa un hurlement de douleur. Penché par-dessus la lisse, il tirait sur sa ligne comme un beau diable, mais le fil se dévidait à toute allure. Au passage, il lui avait entaillé la paume. Du sang plein sa vareuse, le cuisinier appela Babilas à la rescousse.

— C'est un gros ! hurlait-il. Un esparbeau ou un barraquin !

La canne en bambou pliait sous le poids du poisson et, au bout, l'harouelle était tendue comme une corde à piano. Babilas cala la barre, se précipita et empoigna la canne. Les deux hommes tirèrent dessus, mais le poisson se débattait avec une telle force qu'ils ne parvinrent même pas à le faire émerger.

— Il est ferré ! criait Finopico.

Il donna quelques tours de moulinet, tandis que Babilas faisait contrepoids.

Les jumeaux et Malva s'approchèrent de la lisse. À l'endroit où l'harouelle plongeait dans l'eau, ils remarquèrent des remous et des bulles énormes. La bête qui se débattait là devait être d'une taille impressionnante.

— Attention, je donne du mou ! avertit Finopico.

Il lâcha un peu de fil. Mais à l'instant même, il se tendit avec une telle brutalité qu'il faillit casser. Finopico, déséquilibré, se laissa emporter par sa canne et Babilas dut l'agripper par la ceinture pour l'empêcher de passer par-dessus bord.

— *Ganeg hosgid !* jura le géant.

La figure convulsée de Finopico avait blêmi. Ses phalanges blanchissaient sous l'effort, des coulées de sueur inondaient ses tempes, mais il ne renonça pas.

— Incroyable ! s'exclama-t-il. Je n'ai jamais vu un poisson aussi fort ! C'est... sûrement... peut-être... un goume !

Lui et Babilas luttèrent encore un long moment, criant, ahanant, insultant les flots et les cieux, tandis que les autres membres de l'équipage suivaient la bataille avec des regards fascinés. On devinait, sous la surface mousseuse des eaux, que la bête bondissait et plongeait, qu'elle luttait sans relâche pour sa survie. Orféus, qui s'était joint aux autres, assistait à la scène avec un certain malaise.

— Vous devriez abandonner, proposa-t-il enfin au cuisinier. Cette bête est plus forte que vous.

Finopico tourna vers lui son visage empourpré.

— Abandonner ? Jamais ! Allez chercher les harpons ! Il faut l'empaler et l'affaiblir !

Orféus jeta un œil désolé vers la surface des eaux.

— Bon, soupira-t-il. Essayons.

Les jumeaux se précipitèrent dans la cambuse et revinrent avec les harpons que Finopico avait fabriqués sur l'île de Jahalod-Rîn. Pendant ce temps, Babilas avait enroulé une écoute autour des reins de Finopico et arrimé l'autre extrémité à l'axe du cabestan, afin d'éviter que le cuisinier ne bascule par-dessus bord.

— Harponnez ! ordonna ce dernier.

Galotcho et Peppe visèrent et lancèrent les harpons dans le tumulte des eaux. Les flèches de bois disparurent dans le bouillonnement.

— Encore ! hurla Finopico.

Les jumeaux visèrent de nouveau et, cette fois, les harpons atteignirent leur cible. Ils restèrent fichés verticalement dans l'eau et une énorme nageoire dorsale émergea, noire et luisante, dentelée comme un couteau de cuisine. Finopico poussa un cri de victoire, mais sa joie fut de courte durée.

Sous l'effet de la douleur, le mastodonte se cabra, donna un violent coup de queue à la surface, et s'élança droit devant. La canne de Finopico gémit, mais ne céda pas. Un mouvement ébranla soudain la *Fabula*. Et bientôt, le navire prit de la vitesse.

— Il nous entraîne ! s'écria Orféus, sidéré.

Malva et Lei, tout aussi éberluées, s'accrochèrent à la lisse. L'énorme poisson, blessé et furieux, tirait la *Fabula* dans sa course désespérée, tandis que, arc-bouté sur sa canne, Finopico poussait des hurlements hystériques.

— Lâchez tout ! commanda Orféus.

— Non ! répliqua le cuisinier. C'est lui ou moi !

Babilas s'était reculé. Il semblait effrayé, autant par la puissance du poisson que par l'obstination de Finopico.

La coque de la *Fabula* fendait maintenant les eaux à une vitesse extravagante. La canne à pêche vibrait, la nageoire du poisson monstrueux cisaillait les flots, Finopico grimaçait de douleur ou d'exaltation – on ne savait plus –, et les autres passagers, blêmes de peur, sentaient le vent et les embruns fouetter leurs visages.

Soudain, à l'horizon, se dressèrent des masses rocheuses, noires et effilées. Orféus sentit son cœur remonter dans sa gorge.

— Il nous entraîne vers des récifs !

— *Bolbh kiglaeth yawz ?* demanda Babilas de sa voix éraillée.

— Lui demander s'il devoir briser canne ! traduisit Lei aussitôt.

— Si ce poisson n'y parvient pas, tu n'y arriveras pas non plus ! se désespéra Orféus.

Comme toutes les choses étranges survenues dans l'Archipel, la résistance de la canne à pêche de Finopico était inexplicable.

— Laissez-moi faire ! hurlait Finopico. Je veux cette bête ! Elle va s'épuiser, je le sais ! Par la Sainte Harmonie, Capitaine, ne me privez pas de cette victoire !

Désemparé, Orféus regarda tour à tour Babilas qui se tenait prêt à intervenir, Lei et Malva qui écarquillaient les yeux, Finopico qui continuait de se cramponner à sa canne, le poisson... et les récifs qui se rapprochaient à toute allure.

— Si Babilas s'approche, cria encore Finopico, je ne réponds de rien !

Disant cela, il relâcha la canne d'une main et dégaina le couteau qui pendait à sa ceinture. Ses forces semblaient décuplées par la folie et la passion. Sans même trembler, il maintenait la canne d'un seul bras, tout en faisant tournoyer son couteau de l'autre.

— Je veux ce monstre ! Personne ne me dira ce que je dois faire !

Orféus sentit un frisson lui hérisser les cheveux. Il prit une grande respiration, pour se donner le temps de réfléchir. Déjà, Malva, Lei et les jumeaux se repliaient vers l'escalier de l'écoutille et tiraient Al par le collier pour le mettre à l'abri. Les récifs dardaient leurs faces anguleuses et menaçantes hors de l'eau. Ils n'étaient plus qu'à quelques encablures de la *Fabula*.

— Ce n'est pas un goume des profondeurs ! cria soudain Orféus à Finopico. Ce poisson-là n'a qu'une seule queue et ses écailles sont noires !

Le cuisinier, toujours maître de sa canne, tourna un visage sarcastique vers Orféus.

— Bien vu, Capitaine ! Mais... même si ce n'est pas un goume, je... je ne lâcherai pas !

— Nous allons nous écraser sur les rochers ! répliqua Orféus avec rage.

Il fit un mouvement en direction de Finopico, qui réagit aussitôt en pointant sa lame vers l'avant. Un rire de dément le secoua des pieds à la tête.

— Les récifs ! Quelle belle mort pour des marins ! Nous serons déchiquetés ! Broyés ! Noyés ! C'est... tellement plus beau... que de finir au Claquemur !

Il se dressa un peu plus sur ses jambes. Attelé à sa canne et à sa monture aquatique, ses cheveux flamboyants balayés par le vent, il ressemblait à une divinité chevauchant son destin. Près de l'écoutille, les jumeaux et les deux filles poussaient des gémissements affolés.

— Arrêtez ça, Capitaine !

— Nous ne voulons pas être déchiquetés !

Les récifs n'étaient plus très loin. Étant donné la vitesse de la *Fabula*, Orféus n'était même pas certain de pouvoir encore éviter le pire. Dans son esprit, les pensées tournaient à toute allure : devait-il risquer de sacrifier Finopico ? devait-il risquer la vie de Babilas ?

la sienne ? celle de tous les membres de l'équipage ? Le dilemme était épouvantable ; jamais il ne se pardonnerait ce qu'il allait faire... Et pourtant ! Il fallait le faire !

Il s'empara à son tour de son couteau, bondit vers le cabestan et commença à scier le cordage qui reliait le corps du cuisinier au bateau.

— Qu'est-ce que vous faites ? hurla ce dernier.

Il était trop loin d'Orféus pour pouvoir l'atteindre et il se tordait le cou, en vain, pour tenter de voir ce qui se tramait dans son dos.

— Lâche ta canne à pêche ! supplia encore Orféus en voyant l'écoute s'effilocher. Nous pouvons encore nous sauver tous ensemble !

Le cuisinier avait la bouche déformée par un rictus de rage. Son regard bloqué sur la nageoire du poisson, il semblait ne plus rien comprendre, comme si la bête l'avait possédé au point de lui faire perdre la tête.

— Non ! Je ne lâcherai p...

Il n'eut pas le temps d'achever sa phrase. La corde qui l'attachait céda brutalement. Alors, la puissance du monstre marin ne rencontra plus de résistance : Finopico bascula par-dessus la lisse, tomba dans la mer et fut emporté par le fil à pêche. Lei et Malva poussèrent un cri sec.

La *Fabula* roula sur les flots, emportée par l'inertie de sa course, mais elle finit par ralentir et se stabilisa à quelques brasses seulement des pointes rocheuses. Un silence consterné et épouvanté s'abattit sur l'équipage. Le poisson avait disparu dans les profondeurs, engloutissant avec lui le fil, la canne et le malheureux cuisinier.

Orféus tomba à genoux sur le pont, son couteau à la main, le visage défait. Les autres ne bougèrent pas. Ils restaient immobiles, figés par la terreur que leur inspirait la situation.

Seules les vagues venant lécher les récifs produisaient leur bruissement immuable. À l'aplomb du bateau, le soleil brillait toujours, écrasant les hommes sous le poids de son évidence : ici-bas, dans le Monde Connu comme dans le Monde Inconnu, les êtres pouvaient mourir, souffrir, aimer, se détester, lutter ou renoncer, la nature, elle, restait inchangée. Malgré les drames, malgré les tourments, il y aurait toujours des vagues, des aurores et des crépuscules.

Ce furent Lei et Malva qui trouvèrent la force de bouger. Elles s'avancèrent côte à côte vers Orféus et posèrent leurs mains sur ses épaules.

— Merci, dirent-elles d'une même voix.

Orféus redressa la tête. Ses yeux étaient brouillés de larmes. Il contempla ses mains, son couteau. Il se sentait dans la peau d'un meurtrier.

— Il n'y avait pas d'autre solution, tenta de le consoler Malva. Finopico était devenu incontrôlable.

— Lui fou, confirma Lei.

Babilas s'était accroché à la lisse et se penchait pour tenter d'apercevoir quelque chose. Mais quand il se retourna, quand ses yeux rencontrèrent ceux d'Orféus, chacun comprit qu'il n'y avait plus d'espoir. Le cuisinier s'était noyé avec sa bête monstrueuse, tué par son propre désir.

Plus tard, ce soir-là, quand Malva descendit dans sa couchette, elle constata avec stupeur que l'avant-dernière Pierre de Vie avait été dissoute par l'acide *morbique*, alors qu'elle n'aurait dû être entamée qu'à moitié. C'était comme si le corps de Finopico disparaissait une seconde fois. Elle se mit à sangloter.

— Je hais ce Nokros ! gémit-elle. Je hais Catabée et cet Archipel ! Je hais la mer !

Elle s'empara du gros sablier et le posa sur ses genoux. À l'intérieur du compartiment supérieur, il ne restait plus qu'une pierre. Une pierre, deux jours... et plus que sept compagnons sur la *Fabula*.

— Jamais nous n'en sortirons..., souffla Malva, fascinée par la couleur rouge sang de l'acide *morbique*.

Un court instant, elle eut envie de jeter le Nokros, de l'envoyer de toutes ses forces se fracasser contre le mur. Elle se ressaisit. Non, il ne fallait pas. Catabée avait bien précisé que ce maudit instrument devait rester intact jusqu'au bout.

— Jusqu'au bout, répéta Malva à voix haute. Mais jusqu'au bout de quoi ?

La disparition brutale de Finopico accablait tout le monde. Même Al, qui refusait de quitter le pont malgré la tombée de la nuit. Au fond, chacun devinait que tout était fini. Que la *Fabula*, pas plus que tous les autres navires, n'arriverait pas à trouver la sortie de l'Archipel.

Malva se leva, le Nokros dans les mains, et quitta sa couchette. D'un pas solennel, elle traversa l'entrepont et cogna à la porte d'Orféus. Lorsqu'il lui ouvrit, les traits ravagés par le remords et la tristesse, Malva lui tendit le sablier :

— Tenez, prenez-le, dit-elle. Je ne veux plus regarder le temps passer. Le temps qui est là-dedans ressemble à du sang.

Orféus ouvrit ses mains et accepta de se charger du Nokros.

— Vous avez raison, dit-il, c'est à moi que revient de supporter ce compte à rebours... puisque dans cette histoire tout est ma faute.

Malva se raidit. Elle secoua la tête.

— Tout est *ma* faute, Capitaine. C'est moi qui ai tout déclenché. Si je ne m'étais pas enfuie de la Citadelle, vous ne vous seriez pas lancé à ma poursuite. Ni vous, ni Finopico, ni tous les autres. Je ne suis qu'une égoïste, une idiote petite Princetta égoïste.

Ses yeux s'embuèrent. Orféus se mordit les lèvres.

— Ne pensez pas cela, lui dit-il. Malgré tout ce qui s'est passé, et même si nous devons tous être jetés au Claquemur, jamais je ne regretterai d'avoir pris la mer et de vous avoir rencontrée. Sans vous, je serais peut-être mort de désespoir, là-bas, en Galnicie.

Malva le regardait si intensément qu'il se sentit rougir.

— Vous êtes si... vivante, bredouilla-t-il. Si belle, si courageuse.

— Arrêtez, ordonna-t-elle d'une voix brisée. C'est

très gentil de me dire tout cela, mais ce n'est pas la vérité. Je ne suis pas courageuse ; tout ce que j'ai fait, c'était par insouciance ou par bêtise.

— J'aime l'insouciance, rétorqua Orféus. J'ai gâché ma jeunesse à force d'être raisonnable, d'être sage, d'avoir peur des conséquences. Je vous en prie, ne regrettez pas d'être ce que vous êtes.

Il posa une main maladroite sur la joue de Malva. Quand elle sentit sa paume large et chaude sur son visage, elle tressaillit. Il retira aussitôt sa main.

— Excusez-moi..., murmura-t-il.

— Mais non, je...

Elle voulut le retenir, mais Orféus referma la porte de sa cabine.

Pendant quelques longues secondes, Malva resta là, immobile. Son cœur battait fort dans sa poitrine, traversé d'émotions sauvages qui s'entrechoquaient comme des sabres au milieu d'un combat. Cette main, si douce, si large, si chaude, posée sur elle avec la douceur d'un papillon... c'était si bon ! Avait-elle le droit de se sentir heureuse alors que tout l'équipage était endeuillé ?

Des sanglots montèrent dans sa gorge. Elle tourna les talons et s'enfuit jusqu'à sa cabine.

Par où commencer, ce soir ? nota Orféus sur son journal de bord. *Tout ce qui se passe en moi me paraît indicible. Le pire comme le meilleur, le doux comme le dur. Je ne sais plus qui je suis.*

Il tourna la tête vers la porte de sa cabine et y revit le visage bouleversé de Malva. Puis son regard revint se poser sur le Nokros.

Je ressens tellement de choses contradictoires ! Je voudrais mourir pour me punir d'avoir tranché la corde qui retenait Finopico et, en même temps, je voudrais tant vivre encore, pour rester aux côtés de mes compagnons. Avons-nous le droit d'être tristes et heureux en même temps ? J'ai l'impression que dans cet Archipel c'est la folie qui nous guette, plus encore que ce Claquemur improbable.

Je suis en train de tomber...

Il s'arrêta brusquement d'écrire. Le mot suivant était tellement énorme qu'il ne savait plus s'il devait l'écrire. L'écrire, ce serait comme se déshabiller à la face du monde. L'écrire serait douloureux... mais l'écrire serait aussi tellement agréable ! Sa main tremblait :

... amoureux de la Princetta. Oui, c'est cela. Je suis amoureux d'elle, de ses yeux, de son visage, de sa bouche, de son rire et de ses larmes, de ses doutes, de ses emportements, de ses colères et de ses rêves.

Maintenant qu'il était lancé, sa plume courait sur le papier, sans retenue : on aurait dit qu'un fleuve se déversait à travers...

Elle me trouble jusqu'au fond de l'âme. Mon cœur s'emballe quand je la vois, mes mains deviennent moites, mes pensées confuses, mon sourire béat. Je ne suis plus moi-même. Je ne suis plus ni l'enfant de mon père, ni l'orphelin de ma mère, ni le Capitaine de la Fabula... *Je ne suis qu'un fatras de sentiments embrouillés, un homme qui...*

Il s'arrêta encore et chercha à voir son reflet dans l'éclat de miroir qui lui servait à se raser. Il y vit effectivement un homme, aux joues mangées de barbe et de brûlures. Un homme plus robuste, plus dur, plus expérimenté qu'autrefois, quand il se regardait dans le miroir de sa maison de la Ville Basse. Il fronça les sourcils et continua à écrire, mais avec plus de lenteur et d'hésitation :

J'ai maintenant vingt-cinq ans. Malva seulement seize. Comment pourrait-elle m'aimer comme je l'aime ? Si elle a refusé d'épouser le Prince d'Andemark, c'est sans doute en partie à cause de l'écart d'âge. Pour elle, je suis un vieux ! Je ne dois pas espérer autre chose que la sauver, la conduire hors de l'Archipel, afin qu'elle puisse poursuivre sa route comme elle l'entend. Je dois cacher ce que j'ai dans le cœur, de peur de l'effrayer et qu'elle ne prenne de nouveau la fuite. Je dois jouer mon rôle de Capitaine, de protecteur... et ensuite, si j'y parviens, disparaître de sa vie. La laisser s'envoler. Comme un oiseau. Elle est un oiseau. Un magnifique oiseau.

Il reprit son souffle. Les lignes qu'il venait de coucher sur le papier enflaient et rétrécissaient sous ses yeux battus par la fatigue et le chagrin.

Comment Malva pourrait-elle aimer quelqu'un qui a envoyé un ami à la mort ?

Épuisé, il referma son journal.

40

La dernière Pierre de Vie

Dans la nuit, la *Fabula* fut de nouveau prise dans de forts courants. L'eau se remit à gronder comme un animal hargneux et à faire le gros dos sous la coque, rendant toute manœuvre impossible. À l'aube, les courants s'intensifièrent encore, emportant le navire vers ce qui semblait être le cœur de l'Archipel.

Un réseau d'îlots avait surgi des eaux, comme un chapelet sans fin qui bordait la route maritime sur laquelle le bateau était engagé. La plupart de ces îlots étaient déserts, nus et noirs comme des morceaux de charbon. De temps en temps, il en apparaissait de moins hostiles, couverts de végétation ou d'oiseaux immobiles, mais les courants empêchaient d'y accoster.

À bord, outre une tristesse profonde, c'était l'inquiétude qui dominait. Les réserves de nourriture s'épuisaient. On en était à racler les fonds des bocaux et à partager en sept les quelques poissons séchés qui restaient. L'eau douce avait pris le goût détestable du bois pourri.

L'avant-dernière journée passa dans une lenteur atroce. Il devenait évident aux yeux de tous que la *Fabula* ne sortirait pas de l'Archipel.

Ce soir-là, alors que l'équipage s'était réuni sur la dunette arrière pour partager les derniers vivres, Peppe éclata en sanglots.

— C'est fini ! bredouilla-t-il à travers ses larmes. Nous... nous avons échoué ! Demain, les Patrouilleurs viendront nous chercher !

Les autres échangèrent des regards consternés. Les paroles de Catabée restaient présentes dans tous les esprits et personne ne fut en mesure de contredire Peppe.

— C'est notre faute, murmura soudain Galotcho d'une voix sombre. Vous avez tous été confrontés à des épreuves... en dehors de Peppe et moi. Nous sommes de trop sur ce bateau. Nous ne sommes que des clandestins.

Orféus avala douloureusement sa salive. Il avait la gorge si sèche !

— Je vous interdis de penser cela, lança-t-il aux deux frères. Si nous échouons, ce n'est la faute de personne en particulier. Al non plus n'a pas subi d'épreuve. Et personne ne lui en voudra. Pas plus qu'à vous deux.

Lei, Malva et Babilas opinèrent en silence. Pourtant, Peppe continuait à pleurer et à gémir. Il se tourna vers le ciel et cria :

— Donnez-moi une épreuve ! N'importe laquelle ! Envoyez des monstres, des dragons, des meutes de loups ! Je me battrai, vous verrez !

Bien entendu, il ne se passa rien. Le ciel était limpide. Quelques étoiles commençaient à apparaître.

— *Archim bawas,* soupira Babilas. *Foadrom baidir.*

— Nous devoir nous préparer à mourir, traduisit tristement Lei. C'est fatalité.

Un silence pesant suivit ces mots. Dans les gamelles, un reste de soupe insipide refroidissait. Seul Al continuait de laper le liquide jaunâtre, inconscient du malheur qui pesait sur lui.

— La voyante nous a menti, dit alors Galotcho. Nous l'avons cru parce que... parce que c'était tellement agréable de la croire !

Il prit son frère par les épaules.

— Ça ne fait rien, lui chuchota-t-il. Nous avons quand même fait un beau voyage. Tant pis pour la gloire et la richesse, tant pis...

Il leva sa frimousse sale et bouleversée vers ses compagnons. D'une voix étranglée, il leur livra alors le secret que lui et Peppe avaient si jalousement gardé jusqu'à présent :

— Les cartes nous avaient prédit que nous accomplirions des exploits. D'après elles, nous étions destinés à secourir la Princetta et à sauver la Galnicie du désastre. C'est pour réaliser cette prédiction que nous nous sommes embarqués clandestinement à bord de l'*Errabunda*. Mais surtout, les cartes disaient qu'à notre retour, nous deviendrions des... des Princes.

Cette fois, personne n'eut envie de se moquer de la crédulité des jumeaux.

— Des Princes ? Mais... de quel pays ? demanda doucement Orféus.

Galotcho serra son frère un peu plus et se racla la gorge. Tant pis pour leur amour propre ! Il était temps de se dévoiler.

— De la Galnicie, murmura-t-il. La voyante nous a dit que... nous pourrions épouser la Princetta. Voilà notre secret.

Malva haussa les sourcils, sidérée.

— Vous épouser ? Tous les deux ?

Les deux frères firent une moue pour dire qu'ils ne savaient pas comment cela serait possible, mais qu'ils ne s'étaient pas trop penchés sur la question.

— C'était tellement incroyable d'entendre ça, se justifia Galotcho. Nous, des orphelins, des misérables, des voleurs, des vauriens... devenir des Princes ! Je me rends bien compte, maintenant, que la voyante s'est moquée de nous. Et même si nous arrivions à échapper au Claquemur, nous savons bien que la Princetta ne voudrait pas de nous.

Il énonça cela avec une telle tristesse que Malva sentit sa gorge se nouer.

— Je... je vous aime beaucoup, murmura-t-elle. Ne croyez pas que... Mais je...

— Ne vous excusez pas, l'interrompit Galotcho. Personne ne commande les sentiments.

Orféus et Malva se regardèrent, désolés. Les confidences de Galotcho les laissaient sans voix. L'espace d'un instant, il avait fait partager son rêve à tout le monde, un rêve qui ne se réaliserait jamais. Il le savait, et cet aveu d'impuissance lui coûtait beaucoup.

Ce soir-là, de toute façon, il n'y avait plus aucun avenir pour personne. Dans l'alambic du Nokros, il ne restait presque plus d'acide. La dernière Pierre de Vie était rongée, trouée, brisée en deux. Comme les cœurs des passagers.

Quand les vents se levèrent, le matin du dernier jour, Orféus fit carguer les voiles dans l'espoir de ralentir un peu la course du bateau. Mais les vents soufflaient si fort que bientôt la *Fabula* sembla presque voler au-dessus des eaux. Les bourrasques s'engouffraient sous les portes des cabines et provoquaient des craquements, des plaintes sinistres. Il faisait froid. Les ventres des passagers étaient vides. Leurs mains se refermaient sur des choses invisibles. Ils attendaient. Il n'y avait plus d'espoir dans leurs yeux égarés.

Chacun restait enfermé dans sa couchette, incapable de croiser le regard d'un autre, de trouver un mot de réconfort à lui adresser. Même Orféus et Malva, qui pourtant n'aspiraient qu'à passer ce dernier jour ensemble, ne parvenaient pas à se parler ni à se toucher. Chaque fois qu'ils se trouvaient en présence, un feu intérieur les dévorait. Alors, ils s'évitaient.

Seul Al n'avait rien changé à ses habitudes : il restait sur le pont, allongé de tout son long au milieu du désastre.

Cependant, vers midi, les vents faiblirent et les courants se firent moins forts. Un rayon de soleil traversa la couche nuageuse. Un à un, les six passagers sortirent de leurs cabines. Debout sur le pont, ils tournèrent leurs visages vers le soleil avec l'avidité de ceux qui se savent en sursis.

C'est à ce moment-là qu'ils entendirent le grondement.

C'était un bruit animal et minéral à la fois. Un grondement qui venait d'en dessous, du fin fond de l'océan et même d'au-delà. Cela fit vibrer la coque de la *Fabula* et trembler le mât. Chacun des passagers ressentit à l'intérieur de son propre crâne un ébranlement sauvage.

Al s'était dressé sur ses pattes. Il levait sa truffe humide et pointait ses oreilles en direction de l'est. Son arrière-train raide et ankylosé ne l'empêcha pas de s'approcher des bastingages. Là, il parvint même à appuyer ses pattes avant sur la rambarde.

Orféus voulut le rejoindre pour voir ce qu'il avait flairé, mais le grondement se produisit de nouveau, plus puissant, plus assourdissant, et Orféus en resta comme statufié. À côté de lui, ses compagnons semblaient également incapables de faire le moindre geste. La mer s'était mise à enfler et à trembler, tandis que le bruit s'accentuait encore.

Accroché aux bastingages, Al reniflait l'air tout en poussant de petits jappements.

Soudain, les flots s'ouvrirent.

Une créature énorme surgit devant la *Fabula*. Elle était assise sur une roche noire d'où s'échappaient des flots visqueux de lave volcanique.

Orféus voulut parler, mais sa mâchoire, comme le reste de son corps, refusa de lui obéir. Impuissant et terrifié, il ne put qu'observer le monstre qui venait de leur barrer la route.

C'était un chien gigantesque, au pelage hérissé, à la musculature épaisse. Quand il ouvrit sa gueule, ses crocs rouges apparurent et un filet de lave coula sur son poitrail. Une odeur nauséabonde emplit aussitôt les narines des voyageurs et Al se mit à aboyer.

Le molosse tourna son museau en direction du saint-bernard, ouvrit ses yeux de feu et le fixa. Du haut de son socle volcanique, il le dominait largement, mais Al ne battit pas en retraite. Il continua d'aboyer avec un air de défi, manifestement inconscient de son infériorité. La créature allongea l'échine dans sa direction. Elle s'en approcha si près que ses babines vinrent heurter les bastingages.

Al poussa un nouveau grognement et étira son cou vers l'avant. Les deux chiens se trouvèrent alors nez à nez, les oreilles baissées, prêts à s'affronter. Des crocs rouges du molosse perlaient des gouttes de lave qui tombaient en fumant dans la mer.

Al sauta brusquement sur le côté. Aussi miraculeux que cela paraisse, il semblait avoir retrouvé sa vigueur d'autrefois !

Aussitôt, le molosse ouvrit la gueule et tenta de le

mordre. Mais Al s'était mis à courir de long en large sur le pont de la *Fabula* en aboyant furieusement. Depuis son promontoire, le monstre balançait son énorme tête au rythme des mouvements du saint-bernard.

Figés et réduits au silence, Orféus et ses compagnons suivaient cet affrontement improbable. Al paraissait si faible ! Il avait beau sauter, bondir, donner des coups de gueule et de patte, il ne tiendrait pas longtemps face à pareil adversaire !

Soudain, ce dernier se rétracta sur son rocher, puis se détendit d'un seul coup. Il traversa les airs et atterrit lourdement sur le pont du navire.

Orféus et les autres blêmirent. Vu de près, l'animal semblait encore plus énorme. Un seul de ses mouvements suffirait à balayer Al.

Celui-ci, pourtant, continuait de sauter et de bondir sous le nez du chien noir. Il contournait les coffres, les tonneaux vides, frôlait la lisse ou tournait autour du grand mât. Mais la créature ne se laissa pas impressionner. Elle se jeta sur lui, une fois, deux fois, trois fois, plantant ses griffes dans les lattes du pont, mordant les caisses jusqu'à les briser, mais chaque fois Al lui échappa. La lave qui ruisselait de la gueule du chien noir laissait des traînées carbonisées sur le pont. Une odeur de soufre et de chair brûlée planait dans l'air. Les six passagers suffoquaient.

À son septième assaut, le molosse parvint à mordre la queue du saint-bernard qui poussa un hurlement, se contorsionna et réussit à se dégager. Il partit en zigzag, affolé.

Quand le colosse se précipita de nouveau sur lui, Al était acculé contre les bastingages. Orféus crut qu'il allait se faire égorger sous ses yeux, mais le vieux chien eut alors une réaction incroyable. En un éclair, il se retourna et s'élança par-dessus bord. Le molosse, emporté par son propre poids, fit voler la rambarde en éclats et suivit Al dans sa chute.

De là où ils se trouvaient, les passagers de la *Fabula* ne purent rien voir de ce qui se passait dans l'eau. Ils entendirent des remous et virent une épaisse fumée s'élever dans les airs.

Brusquement, Al reparut : il avait nagé jusqu'au rocher et l'escaladait en se brûlant les pattes. Derrière lui, les mâchoires infernales du chien noir tentèrent une dernière fois de saisir leur proie, mais ses forces semblaient s'être envolées. Quand Al parvint au sommet du rocher, le chien noir poussa un court grognement d'agonie et sombra dans les profondeurs de l'océan. Le saint-bernard avait pris sa place sur son trône incandescent : il avait vaincu le monstre.

À ce moment-là, la mystérieuse paralysie qui avait atteint les passagers se dissipa. Orféus sentit de nouveau ses doigts, ses bras, ses jambes. À côté de lui, ses compagnons recouvrèrent leur mobilité et leur voix. Ils se précipitèrent vers la lisse en criant le nom du vieux saint-bernard.

Sur le rocher, les flux de lave s'étaient taris. Al, qui jappait de douleur, cessa ses soubresauts. La roche avait refroidi d'un seul coup et ne lui brûlait plus les pattes. Il s'immobilisa et tourna sa tête en direction de la *Fabula*.

— Al ! hurla Orféus. Descends vite de là !

— *Ilgad korf !*

— Rejoins-nous ! crièrent les jumeaux. Vite !

Al poussa un grognement. Mais brutalement, il se figea. Il avait incliné sa grosse tête sur le côté et posé son arrière-train sur la roche durcie. Il n'aboyait plus, ne gémissait plus.

Son regard devint soudain terne. La roche noire enveloppa ses pattes, ses cuisses, sa queue, comme une glu. Sous les regards épouvantés des compagnons de la *Fabula*, il fut peu à peu entièrement gagné par cette substance dévorante, si bien qu'en quelques instants il s'était métamorphosé en simple statue de roche.

Quand son museau lui-même disparut sous la matière noire, Lei, Malva et les jumeaux éclatèrent en sanglots.

— Al..., murmura Orféus, stupéfait.

Il leva son visage vers le ciel pour hurler de colère et de douleur. Mais son cri resta dans sa gorge. Les silhouettes métalliques des Patrouilleurs venaient d'apparaître et piquaient droit sur la *Fabula*.

41

Le Claquemur

À perte de vue, il n'y avait plus que de l'eau tumultueuse et les vents qui soufflaient dans la même direction. Une atmosphère électrique, d'orage et de fin du monde pesait sur cette partie de l'Archipel. Par moment, on croyait entendre des cris de désespoir, et des appels de détresse : ce lieu semblait être l'endroit où se rejoignaient toutes les plaintes humaines depuis l'aube des temps.

Malva vint prendre la main d'Orféus. Ils n'échangèrent pas une parole, mais leurs doigts entrelacés se disaient des mots d'urgence, d'amour et de peur.

Lei, Babilas, Peppe et Galotcho, regroupés à l'avant, affichaient des visages scellés par le chagrin. Quand les Patrouilleurs survolèrent la *Fabula*, ils ne tremblèrent même pas. Ils les regardèrent en silence, comme on voit venir un peloton d'exécution.

Il y eut des grincements, un brouhaha de voix stridentes, et les oiseaux à tête humaine s'abattirent sur le pont délabré du navire.

— Soyez les bienvenus au centre de l'Archipel, déclara cérémonieusement le premier oiseau en clignant ses yeux minuscules.

Les autres replièrent leurs ailes et balancèrent leur long cou.

— Ici se manifeste toute la puissance de Catabée, déclama un autre oiseau. Ici, tout converge et se condense ! Ici se rejoignent le ciel et la mer ! Ici se trouve l'axe autour duquel tourne notre monde !

Un troisième oiseau se détacha du groupe et vint se placer tout près d'Orféus.

— Capitaine, donnez-nous le Nokros !

Orféus sentit ses forces l'abandonner. Il aurait aimé désobéir, empoigner le cou flasque de cette bestiole ridicule pour le tordre, mais toute sa réserve de colère avait été engloutie. Il retira sa main de celle de Malva et, le dos voûté, descendit chercher le Tueur de Temps dans sa cabine.

Lorsqu'il revint avec, les autres constatèrent qu'il ne restait pratiquement plus rien de la dernière Pierre de Vie. Les ultimes gouttes d'acide *morbique* n'allaient pas tarder à la dissoudre. Orféus déposa l'objet devant l'oiseau et celui-ci courba le cou pour l'examiner.

— Vous avez donc échoué, étrangers ! Comme prévu ! ricana-t-il.

L'assemblée des Patrouilleurs frémit de satisfaction.

— D'après ce que nous savons, vous échouez de

peu ! fit remarquer l'oiseau qui avait parlé le premier. Il ne vous a manqué qu'une seule épreuve, mais votre temps est écoulé !

— Pas encore ! se récria Orféus en désignant ce qui restait dans le sablier. Selon votre Loi, nous ne serons condamnés qu'à la disparition complète de la dernière pierre !

— Qu'espérez-vous ? se moqua l'un des Patrouilleurs. En passant le rocher du Chien Noir, vous avez franchi le seuil. Les courants vous entraînent. Il est trop tard !

Malva, le menton tremblant, s'avança vers lui.

— Deux de nos compagnons sont morts ! dit-elle d'une voix brisée. Leur sacrifice ne sert donc à rien ? Vous avez dit vous-mêmes que nous touchions presque au but !

Tous les oiseaux penchèrent leurs affreuses petites têtes du même côté et fixèrent Malva avec mépris.

— Sacrifice ou pas, cela ne nous regarde pas ! s'esclaffa l'un d'eux. Personne ne vous a demandé de vous sacrifier. Si cela s'est produit, c'est sans doute qu'il n'y avait pas d'autre issue pour ces voyageurs ! Vous étiez huit et vous aviez huit Pierres de Vie. Seuls sept d'entre vous ont été capables d'affronter sincèrement leur vérité. Vous avez échoué.

— C'est ma faute ! hurla Peppe en se cachant le visage dans les mains. Galotcho a été sincère, lui ! Il a osé révélé notre ridicule secret, et cela a compté comme une épreuve ! Alors que moi, je ne suis capable de rien ! C'est moi le responsable ! Emportez-moi et laissez les autres !

Il se jeta à genoux et se traîna vers les Patrouilleurs. Mais Galotcho le rattrapa par le col et le tira vers lui de toutes ses forces.

— Il ne sert à rien de discuter ! trancha l'un des Patrouilleurs. Catabée ne fait pas de détail : tout l'équipage d'un navire subit le même sort. C'est la Loi.

À ce moment, un autre oiseau lança ce cri :

— Remorquage !

Dans un ensemble parfait, les Patrouilleurs ouvrirent leurs ailes de métal et s'envolèrent de toute part. Certains accrochèrent leurs serres sur la lisse de coltis, d'autres sur les couronnements arrière, dans les haubans, sur la hune de misaine, sur le cabestan, dans les étais et les bossoirs... il y en avait partout ! Les Patrouilleurs hérissaient le navire de leurs curieuses silhouettes, comme des flèches ennemies.

— Tout être fini, murmura Lei. Nous périr dans Claquemur.

Babilas passa ses grands bras costauds autour des deux jumeaux, s'érigeant en protecteur, mais on lisait dans son regard un désarroi profond. Sa force spectaculaire ne lui avait pas permis de sauver sa fiancée autrefois et, aujourd'hui, elle ne lui était toujours d'aucune utilité. Il souhaitait seulement aider les deux gamins à passer le choc, à passer du monde des vivants à celui du Claquemur sans trop de douleur.

De sa main droite, Malva attira Lei contre elle et, de la gauche, elle retint Orféus. Elle se rappelait les rivages paisibles de l'île d'Elgolie, la douceur des prairies, la blancheur du sable... Orféus pencha son visage vers le sien. Dans ses yeux, elle vit son propre reflet : celui d'une jeune femme aux cheveux d'encre qui, jamais sans doute, n'avait été aussi belle qu'à cet instant. Les lèvres d'Orféus se posèrent sur son front. Elle frissonna. Et soudain, la *Fabula* s'envola.

À tire-d'aile, les Patrouilleurs emportaient le navire à travers les airs, leur long cou tendu par l'effort. Ils volaient en rythme, comme des machines. Le bateau fendait le ciel, les nuages, projetant son ombre sur les flots.

En bas, plusieurs mètres sous la coque, un tourbillon gigantesque s'était formé. Appuyés aux bastingages, les passagers de la *Fabula* virent s'étendre sous eux l'immensité effrayante du Claquemur : au centre du tourbillon, un œil noir et béant s'ouvrait sur le vide. Les eaux se déversaient dedans en une cascade bruyante qui semblait couler infiniment. C'était comme apercevoir la véritable limite des Mondes. Cet œil obscur, inquiétant, semblait avaler la mer avec la gloutonnerie d'un ogre. Et c'était cet œil qui, dans un instant, allait absorber la *Fabula*.

— Qu'y a-t-il dedans ? cria Malva à Orféus, tandis que le vent rabattait ses cheveux en arrière.

Une terreur absolue écarquillait ses yeux d'ambre. Orféus sentit sa gorge se nouer.

— Je ne sais pas ! Je ne sais pas ce qu'il y a dedans ! Restez avec moi !

Les six condamnés s'étaient groupés pour essayer

de surmonter la peur qui les envahissait. Ils s'envoyaient des regards perdus, quelques mots fusaient, des cris, des gémissements, et Babilas serrait les jumeaux si fort qu'il les étouffait presque. Dans le Nokros, il restait deux minuscules morceaux de Pierre de Vie et beaucoup de poudre.

Quand les Patrouilleurs arrivèrent à l'aplomb de l'œil et que le tumulte infernal du tourbillon empêcha toute parole, chacun sut que le dernier instant était arrivé. Les oiseaux battirent des ailes en sens inverse pour ralentir la course du bateau volant.

— Que la Loi de l'Archipel demeure et que la sentence soit exécutée ! déclarèrent tous ensemble les Patrouilleurs.

Brusquement, ils ouvrirent leurs serres et replièrent leurs pattes. La *Fabula* chuta d'un coup, à pic, dans l'œil du Claquemur.

Les six passagers sentirent leur estomac remonter dans leur gorge. Il y eut un sifflement assourdissant, une bourrasque.

À cet instant, Peppe s'échappa des bras de Babilas. Le géant n'eut même pas le temps de faire un geste. Peppe s'élança, bondit par-delà la rambarde... et sauta dans le vide avant même que la coque du navire ne touche le bord de l'œil. Son petit corps désarticulé plongea droit dans les ténèbres, précédant la *Fabula* dont les voiles gonflées ralentissaient un peu la chute.

Il ne cria pas.

Les autres n'eurent pas le temps de comprendre ce qui se passait.

Seul Galotcho ressentit instantanément dans sa chair la mort de son frère. Il crut que ses viscères se déchiraient, que son cœur explosait, que son âme s'enflammait. Et soudain le Nokros vola en éclats, libérant la poudre brune.

— Peppe ! hurla Galotcho en s'écroulant sur le pont.

Le choc qui suivit l'envoya presque par-dessus bord, mais il fut retenu par les drisses emmêlées dans les haubans. Les autres s'accrochèrent comme ils purent à ce qui passait à leur portée. La *Fabula* fut aspirée dans le Claquemur, comme un insecte dans la bouche d'un crapaud.

Ensuite, il n'y eut qu'un grand silence noir. Un silence qui dura très longtemps, si épais que le bateau flottait dedans, en apesanteur.

À la faveur de cette accalmie, Babilas, Lei, Malva et Orféus reprirent leurs esprits. Ils rampèrent les uns vers les autres et se retrouvèrent à tâtons. Leurs respirations haletantes embuaient l'obscurité. Ils se sentaient vides, comme soufflés par une explosion. Mais lorsqu'ils comprirent qu'ils étaient toujours vivants, leurs doigts s'entremêlèrent davantage.

Autour d'eux, les ténèbres étaient de temps à autre parcourues d'éclairs flamboyants qui laissaient des impressions fugaces dans leurs prunelles. Des secousses se produisaient, menaçant de leur faire perdre l'équilibre. Mais ils restaient allongés sur le pont du navire, le ventre collé aux lattes de bois et reliés ensemble par les mains.

Soudain, des lueurs plus franches éclaircirent l'obscurité. On aurait dit que des torches s'allumaient aux parois d'une grotte. Mais en regardant mieux, les quatre rescapés virent qu'il ne s'agissait pas de torches ordinaires. Suspendus aux parois du Claquemur, des êtres humains se consumaient lentement.

Certains avaient les cheveux en flammes, d'autres les bras, d'autres les pieds. Et ils restaient là, au milieu du néant, à se tordre de douleur, éclairant le chemin de ceux qui passaient. La vision était si pénible que Malva ne put la supporter. Elle ferma les yeux, au bord de la nausée.

La *Fabula* tombait toujours, lentement, sans à-coups. Elle traversa les strates successives du Claquemur, laissant voir aux passagers effarés les supplices auxquels ils étaient promis. Certains prisonniers enchaînés à des poulies mouraient lentement de soif et de faim. D'autres, ensevelis dans des alvéoles de terre, attendaient de mourir étouffés. Ils se convulsaient et ouvraient leurs bouches aux dents gâtées comme des poissons hors de l'eau. D'autres encore, couverts d'insectes, écartelés, ébouillantés, lacérés par des poignards, saignaient, se contorsionnaient, hurlaient à la mort...

Orféus baissa les yeux et posa son front sur le pont de son bateau, hébété, à bout de souffrance. C'était donc cela, le Claquemur : une prison pour torturer les corps et les âmes, jusqu'à ce que mort s'ensuive. Un cauchemar, une abomination, une épouvante.

La progression funèbre de la *Fabula* continua longtemps et aucun tableau ne fut épargné aux voyageurs qui, écœurés et débordant de pitié, n'osaient presque plus respirer. Ils attendaient, les mains toujours enlacées, que la descente s'achève et que le pire leur soit infligé.

Mais soudain, il fit grand jour.

Orféus, Malva, Lei et Babilas relevèrent la tête. Au-dessus d'eux, le trou noir du Claquemur se résorba soudain et disparut, comme s'il n'avait jamais existé. À la place, un ciel bleu azur se déploya, les voiles claquèrent dans la brise et l'on entendit les clapotis de l'eau sur la coque.

Orféus se remit debout et soutint Malva de son mieux. Il fronçait les sourcils, ébloui par la lumière du soleil qui se réfractait sur l'eau. Babilas et Lei se redressèrent aussi et tournèrent sur eux-mêmes en claudiquant.

Que s'était-il passé ? Pourquoi cette clarté soudaine, ce jour éclatant ? Était-ce une hallucination, une ruse destinée à les tromper ? Pourtant, ils avaient tous vu la même chose : cette brutale disparition du Claquemur. Ne sachant plus que croire, ils fouillèrent le ciel à la recherche d'un signe, d'un indice.

À cet instant, ils remarquèrent Galotcho qui se balançait en haut du mât, les jambes entortillées dans les cordages. Le pauvre garçon n'avait même plus la force d'appeler et de se débattre.

— *Yneb dawl !* s'exclama Babilas en s'élançant à sa rescousse.

— Il vivant ! soupira Lei.

Quand Babilas eut récupéré Galotcho et que tous deux eurent rejoint les autres sur le pont, ils laissèrent libre court à leur émotion. Les larmes coulèrent, mais les sourires éclatèrent aussi, et de tout côté les cœurs débordèrent comme des rivières en crue. Le Claquemur les avait manifestement relâchés *in extremis* et ils n'avaient fait que le traverser, de part en part.

— C'est Peppe, dit alors Galotcho d'une voix tremblante. Il... voulait tant nous prouver qu'il était courageux...

Le garçon eut un haut-le-cœur, cessa de respirer et devint écarlate. Il fondit en larmes.

— Il croyait qu'il était responsable ! cria-t-il entre deux hoquets de douleur. Il ne supportait pas l'idée ! Il s'est jeté... Il a sauté... Et il a trouvé l'épreuve qui lui manquait !

Il bredouilla, pleura, bégaya tous ces mots en désordre pendant de longues minutes, tandis que les autres, muets et stupides, assistaient à l'explosion de sa peine, incapables de le consoler.

Galotcho finit par s'asseoir sur le cabestan, épuisé.

— Il a fait ça... il a fait ça..., répétait-il, les joues barbouillées de crasse et de chagrin. Il s'est séparé de moi...

Enfin, Babilas vint s'agenouiller devant lui et le serra dans ses bras.

— *Yvn Peppe oiraim an bardan,* chuchota-t-il. *Alch islu gwelchan mabeut. Cosgoaim danrh pobaim.*

Et Lei, qui s'était rapprochée, traduisit en tremblant de tous ses membres :

— Ton frère Peppe a sauvé vie de toi et nous. Il a sauté quand dernière goutte d'acide sur pierre du Nokros. Maintenant, nous devoir vivre pour remercier lui.

Galotcho se laissa bercer entre les bras du géant qui continuait à lui murmurer des mots dans sa langue incompréhensible et, peu à peu, ses larmes se tarirent.

Quand le calme fut revenu, Orféus s'avança vers la lisse de dunette arrachée et contempla l'océan qui s'ouvrait devant lui. Malva vint le rejoindre. Elle était en état de choc, mais ses yeux brillaient encore lorsqu'ils se posaient sur Orféus. Il sentit son cœur battre à tout rompre.

— Je pense, lui dit-il d'une voix neutre, anesthésiée par trop de douleur, que nous avons quitté l'Archipel. L'acte de Peppe est effroyable, mais grâce à lui nous sommes de retour dans les limites du Monde Connu.

Il regarda la jeune femme et prit une grande respiration avant d'oser demander :

— Que voulez-vous faire, Princetta ? Maintenant que nous avons survécu à ces épreuves, je suppose que tout est possible.

— Tout ? répéta Malva.

Elle soupira. Sans doute Orféus avait-il raison. À force de voir mourir les uns et souffrir les autres, à force de peur et d'urgence, les tempéraments des voyageurs s'étaient probablement endurcis. Leurs priorités n'étaient plus les mêmes qu'avant. Certaines choses importantes étaient devenues dérisoires. Les convenances, la politesse, les exigences de confort, tout cela n'avait plus aucun sens. Alors, tout était possible, en effet.

Malva posa ses mains sur ses tempes. Le sang battait dans son crâne. À cet instant, sa décision lui sembla une évidence. Elle releva la tête.

— Je souhaite..., dit-elle en regardant Orféus bien en face. Je souhaite rentrer en Galnicie avec vous, Capitaine.

Troisième partie

Revenir

42

Les étoiles jumelles

Quand vint la nuit, Orféus s'installa sur le pont pour observer le ciel. Les étoiles avaient retrouvé leurs places habituelles : à l'est brillait Proximède, à l'ouest Aldébagol, et au zénith Orféus reconnut la constellation d'Oriopée.

— Viens voir, proposa-t-il à Galotcho, toujours prostré devant la gamelle que Babilas lui avait apportée.

Son repas était froid depuis belle lurette. Tout de même, il releva la tête, hésita un moment, puis accepta de se joindre au Capitaine. Il s'allongea à côté de lui, face à l'immensité du ciel nocturne.

— Regarde, lui dit Orféus en pointant son index vers un point lumineux. C'est Alphius, la plus brillante de toutes. Et ici, la constellation de l'Allicaïtor. Et à côté, tu peux voir Betelrig et Vegeb.

Galotcho suivait des yeux les doigts d'Orféus, captivé plus qu'il ne l'aurait pensé par la beauté de cette voûte céleste. Chaque étoile ressemblait à une fleur. Et pour lui, à qui personne n'avait jamais appris quoi que ce soit, connaître leurs noms revenait à posséder un trésor. Orféus égrena pour lui tout ce qu'il savait : Altarès, Ichab, Tolimuk, Hyperade... On aurait dit qu'il chantait une berceuse. À la fin, il désigna deux étoiles toutes proches l'une de l'autre qui scintillaient intensément.

— Ce sont des étoiles jumelles, expliqua-t-il à Galotcho. On les appelle Astor et Olux.

Galotcho frissonna. Des étoiles jumelles ? Étaient-elles vraiment identiques ?

— De la Terre, poursuivit Orféus, elles nous paraissent pratiquement collées l'une à l'autre, mais en réalité, des milliers de kilomètres les séparent.

— C'est comme pour Peppe et moi, alors ? murmura le garçon. Des milliers de kilomètres nous séparent, et pourtant nous resterons toujours ensemble.

Orféus hocha la tête et laissa un silence. Galotcho dévorait des yeux cette partie du ciel où brillaient les étoiles jumelles.

— Chaque fois que je voudrai penser à mon frère, déclara-t-il, chaque fois qu'il me manquera trop, chaque fois que j'aurai besoin de lui parler, je m'adresserai à ces étoiles. Ce sera un peu comme si Peppe était là et qu'il me regardait, de tout là-haut.

Un sourire fragile étira ses lèvres. À cet instant,

Orféus sut que Galotcho arriverait, tôt ou tard, à vivre sa vie et que l'absence de Peppe n'entraverait pas trop sa marche dans l'existence.

— Vous croyez vraiment que la voyante s'est moquée de nous ? demanda brusquement Galotcho. Peppe... il y croyait dur comme fer, à cette histoire de Prince. Il pensait vraiment que nous pourrions épouser Mal... enfin, la Princetta.

— Et toi ? s'enquit doucement Orféus. Tu y croyais aussi ?

Le garçon fit une petite moue désappointée.

— C'est vous qu'elle aime, non ? soupira-t-il. C'est vous qu'elle épousera.

Orféus ne put réprimer un battement de cœur sauvage. Il ne savait pas, au juste, ce que Malva éprouvait à son égard, mais elle s'était jetée dans ses bras, avait accepté quelques baisers sans se cabrer, et puis, il y avait cette vibration intense qu'il sentait lorsqu'elle le regardait. Il ne connaissait rien aux femmes, mais il avait quand même l'intuition qu'un lien très fort s'était tissé entre lui et elle. Pour répondre à la question de Galotcho, il se contenta d'une pirouette :

— Malva n'a pas traversé toutes ces épreuves pour se trouver de nouveau obligée d'entrer dans le Sanctuaire avec un époux à son bras, tu ne crois pas ?

— Elle est libre, admit Galotcho avec sérieux.

— Très libre, répéta Orféus, songeur.

Ils laissèrent encore un silence. Au-dessus d'eux, le ciel se compliquait à chaque instant d'étoiles nouvelles, de constellations, de nébuleuses et de galaxies.

Comparées à ces puissances lointaines, les turpitudes du cœur humain semblaient sans importance. Il pouvait bien se passer mille choses sur la Terre, des tempêtes pouvaient se produire, des guerres et des famines ravager des peuples, des amours pouvaient naître et mourir, tout cela n'empêcherait pas la course des étoiles à travers la nuit. Ainsi, à force d'observer le ciel, Galotcho et Orféus se sentirent apaisés.

— Ces étoiles vont nous guider jusqu'en Galnicie, murmura Orféus. Et quand nous serons de retour chez nous, il nous suffira de les regarder pour nous rappeler ce que nous avons vécu, tous ensemble.

— Elles seront nos pense-bêtes ! conclut Galotcho en riant presque.

Le surlendemain, la *Fabula* croisa la route d'un vaisseau venu du royaume de Norj et qui se rendait en Orniant. Son capitaine, un gaillard aux cheveux blonds, proposa aux rescapés de les embarquer à son bord, mais Orféus, avec l'accord de ses compagnons, déclina l'offre. Ils souhaitaient tous mettre le cap le plus vite possible vers la Galnicie. Le capitaine du vaisseau ne chercha pas à les convaincre. Il leur fit cadeau de vivres, de deux tonneaux d'eau potable, d'un filet de pêche et de quelques instruments de navigation élémentaires : une carte, une boussole, un sextant. Bien entendu, il ne put s'empêcher de demander à ces voyageurs épuisés ce qui leur était arrivé. Lei, qui se chargea de la traduction, resta très évasive. Elle raconta la tempête, leur naufrage sur une île, mais ne fit pas mention de l'existence de l'Archipel et du Claquemur. Chacun, à bord de la *Fabula*, était conscient que leur passage au-delà des limites du Monde Connu ne serait guère facile à expliquer. Dans un premier temps, mieux valait en dire le moins possible.

Lors du dernier dîner qu'ils prirent à bord du vaisseau norjien, ils questionnèrent leur hôte au sujet de la Galnicie. Ce dernier ne semblait pas au courant de la disparition de la Princetta, ni du mariage annulé et des conséquences diplomatiques que cela avait entraînées. La Galnicie, dit-il, était un pays refermé sur lui-même, secret, et si peu accueillant qu'aucun étranger n'y avait mis les pieds depuis longtemps.

Ces paroles troublèrent beaucoup Orféus. Depuis qu'il était parti comme quartier-maître à bord de l'*Errabunda*, il s'était peut-être écoulé une centaine de jours. Pour une expédition aussi risquée, cela n'avait rien de surprenant. Le Coronador avait-il perdu l'espoir en attendant ? Les complots et les intrigues avaient-ils fini par le jeter à bas du trône ? Comment, sinon, expliquer que la Galnicie se soit si brutalement repliée sur ses malheurs ? Le capitaine norjien qui était lui-même sur les mers depuis plusieurs semaines ne put apporter de réponses à ces questions.

De son côté, Malva éprouva un profond malaise en entendant ces déclarations. L'aperçu qu'elle avait eu de son pays lorsqu'elle se tenait à califourchon sur la branche de l'arbre millénaire du mont Ur-Tha lui revint en mémoire : le cortège funèbre, les arbres nus, le silence inquiétant qui régnait sur la Citadelle… Tout cela ressemblait fort à une catastrophe.

Pourtant, quand la *Fabula* reprit la mer le lendemain, les cinq membres de l'équipage se laissèrent gagner par une certaine allégresse. Ventres pleins, vêtus de vêtements propres et munis de leurs cartes maritimes, ils se réjouissaient de naviguer sur des mers connues. Ils avaient retrouvé leurs repères et les dangers qui les guettaient leur semblaient négligeables en regard de ceux qu'ils avaient déjà surmontés. Aussi, quand les voiles se déployèrent et qu'Orféus s'empara de la barre en criant : « Cap sur la Galnicie ! », les visages de ses compagnons s'illuminèrent. Orféus leur sourit. Il était heureux de rentrer, lui aussi. Mais au fond, il trouvait cela étrange. Lui qui avait eu la Galnicie en horreur et qui n'avait rêvé que d'en partir, comment pouvait-il être impatient de fouler son sol ? N'allait-il pas, en revoyant la Ville Haute, laisser ses fantômes l'assaillir et lui ronger l'âme ? N'allait-il pas regretter instantanément la mer et ses aventures ?

Depuis la dunette arrière, il observait Malva qui grimpait lestement dans les haubans. Il chassa ses sombres pensées. Tant que Malva serait à ses côtés, il se sentait fort, capable d'affronter n'importe quel fantôme !

Il leur fallut plusieurs semaines avant d'apercevoir enfin les côtes du pays de Sperthe. Malva vint se planter sur le gaillard d'avant, une main en visière sur ses yeux. Elle semblait nerveuse et triste. Lei s'en rendit compte et la rejoignit.

— Vois-tu cette ligne de rochers blancs, là-bas ? lui demanda Malva.

— On dirait os de squelettes, frémit Lei.

— Ce sont des récifs extrêmement dangereux. C'est à cet endroit que Filomène et moi avons fait naufrage avec l'*Estafador*.

Les yeux de la Princetta s'étaient assombris. Ils restaient fixés sur les silhouettes des récifs. Elle se souvenait de tout : le fracas de la proue sur les roches coupantes, le plongeon qu'elles avaient fait, elle et Filomène, et puis leur dérive, accrochées aux claires-voies des écoutilles, jusqu'à ce moment terrible où la bête sans nom...

— C'est ici que j'ai été mordue à la jambe, ajouta Malva. Nous nagions en espérant nous rapprocher des côtes, et brusquement...

Elle grimaça et eut un sursaut, comme un réflexe. Puis elle pâlit et, souffle coupé, elle dut s'asseoir.

— Toi très sensible, constata Lei en déboutonnant le col de la vareuse de Malva pour lui permettre de mieux respirer. Blessure guérie maintenant. Plus rien à craindre.

Comme pour s'en assurer, Malva roula le bas de son pantalon et découvrit son mollet. Il subsistait sur sa peau une longue balafre blanche.

— Si Finopico vivant, lui te dire quelle bête vivre dans cette mer, fit Lei avec nostalgie. Et toi enfin connaître nom... de bête sans nom !

Malva resta un long moment absorbée dans la contemplation morbide de sa cicatrice.

— Finopico nous a laissé ses livres. Je pourrais peut-être les consulter ?

Cette idée lui parut soudain très bonne. Elle descendit dans la cambuse. Là, derrière un fatras d'étagères tombées et de bocaux vides, elle récupéra les ouvrages laissés par le cuisinier. Elle alla s'enfermer dans sa cabine pour le reste de la journée.

À la tombée de la nuit, alors que la *Fabula* s'engageait lentement dans le chenal reliant la Tildésie aux zones marécageuses d'Armounie orientale, Orféus s'inquiéta de l'absence prolongée de la Princetta. Il confia la barre à Babilas et vint frapper à la porte de sa cabine.

Malva était assise sur sa couchette au milieu d'une montagne de livres ouverts. À la lueur d'une bougie, les sourcils froncés par la concentration, elle épluchait les gravures et les descriptions.

— Vous devriez monter prendre l'air, lui suggéra Orféus. Il fait bon, là-haut, et vous allez vous abîmer les yeux à force de lire.

Malva lui jeta un regard vague. Elle n'avait manifestement pas entendu un mot de ce qu'il venait de dire.

— J'ignorais qu'il existait autant d'espèces de poissons. Vous croyez que Finopico les connaissait toutes ?

— Il était beaucoup plus savant que je ne l'aurais cru, répondit Orféus en se rappelant la conversation qu'ils avaient eue peu de temps avant sa disparition. Il s'intéressait surtout aux espèces rares. Il rêvait d'être admis parmi les spécialistes de l'Institut maritime.

— Pauvre Finopico, soupira Malva. Je n'arrive toujours pas à croire qu'il ne reviendra plus. Parfois, j'ai l'impression de l'entendre rouspéter après les jumeaux... ou après Al.

Sa voix tremblait. Orféus s'approcha et, quand il s'assit au bord de sa couchette, il remarqua les larmes qui menaçaient de déborder sur les joues de la jeune femme.

— Nous avons perdu beaucoup d'amis, dit-elle encore. Je me sens... Je trouve ça injuste d'être encore en vie, alors qu'ils...

Les larmes coulèrent. Orféus ouvrit ses bras et enlaça Malva pour la consoler. Jusqu'à présent, chacun avait soigneusement évité de faire le bilan de ce voyage dans l'Archipel. Finopico, Peppe et Al manquaient à bord, autant que dans le cœur des survivants. Mais les jours passaient, avec leur lot de travail et de soucis. Il fallait avancer, hisser les voiles, réparer les parties endommagées du navire, se nourrir, et tout cela permettait de contenir la tristesse. Mais en ouvrant ces livres, Malva venait de rouvrir ses plaies. À chaque page, à chaque mot, elle pensait à ceux qui avaient disparu.

— Quand nous serons en Galnicie, dit Orféus en caressant les cheveux noirs de Malva, nous leur rendrons hommage. Il faudra que chaque Galnicien sache qui ils étaient.

Malva sanglotait. Ses larmes mouillaient les mains d'Orféus.

— Je ne sais pas, hoqueta-t-elle, je ne sais pas ce que je ferai quand nous serons arrivés. Cela me semble... tellement... loin, tellement... impossible.

Orféus la serra plus fort contre lui.

— Je suis là, je suis là, répéta-t-il tandis qu'elle se laissait aller à son chagrin.

Longtemps, ils restèrent ainsi, dans les bras l'un de l'autre, avec leur cœur qui tambourinait et leurs doigts qui se cherchaient. Orféus déposa des baisers sur le front de Malva, sur ses joues, sur ses cheveux. Il n'avait plus peur de ressentir ce qu'il ressentait. Petit à petit, Malva se calma.

— Je voulais trouver le nom d'une bête aquatique, finit-elle par expliquer en se détachant soudain d'Orféus.

Elle lui raconta la trahison de Vincenzo, le naufrage de l'*Estafador*, et pour finir, elle lui montra la cicatrice qui barrait sa jambe.

— Lei m'a soignée lorsque nous étions enfermées dans le harem de Temir-Gaï, mais je garderai cette marque à tout jamais.

Orféus saisit la bougie et approcha la flamme de la jambe nue de Malva. Il l'observa longuement, posa un doigt léger dessus et en suivit le sillon blanchâtre.

— Cette bête avait une mâchoire redoutable, murmura-t-il. Ces marques parallèles laissent penser qu'elle avait deux rangées de dents.

Il effleura encore la peau de la jeune femme.

— Là... et là, dit-il. Deux rangées de dents pointues.

Il releva la tête, croisa le regard de Malva et rougit.

— J'ai peut-être une idée, dit-il pour masquer son trouble. Si c'était ça, ce serait...

Il reposa précipitamment la bougie et fouilla parmi les ouvrages étalés sur la couchette. Enfin, il mit la main sur le livre qu'il cherchait. C'était celui que Finopico lisait, le fameux soir où ils s'étaient fait des confidences. Il le feuilleta fiévreusement.

— Page 243, dit-il.

Il pointa le doigt sur la gravure qui représentait le goume des profondeurs et lut à voix haute sa description. Puis il tendit le livre à Malva. Elle contempla le dessin.

— Si c'est bien cette bête qui m'a mordue, alors on peut dire que j'ai eu de la chance. Elle aurait pu me tuer et m'emporter au fond de la mer...

— Et si c'est elle, poursuivit Orféus, cela signifierait que Finopico avait raison : le goume n'est pas une chimère. Il existe.

Malva considéra encore un long moment la gravure, puis sa cicatrice.

— Il voulait tant prouver qu'il ne se trompait pas ! soupira Orféus. Le pauvre... c'était devenu une obsession pour lui, de dénicher ce poisson. Et si ça se trouve, il avait la preuve sous les yeux !

Il posa une fois de plus sa main sur la jambe de la Princetta. Elle avait la chair de poule. Orféus referma lentement les livres, les empila par terre.

— Vous avez froid, dit-il à Malva. Il faut vous reposer, maintenant.

Il prit une couverture et la laissa se glisser dessous. Quand elle cala sa tête sur l'oreiller, ses longs cheveux d'encre se déployèrent en corolle autour de son visage.

Orféus s'approcha, tout près. Il y eut un silence. Malva ferma les yeux et, avec une douceur infinie, Orféus posa ses lèvres sur les siennes.

À cet instant, leurs cœurs devinrent semblables aux étoiles jumelles qui brillaient dans le ciel : deux petits points lumineux au milieu des ténèbres immenses de l'univers.

43

« Galnicie ! Galnicie ! »

Galotcho s'était endormi dans la grand-hune quand il reçut une déjection de goéland sur la figure. Il se réveilla en sursaut. L'oiseau s'éloignait en criant, comme pour se moquer.

— Sale volatile ! vitupéra le gamin en s'essuyant le visage dans sa manche.

Et c'est seulement à cet instant qu'il réalisa que ce goéland était le premier qu'il voyait depuis des mois. Il se leva d'un bond et se pencha vers l'avant. Au loin, on devinait les contours d'une terre et... ceux d'un grand bâtiment posé au sommet d'une colline. Galotcho écarquilla les yeux, ouvrit la bouche et hurla :

— Galnicie ! Galnicie ! Droit devant !

En entendant ce cri, Malva, Babilas, Lei et Orféus se précipitèrent par l'écoutille centrale et se bousculèrent jusqu'au gaillard d'avant.

La journée était grise, nuageuse et sans vent, mais il n'y avait pas de brume : les côtes galniciennes leur apparurent nettement, ainsi que l'embouchure du fleuve Gdavir.

— *Melfed liagh twyll !* s'exclama Babilas.

Son visage tanné par le soleil s'adoucit brusquement et Lei vit perler une larme de joie au coin de l'œil du géant. Pour elle, bien sûr, l'émotion n'était pas aussi forte ; la Galnicie n'était pas sa terre natale et elle n'y serait, une fois de plus, qu'une étrangère. Elle se sentait tout de même soulagée d'être arrivée jusque-là et l'idée de pouvoir enfin mettre pied à terre lui plaisait beaucoup. Elle était surtout impatiente de monter à cheval : Malva lui avait promis de lui offrir la meilleure monture des écuries de son père, ainsi qu'une escorte de soldats pour la ramener chez elle, là-bas, vers l'Orniant.

Galotcho, excité comme une puce, dégringola dans les haubans et tomba lourdement sur le pont.

— Nous arrivons chez nous ! s'exclama-t-il. Et nous ramenons la Princetta ! Le Coronador n'en croira pas ses yeux ! Nous sommes des héros !

En riant aux éclats, il entama une danse et entraîna Lei avec lui dans des tourbillons et des pirouettes, jusqu'à ce que le souffle leur manque.

— N'est-ce pas, Capitaine, que nous sommes des héros ? demanda-t-il en reprenant sa respiration.

— Ce n'est pas à moi d'en décider, sourit modestement Orféus. Et toi, tu devrais t'essuyer mieux que ça le bout du nez avant de faire danser les filles. On dirait qu'un oiseau s'est oublié sur toi !

Galotcho piqua un fard et frotta tant son nez qu'il resta écarlate.

— Au moins, nous aurons une récompense, non ? insista-t-il en prenant un air renfrogné. Le Coronador avait parlé d'une montagne de galniks, il me semble ?

Debout contre la lisse de coltis, Malva faisait grise mine. C'était elle qui avait décidé de rentrer, personne ne l'y avait obligée, mais en entendant Galotcho parler ainsi, elle ne pouvait s'empêcher de se sentir comme un gibier qu'on rapporte après la chasse. Orféus alla vers elle et posa ses mains sur ses épaules.

— N'écoute pas ce fier-à-bras de Galotcho, lui murmura-t-il à l'oreille. Si tu veux changer d'avis, tu le peux encore. Nous débarquerons plus loin, vers la frontière, et tu pourras t'éclipser. Personne ne saura que tu étais là, personne ne saura où tu vas. Pas même moi, si tu le souhaites. Il suffira que tu disparaisses, encore une fois...

Plus les côtes devenaient visibles, plus le cœur de Malva cognait dans sa poitrine. La Citadelle, le fleuve, le campanile dressé au sommet de la Ville Haute...

— Non, déclara-t-elle fermement. Nous entrerons chez nous par le port et je ne me défilerai pas. Quant à la récompense, tu feras comme tu voudras. Si mon père est encore de ce monde, il...

— Pourquoi le Coronador serait-il mort ? l'interrompit Orféus. Il est encore jeune ! Tu n'es partie que depuis un an, Malva. Les choses n'ont pas pu changer à ce point !

Elle haussa les épaules.

— C'est juste une impression.

À l'entrée du port, les cinq passagers de la *Fabula* s'étonnèrent de trouver une lourde chaîne de bronze tendue entre les digues pour interdire le passage des navires. Orféus ordonna à Babilas de jeter l'ancre et, quand le bateau fut immobilisé, il se tourna vers ses compagnons.

— C'était un des édits promulgués par l'Archonte pendant le temps où le Coronador avait abandonné le trône. Le port était en quarantaine... mais cet édit avait été levé pour permettre notre départ. Je ne comprends pas pourquoi la chaîne est encore là.

De là où ils se trouvaient, ils apercevaient les mâts des bateaux à quai. Galotcho en compta une douzaine seulement. Où donc se trouvait le reste de la flottille ?

— Et les bateaux de pêche ? demanda Malva, inquiète. Et les mouettes ?

Elle avait raison. Au-dessus du port, le ciel était vide, et même en tendant l'oreille on n'entendait ni voix, ni roulements de tonneaux, ni aboiements de chiens, ni grincements de poulies. Le port était pris dans le silence.

D'un coup d'œil, Babilas et Orféus se mirent d'accord. Sans un mot, le géant bondit sur la rambarde et plongea dans l'eau froide. Les autres le regardèrent nager jusqu'à la digue et l'encouragèrent lorsqu'il s'y agrippa.

Une fois en haut, Babilas, essoufflé et dégoulinant, tira sur l'énorme chaîne en bronze. Des algues et des coquillages s'y étaient accrochées. Il grimaça, recula, et parvint à la détacher. Orféus manœuvra l'ancre et la *Fabula* entra enfin dans le port.

Réunis à l'avant, les passagers découvrirent alors un spectacle désolant : les navires, poussiéreux, rouillés, pourris par un séjour prolongé dans la vase, penchaient leurs mâts dans des attitudes de vieillards ; des tonneaux éventrés, des caisses vides et des détritus jonchaient les pontons déserts ; et les tavernes installées le long des quais laissaient battre leurs portes dans les courants d'air.

— Que s'est-il passé ici ? murmura Orféus, tandis que l'étrave de la *Fabula* fendait les eaux visqueuses et stagnantes.

— Ça sent le poisson mort, commenta simplement Galotcho.

Au bout du quai, Orféus envoya une aussière à Babilas pour qu'il amarre le navire. Malva était très pâle, mais elle fit signe que ça irait : il fallait descendre, aller en ville pour comprendre ce qui se passait. Sur l'ordre d'Orféus, Galotcho fit glisser une planche depuis le passavant jusqu'au quai, et quand tout le monde eut mis pied à terre, le cortège s'engagea vers les ruelles de la Ville Basse.

Partout, les nouveaux venus ne trouvèrent que des

maisons aux portes closes. Aucun bruit, aucune odeur, aucune présence humaine. Il faisait froid. Un vent coulis désagréable fit éternuer Orféus à plusieurs reprises.

— Les gens sont peut-être partis à une fête ? suggéra Galotcho. Peut-être qu'ils nous attendent pour nous faire une surprise ?

Il avait dit cela sans y croire, juste pour se donner du courage. Mais plus il avançait, plus il sentait ses forces l'abandonner. À chaque pas, un souvenir surgissait de sa mémoire, un souvenir du temps où il faisait les quatre cents coups en compagnie de Peppe. Là, ils avaient volé une orange à une marchande ambulante, ici, ils s'étaient battus contre les gamins d'une bande rivale et, sous ce porche, ils avaient partagé le butin d'une journée de mendicité...

— Il n'y a même plus de chats errants, murmura Orféus, de plus en plus troublé.

Lorsqu'ils arrivèrent près du fleuve Gdavir, les cinq compagnons étaient totalement désemparés. Même au pire moment du deuil, à l'époque où l'on croyait la Princetta morte noyée, la Ville Basse ne leur avait jamais paru aussi sinistre.

— Hé ! regardez ! s'exclama soudain Galotcho en pointant son index vers les piles du pont.

Sur les berges, d'étranges plantes souples, de couleur grise, se balançaient dans les bourrasques.

— Souvenez-vous, Capitaine ! Les graines que j'avais fauchées au cuisinier de la Citadelle ! Celles que le messager avait apportées en cadeau ! Elles ont poussé !

Galotcho entraîna les autres au bord du fleuve.

— On dirait..., hésita Malva en se rapprochant des plantes. On dirait des...

Elle caressa les tiges grises, puis en arracha l'extrémité. De petites graines tombèrent au creux de sa paume. Le visage de Malva s'illumina :

— Du paghul !

— Vous connaissez cette plante ? s'étonna Galotcho.

— Bien sûr ! Ouzmir et les Baïghours en consommaient tout le temps, lorsque je voyageais avec eux sur la Grande Steppe Azizienne !

— Ouzmir ! C'est bien ça ! s'écria Galotcho. C'est le nom bizarre du messager qui a annoncé au Coronador que vous n'étiez pas morte !

Malva souriait, ravie, et fouillait parmi les feuillages gris pour récolter les graines.

— C'est un miracle que tes plantations aient pris, Galotcho. Habituellement, le paghul ne pousse qu'en buissons rabougris et dans le climat rude des steppes ! Goûtez ça !

Elle tendit des graines à Babilas, à Orféus et à Lei.

— Ça se mâche, expliqua-t-elle en s'en fourrant une poignée dans la bouche.

— *Hadsin tlu !* grimaça Babilas.

— Lui dire que paghul aucun goût, traduisit Lei.

— Il a raison, souligna Orféus.

Ils restèrent là un bon moment, à regarder filer le courant. Autrefois, le Gdavir déroulait ses reflets argentés à travers tout le pays et sa splendeur faisait l'orgueil des Galniciens. Maintenant, ses eaux étaient troubles, jaunes, mêlées de boue et de branches mortes.

Orféus leva les yeux vers le campanile qui dominait la Ville Haute, sur l'autre rive. Des oiseaux tournaient autour, lentement, comme des charognards. Il avala encore quelques graines de paghul et prit une grande respiration.

— Venez, dit-il à ses compagnons, il y a peut-être des gens dans les quartiers chic.

Mais dans les rues plus larges et plus propres de la Ville Haute, ils ne trouvèrent personne non plus. Sur les places, les fontaines étaient bouchées par la mousse. Au seuil des grandes demeures, les toiles d'araignées frémissaient sous les bourrasques. Orféus éternua encore.

Lorsqu'ils atteignirent le campanile, ils appelèrent le saint-diafé. Pas de réponse. Orféus alla frapper à la porte de sa maison natale, mais Berthilde ne vint pas lui ouvrir comme il l'avait vaguement espéré.

— Je trouver cet endroit glacial, dit Lei. Beaucoup de vibrations terribles ! Je vouloir partir !

— Arrête, la supplia Malva. Il y a sans doute une bonne raison pour expliquer tout cela.

Mais Lei secouait la tête.

— Ici, terribles instants sont passés. Maladie, misère, guerre. Tout le monde mort !

Galotcho se mit à trembler. Il jeta un regard perdu à Babilas qui, immobile dans le vent, ne savait plus que faire de ses grandes mains.

— Tout le monde mort ! répétait Lei, les yeux écarquillés. Nous aussi, mourir ! Je vouloir partir !

Orféus saisit la jeune fille blonde par les épaules.

— J'ai quitté cette ville il y a seulement cinq mois ! s'exclama-t-il. Les gens étaient debout ! Ils marchaient, ils jouaient, ils discutaient ! Ils étaient vivants ! Il est impossible qu'ils soient tous morts en si peu de temps ! Impossible !

Il relâcha Lei d'un seul coup.

— Allons à la Citadelle ! Il s'est sûrement passé quelque chose qui a obligé les gens à s'y réfugier !

Ils redescendirent rapidement par les rues vides, mais quand ils arrivèrent près des portes de la Citadelle, elles étaient également fermées.

— Normal, se rassura Orféus. Les gens se sont enfermés à l'intérieur.

Il alla vers la cloche qui pendait au pilastre et la secoua vigoureusement. La chaîne rouillée céda et lui resta dans la main.

— *Pertort gwener dorim a ustwig,* dit Babilas.

Lei n'avait même plus la force de traduire ses paroles, mais les autres comprirent ce qu'il avait dit lorsqu'ils virent le géant escalader le mur à la force des bras. Il parvint à sauter de l'autre côté. Peu après, on entendit des grincements et la porte s'ouvrit en grand.

Malva pénétra la première dans l'enceinte de la Citadelle. Elle remarqua tout de suite qu'au milieu de l'allée de gravier, des mauvaises herbes avaient poussé. Plus loin, sous la voûte des sycomores, les pluies avaient creusé des ravines et personne ne s'était occupé de remblayer le chemin. Qu'un carrosse tente de passer par là et il serait sans doute renversé dans le fossé ! Malva n'avait jamais vu les jardins dans un état pareil. Où qu'elle porte son regard, ce n'étaient que fouillis d'herbes, outils rouillés, carrioles abandonnées, branches cassées et arbres morts. Elle avait l'impression de revenir hanter son enfance à travers un cauchemar.

L'émotion la submergea lorsqu'elle découvrit l'aile ouest de la Citadelle dont la toiture s'était effondrée. Derrière, à l'aplomb de la falaise, on devinait les murailles criblées par des impacts de boulets. Il ne faisait plus de doute que la Citadelle avait été attaquée... et qu'elle n'avait pas résisté. Malva cacha son visage dans ses mains. Jamais elle n'avait pensé revoir son pays dans cet état. La Galnicie n'était manifestement plus qu'une contrée sauvage, à l'abandon.

Derrière elle, Galotcho, Babilas, Lei et Orféus marchaient lentement, avec une réticence grandissante. Quand ils s'aperçurent que Malva pleurait, ils s'arrêtèrent.

À cet instant, quelqu'un surgit au bout du chemin. C'était un homme échevelé qui boitait vers eux en marmonnant. Orféus se dépêcha de rejoindre Malva.

— Qui est-ce ? lui demanda-t-il en lui montrant l'homme.

Malva essuya ses larmes. Et tandis que l'homme approchait, elle plissa les yeux, cherchant à reconnaître ce visage ridé et cette démarche chaotique. Dans son souvenir, aucun des serviteurs, valets, jardiniers ou cuisiniers ne boitait de la sorte. Ce ne fut qu'au tout dernier moment, alors que l'homme posait ses yeux sur elle, que Malva le reconnut. Un cri s'étrangla dans sa gorge :

— Mon père !

Le Coronador n'était plus l'homme que Malva avait connu. Il ne ressemblait plus à ce monarque intimidant et sévère qui l'avait humiliée en public. Devant elle se tenait un vieillard invalide qui n'inspirait plus que de la pitié. Elle qui avait tant redouté ce moment ! Si elle avait su !

Le Coronador s'arrêta près d'elle, les yeux embués de larmes. Il prononça son nom. « Malva, Malva », répéta-t-il d'une voix rauque. Puis il tendit vers elle ses mains tremblantes, couvertes de taches brunes. Il prononça encore son nom et, quand il voulut la serrer dans ses bras, elle se laissa faire.

Du plus loin que Malva se souvienne, son père n'avait jamais osé un tel geste de tendresse. Jamais.

44

Dix ans

Le Coronador vivait reclus dans l'aile est de la Citadelle en compagnie d'une poignée de domestiques fidèles qui tentaient de préserver les mirages du faste d'autrefois. Au milieu des dorures et des soieries, les rats galopaient et les feuilles mortes tourbillonnaient. Les jours de pluie, des flaques se formaient sous les guéridons, les coiffeuses, et dégoulinaient en laissant des traces noires sur les miroirs piqués de rouille. Les matelas crevés rendaient leur sciure, les horloges avaient perdu leurs aiguilles, les commodes bancales prenaient la poussière et les rideaux pendaient, en loques, aux fenêtres.

Quand Malva pénétra, à la suite de son père, dans les cuisines, dans la salle de danse, quand elle monta les escaliers et traversa les galeries, elle fut prise d'un vertige. Ce chemin, elle l'avait fait, le soir de son évasion. Il régnait alors dans la Citadelle une telle agitation ! Où étaient les servantes qui astiquaient les parquets ? et les valets qui allumaient les bougies des lustres ? En marchant sur les tapis élimés, Malva se demandait quelle tourmente avait pu bouleverser ces endroits familiers durant son absence.

À bout de forces, elle s'arrêta face à une fenêtre qui donnait au sud, vers les terrasses. Elle aperçut, debout sur un escabeau branlant, un vieux jardinier qui essayait de tailler une haie en broussaille. Il vacillait et ses cheveux blanchis tremblaient dans le vent. Non loin du grand bassin, le kiosque à musique achevait de s'effondrer. La dernière fois que Malva était passée devant, un petit orchestre y répétait les sérénades prévues pour le mariage. Elle se rappelait même l'air qu'il jouait et l'odeur tiède des jasmins qui flottait dans le soir.

Elle se tourna vers son père.

— Racontez-moi, lui demanda-t-elle.

Le Coronador hocha sa tête grise et emmena les nouveaux venus jusqu'à la salle des Délicatesses. Sur leur passage, ils croisèrent deux servantes qui, en reconnaissant Malva, éclatèrent en sanglots.

Le Coronador fit asseoir ses invités autour de la table de cérémonie et ôta lui-même le drap qui la recouvrait. Dessous, le bois d'ajouca était resté lisse et brillant.

— J'ai toujours veillé à ce que cette table soit prête pour recevoir, avoua le Coronador avec un brin de fierté. Elle est tout ce qui nous reste des splendeurs passées.

Il s'assit avec ses hôtes et réfléchit un long moment, ne sachant sans doute pas comment débuter son récit. Durant ce silence, Orféus éternua à cause des courants d'air qui refroidissaient la pièce. Galotcho, vivement impressionné de se trouver là, s'était collé contre Babilas, tandis que Lei attendait, patiente, que le vieux monarque donne des explications. Malva avait saisi la main d'Orféus et la serrait de toutes ses forces sous la table.

— Nous avons tellement espéré ton retour, Malva ! commença le vieil homme. Ta mère...

Sa voix se brisa. Il se racla la gorge.

— Ta mère s'est usé les genoux à force de prier devant l'Altar des Divinités. Elle y a déposé tant d'offrandes... Par la Sainte Harmonie, j'aurais tant aimé qu'elle puisse te revoir, vivante !

Malva écoutait ces mots terribles sans vraiment les comprendre. Durant tout ce temps, loin de la Citadelle, elle n'avait jamais supposé que son absence ait pu faire souffrir quiconque. Elle avait imaginé la colère et la déception de ses parents, leur contrariété, mais pas leur chagrin. Et pourtant...

Le Coronador essuya une larme et reprit :

— La Coronada est morte, voici trois ans maintenant.

— Trois ans ? s'étrangla Malva.

— Impossible ! s'écria Orféus. Votre Majesté... la Princetta a quitté la Galnicie voici un an. Et moi-même, il y a seulement quatre ou cinq mois ! Rappelez-vous : l'*Errabunda* et la *Marie-Belle* !

Le Coronador fronça ses sourcils blancs et dévisagea Orféus avec attention.

— L'*Errabunda*... oui. Étiez-vous le capitaine ?

— Seulement le quartier-maître, répondit humblement Orféus. Je suis le fils d'Annibal Mac Bott.

Le Coronador fit un geste vague, comme pour chasser une mouche.

— C'est si loin, tout ça, dit-il. Mais je crois me souvenir de ce vieux Capitaine Annibal. Il a fait l'honneur de notre flotte, autrefois.

— Détrompez-vous ! rétorqua Orféus avec vigueur. Mon père n'a pas honoré la flotte galnicienne, ni son pays, ni son Coronador ! Il vous a trahi. Il n'était qu'un pirate, un bandit qui n'a jamais cru aux préceptes de Quiétude et d'Harmonie.

— Ah ? fit le Coronador. Eh bien, tant pis... Je croyais...

Il se tut un instant encore et grimaça en essayant de rassembler ses idées.

— Vous disiez que ma mère, la Coronada, était morte voici trois ans, reprit Malva d'une voix faible. C'est impossible ! Votre mémoire doit vous jouer des tours.

Le Coronador posa ses mains à plat devant lui.

— Regarde ces mains, Malva ! lui dit-il. Elles sont tremblantes et inutiles, mais regarde : elles ont dix doigts. Et ces dix doigts m'ont permis de compter les années qui se sont écoulées depuis ta disparition. Dix doigts. Dix ans. C'est ainsi... En dix ans, il s'est passé ici bien des choses.

Un silence consterné accueillit cette déclaration. Comment croire une pareille absurdité ? Comment admettre que le temps se soit distordu au point de passer plus vite en Galnicie qu'ailleurs ? C'était totalement impensable ! Et en même temps... cela expliquait certaines étrangetés : le délabrement de la cité, le visage et les cheveux blancs du Coronador... Après tout, il s'était passé tant de phénomènes inexplicables dans l'Archipel. Peut-être que le Nokros avait fait partir en fumée bien plus de temps que prévu ?

— Continuez, demanda Malva. Je veux tout savoir.

— Après plus d'un an sans nouvelles de l'*Errabunda*, expliqua le Coronador, j'ai ordonné une seconde expédition. Je ne me rappelle plus du nom des bateaux qui sont partis. Eux non plus ne sont jamais revenus. Ensuite, découragé par la mer, j'ai préféré armer des troupes de cavaliers. Ils sont partis en direction de l'Orniant, toujours avec la mission de te délivrer de l'empereur Temir-Gaï. Un seul de mes hommes est revenu, deux ans plus tard. Il m'apportait de mauvaises nouvelles : une guerre sans merci ravageait les contrées des steppes. Mes soldats s'étaient trouvés pris dans les combats. Ils étaient tous morts. Et le pire, c'est que Temir-Gaï ne détenait plus ma fille. Personne ne savait si elle était morte ou vivante.

Malva soupira en entendant ce récit. Ses visions sur le mont Ur-Tha se confirmaient une à une. Sa mère était morte, les Baïghours et Filomène avaient subi l'horreur de la guerre. Elle frémit. Y avaient-ils survécu ?

La salle des Délicatesses était progressivement gagnée par l'obscurité, mais aucun domestique ne vint allumer les lustres. Autour de la table, plus personne n'osait bouger.

— Nous avions donc usé trois expéditions pour rien, résuma le Coronador. Nous n'avions plus d'héritier à mettre sur le trône. Peu à peu, le désespoir s'est emparé de nos cœurs. La Coronada est tombée malade. Des complots ont mûri à travers le pays. L'Archonte avait semé sa haine et son ambition un peu partout. Il ne fallait qu'une étincelle pour raviver le feu qui couvait.

— L'Archonte est mort, intervint Orféus. Il nous a poursuivis à travers les mers, mais il ne reviendra plus jamais.

— Vous l'avez tué ? demanda le Coronador.

— Non, expliqua Orféus. Mais il est resté prisonnier d'un endroit particulier, un Archipel qui...

Sous la table, Malva pressa un peu plus fort la main d'Orféus pour qu'il cesse de parler.

— Nous ne l'avons pas vu mourir, Père, rectifia-t-elle. Mais je pense aussi qu'il ne reviendra plus.

— C'est bien, soupira tristement le Coronador, mais il est trop tard, de toute façon. La Galnicie a été assaillie de toutes parts. Nous avons livré de terribles batailles ici même, jusqu'à l'écroulement final. C'était il y a deux ans. Des canons, des hordes de soldats venus de Dunbraven et d'Andemark, un vrai carnage.

Les habitants de la Ville Haute ont été les premiers à fuir, vers les montagnes. Ensuite, le peuple, affamé et en proie à des épidémies, a été décimé. Les survivants ont quitté la Ville Basse pour se réfugier plus à l'ouest, à la frontière. J'ignore ce qu'ils deviennent. Je ne suis plus le Coronador. La Galnicie n'existe plus. Elle a été démembrée, jetée en pâture à nos vainqueurs. Il ne reste que cette Citadelle en ruine, dans laquelle j'ai le droit de finir mes jours.

Sa voix mourut. Il était à bout de souffle, harassé par le chagrin et la fatigue. Il regarda Malva.

— Toutes ces années, je n'ai cessé de penser à ce jour funeste où tu as disparu. J'ai d'abord cru à un enlèvement. Puis j'ai rendu l'Archonte responsable de ton absence. J'étais en colère et je voulais te récupérer pour rétablir l'ordre dans mon pays. Je voulais récupérer mon bien ! Et puis, un jour, une domestique m'a apporté une lettre qu'elle venait de trouver en faisant le ménage dans une petite alcôve de l'aile sud. C'était juste après la mort de la Coronada.

Malva tressaillit. Sa lettre d'adieu ! Combien de temps s'était-il écoulé avant qu'elle parvienne à son destinataire ? Des années et des années !

— Quand j'ai lu cette lettre, poursuivit le Coronador, la vérité m'est apparue. J'ai compris brusquement pourquoi ma fille s'était... enfuie. C'était à cause de moi.

Le Coronador paraissait brisé.

— Cette lettre, je la connais par cœur. Je l'ai lue et relue jusqu'à m'en user les yeux. Tu avais raison,

Malva. À partir de ce jour, les remords m'ont empêché de dormir. Toutes les nuits, je pensais à ce que j'avais fait. Je me voyais alors à travers tes yeux... comme un homme cruel, sans cœur. C'est ce que j'ai été : un Coronador obsédé par le pouvoir et le devoir. Et un père incapable de comprendre sa fille.

Galotcho, Lei, Babilas et Orféus fixaient le visage de ce vieil homme avec stupeur. Ils se tournèrent vers Malva en entendant ces derniers mots. Très pâle, la jeune fille ne savait plus que dire ni que penser. Tout ceci la laissait littéralement assommée.

— Mais tu es revenue, murmura le Coronador. C'est tout ce que j'espérais : te revoir pour te demander pardon.

Les larmes que la Princetta avait tenté de contenir roulèrent soudain sur ses joues.

Sa bouche s'ouvrit ; il n'en sortit qu'un souffle. Mais à cet instant, Orféus comprit que Malva allait pouvoir faire la paix avec son père.

45

Réparations

Les cinq rescapés de la *Fabula* s'installèrent auprès du Coronador, dans la Citadelle. Galotcho, qui avait si longtemps rêvé d'être admis dans ces lieux, ne cessait de s'émerveiller. Il arpentait les couloirs et les galeries d'un pas décidé, sans prêter attention au délabrement général, explorant les moindres recoins avec une excitation non contenue. Plusieurs fois, il se perdit dans les passages secrets et Malva dut aller le récupérer. Le soir, il se promenait dans les jardins en friche, les yeux rivés à un endroit précis du ciel. Orféus devinait alors qu'il parlait à Peppe.

Babilas et Lei se logèrent comme ils purent, dans d'anciens débarras que les intempéries avaient épargnés. Quant à Malva, elle refusa de réintégrer sa chambre d'enfant. Elle demanda à Orféus de l'aider à transporter un lit dans l'alcôve de l'aile sud. La petite pièce suintait d'humidité, les carreaux de la fenêtre étaient brisés, mais à part ça, rien n'avait changé.

— C'est là que je veux dormir, dit Malva en regardant son reflet dans le miroir de la coiffeuse.

Elle souleva ses longs cheveux noirs, puis les laissa retomber sur ses épaules, se souvenant du soir où elle s'était fait une tête de hérisson... Elle sourit en se rappelant les cris catastrophés de Filomène, puis elle soupira. Où était sa chambrière, à présent ? La reverrait-elle jamais ? Elle chassa ces pensées morbides et regarda Orféus.

— J'aimerais, ajouta-t-elle en rougissant, que tu partages ce lit avec moi.

Orféus tressaillit. Il vint poser ses mains sur les hanches de Malva.

— M'installer ici, avec la Princetta ? dit-il en souriant. N'est-ce pas contraire au protocole ?

— Il n'y a plus de protocole, répondit Malva.

Orféus hocha la tête. Son cœur battait à tout rompre.

— Dans ce cas, j'accepte, dit-il. Mais il faudra réparer cette fenêtre. Tu sais bien que je crains les courants d'air.

Les jours et les semaines s'écoulèrent. Il y avait tant à faire dans la Citadelle ! Babilas entreprit de colmater les brèches de la toiture dans l'aile est. Lei et Galotcho se chargèrent des chevaux : ils passèrent des journées entières dans les écuries, à soigner les vieux canassons. La médecine de Lei avait, une fois encore, beaucoup de miracles à accomplir !

De leur côté, Malva et Orféus remirent de l'ordre dans les affaires du Coronador. Ils s'installèrent dans la Salle du Conseil et classèrent, rangèrent, recopièrent les registres officiels afin de sauvegarder la mémoire du pays. C'était un travail assommant.

De temps à autre, Malva levait la tête des livres de comptes. Elle fixait le drapeau galnicien accroché au-dessus de la cheminée et se souvenait de ce jour où son père l'avait obligée à brûler ses carnets. Elle ne ressentait plus l'humiliation qui lui avait si longtemps rongé le cœur.

— Un jour, j'écrirai notre histoire, disait-elle, pensive. Il faudra que les Galniciens sachent ce qui nous est arrivé dans l'Archipel.

— Il faudra aussi définir une nouvelle cartographie, ajoutait Orféus. Et repousser les limites du Monde Connu vers le sud. Les savants de l'Institut maritime n'en reviendraient pas s'ils étaient encore là !

Il prenait une plume et griffonnait les contours des îles en notant leurs noms : *île de Catabée, île de Jahalod-Rîn, île des Invisibles*...

— Ici, le rocher où Al s'est retrouvé piégé, là, les récifs des hommes sans dents, et ceux de Finopico. Et enfin, l'emplacement du Claquemur où Peppe s'est jeté...

Malva frissonnait. Les absents manquaient cruellement à l'appel. Alors, pour chasser la mélancolie, elle se remettait au travail avec ardeur.

De jour en jour, le Coronador s'affaiblissait. Il passait son temps assis dans un fauteuil bancal, à contempler ses jardins qui sortaient progressivement de l'abandon. Malva venait le voir souvent. Ils se parlaient peu. Que dire après tant d'années de silence ? L'essentiel ne trouvait pas de mots assez forts.

Au fil des semaines, la nouvelle du retour de Malva se propagea vers les anciennes provinces. Les Galniciens les plus hardis décidèrent de venir vérifier par eux-mêmes si la rumeur était vraie. Ils arrivèrent par la route du nord, seuls ou en famille, chargés de leur bric-à-brac, et se présentèrent aux portes de la Citadelle. Malva les accueillit avec reconnaissance, et quand ces malheureux découvrirent son visage, ils levèrent les yeux au ciel pour remercier la Sainte Quiétude d'avoir préservé la vie de leur Princetta.

Grâce aux plans et aux registres restaurés, Malva attribua un gîte à chacun des nouveaux arrivants. Une douzaine de familles s'établirent alors dans la Ville Basse et l'on entendit de nouveau les enfants jouer dans les ruelles.

Plus loin, dans le port, Babilas avait commencé à retaper les bateaux. Il calfatait les coques, redressait les mâts, repeignait les pontons. On vit revenir quelques pêcheurs qui, certains matins, montaient leurs étals sur les quais et vendaient leurs poissons. Tout cela restait bien modeste, mais Malva sentait lentement renaître l'âme de son pays.

— Tu ne regrettes jamais ? lui demandait Orféus de temps en temps.

— D'être revenue ?

— Oui. De ne pas avoir rejoint ton pays idéal.

— Sans toi, l'Elgolie ne m'aurait pas plu, répondait Malva. Je ne regrette pas.

Un matin, Lei et Galotcho appelèrent Malva. Au-dehors, il faisait doux. Les arbres des vergers bourgeonnaient. Lei et Galotcho se tenaient fièrement en selle sur deux juments alezanes qui piaffaient devant les écuries.

— Regarde ! lança Lei.

Elle donna un coup de talon dans les flancs de sa jument et partit au galop vers l'allée de sycomores, suivie de Galotcho qui riait à gorge déployée. Arrivés au bout de l'allée, ils tournèrent bride et revinrent près de Malva.

— C'étaient les deux dernières ! annonça Galotcho.

— Chevaux être tous en bonne santé, maintenant, renchérit Lei. Nous pouvoir compter sur treize bêtes.

— Regardez ce que celui-ci sait faire, Princetta ! s'exclama encore Galotcho.

Il raccourcit la bride, donna quelques coups de talon, et le cheval se cabra, tourna sur ses pattes arrière, avant d'exécuter une sorte de danse qui ravit Malva.

— Je ne savais pas que tu montais si bien ! Tu pourrais presque te mesurer aux cavaliers baïghours !

— Justement ! répondit le garçon. Lei m'a promis que nous passerions par les steppes !

Malva le fixa d'un air incrédule. Aussitôt, Galotcho grimaça en se rendant compte qu'il avait laissé échapper un secret.

— Qu'est-ce que ça veut dire ? s'inquiéta Malva en fixant Lei.

Cette dernière poussa un soupir, puis se résigna à parler. Elle expliqua à Malva combien son pays, ses coutumes et surtout sa famille lui manquaient. Son cœur était un peu plus lourd chaque jour. Alors, maintenant que les chevaux étaient soignés, elle voulait retourner au royaume de Balmun.

— Ma place être là-bas, ajouta-t-elle. Et Galotcho...

Le garçon rougit et se rapprocha d'elle. Ces derniers temps, il avait beaucoup grandi. À force de galoper et de soigner les chevaux, il était devenu plus costaud.

— J'ai décidé d'accompagner Lei, avoua-t-il. Ici, en Galnicie, sans mon frère, je me sens trop triste. Il faut que je reparte. Loin. Je lui servirai d'escorte : qu'en pensez-vous, Princetta ?

Malva ouvrit la bouche, mais elle ne savait plus que dire. Depuis leur retour, elle n'avait pas vu le temps passer. Les jours avaient chassé les jours ; elle n'avait pas remarqué la tristesse de Lei.

— Vous passerez par la Grande Steppe Azizienne, alors ? se contenta-t-elle de demander.

Lei hocha la tête.

— Bien, soupira Malva. Quand partirez-vous ?

46

Adieux et retrouvailles

Il faisait encore sombre quand tous les habitants de la Citadelle se réunirent devant les écuries. L'air était vif. Les servantes serraient des châles rapiécés sur leurs poitrines et les valets tapaient du pied. Ils faisaient cercle autour du Coronador qui, malgré une toux sèche, avait tenu à se lever tôt pour assister au départ de Galotcho et Lei. Près de lui, Malva, Orféus et Babilas observaient les derniers préparatifs.

Une fois les deux juments alezanes sanglées et chargées, les deux voyageurs se mirent en selle. Ils avaient des mines chiffonnées par le manque de sommeil, mais on sentait aussi leur impatience à partir.

— Avez-vous assez de nourriture ? et d'eau ? s'inquiéta Malva en s'approchant de Lei. Et les espinglons ? Vous y avez pensé ? Les routes ne sont pas sûres ! Si vous tombez sur des Amoyèdes...

La fille de Balmun désigna une lame qui pendait à sa selle.

— Et des couvertures ? demanda encore Malva. Quand vous passerez les cols enneigés à la frontière du Guirkistan, vous en aurez besoin !

— Nous avons tout prévu, la rassura Galotcho. Le cuisinier nous a même préparé des bocaux de harengs aux myrtilles à offrir aux parents de Lei.

— C'est bien, sourit le Coronador. Les harengs à la mode galnicienne, il n'y a rien de meilleur !

Le soleil passa la ligne d'horizon et ce fut le signal du départ. Galotcho leva une main et fit signe à Orféus.

— Je me guiderai grâce aux étoiles, lui dit-il, la gorge nouée. Je me souviendrai toujours de la nuit que nous avons passée ensemble sur le pont de la *Fabula*.

— Peppe veillera sur toi ! lui lança Orféus. Ne fais pas de bêtises !

— Je ne fais plus de bêtises, rétorqua le garçon.

Lei pouffa dans le creux de sa main. Ses yeux de perles glissèrent sur les visages de ses amis et s'arrêtèrent sur celui de Malva. Elle lui tendit la main.

— Prends garde à toi, supplia Malva en la serrant fort. Je ne veux plus perdre mes amis, maintenant.

— Je faire très attention, c'est promis.

Malva caressa la robe flamboyante de la jument.

— Quand tu arriveras chez toi, tout aura changé là-bas aussi, tu le sais ? Le temps qui s'est écoulé en Galnicie est le même pour Balmun. Dix ans, presque onze maintenant.

— Je préparer moi à cette idée. Mes parents peut-être morts, mais pas mes sœurs et frères. Eux grandis, c'est tout.

— Si tu as envie de revenir de temps en temps, tu seras toujours la bienvenue.

— Toi aussi, Malva. Si tu veux connaître royaume de Lei, toi bienvenue. Toujours.

— Pour le moment, je n'ai plus envie de partir, soupira Malva. Je dois me reposer et...

Elle jeta un bref regard vers son père qui toussait de plus belle.

— ... le Coronador est malade, alors je dois rester auprès de lui.

— Et Orféus ! ajouta Lei en lui faisant un clin d'œil.

Malva hocha la tête. Puis elle passa une main sous son gilet et en sortit un rouleau de papier qu'elle tendit à Lei.

— C'est un message pour Filomène. Si vous la retrouvez sur les steppes, donne-le-lui.

Lei s'empara de la lettre et promit. Puis Babilas et Orféus s'approchèrent des deux cavaliers et leur firent leurs adieux.

Galotcho et Lei dirigèrent alors leurs chevaux vers la sortie de la Citadelle, par le même chemin que celui qu'avait emprunté la charrette, le soir où Malva et Filomène s'étaient enfuies dans les tonneaux de Rioro. Ils firent un dernier signe de la main et, petit à petit, ils s'éloignèrent.

Immobiles, les yeux rouges, Malva et Orféus restèrent un long moment devant les écuries, sans rien dire. Finalement, ils montèrent sur les remparts de la Citadelle, côté nord. De là-haut, la vue était immense : ils purent suivre des yeux les deux juments alezanes.

— Ils sont déjà loin, soupira Malva.

À cet instant, elle remarqua des silhouettes qui arrivaient par le même chemin, en sens inverse.

— Qu'est-ce que c'est ?

Orféus plissa les yeux. Il devina alors une longue procession de paysans et de paysannes à pied. Ils formaient sur la route un ruban mouvant semblable à une cohorte de fourmis.

— Des Galniciens, murmura-t-il. Ils sont au moins une centaine. Ils reviennent chez eux, on dirait.

Depuis leur poste d'observation, Malva et Orféus assistèrent à la progression de la colonne. Peu à peu, ils distinguèrent des femmes, des enfants, des soldats portant de vieilles busarques sous le bras, des gueux, des marchands, des marins, des *Donia* de la *nobleza* et même un Monje Vénérable, et deux ou trois saints-diafés que l'on reconnaissait à leur toque jaune un peu de guingois.

— Il faut les recevoir ! décida Malva en chassant d'un geste sa mélancolie. Ces gens ont dû marcher pendant des jours et des jours ! Ouvrons en grand les portes de la salle des Délicatesses !

Orféus la suivit tandis qu'elle dégringolait les escaliers. Il l'aida à remettre de l'ordre et à préparer les registres, puis il alla chercher le Coronador afin qu'il se joigne à eux pour l'événement. C'était la première fois depuis la chute du pays qu'autant de Galniciens déferlaient en même temps sur la Citadelle !

Quelques heures après, une immense file s'était constituée dans les jardins. Elle s'étendait depuis le centre de la salle des Délicatesses, jusqu'aux premières ruelles de la Ville Basse. Et tout ce monde-là criait, parlait, s'appelait, se donnait des nouvelles, produisant un tel brouhaha que le Coronador y perdait son galnicien. Les bébés pleuraient, les chiens aboyaient, les vieillards s'asseyaient en gémissant dans l'herbe pour reposer leurs pieds meurtris, les marchands déposaient leur charrette n'importe où et tentaient de vendre leurs fruits gâtés par le voyage, pendant que les soldats débouchaient des bouteilles de Rioro miraculeusement retrouvées dans les caves et que Malva avait ordonné de distribuer en même temps que des victuailles. On aurait dit un jour de foire.

Pourtant, lorsque les gens entraient dans la salle, ils se taisaient brusquement et ôtaient leurs chapeaux. Les yeux écarquillés, ils s'avançaient ensuite vers leur Princetta, avec des airs de ne pas y croire. Il fallait qu'ils touchent la main de Malva pour se convaincre de sa réalité. Non seulement elle était bien vivante, mais elle était restée pratiquement la même qu'à l'époque du portrait qui avait consacré sa beauté. Juste un peu plus mince, peut-être, et avec une expression plus grave dans le regard, mais ses yeux d'ambre continuaient d'enchanter ceux qui la voyaient.

Elle avait pris place sur une chaise réparée à la sauvette par Babilas et dont l'assise restait peu sûre. À côté d'elle, dans son trône défraîchi, le Coronador piquait du nez et sursautait parfois en entendant les gens lui parler. Orféus, lui, se tenait debout dans l'ombre, légèrement en retrait, et il contemplait la scène avec une émotion grandissante. Il assistait à tout ce dont il avait rêvé : être présent lorsque la Princetta retrouverait son peuple. Cette fois, c'était pour de bon, il le sentait.

— Vous nous avez manqué, lui disaient les femmes.

— Nous pensions que vous étiez morte chez les barbares, expliquaient les hommes.

— Nous avons tant souffert ! se plaignirent les *Donia.* Figurez-vous que nous avons dû manger des racines et des queues de cochons sauvages !

Les gens se pressaient vers elle, la touchaient, pleuraient, la remerciaient, et Malva acceptait toutes ces marques d'affection avec une certaine sérénité. En échange, elle distribuait les maisons, les échoppes, les responsabilités, et chacun repartait avec l'assurance d'une vie nouvelle dans la Ville Haute ou Basse selon qu'il en exprimait le désir.

Les soldats vinrent déposer busarques et espinglons rouillés aux pieds de la Princetta et lui jurèrent fidélité. Les saints-diafés lui murmurèrent des bénédictions à l'oreille. Les marchands lui promirent mille cadeaux et les paysans à qui Malva rendait un lopin de terre versèrent sur elle des larmes de reconnaissance. Au fond de la pièce, trois valets notaient les choses dites dans les registres officiels.

À un moment, une vieille femme vêtue d'une pèlerine noire et portant un gros baluchon vint s'agenouiller devant Malva.

— Je suis revenue malgré mon grand âge, lui dit-elle, en espérant que vous me donneriez des nouvelles de quelqu'un qui était parti à votre recherche. C'est un jeune homme que j'ai élevé et qui faisait partie de la première expédition, il y a dix ans passés...

En entendant cette voix, ces mots, Orféus sortit de l'ombre, le cœur battant.

— Berthilde ? demanda-t-il d'une voix hésitante.

La vieille femme leva les yeux vers lui et, le reconnaissant, éclata en sanglots.

— Il est vivant ! Il est vivant ! Par la Sainte Quiétude !

Comme elle manquait de se trouver mal, Malva fit transporter Berthilde dans l'antichambre. Elle jeta en passant un regard interrogateur à Orféus, qui lui expliqua en deux mots qui était cette vieille vêtue de noir, avant de se rendre à son chevet. Berthilde s'agitait et se tordait les mains en répétant :

— Merci, merci, merci...

Dans ses souvenirs, Orféus avait toujours trouvé Berthilde vieille, mais aujourd'hui, il la découvrait tellement usée par l'âge et par les privations qu'il se demandait si elle n'allait pas tomber en poussière sous ses yeux.

Quand elle fut remise de ses émotions, Berthilde put se rasseoir et trouva la force de raconter à Orféus ce qui lui était arrivé : la solitude dans la maison glacée d'Annibal, l'attente insoutenable, le désespoir, les années qui s'enfuyaient, et puis la guerre contre les hordes d'envahisseurs venus du nord.

— Un matin, j'ai entendu des cavalcades et des cris dans la rue voisine. J'ai pris peur. J'ai rassemblé quelques objets et je suis partie. Je n'étais pas la seule : la Ville Haute s'est vidée d'un coup et nous nous sommes tous retrouvés à marcher comme des gueux sur les chemins.

— Pour aller où ? demanda Orféus.

— Loin, vers les frontières. C'est là que j'ai trouvé refuge, dans un village troglodyte abandonné depuis des années par les paysans.

— Vous avez vécu dans... dans des grottes ? s'étonna Orféus.

La vieille hocha la tête. Elle avait survécu là-bas pendant plus de deux ans, en compagnie d'autres réfugiés galniciens. Le froid, la faim, la peur d'être découverts, attaqués, tués n'avaient pourtant pas eu raison de sa résistance.

— Mais j'ai toujours défendu ce qui vous appartenait, dit-elle fièrement à Orféus. Je ne voulais pas renoncer à l'espoir de vous retrouver un jour. Et de vous rendre ce que vous m'aviez confié à votre départ.

Elle se pencha et ouvrit le baluchon qu'elle avait apporté. Elle en sortit quelques bibelots qu'Orféus reconnut, des objets sans valeur, mais qui avaient meublé son enfance et son adolescence. Et puis, elle ouvrit un petit coffre. Là, Orféus blêmit. Ce coffre contenait les bijoux et l'or d'Annibal.

— Ce n'est qu'une petite partie de votre fortune,

s'excusa Berthilde, car je n'ai pas pu tout transporter. Je suppose que le reste a été pillé. J'en suis désolée.

Orféus contemplait le coffre, stupéfait.

— Je sais que vous ne vouliez rien accepter de votre père, murmura Berthilde. Mais cet or est la seule trace qui reste de lui. Prenez-le.

Embarrassé, Orféus n'osait ni refuser, ni accepter.

— Annibal vous aimait, ajouta la vieille femme. Je l'ai vu agir avec vous au long des années et je sais qu'il tenait à vous. Bien plus qu'à tout.

Orféus regarda Berthilde au fond des yeux. Il songea aux événements qui lui étaient arrivés depuis la dernière fois qu'ils s'étaient vus, tous les deux.

— J'accepte, dit-il.

Berthilde sourit.

— Maintenant, il faut vous reposer, ajouta Orféus. Nous allons vous trouver une chambre.

La vieille servante secoua la tête.

— C'est gentil, mais non. Je ne veux pas vivre ici. Si vous le permettez...

Elle sortit de sa poche un trousseau de clés.

— ... je dormirai chez vous, dans la maison des Mac Bott.

Elle avait aussi conservé les clés ! Orféus n'en revenait pas, mais il accéda à sa demande. Il appela des valets et ordonna qu'on conduise la vieille femme dans la grande maison blanche, au pied du campanile.

— Je viendrai demain vous rendre visite, promit-il en embrassant le front ridé de Berthilde.

47

Le visiteur de la dernière heure

Durant une semaine, il y eut un défilé continu dans la salle des Délicatesses. Les Galniciens affluaient de toute part vers la Citadelle et cet encombrement perpétuel fatigua tant le Coronador qu'au bout de trois jours il décréta qu'il ne quitterait plus son lit. Sa fille se débrouillait très bien toute seule.

Dans les rues, sur les places, sur les berges du Gdavir, la foule allait et venait dans une agitation fébrile, jusqu'au port, où les bateaux venus de tous les horizons chargeaient et déchargeaient leurs cargaisons.

Un soir, alors qu'Orféus était sorti, Malva allait se lever de sa chaise pour regagner sa chambre quand un dernier visiteur se présenta. Elle entendit un des valets soupirer et elle faillit renvoyer le retardataire, mais elle se rassit en apercevant la silhouette de l'homme. Il s'avançait dans la salle des Délicatesses, une béquille sous chaque bras, voûté et essoufflé par l'effort. Ses pieds nus dépassaient de sous les plis d'une robe de monje. Ils étaient sales et ensanglantés. Cet homme avait dû souffrir mille morts avant d'atteindre la Citadelle ; bien qu'épuisée elle-même, Malva n'eut pas le cœur de l'éconduire.

— Approchez, lui dit-elle. Et dites-moi votre nom.

L'homme se traîna jusqu'à la chaise où Malva était assise. Son visage était caché sous l'ample capuche de son vêtement. Seules des mèches de cheveux gris s'en échappaient. Il s'agissait sans doute d'un très vieux monje.

— Mon nom, dit une voix tremblotante, mon nom est Miguel. J'arrive de si loin pour vous voir, Princetta...

— Je vous écoute, sourit Malva en se penchant pour essayer d'apercevoir le visage du monje.

— Peut-on parler sans crainte, ici ? demanda encore la voix. J'ai des confidences à vous faire et...

Malva l'assura que les valets n'écouteraient que ce qu'il faudrait.

— Je viens de si loin, répéta l'homme.

— De la frontière ? demanda Malva.

— Oh... de bien au-delà ! J'ai traversé une mer et des contrées inconnues...

— Quelles sortes de contrées ?

— De celles dont personne ne revient jamais..., répondit la voix chevrotante.

Malva sentit un frisson descendre dans son dos.

— Comprenez-vous, reprit l'homme sous sa

capuche, c'est de cela que je veux vous entretenir. Je sais que vous comprendrez. Votre intelligence et votre sagesse sont réputées. Mais ces valets ?

Malva se tourna vers les trois pauvres bougres qui s'endormaient à moitié sur les registres. Elle eut pitié d'eux.

— C'est tout pour aujourd'hui, leur dit-elle. Vous pouvez nous laisser.

Les trois valets ne se firent pas prier. Ils posèrent leurs plumes et quittèrent la salle des Délicatesses, laissant Malva seule avec le monje.

— Cette fois, il n'y a plus personne, dit-elle.

— Plus personne, répéta le monje dans un souffle. Vous et moi, seulement. J'en suis heureux.

— De quelles contrées vouliez-vous m'entretenir ? demanda Malva dont la curiosité était piquée.

Le monje se redressa. Il lâcha ses béquilles, qui firent un bruit mat en tombant sur le parquet ciré. Malva voulut se pencher pour les ramasser, mais un doute l'arrêta. Elle se leva d'un bond. Alors, le monje rejeta sa capuche en arrière et découvrit son visage.

Malgré ses cheveux longs, Malva le reconnut instantanément. Ce regard perçant, gris comme du métal, ce sourire victorieux...

— L'Archonte, murmura-t-elle en sentant son ventre se creuser.

Aussitôt, il dégaina un sabre qu'il avait dissimulé sous sa robe. Elle hurla.

— Laissez-moi vous parler de l'Archipel, gronda l'Archonte en s'approchant, sabre en avant.

Malva renversa sa chaise en reculant et cria encore :

— Orféus !!!

— Il ne vous entend pas ! s'énerva l'Archonte. Nous avons tout notre temps pour discuter en vieux amis que nous sommes ! Laissez-moi vous dire ce que j'ai enduré pour en arriver enfin à ce point final de notre histoire, Princetta.

Il donna un coup de sabre et l'air siffla aux oreilles de Malva. Elle sursauta. La terreur qui l'envahissait lui coupait le souffle, mais elle pensa tout de suite au passage secret dont l'entrée se situait dans le mur du fond, quelques pas derrière elle.

— Laissez-moi vous parler des marins à qui j'ai volé des Nokros pour pouvoir tenir... Ils ont tous perdu la tête ! Et vous, Princetta, vous allez la perdre aussi !

Malva recula, recula, jusqu'à ce que ses mains touchent le mur. Elle chercha du bout des doigts l'ouverture du passage.

— Je vous croyais mort dans le Claquemur, dit-elle pour gagner du temps. C'était une joie pour moi de vous imaginer subissant les tortures de Catabée !

L'Archonte s'avança vers elle en riant.

— Catabée m'a relâché, que croyez-vous ! J'ai suivi la Loi de l'Archipel : je suis allé au bout de moi-même ! Au bout de ma haine ! Et même, au-delà...

Malva sentit sous ses doigts le léger renfoncement qui signalait l'entrée du passage secret. Elle s'appuya de toutes ses forces dessus. La porte bascula et Malva tomba en arrière. Profitant de la surprise de l'Archonte, elle se releva, se retourna et se mit à courir à travers l'étroit couloir qui était plongé dans l'obscurité. Elle entendit l'Archonte crier :

— Vous ne m'aurez pas deux fois, Princetta ! Ici, ce n'est pas le harem de Temir-Gaï : je connais ces passages secrets aussi bien que vous !

Il se mit à sa poursuite en poussant des hurlements déments.

48

Au bout du passage

Orféus avait éprouvé le besoin de marcher un moment dans les jardins de la Citadelle. Il ne faisait pas chaud à cause d'un vent du nord qui s'était levé, mais le ciel était limpide et les jets d'eau dansaient joyeusement au-dessus des bassins. Orféus avait remonté son col et, les mains dans les poches, il s'était laissé guider par les allées. Tout en marchant, il songeait à son père. Il n'éprouvait plus ni dégoût ni colère envers lui. Il se disait même que, ce soir, il pourrait proposer à Malva de l'accompagner au cimetière. Ensemble, ils pourraient déposer des fleurs sur les tombes de la Coronada et d'Annibal.

Il en était là de ses réflexions quand il se mit à avoir froid. Il éternua une fois, puis deux, et décida de rentrer.

Quand il arriva en vue de l'allée des sycomores, il

croisa les valets qui avaient officié toute la journée auprès de la Princetta dans la salle des Délicatesses.

— La séance est terminée ? leur demanda-t-il.

L'un des valets lui expliqua qu'il restait un dernier visiteur, un pauvre infirme, mais que Malva s'en chargeait seule et leur avait donné congé. Orféus fronça les sourcils. Sans trop savoir pourquoi, il n'aimait guère l'idée que Malva fût seule avec cet étranger. Il rebroussa chemin vers la terrasse et entra par la porte-fenêtre dans la vaste salle.

Il n'y avait plus personne. Une peur diffuse le saisit.

— Princetta ? appela-t-il.

Sans réponse, il s'avança et remarqua alors la chaise renversée et surtout... la paire de béquilles qui gisait sur le parquet. Son cœur bondit dans sa poitrine.

— Malva ! cria-t-il.

À ce moment, il s'aperçut que la porte du passage secret, dans le mur du fond, était entrebâillée. Ce dernier indice acheva de le convaincre : il s'était passé quelque chose ! Il courut jusqu'à l'entrée du passage, y pénétra et appela de nouveau. Le souffle coupé, il écouta : rien que le silence.

La panique s'empara de lui. Il se rua dans la salle des Délicatesses, attrapa un espinglon parmi les armes que les soldats avaient rendues, et s'engouffra, ainsi équipé, dans le passage secret.

Il faisait noir, mais il suffisait de suivre l'étroit boyau en se guidant à ses parois. Malva l'y avait déjà emmené pour lui montrer par où elle s'était enfuie la veille de son mariage. Orféus se souvenait des embranchements, des escaliers et des repères qu'elle lui avait montrés. L'espinglon pointé devant lui, il se mit à courir.

Plus il avançait, plus il pressentait qu'une chose terrible s'était passée. Qui était cet infirme qui pouvait poursuivre quelqu'un sans ses béquilles ? Un imposteur, bien entendu !

— L'Archonte ? se demanda Orféus à voix haute.

Cette éventualité le glaçait. Il avait tant voulu croire que cet homme avait disparu dans l'Archipel ! Était-il possible qu'il en soit réchappé, lui aussi ?

Arrivé à une intersection, Orféus s'arrêta. À droite, le couloir remontait vers les appartements. À gauche, il longeait les cuisines. Orféus hésita, écouta longuement les bruits confus qui lui parvenaient, mais aucun ne ressemblait à des cris ou à des pas précipités. Il opta pour la voie de gauche en se rappelant que c'était par là que Malva l'avait guidé.

Il courut dans les ténèbres, la gorge sèche, les yeux exorbités, jusqu'à ce qu'il devine une clarté au bout du passage. Une porte bâillait vers l'extérieur ! C'était bien par là que Malva était passée !

Orféus arma l'espinglon. En arrivant devant la porte entrouverte, il ralentit. Il entendait des piaffements, des coups de sabots : la porte donnait sur les écuries. Un courant d'air froid lui rejeta les cheveux en arrière. L'odeur des chevaux lui emplit les narines. Il eut envie d'éternuer. De sa main libre, il se pinça le nez très fort pour s'en empêcher.

Enfin, il passa la tête par l'ouverture. Malva était là, cachée derrière des bottes de paille empilées. Elle respirait vite et son visage dégoulinait de sueur.

Orféus fit encore un pas en avant. Il découvrit alors l'Archonte, sabre à la main, qui tournait autour des bottes de paille en maugréant.

La vue d'Orféus se troubla légèrement sous l'effet de la peur et de la tension. Ses mains transpiraient sur la crosse de l'espinglon. Et son nez le démangeait tellement !

Tout en retenant sa respiration, il leva le canon de son arme à hauteur de ses yeux et chercha à viser l'Archonte. Mais celui-ci n'arrêtait pas de bouger, de se baisser, de se redresser. Il plantait la lame de son sabre dans la paille, un sourire hideux sur les lèvres. Finalement, Orféus se résolut à pousser davantage le panneau de la porte, sans quoi il ne pouvait rien faire. Le courant d'air s'intensifia. Orféus se pinça le nez plus fort. Il leva de nouveau son espinglon et, soudain, l'Archonte fut dans sa ligne de mire.

Il crispa son index sur la détente de son arme.

Il y eut un petit déclic.

L'Archonte tourna la tête vers la porte et vit Orféus qui le tenait en joue. Un éclair de surprise fendit son œil gris. Mais au moment où il appuyait sur la détente, Orféus éternua si fort que la trajectoire de la mitraille fut déviée.

Il éternua encore deux fois, perdant le contrôle de la situation. Et soudain, il sentit la lame du sabre lui traverser la poitrine. Il entendit la voix de l'Archonte qui exultait :

— Je t'ai déjà embroché une fois ! Cette fois-ci, c'est la bonne !

Il rouvrit les yeux. L'Archonte était sur lui. Il avait profité de ses éternuements pour bondir et le désarmer. La douleur fut telle qu'Orféus crut exploser de l'intérieur. Il s'écroula au sol, sans même pousser un cri.

Ensuite, il n'entendit plus rien sauf les battements de son cœur qui pulsaient dans son crâne. Il vit une botte de paille voler et atterrir sur l'Archonte. Il vit Malva passer devant lui et se redresser, avec l'espingon dans les mains. Il vit l'Archonte reculer, ouvrir la bouche.

Il n'entendit pas la détonation, mais il comprit que Malva avait tiré.

L'Archonte vacilla, tomba en arrière, la poitrine criblée de rouge, le visage troué par la mitraille, puis il disparut de son champ de vision.

Orféus, la tête renversée dans la paille, sourit à Malva quand elle se pencha sur lui. Qu'elle était belle ! Son visage, ses yeux, ses cheveux si noirs... Mais pourquoi pleurait-elle ? Pourquoi sa bouche se déformait-elle ? Que disait-elle ?

« Elle prononce mon nom, songea Orféus. Elle m'aime. »

Ce furent ses dernières pensées.

*

* *

Orféus fut enterré trois jours plus tard.

À l'avant du cortège, le Coronador, Berthilde et Babilas soutenaient Malva. La jeune Princetta, hagarde, ne lâchait plus le cercueil des yeux. Derrière, venait une foule de Galniciens silencieux.

Au cimetière, un trou avait été creusé, non loin des deux tombes où reposaient Annibal et Merixel Mac Bott. Malgré son absolue détresse, Malva avait voulu décider elle-même de tout : elle avait commandé à un artisan de la ville une stèle en mésua, ce bois si particulier que l'on trouve en Orniant. Dessus, elle avait demandé que l'on grave cette inscription :

Orféus Mac Bott, bientôt 26 ans. Capitaine du vaisseau La Fabula *qui traversa pour la première fois les mers situées au sud du Monde Connu. Loyal envers son pays, ami de tous, et premier amour d'une seule.*

49

Un cadeau venu de loin

Un mois passa. Puis un autre. Et encore un.

L'été commença.

Dans la torpeur de l'après-midi, Malva allait s'asseoir sur un banc de pierre, dans le cimetière. Elle restait là des heures, un bouquet de fleurs des champs entre les mains. Parfois, elle s'endormait.

Le souvenir d'Orféus, de ses yeux, de ses mains, de sa voix la hantait. Son cœur n'était plus qu'un vaste terrain vague, une terre sèche, un désert.

Pourtant, elle venait d'avoir dix-sept ans. Ses jambes la portaient, presque malgré elle. Alors, de jour en jour, elle continuait à vivre, du moins en apparence. Elle parlait, elle écoutait, elle recevait des ambassadeurs, des soldats ou de simples lingères ; la salle des Délicatesses restait ouverte jusque tard le soir. Et quand la Princetta n'en pouvait plus, elle allait se réfugier dans les bras de Babilas. Le géant lui chuchotait des mots dans son étrange sabir de Dunbraven. Ces mots, Malva les comprenait. Ils atténuaient un peu son chagrin.

Un jour, alors qu'elle revenait du cimetière, Malva trouva dans la salle des Délicatesses une délégation qui l'attendait. Debout au milieu des dorures et des rideaux, se tenaient plusieurs personnages au visage buriné et aux yeux fendus. Ils portaient des vêtements poussiéreux et de grandes bottes en peau retournée.

Au centre du groupe, Malva remarqua un homme, grand et costaud, ainsi qu'une femme aux joues brillantes et lisses comme des pommes. En voyant entrer Malva, la femme ouvrit ses bras et se mit à pleurer.

C'était Filomène !

À ses côtés, se tenait Ouzmir, le Khansha suprême, accompagné de quelques cavaliers baïghours.

Malva crut que son cœur éclatait de bonheur. Elle se jeta dans les bras de Filomène en hurlant son nom. Les embrassades, les larmes de joie, les éclats de rire, les mots, tout cela dura de longues minutes sous les regards médusés des valets qui n'avaient jamais assisté à une scène si peu protocolaire dans la salle des Délicatesses.

— Malva ! Malva ! répétait Filomène en la serrant contre elle. J'ai eu tellement peur pour toi ! J'ai cru que tu étais morte ! Je t'ai cherchée partout, partout ! Dans tout l'Orniant !

— Moi aussi, j'ai eu peur pour toi ! hoqueta Malva. Si tu savais ! Si tu savais !

Au bout d'un moment, Ouzmir s'approcha et vint à son tour embrasser Malva.

— J'ai toujours dit à Filomène que tu étais en vie, quelque part, dit-il de sa voix gutturale.

— Tu parles le galnicien ? s'étonna Malva.

— Filomène m'a appris votre langue, sourit le Khansha. La première fois que je suis venu ici, je ne parlais pas un mot. C'était il y a longtemps, très longtemps. Comment va le Coronador ?

Malva soupira. Elle expliqua qu'il perdait la mémoire et que ses jambes, bientôt, ne le porteraient plus.

— J'ai appris que la Coronada était morte, murmura Filomène. Ce sont tes amis qui nous ont tout raconté.

— Galotcho et Lei ! Vous les avez vus ?

Ouzmir et Filomène hochèrent la tête en même temps.

— Ils nous ont cherchés longtemps, à travers la Grande Steppe, expliqua Filomène. Ils nous ont donné ta lettre. Dès que j'ai su où tu étais, j'ai demandé à Ouzmir de seller les chevaux. Tes amis, eux, ont poursuivi leur route vers Balmun.

Tant de bonnes nouvelles en même temps, tant de choses à se dire, tant d'émotions fortes... Malva dévorait son ancienne chambrière du regard :

— Je veux tout savoir ! réclama-t-elle. Tout !

— D'accord, répondit Filomène en riant, mais avant, je veux te montrer quelque chose. Viens.

Elle l'entraîna au-dehors. Derrière l'aile ouest, une douzaine de chevaux baïghours étaient rassemblés et broutaient l'herbe grasse du verger. Trois carrioles étaient garées à l'ombre des pruniers.

Sur l'un des chevaux, se tenait un garçon de cinq ou six ans. Il maniait la bride de sa monture sous le regard attentif d'une grosse femme qui lui lançait des recommandations dans la langue des steppes. Malva l'observa un moment sans rien dire. Sous son bonnet d'oryack brodé de fil d'or, il arborait un visage plus pâle que les autres Baïghours, mais ses yeux fendus rappelaient sans conteste ceux d'Ouzmir.

— Je te présente Haïnour, dit Filomène. C'est mon fils.

Malva ouvrit la bouche, mais elle ne put dire un seul mot.

— Il est aussi mon fils, ajouta fièrement Ouzmir en se dirigeant vers Haïnour.

En voyant son père, l'enfant tira sur sa bride et descendit de cheval. Ouzmir le prit par la main, se baissa vers lui pour chuchoter quelques mots à son oreille. L'enfant battit gaiement des mains, courut vers une carriole, fouilla dans un coffre et en sortit un paquet enveloppé dans une couverture. Il regarda sa mère, lui posa une question en baïghour, puis se tourna en souriant vers Malva. Il lui présenta le paquet :

— Voici un cadeau pour la Princetta de Galnicie, dit-il en galnicien.

Malva avait les larmes aux yeux. La beauté d'Haïnour, ses gestes, sa voix, tout ce qu'il représentait l'émouvaient infiniment. Elle se pencha et s'empara du paquet en tremblant.

— Ouvre-le, l'encouragea Filomène.

Malva défit la couverture. À l'intérieur, elle découvrit une pipe à long tuyau sculptée dans un métal précieux.

— Un chibouk ? s'étonna-t-elle. Mais... je croyais que le chibouk était réservé aux femmes mariées ?

Filomène lui lança un regard plein de malice :

— Lei et Galotcho nous ont fait comprendre que tu étais amoureuse, Princetta. Ils nous ont parlé d'un certain Capitaine Orféus... Même si tu ne te maries pas, cela vaut bien un chibouk, non ?

Malva sourit, mais sa gorge s'était nouée brutalement. Sa poitrine se creusa, son sourire disparut, et sous les yeux bouleversés de Filomène, elle éclata en sanglots.

— Qu'est-ce qui se passe, maman ? s'inquiéta Haïnour. Ton amie n'aime pas notre cadeau ?

Malva s'était agenouillée dans l'herbe. Elle pleurait, pleurait, pleurait, serrant le chibouk entre ses mains crispées. Bien sûr, Lei et Galotcho ne savaient rien de ce qui s'était passé ! Ils étaient partis depuis plusieurs jours quand le drame s'était produit ! Malva releva la tête et tendit la main vers le petit garçon.

— J'aime beaucoup... ce chibouk, le rassura-t-elle entre deux sanglots. Mais... je pleure parce que... mon amoureux n'est plus là.

— Il est parti chasser l'oryack ?

Malva sourit derrière son rideau de larmes.

— On peut dire cela, oui... Mais ici, en Galnicie, il n'y a pas d'oryacks. Alors... il est parti loin, très loin. Et je crois qu'il ne reviendra jamais.

Haïnour s'était approché de Malva. Il la contemplait avec gravité, comme seuls savent le faire les petits enfants lorsqu'ils comprennent le chagrin des grands.

— Je sais ce que tu vas faire, lui dit-il de sa petite voix. Tu vas garder le chibouk et tu vas attendre d'avoir un autre amoureux pour l'allumer.

Malva se mordit la lèvre et essuya ses yeux.

— Tu crois qu'il y a d'autres amoureux pour moi dans le Monde Connu ?

Haïnour s'agenouilla en face d'elle. Il se pencha et déposa un gros baiser sonore sur les joues mouillées de Malva.

— Moi, je t'aime déjà, dit-il.

Maintenant, Malva se sentait mieux. Elle regarda Filomène qui affichait une mine consternée.

— Tu as un fils merveilleux, lui dit Malva. Il a un don de consolateur.

Elle se redressa et prit le chibouk sous son bras.

— Maintenant, soupira-t-elle, j'en ai assez d'être triste. Vous êtes là et je veux vous accueillir comme il se doit. Venez !

Elle entra dans la Citadelle, suivie de ses invités, et se rendit d'abord dans les cuisines. Là, elle donna des ordres pour que l'on prépare un festin.

Les cuisiniers se mirent immédiatement au travail.

Les casseroles furent récurées, les passoires, les grattoirs, les cocottes et les rôtissoires entrèrent en action. Cela faisait tant d'années qu'il n'y avait pas eu de fête à la Citadelle !

Malva alla ensuite trouver les servantes, leur demanda d'astiquer l'argenterie, de sortir la vaisselle, de battre les tapis et d'illuminer la Salle. Elle convoqua les jardiniers, les musiciens, et il fut alors question de lampions, de jets d'eau et de sérénades. Le petit Haïnour courait dans les escaliers et les corridors en riant.

Et puis, chacun se sépara en attendant le dîner.

Malva se retira en emportant son précieux chibouk. Elle le plaça dans son alcôve, près du lit qu'elle avait si peu de temps partagé avec Orféus. Ce cadeau la bouleversait. Il représentait à la fois son amour perdu, mais aussi la promesse d'autres amours, d'autres bonheurs. Il faisait un trait d'union parfait entre ce qui était passé et ce qui allait venir.

Ce soir-là, autour de l'immense table en bois d'ajouca, sous les lustres étincelants, les convives parlèrent fort tard. Il y avait là Babilas dans son nouvel habit d'ambassadeur, Ouzmir, Filomène, Haïnour et le reste de la délégation baïghour, le Coronador qui s'endormait un peu dans son assiette, Berthilde qui avait fait l'effort de marcher jusqu'à la Citadelle pour l'occasion, le saint-diafé, quelques savants de l'Institut maritime, des voyageurs étrangers, des *Donia* en décolletés de soie, des marins qui riaient très fort et racontaient des histoires de tempête, et une douzaine de gamins des rues que Malva avait recrutés pour tenir compagnie à Haïnour. Il manquait bien sûr beaucoup de monde parmi ceux que la Princetta aurait voulu voir à sa table : Orféus, Peppe, Finopico, Lei, Galotcho... et même la Coronada, à qui elle aurait bien aimé montrer tout cela.

Mais c'était décidé : les regrets et le chagrin n'avaient pas droit de cité ce soir-là.

Les calmars farcis aux cigales glissèrent dans les gosiers à grand renfort de Rioro et le ragoût de figues amusa les palais tout autant que les galettes de paghul. Quant à Filomène, elle se jeta sans modération sur les harengs à la galnicienne : cela faisait tant d'années qu'elle n'en n'avait pas mangé !

Quand tout le monde fut rassasié, Malva se leva en chancelant un peu à cause du Rioro et raconta pour la première fois en public toute son histoire : sa fuite, la trahison de l'Archonte et de Vincenzo, la guérisseuse sperthienne, l'attaque des Amoyèdes, l'intervention d'Ouzmir, leur progression vers l'est jusqu'à son enlèvement, le harem de Temir-Gaï, l'épreuve des Bains de Pureté, la Cage des Supplices, l'arrivée inattendue d'Orféus, des jumeaux et de Babilas, puis leur retour impossible vers la Galnicie.

Les invités écoutèrent passionnément son récit. Ils ouvrirent des yeux ronds lorsqu'elle évoqua l'Archipel, Catabée et ses Patrouilleurs, les embûches rencontrées par la *Fabula* dans les différentes îles. Ils essuyèrent quelques larmes quand elle expliqua comment Peppe s'était sacrifié pour que ses compagnons échappent au Claquemur.

À la fin, Malva brandit son verre et tout le monde but à la mémoire de ceux qui avaient payé de leur vie cette aventure hors des limites du Monde Connu.

Alors, Filomène et Ouzmir prirent la parole tour à tour. Ils expliquèrent comment ils avaient monté l'expédition vers le harem de Temir-Gaï pour tenter de sauver la Princetta. Ils évoquèrent l'incendie, la terrible bataille qui suivit, puis la déclaration de guerre de l'empereur contre tous les peuples libres des steppes. Cette guerre avait duré plus de six ans, avant que les Amoyèdes et les Cispaziens, décimés, ne renoncent à leur vengeance.

— Haïnour est né avec la paix, expliqua Filomène en serrant son fils contre sa poitrine. Il est la paix.

— *Bodgmain Haïnour tellin ar tuilder !* lança Babilas.

Et comme personne ne comprenait la langue du Dunbraven, il grimaça et traduisit lui-même, un peu à la manière de Lei :

— Je boire à Haïnour ! Lui être fils d'amour et de paix !

La tablée applaudit et les bouteilles se vidèrent. Il était très tard lorsque chacun se leva pour regagner son lit. Avant d'aller se coucher, Filomène attrapa Malva par le bras.

— Tu n'as rien dit de l'Elgolie, lui murmura-t-elle. As-tu abandonné tes rêves ?

Malva avait la tête qui tournait. Elle se sentait heureuse et lasse. Elle fixa son amie droit dans les yeux :

— Tu avais raison, lui dit-elle, l'Elgolie n'existe pas. Pas comme je le croyais, en tout cas. Mais je n'ai renoncé à rien. J'ai décidé de faire de la Galnicie une sorte d'Elgolie à ma façon. Qu'en penses-tu ?

— Te connaissant, répondit Filomène avec un large sourire, je pense... que tu es parfaitement capable d'y arriver, Princetta !

Épilogue

Chaque matin, Malva s'habillait comme une paysanne : une robe simple, un fichu de coton sous lequel elle dissimulait sa chevelure, des chaussons de corde, puis elle sortait en catimini de sa chambre. Elle passait discrètement par les cuisines et fourrait dans ses poches quelques gourmandises : massepains, pâtes d'hirondelle à l'anis, ou sablés à la réglisse. Une fois dehors, elle s'engageait sous les sycomores de l'allée, passait les portes du mur d'enceinte et partait à travers les ruelles de la Ville Basse.

Dès les premières heures du jour, il y régnait une activité de fourmilière. Les marchands ambulants poussaient leurs charrettes sur les pavés neufs, les maçons et les charpentiers grimpaient dans les échafaudages, les enfants se rendaient en bande vers les écoles qui venaient de rouvrir, les forgerons forgeaient, les porteurs d'eau se déhanchaient entre les étalages, les boulangers exposaient leurs fournées de beignets, les vieux installaient des chaises au pas de leur porte, et tout ce monde-là se hélait, s'interpellait, haranguait et jacassait.

Malva aimait surtout observer les lingères qui, juchées sur les toits plats des maisons mitoyennes, y étalaient draps et chemises sans cesser de se disputer à propos de tout et de rien. Les jeunes comme les plus âgées avaient une opinion sur tous les sujets. Leurs commérages renseignaient beaucoup sur l'état d'esprit des Galniciens :

— Il paraîtrait que le Coronador n'a plus toute sa tête !

— Tout juste ! Ma cousine l'a vu rester pendant des heures, debout devant un olivier. Il parlait tout seul !

— Ta cousine, pff ! Elle raconterait n'importe quoi pour se rendre intéressante !

— Tu sais ce qu'elle te dit, ma cousine ?

— N'empêche, le vieux n'a pas de soucis à se faire. Même si elle n'est pas mariée, la Princetta est largement à la hauteur pour mener le pays.

— Bien d'accord ! On peut toutes lui dire merci. Sans elle, on serait encore à vivre comme des gueuses sur les routes !

— La pauvre, quand même ! Il paraîtrait qu'elle a pleuré jusqu'au délire sur le corps du Capitaine Orféus...

— Je veux bien le croire ! Il était si beau, si courageux ! Un homme comme ça, y'en a pas à tous les coins de rues !

— Tu dis ça pour ton homme ?

— Tu sais ce qu'il te dit, mon homme ?

— N'empêche, moi, je la plains, notre Princetta. Si jeune, un chagrin d'amour pareil...

— C'est la faute à l'Archonte. Celui-là...

— Je me rappelle, à l'époque du grand deuil : rien qu'à le voir passer dans les rues avec ses soldats, j'en avais des cauchemars !

— Dommage qu'il soit mort sur le coup quand la Princetta lui a tiré dessus, tiens ! Une crapule de ce genre, ça mérite de souffrir !

— N'empêche, il a fini comme un chien qu'il était : jeté à la fosse commune, sans saint-diafé et sans Rituel !

— Arrêtez de parler de ça. Ça me retourne l'estomac.

— Ben tiens, en parlant d'estomac ! Qui viendra à la criée tout à l'heure ? Il paraîtrait que la pêche a été miraculeuse...

Et les lingères continuaient ainsi, à rire et à glousser, sans prêter attention à la jeune paysanne qui les écoutait depuis la rue. Elles tendaient leurs draps blancs sous le soleil et leurs gros bras roses virevoltaient d'un panier à l'autre en une danse complexe et fascinante. Chaque matin, c'était le même ballet. Alors, quand elle en avait assez entendu, Malva poussait un soupir et continuait sa promenade.

Elle descendait vers le fleuve Gdavir pour observer

le trafic des bateaux à roues qui venaient du port, chargés de poissons ou de tonneaux de Rioro. Ils s'en allaient, en remontant le courant, vers les provinces du Nord. Depuis peu, un traité avait été signé entre la Galnicie et ses voisins. Babilas, nouvellement nommé ambassadeur par Malva, s'était chargé de négocier avec le Dunbraven et il avait déployé des merveilles de diplomatie. Certes, le pays restait amputé d'une grande partie de ses terres, mais l'essentiel était que la paix soit revenue. Les habitants des provinces étaient ravitaillés, la famine ne les menaçait plus, et chacun recommençait à vivre comme au temps de la prospérité.

En traversant le pont, Malva jetait toujours un regard vers les plantations de paghul qui s'étendaient maintenant tout le long des berges. Elle songeait alors avec nostalgie à Galotcho et à Lei. Elle n'avait plus de leurs nouvelles depuis des mois.

Enfin, elle entamait l'ascension de la Ville Haute. Les boutiques avaient levé leurs rideaux et les terrasses des échoppes s'animaient. On y voyait, attablés ensemble, des *Don* de la *nobleza* et des marins tatoués, des *Donia* en jupes de soie et de vieilles tireuses de cartes de Tildésie. Les jeunes enfants jouaient autour des fontaines et l'on assistait parfois à l'arrivée de voyageurs étrangers qui tenaient en laisse des allicaïtors, des carcayotes d'Arémique ou des kangoustis de Fridge. Malva se demandait toujours si l'un d'eux n'allait pas débarquer un jour monté sur un nuba-nuba ou sur un auriga-céleste... voire sur un enlil, cette monture que les Amoyèdes avaient domestiquée ! Un frisson lui parcourait le dos. Elle avait vu tant de choses étranges pendant son voyage aux confins du Monde Connu !

En arrivant près du campanile, Malva se faufilait jusqu'à la porte de la maison des Mac Bott. Là, elle frappait trois coups et elle attendait. Berthilde marchait maintenant avec difficulté. Il lui fallait du temps pour venir lui ouvrir.

— Ah, c'est vous, Princetta ! souriait-elle.

Malva se dépêchait d'entrer. Une fois à l'abri des regards, elle ôtait son fichu et libérait sa chevelure. Ensuite, elle se laissait guider par Berthilde jusqu'au salon.

— Je vous ai apporté des macarons à la rhubarbe, aujourd'hui, disait-elle en s'asseyant sur le sofa.

Berthilde lui offrait une citronnade, et elles passaient ensemble quelques heures, à bavarder tranquillement. Leur sujet de prédilection restait Orféus. Malva questionnait la vieille femme sans relâche. Elle voulait tout savoir sur l'enfant et le jeune homme qu'il avait été, et sur Merixel et Annibal, et sur la Galnicie des anciens temps.

Berthilde racontait, répétait, se grattait la tête en cherchant ses souvenirs. Ce qui fascinait le plus Malva, c'était le récit de la dernière entrevue entre Orféus et son père. Elle tremblait chaque fois que Berthilde lui rapportait les détails de la conversation mais elle ne se lassait pas de revivre cette scène.

— Je me demande bien à quoi ça sert que je vous

raconte tout ça, soupirait Berthilde. Ce sont des souvenirs. Vous êtes si jeune ! Ça m'inquiète de vous voir sans cesse plongée dans le passé. Qu'allez-vous en faire ?

Malva souriait d'un air mystérieux. Elle savait précisément ce qu'elle ferait de tout cela.

Vers midi, elle quittait Berthilde et s'en retournait vers la Citadelle. Le trône réclamait sa présence : elle avait des gens à recevoir, des ambassadeurs à envoyer dans les provinces et beaucoup de décisions importantes à prendre.

Une de ces décisions concernait Finopico.

Malva convoqua les nouveaux dirigeants de l'Institut maritime et leur ordonna de monter une expédition scientifique visant à prouver l'existence du goume des profondeurs.

Les savants protestèrent : cette bête n'était qu'une chimère !

— J'aime les chimères, rétorqua la Princetta. Sans elles, nous n'avons plus de rêves à poursuivre.

Elle étala la carte des mers sur la grande table de la salle des Délicatesses et entoura d'un trait de plume l'endroit où l'*Estafador* avait coulé. Puis elle découvrit la cicatrice qu'elle gardait à la jambe. Vivement impressionnés, les savants cessèrent de protester. Il fut décidé que l'expédition partirait un mois plus tard.

Une autre de ses décisions concernait les cartographes. Malva les fit venir, eux aussi, et leur mit sous les yeux le morceau de papier sur lequel Orféus avait dessiné la carte de l'Archipel.

— Vous allez jeter les anciennes cartes, exigea-t-elle. Vous en établirez de nouvelles, qui mentionneront l'existence de ces îles, au sud du Monde Connu.

Les cartographes blêmirent. Repousser les limites du Monde Connu leur semblait impossible ! Mais Malva ne les laissa pas rouspéter davantage. Au-dessus du dessin, elle inscrivit en gros caractères : *Archipel d'Orféus*.

— Ce sera désormais le nom officiel de cette région. Au travail !

Les cartographes hochèrent la tête et repartirent avec le dessin. Malva poussa un soupir. Elle avait hésité un moment à faire figurer l'Elgolie sur les nouvelles cartes. Finalement, elle ne l'avait pas demandé. L'Elgolie devait rester secrète, cachée. Un rêve, en somme.

Quelque temps plus tard, le Coronador mourut.

Puis ce fut le tour de Berthilde.

Dans la maison des Mac Bott, Malva fonda un orphelinat pour accueillir les enfants des rues : l'Institution Peppe. Et là, pas de cachot sombre, ni de mauvais traitements. Elle y veillerait personnellement !

Plus tard encore, l'expédition scientifique revint de la mer d'Yprée. Après des mois de recherches, les cales des navires étaient pleines de spécimens de poissons parfaitement inconnus et parfaitement étranges. Aucun ne ressemblait au goume des profondeurs.

Malva ordonna donc une seconde expédition, au grand désespoir des savants de l'Institut. Elle avait décidé qu'il en serait ainsi jusqu'à ce que le *Finopicuum de profundis* ait sa place dans les ouvrages officiels.

L'hiver revint. Filomène et Ouzmir firent alors seller leurs chevaux et reprirent le chemin des steppes. Ils devaient retrouver leur peuple pour partir à la chasse à l'oryack. Filomène versa quelques larmes et Haïnour, debout sur son cheval, exécuta une danse d'adieu pour Malva.

Ils promirent de revenir la voir l'été suivant.

Enfin, Malva reçut une lettre en provenance du royaume de Balmun. Elle était signée de Lei et Galotcho.

Ils lui racontaient leurs multiples aventures, la façon dont ils avaient été accueillis par la famille de Lei et les jours de fêtes qui s'en étaient suivis. Tous deux se portaient à merveille. Lei avait dessiné au bas de la lettre les plans de la maison qu'ils construisaient ensemble, en bordure d'un lac.

Ici aussi, précisait Galotcho*, les étoiles jumelles brillent chaque nuit. Et, finalement, je pense que la voyante ne s'était pas trompée : je suis heureux... comme un Prince !*

Ils concluaient leur lettre en demandant à Malva d'embrasser Babilas et Orféus pour eux. Malva décida alors de leur écrire pour leur apprendre comment ce dernier, en voulant lui sauver la vie, y avait laissé la sienne.

Ce jour-là, elle se rendit de nouveau au cimetière. Debout devant la stèle muette d'Orféus, elle parla et pleura longtemps. Puis elle plia les genoux, se pencha, posa ses paumes bien à plat devant elle et embrassa la terre.

Ensuite, elle revint à la Citadelle. Dans la salle des Délicatesses, Babilas recevait des dignitaires venus de Polvaquie ou de Sperthe. Il se débrouillait très bien tout seul. Alors, Malva s'éclipsa discrètement.

Elle alla s'enfermer dans l'alcôve, tira les rideaux, alluma une chandelle, ouvrit un cahier et s'assit devant la coiffeuse. Pendant un moment, elle rêva devant son propre reflet, se souvenant une fois encore de ce jour où elle avait pris la décision de s'enfuir. Les mots de la lettre qu'elle avait cachée là, derrière le miroir, lui revenaient clairement. Mais sa révolte, sa colère et son dégoût avaient cessé de la tourmenter. Elle s'était affranchie de ce passé douloureux. Le temps était donc venu...

Elle trempa sa plume dans l'encre.

Sur la première page, elle écrivit le titre de l'histoire qu'elle voulait raconter : *La Princetta et le Capitaine*.

Et puis, d'une écriture fiévreuse, elle commença :

Côté nord, les murs de la Citadelle plongeaient tout droit sur un à-pic vertigineux. Posée au sommet de son rocher, elle faisait penser à un rapace à l'affût, déployant ses tours et ses ailes au-dessus de la vallée, projetant son ombre grandiose sur les eaux calmes du fleuve Gdavir...

Elle écrivit toute la nuit, faisant revivre avec ses mots l'époque lointaine où elle ne savait encore rien des douleurs et des bonheurs du Monde et ressuscitant tous ceux qui l'avaient accompagnée pendant sa fabuleuse odyssée.

FIN

Table

Carte d

limites du Monde Connu
Terres d' Arémique
Norj
Dunbraven
Polvaqu
Océan Maltique
Port de Carduze
Galnicie
Grande Latitude
Andemark
Gdavir
Citadelle
Tildésie
Arm
Mer d'Yprée
limites du Monde Connu

Monde Connu
Balmun
Empire d'Orniant
Guirkistan
nteplano
Hautes terres de Fridge
Grande Latitude
Pays de Sperthe
Grande Steppe Azizienne
Cispazie
gne
Mer d Ocre
Cispazan

Composition JOUVE – 62300 LENS
N° 1091935h
Imprimé en CAYFOSA QUEBECOR à Barcelone (Espagne)
Dépôt éditeur n° 76143
32.10.2325.2/01 - ISBN : 2.01.322325.0
Loi n° 49-956 du 16 juillet 1949 sur les publications destinées à la jeunesse
Dépôt légal : octobre 2006